W0343317

SIMON ET LES CHÊNES

Collection « *Terra Incognita* »
dirigée par Zéline Guéna

Marianne Fredriksson

SIMON ET LES CHÊNES

Traduit du suédois par Christofer Bjurström

Éditions Ramsay

DU MÊME AUTEUR

Hanna et ses filles,
Ramsay, 1999.

© Marianne Fredriksson, 1985.
Published by agreement with Bengt Nordin Agency, Sweden.
© Éditions Ramsay, Paris, 2000, pour la traduction.

Pour Ann

1

— Un chêne tout bête, dit le garçon à l'arbre. Tu fais à peine quinze mètres de hauteur, il n'y a vraiment pas de quoi frimer.

— Mais toi, tu n'as même pas cent mille ans.

— À peine cent, répliqua-t-il en pensant à sa grand-mère, qui en avait près de quatre-vingt-dix, et n'était qu'une vieille pleurnicheuse.

Nommé, mesuré, comparé, l'arbre prit ses distances avec l'enfant.

Mais celui-ci entendait encore le chant douloureux, plein de reproches du vaste feuillage de l'arbre. Dans un accès de violence, il jeta en plein sur le tronc le caillou rond qu'il avait longtemps gardé dans sa poche droite.

— Voilà pour te faire taire.

L'arbre se tut et, sentant l'importance de cet instant, le garçon avala la boule qui s'était formée dans sa gorge. Il ne ressentit aucun chagrin.

C'est ce jour-là qu'il dit adieu à son enfance. Il le fit à ce moment précis, en ce lieu précis, et pour cette raison, il s'en souviendrait longtemps. Pendant des années, il méditerait sur ce à quoi il avait renoncé ce jour-là. À vingt ans, il en aurait l'intuition. Il passerait sa vie à tenter de la retrouver.

Mais, dans l'immédiat, il était sur la colline qui surplombait le jardin des Äppelgren, et il regardait la mer. La brume se formait dans l'archipel pour s'étaler lentement sur la côte. Au pays de son enfance, le brouillard avait de nombreuses voix. Les cornes de brume y chantaient de Vinga à Älvsborg.

Derrière lui se trouvaient la colline, et le pré, avec la terre qui est mais qui n'existe pas. Au bout, là où la terre devenait plus profonde, commençait la forêt de chênes, dont les arbres lui avaient parlé pendant des années.

C'est dans leur ombre qu'il avait rencontré le petit homme au curieux chapeau rond. Non, se dit-il, ça s'était passé autrement. Cet homme, il l'avait toujours connu, mais c'était à l'ombre des arbres qu'il l'avait rencontré.

Maintenant, ça n'avait plus d'importance.

— Tout ça, c'était des foutaises, dit le garçon à voix haute, en se glissant sous les barbelés de la barrière des Äppelgren.

Il échappa à la vieille Edit Äppelgren, qui passait ses matinées de printemps à traquer les mauvaises herbes dans son jardin tiré au cordeau. Les cornes de brume l'avaient effrayée et elle s'était cloîtrée dans sa maison. Elle ne supportait pas le brouillard.

Le garçon la comprenait. Le brouillard était la tristesse de la mer, aussi infinie que l'océan. Insupportable, en réalité...

— Des conneries, reprit-il, car il savait enfin. Il venait de décider de voir le monde comme les autres le voyaient. Le brouillard était la chaleur du Gulf Stream qui montait vers le ciel quand l'air se refroidissait.

Il n'y avait rien d'autre à ajouter.

Quand il traversa la pelouse des Äppelgren pour entrer dans leur cuisine, il ne put pas nier l'attraction qu'exerçaient sur lui les longs cris des cornes de brume à l'entrée du port. On lui donna du chocolat chaud.

Il avait onze ans et s'appelait Simon Larsson. Il était maigre, petit de taille. Le teint mat, il avait les cheveux hirsutes, bruns presque noirs, et ses yeux étaient si foncés qu'il était difficile de distinguer ses pupilles.

La singularité de son apparence lui avait échappé jusqu'à présent. Car, avant ce jour, il n'aimait pas faire de comparaisons, ce qui lui avait évité bien des souffrances. Il pensait à Edit Äppelgren, et à son angoisse de la brume. Mais il pensait surtout à Aron, son mari. Il avait toujours aimé Aron.

Simon était un garçon aventureux, un de ces gamins qui se laissent attirer par les merveilles de la grand-route, tels les jeunes chiots débordants de vie. Ça commençait par un papier de bonbon multicolore dans le fossé devant la barrière, ça continuait par une boîte vide de Tiger Brand, un peu plus loin, une bouteille, puis une autre, et une fleur rouge, et encore plus loin, un caillou blanc, et pourquoi pas un chat se faufilant.

Ainsi s'était-il de plus en plus éloigné de la maison et il se souvenait parfaitement de la fois où il s'était aperçu qu'il s'était perdu : quand le tramway, le grand tramway bleu, était sorti de la ville dans un vacarme épouvantable. Terrorisé, il avait ouvert la bouche pour crier, mais Aron était là.

Aron avait penché sa longue silhouette au-dessus du petit, et sa voix était descendue du ciel :

— Grand Dieu, mon bonhomme, encore en vadrouille.

Il avait hissé le garçon sur le porte-bagages de sa bicyclette noire et s'était mis en marche vers la maison en parlant des oiseaux, du gros bouvreuil, des mésanges affairées et des moineaux gris qui sautillaient dans la poussière de la route.

Pour ceux-là il n'avait que mépris. Des rats volants, disait-il.

Au printemps, ils coupaient à travers pré, et le garçon apprenait à reconnaître le chant du rossignol. Aron chantait d'une voix puissante un air qui descendait en roulant les pentes de la colline pour rebondir sur les falaises :

— *Quand vient le printemps daaannns la montaaaaagne...*

Le mieux, c'était quand il sifflait. Il arrivait à imiter les chants de tous les oiseaux. Simon était surexcité lorsque Aron obtenait une réponse sensuelle d'une merlette. L'homme souriait alors, de son beau et grand sourire.

En fait, le chant d'oiseau qui les éclipsait tous, dans les montagnes au-dessus de l'estuaire, était le cri des mouettes. Aron savait aussi les imiter. Il arrivait qu'il les rendît folles furieuses et les poussât à piquer sur eux.

Alors Simon riait à en faire pipi dans son pantalon. Les voisins affairés comme d'habitude, qui passaient sur la route, ne pouvaient s'empêcher de sourire de ce grand échalas qui s'amusait autant que le petit garçon.

— Aron ne grandira jamais.

Mais Simon ne les entendait pas. Jusqu'à ce jour, Aron était le roi de son monde.

Maintenant, le garçon était assis dans la cuisine devant sa tasse de chocolat épais. Il regardait Aron avec le même regard que les autres. Il comprenait surtout que l'étonnante capacité de cet homme à le sauver, quand il était petit et qu'il se perdait, était due à ses horaires. Simon partait en balade après le déjeuner, Aron cessait le travail tôt, il descendait du tramway quand l'enfant atteignait l'arrêt et réalisait qu'il s'était égaré. C'était là qu'Aron récupérait sa bicyclette et, au besoin, l'étrange petit aventurier qui se perdait si souvent.

Simon vit soudain le mépris, les sourires discrets et les mots à demi prononcés qui avaient toujours entouré Aron. Il était videur dans un cabaret de mauvaise réputation, sur le port. On lui avait donné un surnom que Simon ne comprenait pas, mais qui était si laid qu'il faisait rougir d'indignation sa mère.

Simon pensa de nouveau à Madame Äppelgren. Elle était toujours en train de faire le ménage, et sa cuisine était tellement belle qu'on n'osait pas s'y installer. Il croyait comprendre l'importance qu'il y a d'avoir une belle cuisine et un beau potager quand on porte un surnom laid à faire rougir les dames.

Quand Simon eut avalé son dernier morceau de brioche et nettoyé la tasse de chocolat avec sa cuillère, il pensa qu'Aron n'avait jamais franchi le cap qu'il avait passé aujourd'hui. Aron Äppelgren n'avait jamais atteint le sommet d'une colline pour prendre congé de son enfance.

Simon dormait sur la banquette de la cuisine. De là sans doute ses futures sympathies socialistes.

La cuisine était vaste et ensoleillée, avec de grandes fenêtres à petits carreaux, à l'est et au sud, des rideaux blancs, et à l'extérieur, des jardinières fleuries et de vieux pommiers. L'évier en zinc avec son eau froide se trouvait devant la fenêtre sud. La cuisinière en fonte, le placard à bois et un réchaud à deux feux étaient coincés dans le réduit juste en face. La banquette adossée au mur, sous la fenêtre, était peinte en bleu comme les chaises et la grande table de la cuisine qu'on recouvrait d'une toile cirée pour les jours de semaine et d'une nappe de coton brodé le dimanche.

Des plats mijotés, souvent de la soupe à la viande. Du café. Du pain, la bonne odeur du mercredi quand on cuisait la brioche à la cannelle. Des potins de femmes. Caché dans le placard à bois, on pouvait les surprendre, à condition de se rendre tout petit et invisible. Les sempiternels commentaires sur le voisin qui attendait un enfant, sur un autre qui faisait pitié.

Beaucoup de gens, la plupart même, faisaient pitié. Le garçon apprit à avoir pitié, plutôt qu'à détester. Il perdit ainsi la colère, il la perdit tellement tôt qu'il ne la retrouva pratiquement jamais. Elle existait, elle criait parfois dans sa vie, mais toujours trop tard, et souvent au mauvais moment.

Il devint un gentil garçon.

En fait, pour lui, tout allait bien. Ça aussi, il le comprit très tôt, et il s'en persuada à tel point qu'au long des années jamais il n'imagina qu'on pût avoir pitié de lui.

Il y avait Hansson, qui était chômeur, et qui forcément battait sa femme le samedi soir quand il avait acheté de l'alcool. Il y avait Hilma, qui avait deux filles au sanatorium, dont la cadette était déjà morte de tuberculose. Et puis il y avait la belle-fille des Andersson, qui portait toujours de nouveaux habits et qui allait sur le trottoir, en ville.

Mais quand elles arrivaient à ce que la fille faisait sur le trottoir, elles mettaient Simon dehors. Car les femmes avaient toujours un œil sur les enfants.

Les hommes, par contre, ne les voyaient pas. Pour ça, c'était bien de dormir sur la banquette. Le soir, c'étaient eux qui occupaient la cuisine. La bière remplaçait le café, la politique les potins et cette satanée voiture qui était toujours en panne.

Ils étaient dans le transport, en d'autres termes, ils étaient propriétaires d'un camion. La journée, le camion roulait pour apporter du bois aux bâtisses en construction autour de la ville qui s'étendait. Et de la nourriture à la maison. La nuit, on le réparait, parce que les coussinets tenaient mal, les soupapes devaient encore être polies et la boîte de vitesses foutait le camp.

C'étaient des gens habiles, le père et l'oncle. Ils changeaient les pièces, les façonnaient, les usinaient. Quel bonheur, le jour où ils trouvèrent un moteur à six cylindres à la place du vieux quatre cylindres usé. Mais l'échange les contraignit à prolonger l'arbre du cardan qui reçut un appendice supplémentaire. Comme il était solidement fixé aux pignons de la boîte de vitesse, le camion fut capable de se hisser dans les côtes les plus raides de la ville, même par temps de verglas.

Le camion devint bientôt bricolé jusque dans ses moindres détails. Dessus, il était écrit Dodge, mais à la fin on pouvait se demander ce qui, à part la belle écorce rouge, venait de Detroit.

Tous les soirs à dix heures, ils faisaient une pause, et venaient boire une bière en écoutant les dernières informations à la radio. Le poste était posé sur un tabouret au pied de la banquette. Simon était couché au bout, sous une tente rose, un morceau de tissu à carreaux rouges et blancs tendu entre le couvercle de la banquette et son dossier, qu'on accrochait après que le garçon s'était glissé dans le lit, quand il était censé dormir.

Là il prit connaissance de la terreur qui avait pour nom Hitler et se répandait depuis le cœur de l'Europe. Parfois on l'entendait hurler à la radio, les Allemands criaient leur *Heil*, et le père ajoutait : « Un de ces quatre, ça va nous mener en enfer, ils vont bientôt détruire tout ce que les travailleurs et Per Albin [1] ont construit. »

Un jour, il arriva un homme qui avait des écrous spéciaux. Il les avait fabriqués par bonté de cœur, dit sa mère après qu'Erik l'eut jeté dehors.

— Bonté de cœur, hurla Erik. Un nazi dans ma cuisine. Un persécuteur de Juifs. Tu perds la tête, ma femme !

— Tu cries tellement fort que tu vas réveiller le petit.

— Il peut lui arriver des choses pires, répondit le père, mais la mère commença alors à pleurer, et la querelle se termina en paroles réconfortantes.

De la banquette, sous la tente, le garçon essayait de comprendre. Juif. On avait lancé le mot derrière lui, à l'école. Son papa était devenu livide quand il l'avait raconté et, un soir incroyable mais merveilleux, il avait appris à Simon à se battre. Heure après heure, ils s'étaient entraînés dans la cave, direct du droit, crochet rapide du gauche, et uppercut si l'occasion se présentait.

Le lendemain, le garçon avait expérimenté ses nouvelles capacités à l'école. Il n'avait plus entendu le mot depuis.

Jusqu'à ce soir.

1. Théoricien du syndicalisme. *(N.d.T.)*

2

La mère de Simon était bonne.

Il était impossible de l'oublier, car sa bonté était omniprésente. Elle construisait le monde dans lequel Simon grandissait.

Sa mère était belle également : élancée, blonde, avec une grande bouche sensuelle et de surprenants yeux bruns.

Sa bonté n'était pas du genre poisseux, Karin était suffisamment forte pour ne pas se sentir menacée par les autres. Peut-être était-elle, tout simplement, une de ces rares personnes qui savent que l'amour ne se cultive pas, ne se nourrit pas et ne s'arrose pas.

Car l'amour n'est que l'absence de peur.

Elle avait également compris qu'on ne peut presque jamais lutter contre l'angoisse qui hante la vie des gens, qu'au fond personne ne peut aider quiconque. Pour cette raison, le besoin de consolation est insatiable.

Aussi devint-elle la confidente de tout le monde. Pas une femme ou un homme maltraités qui n'ait bu le café et à qui elle n'ait rendu justice, dans sa cuisine. Sans parler de tous les gosses qui tournaient mal et qui pouvaient venir boire un chocolat et pleurer leur saoul.

Elle n'essuyait pas les larmes et ne proposait pas de solution miracle.

Mais elle savait écouter.

Elle n'était pas bonne par intérêt, sa patience et son grand cœur lui procuraient peu de joie. Au contraire, les malheurs qu'elle consolait dans sa cuisine augmentaient sa tristesse. Ses convictions socialistes étaient d'autant plus fortes. Les gens se traitent comme des bêtes parce qu'on les traite comme des bêtes, disait-elle.

Ainsi que toutes les personnes bonnes, elle ne croyait pas au mal. Il existait, mais pas en soi, il n'était qu'une erreur engendrée par l'injustice et le malheur.

Le garçon était traité avec équité et il était heureux. Il parvenait à obstruer le flux de la noire tristesse et du rouge besoin de vengeance. Niés, l'un comme l'autre se mirent à pousser comme du chiendent, nourris de culpabilité.

La mère Ågren avait huit enfants. Elle les haïssait tous. Simon était probablement le seul enfant du village qui fût attiré par elle ; il alla jusqu'à devenir l'ami d'un de ses fils. Ce n'était pas une amitié facile : comme tous les enfants Ågren, il était sournois et méfiant.

Mais cette amitié lui donna accès à leur cuisine. La capacité de Simon à se rendre invisible lui permit de voir et d'entendre la haine. Cette haine était si forte qu'elle débordait en permanence, englobant tout le monde.

— Foutue vache, criait-elle à sa fille aînée qui était en train de se coiffer devant le miroir de la cuisine. Ça ne sert à rien, tout ça, tu ressembles à une pauvre génisse, tu es tellement maigre que tu ne vaux pas même pas l'argent de l'abattoir. Va pas t'imaginer que quelqu'un puisse avoir envie de te couvrir.

Si elle était virulente envers ses filles, elle criait davantage sur ses fils comme ça en passant.

— Vous les filles, je vous ai eues à cause de mes péchés, criait-elle. Disparaissez de ma cuisine que je ne vous voie pas.

Un jour, elle aperçut Simon, qui fut soudain au centre de sa haine :

— Toi, petit démon, articula-t-elle lentement, longuement, en traînant. Va au diable, et emportes-y ta foutue sainte nitouche de mère. Mais n'oublie pas de lui demander d'où elle te sort.

Simon retint sa respiration quand il sentit sa colère allumer la sienne. Mais il ne trouva pas de repartie, et sortit à toute vitesse, courut vers la plage et les rochers au bord de l'eau. C'était l'automne, la mer grise et furieuse l'aida à trouver les mots.

— Espèce de merde, dit-il. Saloperie de merde.

Ça ne lui suffisait pas, il lui fallait passer à l'action. Il se vit lui couper les seins, lui enfoncer les yeux et l'achever à coups de pied.

Puis il se sentit étrangement joyeux.

La mère Ågren n'était pas bien âgée. Après quatre fausses couches, elle avait eu huit enfants en treize ans : elle avait détesté chacun d'entre eux dès qu'il s'était trouvé dans son ventre. Ces fichus gamins la dévoraient, aspiraient sa vie, morcelaient ses nuits et remplissaient ses jours d'indignation bilieuse. Ils lui volaient son bonheur et son intégrité. Seule la colère la maintenait en vie, lui donnait la force d'apporter la nourriture sur la table, de préparer des habits propres pour l'homme et les enfants.

— Elle est comme une plante vivace, remarquait Karin. Son malheur, c'est ça.

La mère Ågren mettait tout sur le dos de son mari, ce foutu chaud lapin. Il rentrait malgré tout le vendredi avec la paie, et elle n'osait pas vraiment s'opposer à lui.

Elle s'était mariée tôt avec un homme gentil et aisé, un type de la couronne, un douanier. Les gens trouvaient qu'elle avait eu beaucoup de chance dans la vie. Quant à elle, elle avait espéré sans doute voir certains de ses rêves se réaliser dans sa nouvelle maison au bord de la mer.

Au printemps sa fille aînée partit en mer. Elle avait seize ans. Quand la police trouva le corps, on découvrit qu'elle était enceinte. Dans l'épicerie, la bonne femme déclara que c'était tant mieux que sa fille ait eu la bonne idée de se supprimer elle-même, sinon, elle, sa mère, aurait étranglé cette foutue putain.

Ensuite elle rentra chez elle et fit une fausse couche.

Vers l'hiver, son ventre enfla à nouveau. Cette fois, ce n'était pas un enfant. La mère Ågren mourut dans sa trente-septième année d'un cancer aussi violent que sa haine.

Simon la pleura. Quand Ågren se remaria assez rapidement avec une dame normale, une dame soumise, qui faisait le ménage et des gâteaux, il cessa de fréquenter leur maison.

C'était maintenant le soir de cette fameuse journée où il avait décidé d'être adulte. La brume s'était levée dans le courant de l'après-midi. Le ciel clair de mai était teinté de rose par le tissu à carreaux rouges et blancs de la banquette sur laquelle il s'était allongé pour réfléchir à sa décision.

Cette décision, il l'avait prise pour sa maman. Ça au moins, c'était sûr. Mais il n'avait pas trouvé les mots pour lui expliquer. Et il n'avait donc pas pu en obtenir de récompense : voir la tristesse disparaître de ses yeux bruns pour toujours.

Cette ombre était le seul danger de la vie de Simon, la seule chose insupportable. Il comprendrait plus tard, une fois adulte et après la disparition de sa mère, que cette tristesse n'avait que peu de rapport avec lui.

Il arrivait à la rendre joyeuse. Au cours des années, il avait trouvé plusieurs astuces pour amener des éclats de rire dans le brun de ses yeux. Pourtant, sans raison, il restait persuadé qu'il était la cause de sa mélancolie.

Ils venaient d'apprendre que Simon était admis au collège. Il serait le premier de la famille à faire des études. Bien qu'il n'eût pas plus de onze ans, il avait rempli le dossier d'admission tout seul, et avait fait tout seul le long chemin en vélo jusqu'à l'école des riches, comme l'appelaient ses parents, pour l'examen d'entrée.

Le garçon avait vu la lueur de joie dans les yeux maternels quand il était rentré avec la nouvelle de son entrée au collège.

Mais cette lueur s'était éteinte immédiatement quand son père avait dit :

— Alors tu vas devenir quelqu'un, toi ? Et je vais payer, bien sûr. Tu es sûr que nous en avons les moyens ?

— Pour ce qui est de l'argent, ça s'arrangera certainement, avait répondu sa mère. Pour le reste, il faudra que tu te débrouilles tout seul. C'est ton idée, tout ça.

Quelques années plus tard, à l'adolescence, il les détesterait pour ces paroles, ce soir-là dans la cuisine. Et pour la solitude qui avait suivi. Mais, dans sa vie d'adulte, il les comprendrait, ses parents. Il comprendrait leur attitude ambiguë vis-à-vis de l'école bourgeoise, qui avalait les élèves doués et rongeait la classe ouvrière de l'intérieur. Il aurait alors également l'intuition de leurs sentiments ce soir-là, quand ils s'étaient installés pour le dîner avec cette vague idée que leur garçon les dépasserait bientôt.

Mais rien n'empêchait de vouloir que tout se passe bien pour les enfants.

Et donc, après que Karin eut débarrassé la table et essuyé la toile cirée, Erik sortit les livres de comptes et s'informa du montant des frais de scolarité. Il y ajouta le prix des livres et l'argent du tramway. Il parut préoccupé. Ce souci était rituel pour une bonne part. En réalité ils ne manquaient pas d'argent.

Ils avaient juste une peur perpétuelle de la pauvreté.

Sa mère pensait à peine à l'argent. Mais elle était mal à l'aise. Ses yeux s'assombrirent du poids de ses paroles :

— Alors ça va être la fin des rêvasseries.

Peut-être craignait-elle seulement que Simon ne s'en sortie pas à l'école. Peut-être se disait-elle plutôt que son garçon serait comme ces gens qui n'ont qu'une alternative : devenir quelqu'un par eux-mêmes ou disparaître.

Simon n'avait entendu que les mots. Allongé sur la banquette de la cuisine, il songeait à la joie de sa mère s'il arrivait à lui dire qu'il serait comme les autres enfants, qu'il serait seulement meilleur et plus fort. Car il avait remarqué qu'elle était fière de ses bonnes notes et des compliments de la maîtresse à la fin de l'école, l'année dernière.

— Simon est extrêmement doué.

Son père avait grogné, il se méfiait du terme. Il se sentait gêné du comportement de la maîtresse. Raconter ce genre de choses devant le garçon, c'était stupide.

— Le gamin pourrait devenir prétentieux, dit-il quand ils rentrèrent lentement dans la saison des fleurs qui arrivait. Doué. Il goûtait le mot pour le recracher.

— Il se débrouille bien, remarqua Karin.

— Bien sûr qu'il se débrouille bien. Il prend exemple sur nous.

— Et c'est toi qui parles de prétention !

Le rire de Karin était un rire heureux.

Le garçon avait toujours le nez dans les livres, comme on dit. On acceptait cette qualité, comme sa petite taille et ses cheveux noirs. Mais il ne fallait pas exagérer.

Simon avait dévoré tous les livres de la maison dès les premières vacances d'été. Il se souvenait d'une dame qui l'avait trouvé dans le canapé du salon en train de lire l'histoire de Gösta Berling :

— Votre jeune fils lit Selma Lagerlöf.

Le ton était réprobateur.

— Il n'y a pas moyen de l'en empêcher, avait dit Karin.

— Mais il ne peut pas comprendre un tel livre.

— Il doit bien comprendre quelque chose, sinon il arrêterait.

La voix de maman avait cessé de s'excuser, mais la dame eut quand même le dernier mot.

— Croyez-moi, ça ne peut pas être bien.

Y eut-il une ombre d'inquiétude chez Karin ? Peut-être, car elle en parla à Erik qui lui répondit :

— Il ne faut pas que tu croies que le monde n'est fait que de châtelaines et de prêtres fous. Lis Jack London.

Et Simon lut les œuvres complètes de Jack London, des livres marbrés, reliés de brun avec des bordures rouges. De ce temps-là, des personnages lui restèrent. Loup-Larsen, le prêtre qui mangeait de la viande humaine, un violoniste fou... Avec quelques images, le grand lac au soleil, et les taudis de l'East End.

Le reste sombra dans son inconscient et s'y nicha.

À onze ans, il trouva le chemin de la bibliothèque de Majorna, sa soif était moins violente, comme chez celui qui sait qu'il aura toujours de l'eau. Il était également devenu plus prudent. Il avait vu l'angoisse rôder dans les yeux de sa mère, quand elle se demandait si son garçon pouvait avoir quelque chose de radicalement différent.

— Sors courir avant que ton sang ne se mette à pourrir, lui conseillait-elle parfois. C'était une plaisanterie, mais on sentait bien qu'elle avait quelque chose de sérieux.

Une fois, elle le trouva au grenier, absorbé dans la lecture du livre de Joan Grant sur la reine d'Égypte. Ses yeux fixaient Karin depuis des hauteurs pharaoniques. Il n'entendit pas ce qu'elle disait. Il ne remonta les siècles que quand elle le secoua, et il vit qu'elle avait peur.

— Tu ne dois pas lâcher prise sur ta vie comme ça.

Il avait encore mal quand il s'efforçait d'oublier cette scène.

Ce soir-là, sur la banquette de la cuisine, il s'appropria l'interrogation de sa mère : y avait-il quelque chose de détraqué chez lui ?

Il avait franchi le pas en pénétrant dans le monde des comparaisons.

Le lendemain, il avait presque tout oublié. Il partit avec son cousin en canot à l'entrée du chenal. Ils restèrent à attendre le ferry du Danemark, avec leurs rames prêtes. C'était de loin le plus gros bateau à rentrer dans le port. Il arrivait à des heures si régulières qu'on pouvait régler son horloge sur lui. À la différence des bateaux d'Amérique et des bateaux blancs d'Extrême-Orient, le ferry avait le droit d'entrer dans le chenal à pleine vitesse.

Il déchaînait la houle et les garçons savaient maintenant comment faire monter leur canot sur la première vague pour qu'elle les emportât jusqu'à la plage.

Le voilà qui arrivait, dans toute sa beauté et toute sa vitesse. Quand ils se retrouvèrent en équilibre sur la crête de la vague, Simon entendit son cousin crier d'excitation. Ils se mirent en travers, le canot chavira et éjecta les garçons. La vague les envoya par le fond.

Un instant, la panique saisit Simon, mais lui et son cousin étaient bons nageurs. Simon savait quoi faire pour ne pas être aspiré par la vague suivante et il se laissa flotter sans résister, sur la suivante et encore la suivante.

Quand la mer se fut calmée, ils nagèrent jusqu'au canot et le tirèrent à terre. Toute la bande encore effrayée et ricanante était là.

Alors le cousin parla de la vague énorme, plus haute que jamais — on accepta l'excuse et l'honneur fut sauf.

Simon avait vaguement perçu l'image de l'homme au chapeau dans sa descente vers les profondeurs du chenal. Il était là, le petit homme, le bonhomme auquel il avait dit adieu la veille.

À la maison, il eut droit à un bon sermon et à des habits secs. Ensuite il monta en haut de la colline, et traversa le pré en courant jusqu'à la forêt de chênes. Il retrouva ses arbres, hauts de dix à quinze mètres, silencieux, comme il se devait. Leur accord était respecté. C'était bien. Il voulait juste le vérifier.

Cette nuit-là dans son sommeil, il rencontra de nouveau son homme. Il s'assit au fond de l'eau et ils eurent de longues conversations. Et quand, au matin, il se réveilla, il se sentit étrangement fort.

Bien plus tard dans la journée, quand il eut un peu de temps, après avoir rendu son contrôle de calcul, il se mit à penser qu'il avait oublié de demander à l'homme qui il était. Il ne se souvenait pas d'une seule des paroles prononcées.

C'était un été d'une chaleur inhabituelle, lourde d'inquiétude. Les adultes guettaient chaque bulletin d'information dans la cuisine.

— Ça s'assombrit, dit le père.

— Il nous faudrait de la pluie, répondit la mère. Les pommes de terre se dessèchent et le puits se tarit.

La pluie n'arriva pas. Ils durent se résoudre à acheter de l'eau et à remplir le puits en faisant venir un camion-citerne.

3

Simon rentra au collège à l'automne, le jour où Ribbentrop partit pour Moscou.

Simon était le plus petit de sa classe. Il était le seul à venir d'une famille ouvrière. Il ne savait pas trop comment se comporter, il ne se levait pas quand les professeurs lui parlaient, disait oui sans dire merci, et non de la même manière.

— Merci-merci, merci-merci, faisaient ses camarades. Il trouvait ça ridicule. Même s'il comprenait qu'il devait l'apprendre, l'apprendre et le garder pour l'école. À la maison on se moquerait de lui.

On était reconnaissant, on ne disait pas merci, chez ses parents.

Il fut le seul à prendre le dossier pour une demande de bourse d'étude. Mais, comme à tous les autres, on lui donna un livre et une grammaire d'allemand.

Simon avait plus de cinq kilomètres à faire à bicyclette pour rentrer à la maison. Il n'était pas habitué à la circulation de la grande ville, aux camions et aux tramways. Il rentra, ce premier jour, avec un besoin impérieux d'être consolé.

Mais Karin s'occupait d'Erik, qui était assis devant la radio, confronté à une image bouleversée du monde : il n'avait jamais inclus l'Union soviétique dans son analyse politique. Le pacte signé à Moscou était une trahison vis-à-vis des travailleurs du monde entier.

Simon comprit la gravité de la situation quand Karin alla chercher l'eau-de-vie dans le cellier, bien que ce ne fût qu'un jour normal.

Le soir, l'alcool et les paroles réconfortantes de Karin avaient agi. Erik était tant bien que mal retombé sur terre. Il était arrivé à la conclusion que les Russes avaient signé ce pacte pour avoir le temps de s'équiper en vue de la grande bataille décisive contre les nazis. Karin put souffler, se tourner vers son fils et lui demander :

— Alors, c'était comment, à la nouvelle école ?

— Bien, répondit-il. Il n'en dit jamais plus pendant ses années de collège, de lycée et d'université.

Il ne sortit pas les livres d'allemand de son sac ce soir-là.

Le lendemain, tout commença dès la première récréation.

— Espèce de sale petit Juif, dit le plus grand et le plus blond de la classe, un garçon au nom tellement chic qu'il suscita des murmures au moment de l'appel.

Simon frappa, son bras décocha un direct du droit, rapide, utilisant l'effet de surprise comme on le lui avait appris. Le grand garçon tomba de tout son long. Le sang jaillissait de son nez.

Il n'y eut pas d'autres coups, car la cloche sonna. Et il ne lui arriva rien d'autre. Simon s'était fait respecter. Dès lors, il pensa que la grande solitude serait son lot, en récréation comme en cours.

Il se trompait.

Quand les garçons se précipitèrent dans l'escalier qui menait à la salle de physique, il sentit un bras entourer ses épaules. Il plongea ses yeux dans des yeux marron, un peu tristes.

— Je m'appelle Isak. Et je suis Juif.

Ils s'assirent l'un à côté de l'autre dans la salle de physique, comme ils le feraient durant toute leur scolarité. Simon avait un ami.

Il ne le comprit pas immédiatement. Son étonnement dépassait sa joie. Un vrai Juif ! Il regarda Isak pendant le cours, sans comprendre. Son camarade était grand et maigre. Il avait les cheveux bruns. Il avait l'air gentil.

Tout à fait comme quelqu'un de normal.

À la pause du déjeuner, Isak emmena Simon chez lui. Il l'invita à manger des sandwichs. Il y avait une bonne chez lui, qui ressemblait à Madame Äppelgren. Elle étala des tranches épaisses de pâté de foie sur leurs tartines et les obligea à manger des tomates.

Simon n'avait jamais vu de domestique et il avait rarement mangé de tomates. Mais ce n'est pas ce qui le marqua. Non, c'était l'alignement des grandes chambres sombres, le tissu pesant aux fenêtres, les canapés de velours rouge, les rangées interminables de livres — et l'odeur, la bonne odeur de cire, de parfum et de richesse.

Simon s'imprégna de tout cela. Quand il rentra chez lui à bicyclette, il pensa qu'il avait une petite idée du bonheur. Il avait salué la cousine d'Isak. Elle était belle comme une princesse. Elle avait de longs ongles peints. Simon se demanda s'il lui arrivait d'avoir besoin de faire pipi.

Karin lui poserait certainement des questions s'il rentrait sans avoir touché à ses sandwichs. Il fit donc un détour par la forêt de chênes et s'assit pour les manger.

Les arbres étaient silencieux.

Devant le jardin des Äppelgren, il rencontra un de ses cousins, l'arriéré. Il eut honte de lui, de sa saleté, de son sourire soumis et insupportable.

Je le déteste, pensa Simon. Je l'ai toujours détesté. Sa honte grandit encore plus.

Ils avaient le même âge et ils avaient commencé l'école en même temps. Mais son cousin avait rapidement échoué dans une classe de rattrapage, et à présent l'école l'avait poussé dehors. Il passait la majeure partie de son temps dans la grange des Dahl, qui avaient conservé une petite exploitation agricole au beau milieu des maisons individuelles dans cette banlieue en expansion. Ainsi les Dahl disposaient-ils d'un valet de ferme idiot, mais gentil et assez fort pour les lourds travaux des champs.

À la maison, Karin avait descendu un lit pliant du grenier. Elle lui avait montré comment le déplier tous les soirs pour faire son lit dans le salon. Elle avait dégagé une étagère du buffet en chêne pour les draps et les couvertures. Elle avait enlevé la nappe de la grande table près de la fenêtre et elle lui avait arrangé un tiroir et une étagère pour ses livres. Il allait passer de la cuisine au salon. Ce qui confirmait le sérieux de sa nouvelle école.

Cette interminable première semaine tira à sa fin, et le dimanche que le monde n'oublierait jamais arriva. Les troupes d'Hitler pénétraient en Pologne. Varsovie fut bombardée. Et l'Angleterre déclara la guerre. Ces événements furent ressentis par tous comme un soulagement en somme.

Eric s'étira en disant : « Enfin ! » Et les voix s'animèrent autour de la radio dans la cuisine. Seule Karin était plus triste que d'habitude. Elle dit en aidant Simon à faire son lit :

— Si j'avais un Dieu, je le remercierais parce que tu n'as pas plus de onze ans.

Simon ne comprit pas. Il se sentait coupable, comme toujours quand sa maman était plus triste.

Le lendemain, il y avait quelque chose de changé, même à l'école. On aurait dit que l'air avait été nettoyé. La situation était devenue claire. Göteborg était le grand port de l'ouest du pays, tourné vers l'océan et vers l'Angleterre, et il y avait peu de nazis.

Leur première heure était un cours d'histoire. Il se passa un certain temps avant qu'ils n'ouvrissent leurs livres. Le professeur était jeune et désespéré. Il considérait comme de son devoir d'expliquer aux garçons les événements. Ils venaient pratiquement tous de foyers où on protégeait les enfants de la réalité.

Pour Simon, cela tenait de la rengaine : le fascisme, le nazisme, l'agitation raciste, les poursuites contre les Juifs, l'Espagne, la Tchécoslovaquie, l'Autriche, Munich. La banquette de la cuisine lui était soudain d'une grande utilité. Il devenait celui qui savait, celui qui allait à la rencontre du maître. Bientôt il se retrouva à dialoguer avec lui.

— Il est agréable de voir qu'il y a au moins quelqu'un dans cette classe qui sait de quoi il s'agit, conclut le professeur. Derrière ces paroles se cachait une exhortation aux autres, aux enfants de bourgeois. Ce matin-là, leur vision du monde reçut son premier éclairage réaliste.

Isak ne dit pas grand-chose, mais les yeux de l'enseignant se posaient parfois sur lui, comme s'ils savaient que celui qui avait la plus grande conscience des choses se taisait.

Assis sur son banc, Simon pensa qu'il existait des ponts entre ses deux univers, ce qui composait en grande partie celui d'Erik et de Karin était également valable ici, à l'école des riches. Tout ne devait pas être nié. Il n'avait pas à rougir de sa famille.

Le pire, dans toute cette nouveauté, était que Simon avait réalisé qu'il avait honte des siens. Cet après-midi-là, il put enfin proposer à Isak : « Tu voudrais venir chez moi un jour ? »

Mais comment Isak vint à trouver Karin, comment, dans sa cuisine, il trouva aussi des bras ouverts et un sol ferme, c'est une autre histoire. Car à cet instant, le professeur dit :

— Quoi qu'il se passe dans le monde, chacun doit faire ce qu'il a à faire. Nous allons ouvrir nos livres. Vous comprenez, toute l'histoire a commencé avec les Sumériens.

Simon se transporta là-bas, il n'était plus dans la classe. Il n'aurait jamais rien rêvé de plus merveilleux.

Ils lurent Grimberg : « De nos jours, la Mésopotamie est un pays de mort et de silence. La main vengeresse du

Seigneur repose lourdement sur cette terre maudite depuis des millénaires. La phrase du prophète Isaïe : “Comment n’as-tu pas chu du ciel, toi, destructeur du peuple”, résonne telle une plainte funèbre parmi les murs en ruines... »

Simon ne comprenait pas tout mais il se laissa emporter par le souffle des mots. Puis Grimberg arriva aux Sumériens, aux crânes larges, trapus, rappelant les Mongols.

— Ils ont découvert les signes de l’écriture, poursuivit l’historien en parlant des tablettes gravées des temples.

Les ziggourats géantes se dressèrent devant les yeux de Simon pour la première fois. Il suivit le professeur dans les chambres funéraires d’Our et y trouva les morts.

Des années plus tard, il eut la certitude que son intérêt pour l’histoire antique était né à cet instant et que sa force tenait au succès qu’il avait remporté dans la première partie du cours.

À moins que cette passion n’avait été si forte que parce que le premier jour de la Grande Guerre avait été un moment extrêmement fort.

Le garçon de onze ans savait déjà, au-delà des mots, que le monde qui s’ouvrait à lui était lié au pré là-bas, et à sa maison.

Il soupesa le lourd couteau. Les lapis lazuli bleus lui tinrent leur langage secret et donnèrent de la puissance à sa main. Son regard était fixé sur la longue lame dorée.

C’était un bon outil.

Mais le couteau ne lui servirait à rien s’il n’arrivait pas à se reposer tout de suite, et il ne le rendrait pas intemporel. Il s’avança dans la grande salle du Temps, devinant plus qu’il ne les voyait les visages levés des mille personnes qui s’étaient rassemblées afin de prier pour lui.

Le taureau était énorme. À l’instant décisif, il fut rattrapé par le Temps. Et le serviteur du Temps, la grande peur. Quand le taureau se précipita sur lui, il sut qu'il allait mourir et il cria...

Il cria au point de réveiller Karin. Elle fut rapidement à son chevet pour le secouer.

— Tu as fait un cauchemar, lève-toi et bois de l'eau. Quand on a été emporté par un cauchemar, il faut toujours s'assurer qu'on est bien réveillé.

Avant qu'Isak Lentov n'atterrisse dans la cuisine de Karin, Simon se retrouva à la table de son ami, avec son père, sa mère, et la cousine aux ongles vernis. Simon était maladroit avec les longs couverts, mais il s'y habitua rapidement en observant. Il osa croire que personne ne remarquait son malaise.

On l'avait invité à dîner. Chez Simon, on n'invitait jamais à dîner : si les gens arrivaient à l'heure du repas, ils le partageaient ensemble, tout simplement. Quand on invitait, c'était pour un repas de fête.

Le père d'Isak faisait partie de ces rares personnes qui ont une présence intense. Son corps était souple, et son visage délicat était animé par la vie et les contrastes. Il avait un sourire fugitif, clair et amical, des yeux marron et nerveux. On pouvait y lire de la curiosité et autre chose. De la peur ? Simon le voyait, sans vouloir le voir. Il repoussait cette pensée qu'il jugeait incongrue.

Ruben Lentov avait bâti son existence en Suède autour des livres. Sa librairie au centre-ville était la plus importante de Göteborg. Elle avait des filiales à Majorna, Redbergslid et Örgryte. Elle était connue dans le monde entier, avec des contacts à Londres, Berlin, Paris et New York.

Sa jeunesse avait été marquée par une quête perpétuelle. D'ailleurs, il avait été attiré ici par Swedenborg et Strindberg. Il avait eu froid et avait vécu dans le renoncement tant que son entreprise n'avait pas été solide.

Son départ avait marqué aussi la rupture avec un amour maternel excessif et des liens paternels trop forts. Mais sa famille, à Berlin, n'avait jamais voulu l'admettre. Ils avaient préféré penser qu'il avait été le premier à voir juste. Celui qui avait compris bien avant 1933 ce qui allait se passer. Ils l'avaient soutenu avec leur argent et leurs relations dans la banque, ils s'étaient occupés de son épouse et de son jeune fils.

Au milieu des années trente, comme il était bien installé, sa femme l'avait rejoint. Elle était profondément terrorisée. Les premiers temps, il ne savait trop quoi penser de cette tendance qu'elle avait à tout voir et à tout interpréter en noir.

Mais, les dernières années, il crut comprendre.

Elle consulta dans ce nouveau pays. Les médecins parlèrent de manie de la persécution. C'était un terme qu'on pouvait utiliser le jour. En revanche, dans l'obscurité jamais, car il s'y terrait un fantôme vieux de plusieurs milliers d'années.

Et voilà que Simon se trouvait à sa table, ce garçon suédois ami de son fils. Ruben était heureux de chaque rencontre dans sa nouvelle patrie. Il avait écouté son fils avec beaucoup d'attention quand il avait raconté la leçon d'histoire. Isak avait parlé de cet élève qui avait une vision politique très claire et qui détestait les nazis.

Ruben était déçu, et il en était consterné. Il ne s'attendait pas à ce petit garçon aux cheveux noirs, il aurait préféré un grand Suédois blond.

Sa déception se dissipa au cours de la conversation. Quand Simon se décontracta, Ruben comprit qu'il était issu de la classe ouvrière suédoise, que si la voix était celle de l'enfant, la source en était la force croissante de la social-démocratie. Ils étaient en désaccord au sujet des communistes. Simon perdit momentanément pied, quand Ruben s'emporta et déclara que l'Union soviétique était un État d'esclaves de la même engeance que l'Allemagne d'Hitler. Mais Ruben se contint. Il se rendait compte qu'il n'avait pas le droit de saper les convictions du jeune garçon.

Il eut honte, et reproposa de la glace.

Simon n'oublierait jamais cette soirée. Pour ce qu'il avait entendu, et surtout pour l'inquiétude et le malheur qu'il avait perçus au beau milieu de la richesse. Il y avait aussi la peur que lui inspirait la mère d'Isak.

Simon n'avait jamais vu autant de contradictions chez une seule personne. Sa bouche et son parfum l'attiraient, ses yeux et ses remarques l'effrayaient. Ses colliers et ses bracelets tintaient, mais son regard brûlait. Elle l'attirait et le repoussait. Elle l'avait enlacé, lui donnant un baiser, l'avait écarté, observé et avait dit un truc incompréhensible :

— Larsson, mais ce n'est pas possible.

Ensuite, elle l'oublia. Elle ne le voyait plus. Elle buvait du vin. Simon comprit qu'elle gommait également Isak de l'instant et de sa conscience. Il comprit l'expression dans le regard de son camarade, cette tristesse qu'il avait remarquée dès le premier jour.

La semaine suivante, le samedi, il se risqua à tendre une passerelle entre son ancien monde et le nouveau. Il raconta chez lui, à la table de la cuisine, sa soirée dans cette famille chic.

— Ils étaient tellement... nerveux. Il cherchait les mots pour expliquer le malaise qui régnait dans ce grand appartement en ville.

Mais Karin les trouva.

— Ils vivent dans la peur. Ils sont Juifs, et si les Allemands viennent...

L'automne se termina, l'Allemand ne vint pas. Il se passa autre chose de pire selon Erik. Le 30 novembre, les Soviétiques bombardèrent Helsinki.

La guerre d'hiver.

Mon Dieu, ce qu'il faisait froid cet hiver-là, quand la terre faillit mourir de la méchanceté des hommes. Il y eut des jours où on garda les enfants à l'intérieur, quand la radio annonça que les écoles étaient fermées. Simon se tenait dans le salon, Karin faisait du feu dans le poêle, l'anthracite sentait l'anthracite sec, Erik rentra à la maison, les oreilles gelées.

— Si ça continue, on pourra bientôt aller en voiture à Vinga.

Ils le firent le dimanche suivant. Ce fut une aventure unique, qu'ils ne retentèrent jamais. La mer, toujours vivante, présente, invaincue, et énorme, s'était laissé enchaîner par les mauvais vents d'est, qui déroulaient vingt mètres par seconde, à moins trente degrés, dans l'archipel.

Les Russes et les Finlandais tombaient comme des mouches, décimés par le froid et par le feu. Quand les conditions le permirent, on dénombra deux mille deux cent vingt-cinq morts.

Dans la ville de Simon, on faisait des heures supplémentaires aux Grands Chantiers, et les travailleurs envoyaient les bénéfices en Finlande. À Luleå, le bâtiment de la Flamme du Nord fut soufflé par une explosion et cinq communistes y perdirent la vie.

En février tout était fini. La Carélie avait perdu son droit de cité dans le Nord. C'est vers cette époque que Karin se dit qu'il faudrait essayer de louer le champ des Dahl au printemps, pour planter plus de pommes de terre. Et des légumes.

La nourriture commençait à manquer.

4

Des années après, Simon se demanderait encore s'il avait ressenti quelque chose de particulier ce matin-là. Il s'était réveillé à l'aube et avait entendu sa mère pleurer dans son sommeil.

Karin avait des pressentiments.

Lui, il se sentait plutôt comme d'habitude en se rendant à bicyclette au collège. La ville s'était réveillée et tout ressemblait à un jour normal. Du haut de la montée, à l'entrée de la ville, il voyait les grues du port danser telles de longues araignées. Comme d'habitude, il dépassa le tramway qui emmenait les élèves plus fortunés et il en ressentit une certaine fierté. Le soleil brillait sur Majorna, dardant un rayon de chaleur au centre de Karl-Johansgatan.

Comme d'habitude, il profita de la prière du matin dans l'amphithéâtre pour apprendre sa leçon d'allemand. Il n'avait toujours pas osé ouvrir les livres chez lui, et ses cours d'allemand se passaient plutôt mal.

Comme chaque mardi ils avaient chimie le matin et, comme d'habitude, ça ne passionnait pas Simon.

Mais, pendant la troisième heure, au milieu de leur cours d'histoire, le gardien apparut. Il allait de porte en porte annoncer brièvement, le visage fermé, que les élèves devaient se rassembler dans l'amphithéâtre.

Plus tard, Simon se souviendrait de la terreur aveugle qu'avait provoquée le proviseur en renvoyant tous les enfants chez eux, et rien de ses paroles. Les élèves devaient rentrer directement chez leurs parents, le collège ne pouvait pas en prendre la responsabilité un tel jour, avait-il dit.

Nous étions le 9 avril 1940, c'était la Saint-Otto. Les jambes de Simon fonctionnaient comme des pistons quand il pédala à toute vitesse vers Karin. Elle pleurait, à la fenêtre de la cuisine. Elle prit Simon dans ses bras, elle l'installa sur la banquette de la cuisine et le serra contre elle. Il ressentit alors cette certitude qu'ont les enfants que rien de vraiment terrible ne se passera tant que leur mère sera là.

De la radio sortait une voix agitée. Elle expliquait que les Norvégiens avaient coulé le navire de guerre allemand *Blücher* qui était sur le point d'entrer à Oslo. Karin jugea que les Norvégiens auraient mieux fait de faire comme les Danois et d'abandonner tout de suite.

Erik rentra avec la voiture. La Suède retenait son souffle. Le Premier ministre parla à la radio, déclara que la défense du pays était puissante, et son accent de Scanie rassura peut-être de nombreux foyers.

Mais certainement pas la cuisine des Larsson, où Erik réagit immédiatement :

— Il ment, il ment, forcément.

Quelques jours plus tard, il était mobilisé, et disparaissait dans une contrée inconnue. Karin et Simon retournèrent le champ qu'ils avaient loué et plantèrent des pommes de terre.

Dans les rêves de Simon, des montagnards sauvages, le sabre au clair, dévalaient de hautes montagnes et se répandaient comme des sauterelles sur de grandes étendues de terre cultivées. Ils incendiaient, massacraient, jetaient les cadavres dans les canaux et les fleuves sur leur passage.

Ces images nocturnes n'avaient rien à voir avec la guerre qui faisait rage dans le monde. Grâce aux journaux et aux actualités filmées, Simon savait à quoi elle ressemblait. Le jour, la terreur portait des croix gammées, des bottes et des uniformes noirs de SS. La nuit, elle revêtait l'apparence de démons gras et bariolés qui lui tranchaient la gorge avec une volupté tout orientale et le jetaient dans le fleuve. Simon y flottait parmi des milliers d'autres morts. L'eau se teintait de rouge, et il voyait Karin, la tête brisée, à la surface de l'eau près de lui. C'était elle, même si elle ne se ressemblait pas.

Une fois adulte, il se demanderait souvent quelles étaient les conséquences de la guerre sur les enfants, comment cette profonde terreur les marquait. Il se souviendrait surtout de cet espoir que le jour se termine sans la moindre anicroche, ce jour, puis le suivant, et encore le suivant. Un souhait douloureux toujours renouvelé.

Cinq ans, c'est une éternité quand on est enfant.

Sa génération devint celle de l'impatience. Les gens, incapables de vivre au jour présent, vivaient pour le lendemain.

Cependant, la vie continuait. Le collège rouvrit ses portes. Chez beaucoup d'élèves, comme chez Simon, il n'y avait plus de père à la maison. Pour Isak, c'était différent : chez lui, c'était sa mère qui avait disparu. Dans la nuit du 10 avril, elle avait tenté d'empoisonner ses enfants et d'incendier le bel appartement de Kvartsgatan. On avait emmené Isak et sa cousine dans une clinique pour leur faire subir un lavage d'estomac. À leur retour, elle était partie. Elle avait été placée dans un hôpital psychiatrique de l'autre côté de l'estuaire.

On lui fit des injections pour la faire dormir, qui petit à petit la rendaient morphinomane. Isak ne retrouva jamais sa mère.

Ruben Lentov arpentait le grand appartement silencieux pendant la nuit, foulant les lourds tapis des quatre pièces en enfilade, de la bibliothèque au hall d'entrée. Il avait toujours été un homme d'action, et il se retrouvait condamné à l'impuissance. Un fauve en cage. Il restait une issue de secours pour fuir. Des amis juifs contrôlaient une filière qui passait par Londres, puis en Amérique. Il n'avait qu'à vendre ses boutiques, prendre avec lui les enfants et l'argent pour échapper à tout cela.

Il pensa à son frère au Danemark, qui avait trop tardé.

Et surtout à Olga, enfermée à l'hôpital psychiatrique de Hisinge. Elle n'était plus qu'une épave, droguée. Elle avait perdu tout contact avec les autres. Mais elle n'en restait pas moins sa femme et la mère d'Isak.

La porte de la cage s'était refermée. Il le savait.

Et pourtant, il marchait en long et en large nuit après nuit, comme s'il devait prendre une décision et que ces longues heures lui étaient nécessaires pour y voir clair.

Pour Simon, la terreur avait un nom, et elle était donc plus ou moins contrôlable : les bombes, la Gestapo, le 19 Möllergatan [1]. Isak aussi connaissait ces mots, mais ils ne lui permettaient pas de prendre de la distance. Sa peur était viscérale, et indicible. Elle englobait tout. C'était comme si elle collait à la peau dès la plus tendre enfance, et qu'on ne pouvait pas se souvenir ou qu'on n'en avait pas la force.

Karin le comprit, elle le comprit dès qu'elle vit Isak.

Un jour, elle parvint à parler de cette peur avec lui.

— Que peut-il nous arriver de pire que de mourir ?

C'était une vérité simple, mais elle aida Isak.

Karin, sa cuisine, sa nourriture, sa tristesse, sa colère, voilà sur quoi s'appuyer pour vivre. Karin, en mettant de l'ordre dans ses idées, donnait un sens à son existence.

Il nicha tout le printemps dans la cuisine de Karin, tandis que sa mère devenait de plus en plus folle et effrayante. Ce dimanche de mai où les Norvégiens capitulèrent, où le roi et le gouvernement quittèrent la Norvège, il vint aider Karin et Simon à désherber.

1. Adresse du commissariat principal de police à Oslo. Il a servi de prison pour la Gestapo pendant l'occupation allemande. *(N.d.T.)*

Il venait de voir sa mère, il était allé lui rendre visite à l'hôpital psychiatrique. Elle ne l'avait pas reconnu.

Le lendemain, Karin mit ses beaux habits. Le manteau bleu clair qu'elle s'était confectionné elle-même et le grand chapeau blanc avec les roses bleues sur le côté. Elle prit le tramway pour se rendre dans le bureau de Ruben Lentov.

Ils restèrent longtemps à se regarder en silence. Ruben songea que, si elle ne retirait pas son regard de lui, il risquait de se mettre à pleurer. Elle détourna les yeux, lui permettant ainsi de bredouiller une banalité sur le temps avant qu'elle n'exposât l'objet de sa visite.

— Je me suis dit qu'Isak pourrait habiter chez nous, chez Simon et moi, pour un petit moment.

Et Ruben Lentov formula enfin l'inquiétude qu'il repoussait depuis des semaines. La peur dans les yeux d'Isak ressemblait à celle d'Olga, et cela pourrait mal tourner pour l'enfant si on n'agissait pas.

— Je vous en suis très reconnaissant.

Il ne se dit pas grand-chose de plus. En la raccompagnant jusqu'à la porte, Ruben pensa qu'il n'avait jamais vu de plus belle femme. Ce n'est que dans le courant de l'après-midi qu'il réalisa qu'il devait payer pour la pension d'Isak. Les Larsson étaient des ouvriers et ne devaient pas rouler sur l'or.

Il n'y avait pas la moindre trace d'une différence de classe chez Karin Larsson. Quand il l'appela pour parler de l'argent, il ne trouva pas de mots.

Il s'en réjouit par la suite, quand il comprit que ce que Karin offrait n'avait pas de prix.

Il eut recours à un moyen détourné pour témoigner sa reconnaissance. Une fois par semaine, il rendait visite avec du café, des conserves, des livres pour Simon, des cadeaux pour Karin, à la petite maison. Elle était située à l'entrée de la baie, dans cette région montagneuse criblée de failles où le ministère de la Défense stockait l'essence. On l'accueillait comme tous les autres dans la grande cuisine. On lui donnait à manger et, s'il avait l'air trop malheureux, un coup à boire.

Il n'aimait pas l'eau-de-vie. Toutefois, il dut donner raison à Karin. L'alcool aidait à lutter contre les soucis.

Par la suite, Isak se révéla capable de s'acquitter lui-même de sa dette. Il était doué pour le travail physique, il avait l'esprit pratique et de la patience. La hache et la pelle, les clés anglaises et les lourds travaux n'avaient pas de secret pour lui. Il en vint à reprendre une bonne part des activités d'Erik. Ce fut un bienfait pour la maison, bien plus que les livres de Simon.

— C'est comme si on avait des enfants inversés, confia Karin à Ruben Lentov quand il vint un dimanche saluer Erik qui était en permission. Erik était plus maigre que d'habitude. Mais il était toujours aussi bavard et l'état de la défense suédoise le touchait profondément.

— On a des camions mais pas d'essence, expliqua-t-il. Et, d'un autre côté, on a des munitions mais pas d'armes.

Le regard de Karin lui enjoignit de s'interrompre. Il voyait l'inquiétude grandir dans les yeux de Ruben.

Ce dimanche-là Ruben raconta ce qu'il savait, de source secrète, sur le destin des Juifs en Allemagne. On avait fait sortir les garçons de la cuisine, mais Simon n'oublia jamais cette scène, à cause de l'expression qu'il avait vue dans les yeux d'Erik, quand il s'était glissé dans la pièce pour boire de l'eau.

Son papa était terrifié.

Et parce que Karin était livide quand elle avait préparé le lit des enfants dans le salon. Mais surtout, il avait entendu une conversation téléphonique.

C'était Erik qui téléphonait. Il était pressé. Il devait prendre le train pour rejoindre son régiment. Mais ce n'était pas la précipitation qui justifiait l'intensité de sa voix, cette impression d'urgence vitale qu'elle donnait.

— Il faut que tu brûles la lettre.

— …

— Oui, je sais que j'ai promis. Mais je ne pouvais pas deviner à cette époque…

— …

— Il faut que tu comprennes que, si jamais les Allemands débarquent, il y va de sa vie.

Simon écouta. Il se dressait dans son lit pour mieux entendre. En réalité, il n'avait pas un grand effort à faire, le téléphone était accroché dans l'entrée contre le mur du salon, on entendait la moindre syllabe à travers la cloison.

Les questions tourbillonnaient dans sa tête. Avec qui Erik parlait-il ? Qu'est-ce que c'était que cette lettre ? Qui était en danger ?

Son ventre se noua quand il comprit qu'il avait la réponse à la dernière question. Il s'agissait de lui.

Isak dormait à côté. C'était préférable, parce qu'il ne fallait pas l'inquiéter.

Mais Simon se sentit très seul, assis dans son lit à essayer de comprendre. En vain.

Il entendit Erik faire ses adieux à Karin, prendre son sac à dos.

— Au revoir Karin, prends bien soin de toi et des garçons.

— Au revoir Erik, prends soin de toi.

Il pouvait les imaginer qui se serraient les mains gauchement.

Et, juste avant de refermer la porte :

— Tu es arrivé à la convaincre ?

— Je crois.

Maintenant, Simon était furieux, comme le sont les enfants quand ils ne comprennent pas. La colère lui donnait des rêves brumeux.

Il rencontra la mère Ågren, qui était plus terrible morte que vivante et qui le poursuivait le long de la plage en criant :

— Rentre demander à ta mère.

Mais il avait oublié la question, il l'avait perdue, il ne la trouvait pas, il la cherchait avec désespoir comme si sa vie entière en dépendait.

Il se réveilla en pleurant, et resta dans le royaume de l'aube, entre sommeil et veille. Il s'évada jusqu'aux arbres, aux chênes. Il parvint finalement à trouver le pays qui est, mais qui n'existe pas. Il rencontra son homme, le petit homme au chapeau étrange et au sourire énigmatique. Ils s'assirent un instant et discutèrent comme ils l'avaient fait toutes ces années, sans paroles et au-delà du temps.

Le matin, il resta longuement devant le miroir de la cuisine, accroché au-dessus du robinet d'eau froide de l'évier. Il regarda dans ces yeux étrangers, ces yeux qui étaient les siens, quoique différents. Ils étaient plus foncés que ceux de Karin, et plus sombres même que ceux de Ruben.

Mais il n'interrogea pas son reflet.

Ni Karin.

La routine reprenait ses droits autour de lui. Dans la précipitation autour de la bouillie, des tartines qu'on devait préparer, des livres de classe à ramasser, des chaussettes qui avaient disparu, la soirée de la veille et la conversation téléphonique pâlirent, s'estompèrent, et prirent un caractère irréel.

Ce jour-là, Simon échoua à son épreuve d'allemand. Isak s'inquiéta :

— Tu crois que Karin va être triste ?

Simon fut étonné, le collège était son domaine. Karin ne lui poserait même pas la question.

— Non. Elle ne s'occupe pas de l'école.

Isak hocha la tête, soulagé. Il se souvenait maintenant l'avoir entendue dire à Ruben, quand celui-ci l'avait questionnée au sujet de ses leçons et de ses devoirs, qu'il fallait faire confiance à ses enfants.

Alors Isak proposa à Simon :

— Je pourrais bosser l'allemand avec toi, c'est ma langue maternelle après tout.

Simon fut si surpris qu'il faillit en avaler de travers le bonbon qu'il avait acheté pour se consoler après l'examen.

Isak ne suivait pas les cours d'allemand. Simon avait pensé qu'il en était dispensé pour les mêmes raisons que pour l'éducation chrétienne, parce qu'il était juif. Mais il venait juste de comprendre qu'Isak n'avait pas besoin d'apprendre l'allemand parce qu'il le connaissait déjà, l'allemand et ses ordres rauques : *Achtung*, *Heil*, *Verboten*...

Ce fut ainsi que les murs de la cuisine, qui avaient entendu Hitler hurler, résonnèrent d'un allemand radicalement différent, un berlinois rond et souple.

C'était curieux. Même Karin était surprise de voir comme la langue des nazis pouvait sonner agréablement. Simon apprit vite, il se familiarisa avec la langue. Il réussit l'examen suivant et fut admis à passer en classe supérieure à la fin du trimestre. Ils reçurent leur livret scolaire le jour où les Allemands entraient dans Paris.

Une épidémie de méningite sévissait dans la région. La nuit où les Anglais évacuèrent plus de trois cent mille hommes de Dunkerque, une des camarades de classe de Simon mourut, une fille qu'il n'avait jamais trop aimée.

Cette mort-là fut plus réelle que tous les morts de la Grande Guerre. Simon se sentait coupable.

À peine quinze jours auparavant, il avait traité la fille de queue de rat, dans une dispute stupide et inutile. Elle était rousse, et elle avait du bagout, comme lui. Elle était la benjamine d'une famille nombreuse. Le père était maçon et buvait et la mère pleurait.

— Elle ne voyait pas d'issue, elle a dû décider de s'en aller, le consola Karin.

Les jours suivants, elle surveilla particulièrement les

garçons, et fut très inquiète le soir où elle crut qu'Isak avait de la fièvre.

Un autre événement marquerait cet été pour Simon. Un matin Karin se réveilla avec le souvenir clair et précis d'un rêve. Elle raconta aux enfants qu'elle était assise dans un abri. Elle regardait le crucifié sur le mur. Quand les bombes étaient tombées, il était ressuscité, il avait levé le bras et pointé un rameau vers le toit qui était béant. Et elle avait vu que le ciel était bleu et infini, au-delà des petits avions.

— Les avions et les bombes étaient comme des jouets.

Elle ajouta que sa vision lui avait donné de l'espoir.

Les garçons se sentirent réconfortés, surtout après la visite d'Edit Äppelgren, venue dans la cuisine chercher la paire de ciseaux que Karin lui avait empruntée. On lui avait offert le café, et fait part du rêve. On fêtait la Pentecôte en disposant des narcisses sauvages, fraîchement éclos, sur la table du petit déjeuner. Comme elle était chrétienne, le rêve lui rappela la venue du Saint-Esprit dans le monde des hommes.

Ils finissaient leur café quand ils entendirent l'alerte aérienne de Käringberget et la défense faire feu. Ils se précipitèrent à l'extérieur. Ils eurent le temps de voir l'avion allemand avec sa croix gammée, son pilote à bord, brûler comme une torche dans le ciel, avant de disparaître dans la fraîcheur de la mer.

Simon pleura. Isak était excité et curieusement heureux.

Ils eurent, malgré tout, un été de gamins, là-haut dans les prés, dans les collines, à l'embouchure du fleuve. Il y eut de blanches nuits d'été. Ils campèrent sur la plage. Ils taquinèrent les filles. Ils se bagarrèrent avec les garçons. Ils firent du canot et du dériveur.

À sa permission suivante, Erik raconta qu'ils aidaient en secret les Juifs norvégiens à passer la frontière.

Un dimanche, il projeta d'aller en voiture voir Inga, une des cousines d'Erik. Elle possédait une petite ferme à quelques dizaines de kilomètres de la ville.

Est-ce que Simon voulait venir avec eux ?

Non, il n'aimait pas Inga. Elle était grosse et paresseuse. Elle puait l'étable. Et elle n'osait jamais le regarder dans les yeux !

Mais, selon Isak, l'excursion devait être importante, puisque Erik roulait avec de l'essence rationnée, et Simon se sentit mal à l'aise.

Puis il oublia. Isak et lui grimpèrent sur les échafaudages autour de la maison pour la peindre en blanc, avec la peinture que Ruben s'était procurée pour en faire cadeau à Erik. Isak chantait en peignant.

— *Un vent froid, un vent froid souffle de la mer.*

Simon détestait entendre Isak chanter, mais il devait s'y habituer. L'été 1940 ne commençait vraiment pas bien.

5

De la fenêtre de la chambre, on devinait la mer. Du moins à l'automne, quand les arbres avaient perdu leurs feuilles. Et au printemps bien sûr, quand on l'entendait se dégager des glaces. La maison, qui n'était pas plus grande qu'une cabane, était adossée à la montagne. Elle était moins jolie que du temps où elle abritait des hommes robustes et travailleurs qui défrichaient jusqu'à la mer.

Il y avait des pâtures, des champs, des pommes de terre et des céréales aussi. Quatre vaches dans l'étable, deux cochons et une vingtaine de poules. Et, dans la maisonnette, deux personnes très âgées, perdues et épuisées, dont il fallait s'occuper. En ville, les autres membres de la famille, sauf Karin, évitaient de penser à la solitude d'Inga.

Comme tout le monde, dans sa jeunesse, Inga était partie pour la grande ville. Elle avait trouvé un emploi dans une famille, puis dans une boutique. Ces années avaient été amusantes, riches de rencontres, d'impressions et d'événements. Elle était agréable à regarder, avec sa peau claire, et son léger embonpoint attirant.

Elle aurait pu trouver un homme, ainsi que l'avaient fait ses sœurs. Mais elle était l'aînée d'une famille de sept enfants, et elle avait trop vu ce que l'amour faisait aux femmes.

Elle se méfiait.

Quand les vieux ne purent plus se débrouiller seuls à la ferme, ce fut elle qui dut revenir. Elle céda à la hantise des parents pour qui la maison des pauvres, qu'on appelait désormais maison de retraite, était pire que la mort.

Elle ne souleva pas la moindre objection. Depuis longtemps, elle ployait sous le poids de la culpabilité. Elle était démunie face au devoir et au quatrième commandement.

S'il y avait eu de la tendresse, une possibilité de dialogue entre elle et sa mère, la situation aurait été plus simple. Mais la vie ne lui avait même pas offert ça. Elle avait été prise en grippe dès sa naissance, qui avait contraint ses parents à se marier. Elle était venue trop tôt, un mois à peine après le mariage. La honte était restée accrochée à elle pendant toute son enfance.

Le premier hiver interminable qui avait suivi son retour à la ferme, elle fut tentée d'empoisonner les vieux et de flanquer le feu à la ferme. Elle savait où poussait la jusquiame. Petite, elle avait vu comment Ida, la sorcière du village, extrayait le poison des fleurs.

Elle comprit alors qu'elle était en train de devenir folle. C'était la faute à toutes ces idées qui lui traversaient la tête. Elle avait appris que penser pouvait rendre fou. Les gens qui réfléchissaient trop, on les emmenait chez les dingues à Hisinge.

Elle décida de cesser de penser. Au bout de quelques années, elle y était assez bien parvenue.

Quand son père devint aveugle, on résilia l'abonnement au journal. La famille n'avait pas l'habitude d'écrire. Les cartes postales n'arrivaient que pour les fêtes. Bien que ce fût la fin des années vingt, le courant électrique n'avait pas encore franchi la montagne. Il n'était donc pas question de songer à la radio.

Ses frères et sœurs lui envoyaient de l'argent, mais leurs visites étaient espacées. Et c'était tant mieux. Car quand ils venaient, les frères particulièrement, la mère devenait plus inquiète que d'habitude, et son agitation persistait pendant des jours.

Celui qui venait le plus souvent, c'était Erik. Le cousin au camion. Et sa femme Karin, celle qui avait aidé Inga à avoir ce travail dans la boutique en ville. Elle était tellement gentille. Gentille et forte à la fois. Ce qui avait toujours étonné Inga.

Ils venaient parce que Karin avait pitié d'elle. Inga s'en rendait compte. Karin dit un jour tout de go aux vieux qu'Inga avait le droit d'avoir une vie à elle et que, de nos jours, les vieux étaient bien soignés à la maison de retraite du bourg. La mère eut un malaise cardiaque. Erik prit sa voiture et alla chercher le docteur, qui ne trouva aucune anomalie. Mais il ajouta quand même qu'il fallait faire très attention avec des personnes aussi âgées.

Par la suite, on n'aborda plus le sujet. Inga vit bien qu'Erik était en colère. Elle comprit qu'il reprocherait à Karin le remue-ménage qu'elle avait causé.

Puis vint le printemps où elle vit le musicien au bord de l'eau.

Ça ne pouvait pas être vrai, pensa Inga ensuite, il était sorti de ses rêves. Mais ce soir-là, il était bien réel, et le soir d'après, et le suivant encore, jusqu'aux nuits claires de la Saint-Jean, où il disparut.

Le torrent était plutôt insignifiant. Il avait un long chemin à faire dans la forêt et passait avec peine entre les collines pour atteindre la mer. Finalement, il n'avait pas trouvé d'autre solution que de se jeter du haut de la falaise avant la dernière pente vers le rivage.

La chute d'eau était belle, bien qu'elle fût provoquée par un si petit torrent. Surtout au printemps, elle était à la fois forte et gaie.

Pour Inga, la cascade était une joie. Et une libération.

Elle s'occupait des vieux. Elle s'esquintait sur les pommes de terre. Elle trayait les vaches. Elle prenait soin des bêtes, de leur santé et de leur humeur. Mais elle n'était pas de celles qui parlent aux animaux, qui remarquent les particularités des uns et des autres. Ses activités lui procuraient donc peu de joie.

Non, elle passait des animaux muets aux personnes muettes. Le père n'avait pas prononcé un mot depuis des années. La mère se lançait parfois dans de longues harangues de plus en plus incompréhensibles.

La vieille était irascible, elle l'avait toujours été, constatait Inga.

Mais elle pensait surtout à la cascade, qu'elle retrouverait quand les vieux se seraient endormis et que les bêtes auraient été enfermées dans l'étable. Elle s'y rendait jusque tard dans l'automne. Elle se déshabillait et se plaçait sous la chute d'eau, jusqu'à ce qu'elle soit lavée de la saleté et des soucis.

Par un soir de printemps, le joueur de violon apparut. Il resta à la contempler comme si elle était une créature sortie tout droit d'une légende nordique.

Elle n'eut pas peur, c'était trop irréel. Elle se dirigea simplement vers lui. Elle s'allongea telle qu'elle était, nue. Elle posa sa tête sur ses genoux. Il sortit son violon et se mit à jouer un air pour elle. Ce n'était pas plus étrange qu'autre chose.

Naturellement, la musique était belle et sauvage.

On aurait pu penser que le laitier, qui venait chercher le lait tous les deux jours avec la voiture de la coopérative, aurait été tout indiqué pour Inga. Mais il était laid, désagréable et marié.

Le violoneux aussi avait peut-être une femme. Elle l'ignora car ils ne purent jamais parler ensemble. Il était étranger. Plus tard, Erik apprit qu'il était Juif. Il était professeur de musique à la Haute École populaire, de l'autre côté de la mer. À la fin du trimestre, il retourna en Allemagne. Il avait un nom et une adresse à Berlin.

Mais personne n'écrivit à cet homme. Inga savait qu'il n'avait jamais vraiment été de ce monde et n'en démordit jamais. *Père inconnu.*

Car, vers la fin de l'hiver, Inga finit par se rendre à l'évidence : elle attendait un enfant. La créature sur le bord du torrent avait été un homme de chair et de sang.

Ils s'étaient aimés. Ils s'étaient aimés la moitié de leur première nuit et toutes les nuits de ce printemps. Inga avait enfin compris comment on pouvait tout abandonner, l'honorabilité et le confort, pour l'amour. Elle n'avait jamais soupçonné auparavant les émois du corps sous la caresse des mains expertes et à quel point un homme pouvait être beau. Le musicien était élancé et bien bâti. Son membre viril était raide et gros. Elle n'en était jamais rassasiée. Ni de ses yeux noirs comme le marais.

Il parlait. Sa voix était pleine de douceur. Elle ne comprenait pas ses paroles. Alors, il exprimait ses sentiments devant ce miracle et devant elle avec son violon. Il jouait toujours à la rendre folle de désir.

Elle se souvenait que, le dernier soir, il était très sombre, et que son violon était plein de douleur. Aussi ne s'étonna-t-elle pas quand il ne vint pas le lendemain.

Elle fut extrêmement triste.

En son for intérieur, elle avait toujours su que l'histoire se terminerait de la sorte. C'était un rêve et les gens comme elle devaient se réveiller tôt ou tard et porter leur croix sur terre.

À l'automne, tandis qu'elle ramassait les pommes de terre, elle se sentait lourde et maladroite. Elle ne pensa pas qu'elle portait un enfant en son sein. Erik et Karin vinrent avec la première neige pour l'aider à descendre les sacs de pommes de terre dans la cave. Karin remarqua immédiatement sa grossesse.

— Inga. Tu vas avoir un enfant.

— Mais qu'est-ce que tu as foutu ? dit Erik, d'une voix si aiguë qu'elle frappa Inga comme un coup de fouet.

Karin l'interrompit, d'un ton sec et vif :

— Pour une fois, tu fermes ta grande gueule, Erik Larsson.

Elles montèrent dans le grenier. Inga commença à se souvenir. En hésitant, elle raconta lentement.

Sans ce gros ventre, Karin aurait cru que la solitude d'Inga l'avait rendue folle. Elle n'en aurait pas été étonnée. Les choses étaient ainsi. Elle devait accepter cette histoire de violoniste aux yeux noirs sur le bord du torrent.

— Ce sera la mort de maman, pleurait Inga.

Karin tut ce qu'elle pensait. Ce serait la meilleure chose qui pourrait arriver.

Karin et Erik étaient des gens pragmatiques. En bonne fille de paysans, Inga l'était également. Elle conclut rapidement que le plus important était que personne n'apprenne son humiliation. Personne au village, ni ses frères et sœurs, ni ses parents.

Erik parla aux vieux. Il inventa une fable. Il expliqua qu'Inga avait une grave maladie au ventre. Elle devait aller à l'hôpital. Il ne sut pas ce qu'ils avaient compris.

En revanche, la sœur d'Inga, elle, comprit son malheur quand Erik déboula en ville, dans la cuisine de son logement social. Il lui expliqua que ses enfants étaient suffisamment grands pour se débrouiller seuls. Märta, tel était son nom, devait rentrer à la maison s'occuper des parents pendant qu'on opérait Inga.

Elle rechigna, mais accepta. On se pliait aux volontés d'Erik. Et elle le crut quand il affirma qu'Inga risquait de mourir si elle ne se faisait pas soigner. Elle prépara ses bagages et retourna auprès des vieux.

Elle ne supporta pas plus de quelques semaines la solitude dans la ferme. À la fin de l'hiver, les parents entrèrent à l'asile de pauvres. Ils moururent tous deux en l'espace d'un mois, comme ils l'avaient toujours prédit.

À cette époque, l'enfant était déjà né. Karin et Erik l'avaient adopté.

Bien que ce ne fût plus nécessaire et que Karin eût entrepris de lui retrouver un emploi dans une boutique, Inga retourna à la ferme.

— Elle a peur de la foule, déplora Erik. Elle n'ose plus revenir à une vie normale.

Karin opina de la tête. La réalité n'était pas aussi simple que ça.

L'infirmière raconta à Karin que la mère n'avait même pas voulu voir le bébé. Quand elle se retrouva avec le nouveau-né dans les bras, Karin sentit au fond de son cœur qu'elle n'avait pas droit à cet enfant. Elle ne l'avait pas porté avec sérénité et angoisse. Elle ne l'avait pas enfanté dans la douleur.

Elle regarda attentivement les yeux de l'enfant. Elle y vit la douleur des longs crépuscules sur la mer. Mais aussi, une grande solitude, un non-être.

C'est parce que Inga l'a renié. Il a neuf mois d'existence non reconnue. Et Karin pensa aux mots d'Inga dans le grenier. Pour elle, l'homme au violon était le génie des eaux, et il n'existait pas.

Or cet homme avait réellement existé. Karin garda pour elle ce qu'elle avait déjà vu. C'était un enfant juif. Son enfant serait celui d'un étranger.

Non qu'elle pensât aux difficultés liées à cette différence, elle aimait le bébé. Elle avait l'esprit pratique, elle savait indubitablement que son amour déplacerait des montagnes et décrocherait la lune pour l'enfant en cas de nécessité.

Ce serait quelqu'un de bien, avec une enfance heureuse.

Au début du printemps, quand elle se levait la nuit pour lui donner son biberon, elle avait dépassé la question de savoir qui avait droit à l'enfant.

Elle avait de fortes et étranges pensées.

L'enfant appartient à la terre. Il porte l'histoire de la terre dans ses cellules, et la sagesse de la nature dans son sang.

Elle était persuadée qu'il détenait la vérité.

Tous les enfants détiennent la vérité, se dit-elle. Les enfants savent, un court instant. À chaque naissance, la terre tente peut-être d'incarner ce qu'on ne peut pas comprendre.

Ce fut Inga qui décida du prénom. Après l'enterrement de ses parents, elle se dirigea vers Erik, au cimetière :

— Il s'appellera Simon.

Karin comprit qu'ils ne pouvaient qu'obéir. Elle avait l'enfant dans les bras et elle eut cette réflexion :

— Il avait un nom, quand même, le génie des eaux.

6

Karin était la cadette d'une série de six enfants. Les autres étaient des garçons. Le plus jeune allait déjà à l'école quand il devint évident qu'il y aurait un enfant de plus dans la cabane du tailleur Lundström, en face de la gare, dans le petit village minier du Värmland.

Sa mère se mit à pleurer, maudit son destin et l'être qui poussait en elle. Elle avait un peu plus de quarante ans et s'était crue libérée de tout ça. Elle mena un rude combat de trois jours pour extirper l'enfant de son corps. Elle faillit y passer. Quand elle se retrouva avec le nouveau-né, il lui restait encore des larmes.

Maintenant, elle pleurait parce que l'enfant était une fille, pauvre créature condamnée à l'esclavage et aux enfantements douloureux.

Pendant toute son enfance, Karin entendit sa mère lui dire combien elle avait été peu désirée, et qu'elle avait failli lui coûter la vie. Elle racontait souvent cette histoire. Karin l'accepta naturellement. Elle comprenait sa mère.

En revanche, elle ne comprit jamais la tristesse profondément enracinée dans son cœur, qui grandit et se ramifia avec une telle vigueur que Karin ne parvint pas à l'arracher.

En réalité, elle aurait dû abandonner rapidement la lutte, comme les enfants non désirés que la tuberculose décimait dans la région. Mais elle survécut. Elle devint grande et forte, parce qu'elle avait un père.

Petter Lundström était âgé de plus de soixante ans à la naissance de sa fille. Il s'était marié deux fois. Il avait eu des enfants de deux lits. Les plus âgés, ses fils, étaient adultes depuis longtemps. Il y avait eu une fille, une petite qui était morte de la tuberculose à sept ans.

Et le plus étrange était que cette fillette disparue constituait le lien de Petter avec la vie, avec ce qui était vivant en lui. Il l'avait aimée. Ses fils, même ceux de son second mariage, avaient entendu d'innombrables histoires sur son extraordinaire beauté et sur le bonheur qu'elle lui avait apporté.

Quand une autre fillette lui arriva, au bout de sa vie, ce fut une grande joie pour Petter. Dieu seul sait s'il ne se mit pas dans la tête que son enfant adorée lui était revenue, comme une consolation, une nouvelle lumière dans une vie de plus en plus grise.

Il avait son atelier à la maison, et la petite fut sienne, dès le premier jour. Elle dormait dans une caisse sur sa grande table de tailleur. Il babillait avec elle, lui souriait, chantait pour elle.

Les gens entraient et sortaient de l'atelier. Et, au milieu de tout ce va-et-vient, était Petter, avec le bébé Karin, son ange, le miel de sa vie, la prunelle de ses yeux. Bien sûr, une ou deux personnes rirent de son amour excessif, mais on était dans le Värmland, et il y avait de la place pour les excentricités. C'étaient de bons rires, en gros. La petite était mignonne, ne dérangeait personne et ne gênait pas pour essayer les vêtements.

Il connaissait cent chansons, mille contes et encore plus d'histoires folles. Tout cela, il le lui offrit. Elle voguait sur une vague de chaleur et de sagesse astucieuse. Elle apprit tôt l'essentiel des folies et des tours des hommes, et que la plupart d'entre eux désirent le bien et basculent dans le mal.

Petter avait toujours été élégant. L'atelier devint si beau, que les gens racontaient qu'on pouvait manger par terre. Il commanda un livre à Karlstad, dans lequel il put apprendre les besoins des tout-petits. Il y avait beaucoup de choses sur l'hygiène, l'alimentation et l'air. Sur la tendresse et l'amour, absolument rien. Mais pour Petter Lundström, c'était inutile.

C'est ainsi que Karin reçut en partage sa force et sa vision de l'ordonnancement incompréhensible de la vie, ainsi que la manière de le rendre compréhensible, malgré tout.

Quand elle commença l'école, elle savait lire et écrire depuis longtemps. Elle sauta une classe, à la grande fierté de Petter.

La mère ? Oui, elle était là. Elle allait et venait dans l'atelier, alourdie par son image d'elle-même, bête de somme patiente, usée prématurément par de trop nombreux accouchements et par tout le travail, faire à manger, ranger. Elle incarnait la culpabilité dans la vie de Petter. Il ne pouvait pas ignorer que c'était lui qui lui avait fait tous ces enfants. Et que, comme elle le disait souvent, il avait aussi conduit sa première femme à la tombe avant l'heure.

Elle était morte en couches.

Il ne lui restait qu'à courber l'échine sous l'éternelle fatigue de sa femme et sous ses récriminations, qui s'atténuaient malgré tout depuis la naissance de Karin. Cependant, la mère ne pouvait pas réclamer sa fille pour elle. Elle était obligée d'admettre qu'il faisait le maximum pour ne pas faire peser ce dernier fardeau sur ses épaules.

Il ne la toucha plus au lit, et elle devina vaguement qu'il y avait un rapport. Son besoin de chaleur était satisfait tant qu'il pouvait s'occuper de sa fille.

Les tensions crûrent quand la petite Karin grandit, et que la mère voulut qu'elle l'aidât à tenir la maison. Petter était incapable de lui refuser cette aide et lui prêta sa fille. De courts moments seulement. Elle ne devint pas bonne ménagère. Elle était souvent gauche devant les fourneaux. Une fois, sa mère la battit dans le dos avec le crochet de la cuisinière.

Personne n'oublia cet événement dans l'atelier du tailleur. Le gentil Petter fonça droit sur sa femme avec le même crochet et la frappa à son tour.

— Comme ça tu sauras quel effet ça fait.

Il était blanc de colère.

La mère de Karin ne l'oublia jamais. L'humiliation et la douleur se gravèrent profondément dans son esprit. Ce qui n'était pas bon pour sa fille. Au bout du compte, elle en paierait nécessairement le prix un jour.

Quand Karin eut neuf ans, Petter mourut. Il était simplement assis à sa table de tailleur et il tomba en avant comme la lame d'un canif usé.

Elle ne l'accepta pas. Cela ne pouvait pas être vrai. Elle disparut dans la grande forêt, et y resta la nuit. Elle se réveilla le matin sous un sapin et se souvint. Elle s'enfonça plus profondément encore dans le bois. Elle trouva une clairière. Un torrent y coulait. Elle s'imprégna doucement de ce qui s'était produit et elle constata que le torrent était trop petit pour qu'on pût s'y noyer.

Dans la lueur de l'aube, des oiseaux migrateurs en route pour leur long voyage des montagnes du Nord aux fleuves chauds du Sud passèrent. Ces oiseaux, des jaseurs boréaux, se posèrent tout autour de l'enfant. Elle n'avait jamais vu ces curieux oiseaux bariolés, et n'avait jamais entendu leur chant, qui oscillait étrangement entre joie et tristesse.

La fillette resta immobile. Elle sut que son père lui avait envoyé un message : il était à ses côtés, et serait toujours avec elle.

Et c'est ainsi qu'elle décida de supporter la vie.

La mère vendit le fonds de commerce du tailleur et emménagea à Göteborg avec les enfants qui étaient encore à la maison, deux fils presque adultes et la petite, qu'elle connaissait à peine. Elle trouva chez sa fille l'incarnation de son image de bête de somme exploitée par la manufacture, qui lui pompait ses forces mais qui lui apportait de quoi payer l'appartement d'une pièce à Majorna et nourrir la famille.

La Première Guerre mondiale arriva. On manqua de nourriture. Les gens dont l'envie de vivre déclinait moururent comme des mouches lors de l'épidémie de grippe espagnole. Les jaseurs boréaux sauvèrent Karin.

Et aussi un ou deux professeurs qui s'attachèrent à cette enfant étrange et douée. Quand Karin suivit les cours d'éducation religieuse, le pasteur rendit visite à sa mère pour lui dire que sa fille devrait continuer ses études dans une école supérieure.

C'était une méprise, il le comprit d'emblée en entrant dans la cuisine de cette veuve toute courbée.

— Du baratin, dit-elle après le départ du pasteur. Ton fou de père est arrivé à te faire croire que tu étais quelqu'un.

Au retour de ses fils, la mère leur parla de ce pasteur dément, et ils rirent fort et longtemps. Payer des études à une fille ! Ils n'avaient jamais rien entendu d'aussi stupide. Mais le plus silencieux des deux dit ensuite que si leur père avait été en vie, alors…

Karin comprit ce jour-là les raisons de leur haine contre elle.

À treize ans, elle obtint un emploi dans une famille. À quinze elle entra dans un atelier de couture. À seize, dans une boutique du grand marché. Les jaseurs boréaux la suivaient partout. À dix-huit ans, elle rencontra Erik. Elle remarqua qu'il ressemblait à Petter. Elle devint socialiste convaincue. Elle osa même croire ce qu'il lui disait, qu'elle était très belle.

Erik était l'unique garçon d'une famille qui vivait dans un logement social d'une pièce sur Stigberget. Il était l'espoir de sa mère et le soutien de sa sœur cadette.

Sa sœur était chétive. Elle était condamnée à survivre avec un poumon crevé depuis que la tuberculose l'avait attaquée à l'âge de six ans. Elle grandit lentement, sans caractère ni vie propre, en courbant l'échine, dans l'ombre de sa mère.

Leur mère était une forte personnalité. Elle était belle et pleine d'amertume. Elle était très croyante. Elle s'était mariée sur le tard. Elle haïssait l'amour au point de chasser de son lit son mari, qui n'était qu'une ombre, après la naissance de ses enfants.

Elle trouvait un exutoire à son désir en battant son fils. Elle frappait ses fesses rouges et nues avec la tapette des tapis. Elle ne lui fit pas une enfance facile. Mais elle gardait néanmoins du respect pour Erik, pour son sexe, pour l'homme chez l'enfant, qui avait hérité de son intelligence et de sa force et qui réaliserait ses rêves.

Ce respect donna au fils la force de s'opposer progressivement à sa mère, à ses idées du moins, et à son obscurantisme. Ce lui fut plus difficile de se défaire de ce dont elle l'avait nourri si tôt qu'il ne le voyait plus...

Toute sa vie, il associa l'amour charnel au péché. Jamais personne ne l'aida à comprendre cette relation obscure, dont il avait terriblement honte, qui unissait dans son imagination désir et cruauté.

Quand le fouet ne suffit plus à le faire obéir, elle régna sur lui à coups de menaces répétées de crise cardiaque.

Sa mère tomba malade du cœur au moment où il entrait dans la puberté.

Erik aurait dû étudier. Il aurait pu aller loin, comme on dit. Mais c'était peut-être mieux ainsi.

À quinze ans, il s'inscrivit au syndicat aux ateliers de Göta. Chaque soir, il passait de ses dix heures de travail aux cercles de réflexion et aux livres. Il y trouva les outils qui lui permettraient enfin de comprendre le monde cruel dans lequel il avait grandi. Il apprit comment fonctionne l'oppression quand elle trouve un dérivatif en s'attaquant aux plus faibles.

Il comprenait sa mère parfois.

Comme il comprenait cet épouvantable sentiment d'humiliation collant aux chaussures. Celles-là mêmes qu'il recevait chaque année pendant son enfance des mains du pasteur de la paroisse. Lequel les obtenait d'une organisation de bienfaisance qui s'était donné le nom de Pères Noël d'Älvsborg.

Vers seize ans, il signala à sa mère que Dieu n'existait pas et que son Église ne valait guère mieux que l'eau-de-vie, pour ce qui était de maintenir les travailleurs au fond.

Elle se mit la main sur le cœur et menaça de mourir, mais elle rata son effet. Son fils était déjà sorti, en route pour la prochaine réunion.

Il était beaucoup moins armé pour l'amour. Un souffle de sa mère, en danger de mort à l'idée que son fils puisse l'abandonner, chassait vite les filles, qu'il vint à aimer, de sa vie.

Il avait près de trente ans quand il rencontra Karin. Dès qu'il regarda dans le doux brun de ses yeux, il réalisa que, cette fois-ci, c'était sérieux. Son désir était si grand et sa peur si énorme qu'il aurait eu besoin d'une puissance céleste à prier :

— Mon Dieu, aide-moi à m'opposer à ma mère !

Il s'était trompé sur la douceur des yeux. Il se rendit vite à l'évidence, la placidité de Karin cachait une force qui pouvait bien se mesurer à celle de sa mère. Dès leur première visite chez lui, elle alla droit au but :

— Erik et moi, nous allons nous marier.

— Ce sera ma mort, avait dit la vieille, devenant d'un coup tellement pâle qu'on aurait cru qu'elle mettrait sa menace à exécution immédiatement, à la table de la cuisine. Mais Karin eut l'audace de lui rire au nez ; c'était la vie, les vieux meurent pour laisser la place aux jeunes sur terre.

Elle partit ensuite, en emmenant Erik. La mère survécut et fut une véritable plaie pour Erik et Karin pendant de longues années.

Si Erik ne se rendit jamais vraiment compte du destin dont Karin l'avait sauvé, il sut alors que sa femme était aussi forte que sa mère, et il joua non sans crainte avec la pensée qu'il était sorti d'un piège féminin pour retomber dans un autre. Il devait affirmer sa virilité pour ne pas devenir une ombre comme son père.

Ils se marièrent au printemps. Des deux côtés, les mères pleuraient. Celle de Karin parce que sa fille suivrait maintenant la destinée des femmes, être toujours enceinte, et vivre des accouchements horribles.

Les époux firent leur nid, et restèrent sans enfants. Erik fabriqua lui-même les meubles, des fauteuils, un buffet, une table, une armoire à linge. Karin cousait.

Leur foyer fut différent et beau.

Mais ils restèrent sans enfants, à la plus grande joie des belles-mères.

Lors d'un anniversaire, au café, la mère d'Erik se moqua ouvertement de Karin. Erik pour une fois, retrouvant intact son courroux immense contre la vieille, lui dit qu'elle était responsable de leur stérilité. Il avait eu une maladie honteuse, ce genre de maladies qu'on attrape quand on n'a pas le droit d'avoir une fille à soi, et qu'on va voir les putains. Ainsi elle n'avait qu'à en convenir, c'était sa faute à elle, sa mère.

Quand ils rentrèrent chez eux, Karin dit à Erik en lui prenant la main que, puisque sa mère n'était pas morte sur le coup ce soir-là, elle serait certainement centenaire.

Elle vécut jusqu'à quatre-vingt-seize ans.

Karin n'osa jamais demander s'il y avait un fond de vérité dans l'histoire qu'il avait racontée. Il avait fait preuve de grandeur d'âme. C'était tout à fait Erik, un homme en qui on pouvait avoir confiance. Il n'était pas comme Petter, il était bien moins sûr de lui, plus agressif et plus fragile.

C'était aussi une qualité, Petter vivait sa vie dans son cœur, et personne n'allait l'y menacer.

Puis ils eurent leur fils. Quelle importance que cet enfant longtemps désiré ne fût pas de leur sang.

Erik était fier comme un roi. Il sortit l'argent de la Caisse d'épargne et acheta un terrain sur l'embouchure du fleuve pour que l'enfant ait de l'air pur et de l'espace autour de lui.

Et il construisit la maison de ses propres mains. Ce fut une maison étrange. Les morceaux de bois qu'il arrivait à obtenir à bon marché quand le camion faisait le tour de la ville déterminèrent sa taille. Il connaissait tous les ouvriers du bâtiment, il était au courant des chantiers de démolitions. Il revenait sur son terrain avec des fenêtres à petits carreaux et une joie de menuisier, des poêles majestueux de la magnifique maison qu'on rénovait dans l'Allée, et de belles portes anciennes profilées d'une grande ferme qu'on reconstruisait à Landvetter.

Ils ne voyaient pas ça comme ça, mais elle devint une maison très confortable, pleine de surprises et de chaleur. Ils ne furent jamais aussi heureux que quand ils pataugeaient dans la boue dehors et dormaient pendant les nuits chaudes dans ce conteneur d'automobiles qu'Erik avait déniché dans le port, et qui inspirait bien plus confiance qu'une tente.

Les belles-mères, qui ignoraient d'où venait l'enfant, croassaient en parlant de mauvais sang, mauvais héritage. Erik les fit taire en leur faisant peur. Karin et lui trouvèrent l'apaisement dans leur foi socialiste en l'importance du milieu pour l'évolution de l'être humain.

Quand Erik regardait dans les yeux noirs du bébé, il avait mal. Mais il repoussa la douleur et fit sien le garçon, le rendit semblable à lui. Bientôt il ne vit plus ni le noir des yeux ni les cheveux rêches, Simon était à lui. Par conséquent, il était parfait à tous points de vue.

Erik avait une voix claire et puissante, qu'il avait acquise très tôt en chantant à l'église, puis dans le mouvement ouvrier. Comme il ne pouvait pas se résoudre à babiller avec l'enfant comme Karin, il lui chanta *l'Internationale* à en faire gronder les montagnes, et il fut sur le point d'éclater de fierté quand le garçon gazouilla de joie. Une fois qu'Erik eut épuisé son répertoire de chants militants, il passa aux anciens psaumes, sans les paroles bien entendu, mais imprégnés de paix et de force.

La joie que procuraient les chansons à l'enfant était si visible que même Karin s'en étonna.

Elle le gardait presque toujours dans les bras mais, au printemps, quand le jardin commença à prendre forme et qu'il fallut semer et planter, Erik fit un berceau et l'accrocha dans le gros poirier qui se trouvait sur le terrain avant leur arrivée. Le garçon y dormait et s'y réveillait dans le bourdonnement des abeilles et le bruissement des feuilles, tandis que les fleurs blanches tombaient comme des flocons de neige sur son lit.

7

La mer fut toujours présente dans l'enfance de Simon. Elle donnait un goût salé à l'air et emplissait l'espace de son chant des profondeurs et des étendues. Elle éclairait tout entre les maisons et les montagnes.

Les jours gris étaient d'un gris impénétrable. Les jours bleus étaient plus bleus que quoi que ce fût au monde, ces jours où la mer devenait un miroir pour le vaste ciel, démultipliant la lumière et la renvoyant vers le paysage.

L'enfant emporta cette clarté miroitante avec lui dans la vie. Elle pénétra sa peau, sa chair et ses os pour atteindre son âme, là où naît le désir.

Un désir bleu de liberté et d'infini.

Quand ce désir cherchait un point d'appui dans la réalité, il était attiré par les grands navires qui se croisaient au large d'Oljeberget, en route vers le grand port. La plupart des amis de Simon prirent la mer. Beaucoup d'entre eux partirent malgré la guerre avant que Simon n'ait eu le temps de passer son brevet.

Ils faisaient leur service sur le bâtiment neutre, avec le drapeau suédois peint sur le pont. Certains de ces garçons ne revinrent pas, ils disparurent au fond de l'eau avec leur bateau et leur désir de liberté.

D'autres rentrèrent avec quelque chose d'indéchiffrable dans le regard, et leurs mères parlaient avec Karin dans la cuisine des cauchemars qui hantaient leurs fils la nuit.

Simon et Isak étaient également attirés par les bateaux dans le grand port, où la vie s'était pratiquement arrêtée, éteinte par manque de nourriture. La Suède était sous le blocus.

Comme les quais, qui étaient surveillés par la police.

Et pourtant, le port n'avait jamais accueilli autant de navires, autant de géants enchaînés à des bouées ou à des ancres, condamnés au silence et à l'inaction. Malgré la fermeture de l'accès aux quais, on ne pouvait pas se cacher, et les garçons découvrirent rapidement que la meilleure manière d'approcher les bateaux était de prendre le bac pour traverser le fleuve.

Ils commencèrent à Sänkverket, et firent l'aller-retour. Puis ils se rendirent à Fiskhamnen et prirent le bac pour Sannegården. Ils restèrent sur le pont à regarder les flancs gigantesques des vaisseaux se dresser telles des montagnes fantomatiques.

Il y avait de nombreux cargos appartenant à la flotte marchande norvégienne. Certains d'entre eux étaient flambant neufs. Ils étaient allés directement des chantiers suédois au désarmement, sans avoir jamais été essayés.

D'autres avaient sillonné les mers du globe et s'étaient approchés, usés et fatigués, de leur patrie quand les nazis avaient violé le territoire norvégien. Désespérés, les navires avaient changé de cap pour se réfugier dans le pays voisin encore libre. Et ils y restèrent, silencieux, sans travail, sous séquestre.

Mais au début du printemps le bruit courut en ville que l'on chargeait les navires norvégiens de roulements à billes et d'armes, qu'on les préparait au départ, qu'on y installait des explosifs pour qu'ils puissent se saborder, si nécessaire.

Dans la nuit du 30 au 31 mars, la ville au bord du fleuve retint son souffle pendant que dix navires norvégiens se glissaient devant les fortifications et sortaient dans le Rivöfjord. Il y avait du brouillard, mais il ne leur serait d'aucun secours.

À bord, se trouvaient des centaines d'hommes qui ne verraient jamais l'aube. Les marins allemands les attendaient à la hauteur de Måseskär.

Conformément au plan de sabordage, trois de ces navires furent coulés par leur propre équipage, trois disparurent après avoir été atteints par des torpilles allemandes, deux autres purent faire demi-tour et revenir en Suède.

Seuls deux navires passèrent et atteignirent l'Angleterre. Un petit tanker, et le rapide *B. P. Newton*, de seize mille tonnes, qui pénétra le 3 avril dans un port écossais sous l'escorte du croiseur de Sa Majesté le *Valorous*.

La journée fut éprouvante pour les habitants de la ville et leur amour de la mer. Ce fut une des plus noires de la guerre.

On parla à voix basse de trahison.

Simon et les autres assistaient aux cours sans vraiment écouter. Les professeurs étaient plongés dans le même désespoir, mais personne n'évoqua ce qui s'était passé. Les heures se traînaient et on respectait le rituel autant que possible :

— Nous allons ouvrir le livre à la page 56.

Vers la fin de la journée, la boule d'angoisse à l'intérieur de Simon éclata. Il s'effondra en larmes sur son pupitre. C'était pendant l'heure de suédois. Son professeur craqua, elle aussi, et pleura en silence à son bureau.

Personne ne prononça le moindre mot.

Puis la cloche sonna et les garçons se levèrent, ils se séparèrent lentement, en silence, les yeux brillants et le nez morveux.

Ce n'est qu'une fois dans le couloir, quand ils eurent mis leurs blousons, que Simon vit qu'Isak n'avait pas pleuré. Il y avait quelque chose de dur dans ses yeux.

Ils auraient dû aller à la bibliothèque, mais Simon sentit qu'il fallait rentrer à la maison au plus vite, retourner vers Karin et sa cuisine. Ils traversèrent la cour pour aller vers le garage à bicyclettes. Mais Isak marchait comme un automate. Simon comprit immédiatement qu'ils feraient mieux de prendre le tramway.

Isak le suivait comme un chien mais, pendant tout le trajet, son regard ne rencontra pas une seule fois celui de Simon. On aurait dit qu'il ne reconnaissait pas son ami. Quand ils descendirent à l'arrêt, Isak ne trouva pas le chemin qu'il connaissait comme sa poche, et Simon eut tellement peur que son ventre se noua.

Il aurait voulu fuir, mais il prit Isak par le bras, et ils déambulèrent sur cette route qu'Aron Äppelgren avait fait aimer à Simon.

Et ils arrivèrent à la maison. Karin était là, elle saisit tout de suite la situation. La crampe se dénoua dans le ventre de Simon, même lorsqu'il entendit la voix de sa mère se briser et qu'il vit un éclat noir dans ses yeux bruns quand elle dit :

— Sors, toi.

Il se précipita vers les chênes et le pays où tout devient simple.

Doucement, avec précaution, comme s'il y avait un risque qu'il se vidât de son sang, Karin enleva le chandail et les chaussures d'Isak. Puis elle s'assit dans le fauteuil à bascule, le grand garçon dans ses bras. Elle le berça doucement. Elle lui passait la main dans les cheveux en chantonnant.

Il se réchauffa un peu, mais il était toujours raide. Il était clair qu'il ne la reconnaissait pas.

Elle chanta une vieille berceuse : *Lasse, Lasse liten...* et il devint légèrement moins raide. Elle essaya de croiser son regard : Isak Lentov ne savait plus qui il était.

Je devrais téléphoner à Ruben, se dit-elle, mais chaque tentative pour se lever renforçait la terreur dans le corps d'Isak. Et Karin dut attendre qu'Helen arrivât avec le lait. Elle put lui donner le numéro de téléphone et lui chuchoter de se dépêcher pour l'amour du ciel.

Ruben Lentov trouva un taxi. Son arrivée ne changea rien. Isak ne reconnaissait pas son père.

Il avait quatre ans et sa mère l'aimait comme on aime ce qui est fait pour donner un sens et une valeur à une vie torturée. Cet amour l'obligeait toujours à répondre à la volonté maternelle, l'empêchant d'éprouver ses propres sentiments, ceux dont il aurait eu besoin pour évaluer et comprendre.

Il devint un enfant gentil et silencieux.

Il lui arrivait cependant d'être sujet à des crises de colère incompréhensibles. Il courait alors en hurlant dans le grand appartement de Berlin.

Son père était dans un pays étranger lointain, c'étaient les mots de sa mère. Elle les disait avec une nostalgie qui déteindrait sur la perception qu'il aurait de la Suède. Il avait un grand-père. Ce grand-père était Dieu. L'enfant l'avait compris, car son grand-père avait une voix qui grondait comme celle du Seigneur. Le samedi, quand il allait à la synagogue avec son petit-fils à la main, il était drapé de majesté et d'honorabilité. Tout à fait comme le Seigneur de Job.

Il châtiait comme Dieu. Ses coups tombaient lourdement sur les justes comme sur les impies. Le garçon ne cherchait pas à comprendre, car il avait appris à la synagogue que les voies du Seigneur sont impénétrables.

Le garçon ne se souvenait plus jamais des épisodes où il parcourait l'appartement en criant, en faisant souffrir sa mère, qui suppliait le Seigneur de punir cet enfant avec un cœur impitoyable et une main lourde.

Il avait entre quatre et cinq ans et un soleil printanier brillait sur Berlin. Il avait encore fait souffrir sa mère avec ses cris. Il était assis dans la salle à manger, sous la table, sous la lourde nappe brodée de rouge et d'or, dans l'odeur discrète de cire et de vin aigre. Il entendait sa maman pleurer là-bas dans sa chambre, et il attendait le Seigneur qui devait venir le battre — or ce jour-là précisément, il éprouva un sentiment.

Dans ce sentiment, il y avait une colère du même ordre que celle qui l'avait fait courir en rond et hurler à l'instant.

Mais cette fois-ci il était conscient de sa colère, et il en éprouva de l'espoir. Il pouvait penser. Il pensa qu'il pouvait s'enfuir, pour rejoindre son père dans le pays lointain.

Il demanderait, il connaissait l'adresse.

Il enleva ses chaussures pour qu'on ne l'entendît pas et se glissa vers l'entrée. Il y resta un instant et regarda vers le portemanteau, en se disant qu'il aurait sans doute besoin de son vêtement au cours de ce long trajet vers le nouveau pays, où il faisait si froid disait-on.

Mais il n'arrivait pas à l'atteindre.

Il réussit à ouvrir la porte et à la refermer derrière lui en silence. Il descendit les escaliers et sortit dans la rue. Le soleil brillait. Le visage des gens était vivifié par la musique des marches militaires et le piétinement régulier des bottes des Jeunesses hitlériennes.

Il ne se rappellerait jamais comment ils étaient tombés sur lui, les grands messieurs en chemise brune avec les brassards à croix gammée. Mais il se souviendrait de leurs nez qui palpitaient de ravissement et de leurs rires quand ils le hissèrent sur le comptoir de la taverne à bière la plus proche et qu'ils lui retirèrent son pantalon pour voir si son zizi était coupé. S'il était un petit cochon de Juif que des auspices favorables avaient mis sur leur route en ce jour ensoleillé et généreux, chargé de tant d'espoir pour ceux qui avaient vu la naissance du Troisième Reich.

Ils tirèrent le petit sexe à l'en rendre bleu. Au milieu de la séance de torture, l'enfant sombra dans l'obscurité de l'inconscience, ce qui réduisit leur plaisir. Cependant ils ne cessèrent pas avant que le sang ne jaillît du sexe de l'enfant. Alors la serveuse de la taverne intervint, prit le petit et le mit à l'abri dans la pièce derrière le comptoir.

Elle était grande et blonde comme Karin.

Et le soir, quand les joyeux défilés eurent cessé dans les rues, elle le porta chez lui, dans l'appartement des Lentov.

Elle avait reconnu l'enfant.

Quand le petit garçon reprit conscience, il sut que son grand-père n'était pas Dieu, car il pleurait de peur et de désespoir. Il vint un docteur, il y eut un pansement et des médicaments. L'enfant n'aurait aucune séquelle, assura le médecin, qui était juif lui-même et qui était si effrayé que la seringue de calmant tremblait dans sa main.

Pendant que le garçon dormait d'un lourd sommeil empoisonné, le grand-père et la mère restèrent ensemble, à se haïr mutuellement et à tenter de se rejeter la faute.

— C'est toi, maudite dinde, avec tes larmes et tes scènes, c'est toi qui m'as amené à le frapper.

— C'est toi, vieux diable, qui l'as terrorisé.

Mais ils se turent. La vieille grand-mère maternelle allait de l'un à l'autre avec son vin et les paroles de consolation qu'elle puisait dans le quatrième commandement.

— Les enfants oublient vite.

Petit à petit, ils se remirent du choc et de la haine. Ils s'associèrent et conclurent un pacte : Ruben Lentov ne devait jamais savoir ce qui était arrivé à son fils.

Ils étaient certes inquiets à l'idée que l'enfant parlât, quand ils finirent par rejoindre leurs chambres pour tenter de dormir. Ils auraient pu s'épargner cette angoisse. Quand le petit se réveilla, il était muet.

Il ne parlait pas. Il ne pleurait pas non plus. Il émettait parfois un faible gémissement, quand le docteur venait refaire le pansement.

— Il est sous le choc, dit le médecin.

Et il l'était encore un mois plus tard, quand Ruben Lentov vint en visite. Fou de colère et de désespoir, il exigea de connaître les circonstances. Les deux conjurés tinrent parole, mais ils avaient compté sans la présence du docteur qui s'inquiétait de plus en plus pour la santé du petit garçon et continuait à venir à l'appartement.

Des années après, Ruben Lentov devrait encore faire un effort pour oublier la nuit qui suivit son entretien avec le médecin, sa terreur et son sentiment de culpabilité. Il n'eut jamais l'idée de se demander pourquoi le petit garçon avait cherché à s'enfuir.

Dans ce drame, il n'y avait qu'un responsable : lui.

Aux premières lueurs de l'aube, il réentreprit, avec l'énergie du désespoir, ce qu'il aurait dû faire depuis longtemps. Il usa le pavé et les fauteuils des salles d'attente de Berlin. Il fut humilié et rejeté, mais il put toutefois compter sur ses papiers suédois.

Lorsque tous les documents furent tamponnés, il entra dans la chambre d'Isak, il prit l'enfant dans ses bras en criant :

— Tu vas venir avec moi dans ma nouvelle patrie.

Et la volonté dans la voix de son père, la chaleur de ses bras eurent la force de traverser la pétrification de son cœur. Isak revint à la vie et eut cette pensée : il avait réussi malgré tout, sa tentative de fuite allait le mener à son but.

Il pleura en silence toute la journée, en refusant de lâcher Ruben. Le soir, il recommença à parler, mais seul son père pouvait l'entendre. Il criait fort au fond de lui, du plus loin de l'obscurité, dès que sa mère apparaissait. Ruben comprit. À l'avenir, son pénible devoir serait de protéger l'enfant de sa mère.

Au moment de quitter le vieux foyer de Berlin, les valises à la main, Ruben dit à ses parents qu'il espérait les voir le rejoindre bientôt. Mais il ressentit un soulagement mêlé de culpabilité quand son père répondit qu'ils resteraient dans l'Allemagne qu'ils aimaient, et cette histoire de nazis se terminerait bientôt.

Le petit garçon ne regarda pas son grand-père, il l'avait déjà effacé.

Le second fils Lentov se rendit au Danemark, la seule fille partit avec mari et enfant en Amérique. Les vieux restèrent selon leur volonté. Ainsi, ce printemps-là, quand les bateaux arraisonnés furent coulés vers Måseskär et qu'Isak tomba malade, on les conduisait peut-être vers la mort dans un des grands camps de l'Est.

Ruben était dans le train et entendait le choc des roues sur les intersections des rails, il regardait sa femme. Il osa penser que ç'aurait été bien si elle était restée à Berlin. À côté d'elle était assise la cousine, une fillette de onze ans dont il avait promis de s'occuper ; malgré son égoïsme elle s'entendait bien avec Isak.

Ils eurent de la chance quant au temps. Le paysage qui s'étendait devant les yeux du petit garçon depuis qu'ils avaient changé de train à Helsingborg était clair et d'une beauté toute printanière.

Un érable fleurissait devant la fenêtre d'Isak dans sa nouvelle maison. L'enfant passait des heures à sa fenêtre, comme s'il était enfoui dans la grande masse verte de l'arbre, à écouter le bourdonnement des abeilles et à respirer le parfum de miel des milliers de fleurs vert clair.

Le pays lointain sentait bon.

Mais le mieux, c'est qu'on y parlait une autre langue.

Il y avait une grande fille à la librairie. Ulla était allée à l'école de filles et parlait l'allemand. Elle était trop cultivée pour être bonne d'enfants, mais Ruben, qui vit son attachement pour le petit garçon, l'augmenta et la nomma gouvernante.

Elle était de celles qui aiment les chansons, les poèmes et les histoires. Elle consacra trois années de sa vie au petit Isak qui chanta bientôt Bellman et Taube. Il adorait sa nouvelle langue avec une passion telle qu'il voulait absolument la faire sienne à toute vitesse. En quelques mois à peine, il avait plus de vocabulaire que dans sa langue maternelle et il était plus bavard qu'il ne l'avait jamais été.

Ruben fut saisi et ravi. Son fils n'était pas demeuré, comme son grand-père et sa mère l'avaient craint. Il sut que, pour Isak, cela représentait plus que des mots et qu'il trouvait le chemin de ses propres sentiments, y découvrant une histoire, une cohérence.

Le garçon ne parla jamais suédois avec sa mère.

8

Isak finit par s'endormir dans les bras de Karin, sur le fauteuil à bascule. Simon et Ruben tirèrent le lit de sous le canapé et couchèrent le garçon dans le lit d'Erik.

Ruben dormit sur la vieille banquette de Simon dans la cuisine, tant bien que mal. Mais ce ne fut pas l'inconfort qui le tint éveillé toute la nuit.

Karin était allongée à côté d'Isak, sa main dans la sienne. Il dormait si profondément que, le lendemain, il ne se réveilla pas quand Simon partit pour le collège ni quand Ruben alla en ville pour régler ses affaires les plus urgentes.

Il devait rentrer aux alentours de midi et Karin lui demanda en chuchotant de faire des courses. Il hocha la tête depuis la porte de la cuisine et sortit en la refermant derrière lui, mais il revint sur ses pas et dit que si Isak se retrouvait là-bas à côté d'Olga…

Karin oublia de chuchoter :

— Isak n'ira jamais dans aucun asile de fous tant qu'il me restera des forces. Je suis forte, Ruben, renchérit-elle. Va, maintenant.

Mais, au fond de son cœur, il y avait plus d'angoisse qu'elle ne voulait l'admettre.

Ensuite, Isak se réveilla tout à fait normalement. Il regarda Karin et la reconnut. Mais il était effrayé, son regard inspectait la pièce comme s'il s'attendait à la présence d'une autre personne.

— Qui cherches-tu, Isak ?

— Grand-père, répondit-il, et il fut aussi étonné qu'elle. Il faillit rire de sa folie.

— Pourquoi crains-tu ton grand-père ?

— Il me battait quand je partais comme ça, et que je n'arrivais pas à me souvenir.

Fragile, fragile était la glace sur laquelle Karin marchait. Ne pas avoir peur, ne pas hésiter trop longtemps, ne pas trop penser. Juste avancer tranquillement. Avoir confiance.

— Qu'est-ce qui s'est passé hier ?

— À la récréation, on est allés là où tu sais, à la gare d'Olskroken, pour les regarder.

Voilà que ses yeux étaient exorbités, l'effroi le saisissait. Le cerveau de Karin travailla vite et de manière perspicace. Elle savait ce que les enfants avaient vu. Les trains allemands traversaient la Suède, les soldats à la croix gammée s'arrêtaient pour se détendre les jambes à la gare d'Olskroken.

— J'ai mal, cria Isak en se tenant le bas-ventre.

— Tu as certainement envie de faire pipi, dit Karin.

Elle réalisa immédiatement qu'elle avait commis un faux pas sur la glace, elle devait faire marche arrière.

Il saisit cette occasion inespérée avec reconnaissance et disparut vers les toilettes dans la cour de la maison. À son retour, elle avait préparé du chocolat chaud et une tartine de miel. Elle savait qu'il aimait ça. Mais son regard vacilla, et elle sentit avec désespoir qu'il était sur le point de lui échapper.

— Qu'est-ce qui s'est passé après, Isak ? Après que vous êtes passés à Olskroken ?

— Je ne me souviens pas.

La glace était fragile, mais la voix était chaude et ferme.

— Bien sûr que tu te souviens. Isak.

— On est arrivés à l'école, et là on nous a dit...

— On vous a dit quoi ? Isak !

— Je me souviens pas, merde, je me souviens pas.

— Mais si, Isak. On vous a parlé des bateaux arraisonnés.

— Oui, hurla-t-il. Mais tais-toi, tais-toi, pour l'amour du ciel.

Pourtant Karin n'abandonna pas, la glace était plus sûre maintenant, elle résistait.

— Les bateaux qui ont essayé de sortir, et les Allemands qui attendaient.

Il se rejeta alors en arrière dans le canapé, se tint le bas-ventre en hurlant :

— J'ai tellement mal, aide-moi, Karin, aide-moi.

— Tu as mal à ton sexe, dit Karin.

— Oui, oui.

— Qu'est-ce qui t'est arrivé, Isak ?

— Je ne me souviens pas.

— Tu dois le voir, Isak. Ouvre tes yeux, regarde.

Le jeune garçon comprit qu'il devait redescendre, il fallait qu'il voie, qu'il revive ce terrible épisode. Il s'accrocha à elle, changea de langue, le cria en allemand, les mots fusèrent, avec les larmes et la terreur.

C'était une bonne chose que Karin ne saisît pas tout. Si elle avait pu comprendre davantage de cet événement qui était revécu dans sa cuisine, sa terrible colère aurait peut-être emporté le garçon. Elle perçut l'essentiel et parvint à garder son calme, son sentiment d'avancer prudemment sur la glace fine, et sa clairvoyance.

Quand Ruben revint, le gros de la crise était passé. Isak et Karin étaient assis sur la banquette de la cuisine, main dans la main. Ils pleuraient ensemble, des larmes de désespoir, fraîches malgré tout.

Sans hésiter, Karin rapporta l'histoire d'Isak, demanda des éclaircissements sur les points obscurs. Et Ruben, rouge de honte quand il n'était pas blême de culpabilité, dut combler les lacunes. Le regard d'Isak passait de l'un à l'autre, il y avait des mots pour tout, tout pouvait être raconté.

Ce fut un soulagement, notamment quand Karin dit que les nazis étaient certes des porcs, mais qu'elle trouvait aussi que sa mère et son grand-père étaient des monstres.

Isak n'alla pas à l'école pendant tout le trimestre, conformément à la volonté de Karin. Un soir il monta avec Simon aux chênes, qui raconta comment les arbres lui avaient parlé quand il était petit.

Isak comprenait. Il regrettait que son ami les ait forcés à se taire.

— Bah, se justifia Simon, les arbres ne parlent pas. C'est seulement le genre de trucs qu'on imagine quand on est môme.

Mais Isak répondit qu'il savait que les arbres parlaient, et que l'érable devant sa fenêtre avait eu beaucoup de choses à lui raconter quand il était arrivé en Suède.

— Et qu'est-ce qu'il t'a raconté ? demanda Simon d'une voix anxieuse.

— En gros, ça revenait à dire qu'en fait, rien n'est réellement dangereux.

Simon eut l'impression que son ami venait d'exprimer une idée essentielle.

Karin devait prendre l'air, elle accompagna Ruben au tramway. Elle voyait bien que lui aussi avait besoin de consolation. Mais elle se sentait vidée comme si elle n'avait plus de force.

— Tu savais que son grand-père le battait ?

— J'aurais dû m'en douter.

— Ce qui m'irrite le plus, c'est quand même ta femme, poursuivit-elle. Qu'est-ce que c'est que cette mère qui dénonce son propre fils et qui regarde ensuite, quand on le maltraite ?

— Ma mère était comme ça aussi, fit Ruben.

Alors Karin eut honte, mais Ruben ne s'en rendit pas compte, car soudain il vit sa mère dans le crépuscule du mois de mars, avec les yeux de Karin. Il sentit qu'il la détestait.

Puis il pensa aux camps d'extermination.

Ce fut un printemps long et difficile pour Isak. Il passait la plupart de son temps à dormir, et chaque fois que Karin le forçait à se réveiller, il pleurait. Il pensait parfois que sa tristesse était sans fin.

Il n'avait plus le goût de vivre. Il n'avait plus de force.

Il n'y eut pas de changement avant le retour d'Erik et jusqu'à ce qu'Erik et Isak ne se missent à construire un bateau.

9

On construisait un bateau dans le Nord…

Isak chantait et la membrure prenait forme sous la grande bâche tendue par Erik au-dessus d'un squelette de robuste bois de récupération.

On allait construire un bateau à clins, avec des bordées en acajou. Il serait le cotre le plus beau de l'estuaire. Comment Erik avait-il réussi à trouver de l'acajou en 1942, l'année du blocus, Dieu et lui seuls le savaient. Mais un jour, on déchargea le bois dans l'arrière-cour entre la maison et la montagne, et on le recouvrit avec soin.

Erik était rentré de mobilisation et, comme tant d'autres, il n'avait pas de travail. Le camion roulait au gaz désormais, mais il ne rapportait pas plus d'argent que nécessaire à la famille du beau-frère. Erik était quand même content.

— Vous allez voir, on va s'en sortir, disait-il. Maintenant, ces diables en ont plein les mains, et la vieille Suède est devenue une noix trop dure pour être cassée.

C'était un tigre suédois [1] et il était tenu au devoir de réserve. On pouvait toutefois en déduire qu'aux frontières il y avait maintenant de l'ordre, du monde, des armes et une sacrée volonté d'en découdre.

---

1. On appelait ainsi les soldats de réserve affectés à la défense du pays pendant la guerre. *(N.d.T.)*

Ce fut la fête dans le jardin des Larsson en cette nuit de printemps. Les voisins et les amis trinquèrent à la mort d'Hitler, au courage des Russes et aux forteresses volantes des Américains.

Ruben Lentov vida son verre, rassuré. Il avait pu constater qu'Erik avait une forme de prescience politique. L'année précédente Erik avait eu une permission pour la Saint-Jean ; il avait sonné à la porte et il était resté dans l'entrée pour déclarer :

— Je passais juste te dire que le vent tourne, ça tourne, toute cette foutue guerre.

Sa visite, plus que le message, avait fait plaisir à Ruben. Il avait sorti une bouteille de cognac français qu'il avait mise de côté et, essayant de maîtriser sa voix, il avait demandé :

— Mais qu'est-ce qui te fait penser ça ?

À cette époque, il n'y avait pas beaucoup d'espoir, en dehors du fait que les aviateurs anglais tenaient tête à Hitler dans la bataille d'Angleterre.

— L'Angleterre n'a jamais perdu une guerre, dit Erik. Et maintenant, va savoir s'il ne va pas bientôt se passer quelque chose à l'Est.

Ruben ne savait pas le nombre de cognacs qu'ils avaient bus avant de mettre les informations. En revanche, il se souvenait qu'ils titubaient un peu dans sa bibliothèque en écoutant la voix excitée et crépitante de la radio qui crachait la nouvelle de l'opération Barbarossa. Les troupes d'Hitler menaient une attaque éclair contre la Russie. Il n'oublierait jamais le cri de joie d'Erik, et son embrassade qui lui avait presque coupé le souffle.

— Toi dont le vieux Dieu est cruel et juste, prie ! Prie, Ruben Lentov, prie pour un hiver de tous les diables, avec des tempêtes de neige et des moins quarante.

Puis ils éclatèrent de rire comme des fous, et finirent la bouteille de cognac en parlant de Napoléon et de Charles XII.

Cet hiver-là, la côte glacée devint le sujet de plaisanterie des deux hommes à chacune de leurs rencontres. Aussi quand Erik lut dans le journal que les brise-glace de la Baltique travailleraient jusqu'à mi-juin, il dit à Ruben :

— Ben dis donc, tu es un sacré type pour arriver à faire exaucer tes prières !

La construction du bateau posa des problèmes. Ruben commanda le bateau qui redonnerait courage à son fils. Il rédigea un bon contrat qui comprenait même un salaire confortable pour Erik. Mais quand il arriva avec les papiers, un ange passa dans la cuisine des Larsson. À moins qu'il ne s'agît des pères Noël, les Pères Noël d'Älvsborg, cette organisation de bienfaisance qui, dans son infinie bonté, avait offert à Erik une paire de chaussures à chaque Noël.

— Tu peux prendre tes sous et aller au diable, fit Erik, et Ruben baissa la tête sous les coups, comme son peuple l'avait fait pendant des millénaires.

Mais ensuite l'amertume de Ruben se transforma en colère. Il avait gagné son argent honnêtement, et cet argent n'avait pas d'odeur bien qu'il fût passé par les poches d'un Juif.

— Tu dérailles complètement, répondit Erik. Ça n'a rien à voir avec les Juifs.

Il se sentait honteux, tel un chien galeux, et, de peur que Karin n'arrive, il dit :

— Viens, on va pêcher.

Ils prirent la yole, mirent la voile à livarde et jetèrent l'ancre dans le chenal de Rivö. Ils pêchèrent du maquereau à la ligne et burent un quart de cognac bon marché. Erik parla à Ruben des Pères Noël d'Älvsborg, de son rêve de construction navale, de chantier.

— Les temps seront peut-être propices après la guerre.

La semaine suivante, ils déposaient les statuts d'une société chez l'avocat de Ruben Lentov. C'étaient les premières pierres de l'activité qui transformerait petit à petit Erik en patron. Il aurait certes un bon carnet de commandes, mais il serait en proie à des sentiments contradictoires et complexes pour un homme tel que lui.

La construction du premier cotre démarra cet été-là. Simon se sentit extérieur au chantier, il préférait ses livres au travail sur le bateau. Il détestait Isak pour sa belle collaboration avec Erik, et il se détestait de le détester. Isak était tellement à plaindre, tout le monde n'avait qu'à se réjouir de son intérêt pour la construction du cotre et de son amitié avec Erik.

Du moins, c'est ce que disait Karin.

D'ailleurs elle non plus ne s'intéressait plus trop à Simon. Il était juste son petit garçon qui avait toujours eu la belle vie. Sa préoccupation perpétuelle était Isak. Elle guettait les signes annonçant un nouveau dérapage vers le pays de personne. Et Isak, dont la mère ne le regardait jamais, aimait l'inquiétude de Karin.

Simon, elle le regardait distraitement de temps en temps, quand elle constatait qu'il grandissait et que ses vêtements devenaient trop petits. Elle raccommoda les vieux pantalons d'Isak et ne remarqua même pas la colère dans les yeux de Simon quand elle le força à les essayer.

Il courut aux chênes, s'assit à leurs pieds et pleura comme un petit enfant, puis il se rendit au bord de la mer et tua Isak. Mais il n'eut guère plus de succès et ne trouva pas de soulagement. Le petit homme de son enfance avait disparu depuis longtemps. Il songea longtemps à s'enfuir et éprouva du plaisir en pensant à la tristesse que ressentirait Karin, à son remords, à son désespoir, à ses mains qu'elle tordrait en criant que c'était elle qui avait conduit son fils à la mort.

Car ils le retrouveraient, tué de sa propre main.

Il n'y avait qu'un hic : Simon n'avait pas envie de mourir. Quand il l'admit, il eut honte, car Isak était vraiment à plaindre, et Karin était un ange. Ruben l'avait dit et Simon l'avait toujours su.

Il rentra tout penaud, trop heureux que sa mère ne le regardât plus, car si elle avait lu ses pensées noires, il en serait mort.

Il en était certain.

Cette nuit-là, il rêva, il rêva d'une forêt et d'un grand lac, qu'il reconnut sur-le-champ. Il savait qu'il était allé là-bas, et que la mélancolie des images allait croître pour se muer en angoisse sauvage. Il était là, cependant personne ne le voyait, il criait, pleurait, donnait des coups de pied. Il fallait impérativement que quelqu'un l'aperçût, il était dans une grotte et, dans un accès de colère, il trouva la sortie, elle était étroite. Il se fit mal partout quand il se fraya un passage. Mais celle qui devait le remarquer pour lui permettre de vivre était absente. Alors sa colère se transforma en une immense fatigue, il mourut. Puis quelqu'un le vit, c'était Karin, avec ses yeux bruns comme la fidélité et l'amour. Néanmoins son sentiment de désespoir vis-à-vis d'elle qui ne l'avait pas vu, demeurait toujours et le poursuivrait toute sa vie.

Au matin, personne ne remarqua l'étrange pâleur de Simon. Ils étaient rassemblés comme d'habitude à la table du petit déjeuner avec le papier à dessin et les crayons parmi les tasses de café et les assiettes de bouillie. Ils esquissaient des croquis pour résoudre un quelconque détail de l'aménagement du carré. Comme tous les jours, à cette heure, Karin se préoccupait du repas, de ce qu'il y aurait à manger. Elle venait d'utiliser les derniers coupons de viande, les pommes de terre de l'année dernière étaient mauvaises, et elle manquait d'imagination.

Elle s'aperçut que Simon mangeait mal.

— Mange ta bouillie, mon garçon. Tu en as besoin, toi qui grandis si vite.

Simon regarda sa mère et il sentit qu'il la détestait.

Il fut tiré d'affaire par ses cousins qui passèrent par la cuisine pour demander si Simon voulait les accompagner à la pêche. La journée était grise, le plafond était bas, la pluie proche. Karin l'obligea à enfiler un ciré, un suroît et des bottes. Ensuite il fut libre, il lui échappait comme il échappait aux constructeurs de bateau et à leurs éternelles réflexions sur sa collaboration : il pourrait au moins les aider en leur servant de manœuvre.

Pour une fois, Simon et ses cousins eurent un bon vent de terre et ils mirent cap sur Danska Liljan. Ils restèrent sous le vent derrière le phare de Böttö et laissèrent filer les lignes. Simon fut heureux de surveiller longtemps la sienne — lui qui en général n'aimait pas pêcher.

La haine pour Karin qui lui avait traversé l'esprit au petit déjeuner l'effrayait. Tout en fixant du regard sa ligne dans les remous de l'eau, il se persuada que ce n'était pas sa mère qu'il visait. C'était la mère Ågren, cette conne de mère d'Isak, l'épicière, Mme Jönsson, qui lui était tombée sur le poil le jour où il avait volé un bonbon, et Mme Äppelgren, cette folle qui passait son temps à faire le ménage et qui l'accusait de voler des pommes dans son jardin.

Quelle fichue guenon, se dit-il en se rappelant le goût sucré, et défendu, des pommes.

Ce fut au tour de tante Inga. Il la détestait plus que les autres, bien qu'elle ne lui eût jamais rien fait. Il vit son visage gras et son regard fuyant.

— C'est une minable, marmonna-t-il. Son dégoût viscéral quand il pensait à elle dans cette ferme sale, le surprit. Mais il regarda l'étendue de la mer, il entendit le bruissement de la forêt, et son cœur se mit à battre la chamade. Un grand danger était proche.

Et ça mordit. La violence du coup faillit le décoller du banc de nage, mais il s'accrocha convenablement, et il sortit un cabillaud, un géant d'au moins cinq kilos. La ligne était sur le point de casser, mais les garçons parvinrent à hisser le gaillard par-dessus bord et l'achevèrent avec jubilation.

Le soleil perça quand ils reprirent le chemin de la maison, un vent favorable soufflait et séchait les voiles. Ils rentraient vite vent arrière. Simon regarda avec gratitude le cabillaud qui avait sauvé sa journée. Karin serait contente, il recevrait un accueil digne d'un homme qui ramène la pitance en période de disette.

Son arrivée fut effectivement fêtée, Karin embrassa Simon et le cabillaud, elle se ressaisit et sortit ramasser des pommes de terre nouvelles. C'était un peu dommage, car elles étaient petites et auraient pu doubler de taille, si on avait attendu ne serait-ce qu'un mois.

Ensuite ils téléphonèrent à Ruben, il y avait un festin grâce à Simon. Pouvait-il venir ? Aurait-il un morceau de beurre pour la friture ? Il arriva avec le beurre et une bouteille de vin.

Il avait aussi un message pour son fils. Dès la semaine suivante, Isak devrait suivre des cours supplémentaires pour rattraper le retard qu'il avait pris à cause de sa maladie. Ruben était convenu avec le professeur de trois heures de cours par jour, jusqu'à la fin de l'été.

Bien qu'Erik eût l'air étonné, il se tut. Karin également, mais elle trouvait cela inutile, la priorité était qu'Isak s'amusât.

Isak devint rouge de colère, mais il n'osa pas contredire son père. Seul Simon se réjouit en son for intérieur.

Erik dit alors que, dans ce cas, il faudrait qu'il vînt l'aider à la construction du bateau à la place d'Isak. Simon savait comment ça allait se passer ; il était né avec le pouce au milieu de la main, aux dires de son père.

10

Ruben Lentov allait au concert. Il avait essayé une fois ou deux d'inviter ses amis, mais Erik avait paru gêné, et Karin avait dit que ce n'était pas pour eux.

— Pour moi, c'est une manière de survivre, leur expliqua Ruben.

— Oui, on a chacun la nôtre, dit Karin.

Ruben ne se permit pas de lui demander quelle était la sienne. Mais ils étaient devenus suffisamment proches pour qu'il vît sa tristesse, cette éternelle tristesse toujours présente.

Un samedi, alors qu'il quittait de bonne heure les Larsson et le chantier parce qu'on jouait la *Symphonie fantastique* de Berlioz, il emmena Simon.

On ne sut jamais exactement comment cela s'était passé. Ruben avait-il deviné la solitude du garçon et voulu le consoler, ou Simon avait-il dit oui pour défier Karin ? À moins qu'il ne se fût senti flatté. Ou était-ce seulement le hasard ?

Le grand destin déplaça-t-il alors une pièce essentielle sur l'échiquier qui composait la vie de Simon Larsson ?

Au début, Simon se sentit mal à l'aise. La grande salle de concert, les gens élégants, avec leurs mines solennelles, les types sérieux sur la scène qui frottaient leurs instruments, et qui ressemblaient à des pies — ce monde lui était si étranger qu'il se serait volontiers enfui. S'il avait osé.

Puis un des types en noir et blanc leva un bâton.

Et Simon fut transporté dans un autre pays, une autre époque, quand le monde était jeune et porteur d'espoir. Il entendit la nature chanter. Le ciel bleu était traversé de cris d'oiseaux, comme la prairie, il était sans fin. Chaque oiseau dans le ciel bleu possédait un caractère, comme l'herbe sur le sol.

Les éléments s'animaient grâce au vent qui soufflait librement sur les plaines, parfois violent et, l'instant d'après, doux et tendre.

Il y avait aussi une douleur et un désir bleu, une impatience et un rêve. Le rêve d'un homme qui portait ces espérances en lui. Il était assis au bord du grand fleuve, il était l'eau du fleuve, toujours la même, et toujours neuve. Il cherchait les berges, comme s'il ne pouvait se lasser de leur beauté.

D'autres vinrent, des gens qui se reflétaient en lui, dans la plus grande attente, il reçut leurs images en sachant que son destin était d'accomplir leurs rêves.

Alors le vent devint tempête et le força à agir, et sa mélancolie devint presque folie car son esprit était doux comme le fleuve et il ne voulait pas la violence.

Mais la tempête avait tiré son épée du fourreau, elle venait de la montagne à l'est, ivre de mort et de liesse destructrice, le sang coulait sur les terres.

Après la tempête, les survivants se rassemblèrent autour de l'homme, et placèrent leurs espérances entre ses mains. Alors il leur parla de ce Dieu intemporel, au nom défendu. Le plus étonnant était leur langue, qui venait du fond des âges et avait sommeillé pendant des siècles.

L'homme avait pour mission de rétablir la langue et le temple. Cette langue millénaire qui avait appartenu à ce peuple, mais qui avait été piétinée et interdite. Et ce Dieu ancien, qu'on avait chassé de sa patrie dans le cœur des hommes.

L'homme sentait en parlant que la langue ancienne était également celle du fleuve et de la nature, des paysans et de la paix, lourde d'histoire et de souffrance. Il regarda les plaines, vit les canaux qui ornaient le paysage de leurs filets d'argent et amenaient l'eau aux champs. Comme la langue, ils étaient sous la coupe d'étrangers.

L'homme brava l'interdiction et chanta au peuple les hymnes anciens, célébrant la terre sacrée, l'amour de l'eau, et le fleuve qui donnait la vie à la grande mère Terre.

Les anciens, hommes et femmes, connaissaient encore les paroles et le rejoignirent dans son chant. Les jeunes qu'on avait privés de leur langue maternelle perçurent malgré tout son pouvoir. Elle dépassait la tête pour toucher le cœur.

La joie monta vers le ciel, elle résonnait comme une danse, comme les jeux d'un temps révolu où l'authenticité et la grandeur d'âme étaient de mise. Ces sonorités étaient issues de la terre, elles avaient reçu leur force et leur couleur de la verte plaine infinie et de la chaleur jaune du fleuve paisible.

L'homme qui parlait et chantait au bord de l'eau rétablit des histoires oubliées depuis longtemps, dont les paroles éveillèrent la tristesse, cette tristesse si insupportable qu'on avait dû la nier pendant des siècles. Dessous, sommeillait la colère, la furie sans conscience. Elle s'éveilla et les gens crièrent :

— Mort à Akkad.

Alors il partit seul, il était effrayé. Et plus triste encore car il savait le prix de l'acte qu'il devait accomplir. Il pria le Dieu interdit dans le ciel bleu pour être libéré de sa tâche. Le Dieu lui répondit par un chant d'oiseau empreint de liberté. Et l'homme comprit qu'il pouvait refuser la grande action et se contenter d'une petite vie dans la contrainte et le calme.

Au crépuscule, l'homme était encore au bord de l'eau, il se reposait sous le grand arbre dont le feuillage servait de refuge aux oiseaux pour la nuit. Il leur fit part de ses doutes. La vie était belle telle qu'elle était, et les actions des hommes n'étaient que pure folie, lui répondirent les oiseaux. L'arbre silencieux lui parla de la création, au-delà du bien et du mal. Ces paroles l'encouragèrent, il comprit qu'il devait franchir la frontière que la culpabilité et la honte gardaient.

Mais, la nuit durant, le fleuve chanta la transformation, ce mouvement qui ne dépend pas de l'homme.

— Tu n'es qu'un hôte dans la réalité, parce que tu ne la vois pas. Tu ne distingues que ce qui est visible et jamais les liens dont la totalité est issue.

Tel fut le message du fleuve, et l'homme se sentit partagé. Mais quand l'aube blanchit, avec les premiers reflets brillants du soleil sur le fleuve et le premier chant venu du ciel, il avait pris sa décision. Il répondit aux oiseaux, à l'arbre et au fleuve qu'il était un homme, et qu'il devait suivre la destinée de l'homme, la voie de l'action et de la pensée.

La nouvelle guerre fut cruelle comme la première. L'eau du fleuve rougit du sang de ceux qui périrent pour lui, pour sa grande idée et son rêve de renaissance, mais il semait la haine et récoltait la mort.

Le jour de la victoire, il posa les premières pierres du temple pendant que les soldats fatigués rentraient chez eux. Leurs pas étaient lourds comme la mort, et l'herbe se flétrissait sous leurs pieds.

Il le vit, mais chassa cette vision. Il avait arraché la camisole de la sensibilité, et il était seul en face du Dieu réhabilité qui aurait le plus grand temple au monde. L'édifice se dressait dans toute sa splendeur vers le ciel. Il y avait cinquante petits temples à l'intérieur, un pour chacun des fils et des filles du grand Dieu. Les salles furent décorées de l'or qui allait rendre son éclat aux hymnes et à la langue disparue. La victoire était écrasante et anéantissait tout, jusqu'aux particularités les plus discrètes. Les murs étaient tellement massifs et lisses que le vent mourait contre la pierre, et qu'aucun oiseau ne pouvait se poser.

Les tambours battaient en rythmes pesants sur la ville, le soir. Ils apportaient un message de paix au peuple qui avait enfin retrouvé sa langue. Mais ils n'avaient pas le cœur en paix, à cause des nombreux morts, de la déchirure et des meurtres fratricides, des trahisons et des lâchetés qu'avait engendrées la libération.

Les hommes ne connaissaient pas l'art de refouler la mémoire. La honte piétinait devant chaque foyer, et la culpabilité veillait sur les lits la nuit. Le jour n'était guère plus supportable, ils entendaient tous la tristesse pleurer dans le vent, sauf l'homme dans le temple immense, l'homme qui avait tué sa mémoire.

On murmura en ville que le roi-dieu ne pouvait pas dormir, qu'il portait leurs fautes dans de longues promenades autour des remparts du nouveau temple. Était-il en proie à un combat singulier quand il se posait la question du lien entre lui et ce Dieu dont il avait rétabli la puissance sur terre ?

Il ne reçut pas de réponse, il tremblait à la pensée indicible de la mort de Dieu.

Mais ses astrologues étaient pleins d'espoir pour le nouveau royaume et on composa des chants en l'honneur du roi-dieu. Et la tristesse du peuple fut atténuée par des cérémonies fastueuses, des spectacles d'une splendeur inouïe.

L'homme avait deux mères. Ke Ba, la prêtresse de la déesse Gatumdus, qui l'avait enfanté en secret. Elle était encore belle, et sa réputation était grande parmi les hommes.

Lia, sa nourrice qu'il ne connaissait pas, avait disparu au sein du peuple, cette masse grise anonyme. L'une et l'autre l'aimaient comme toutes les mères, et peut-être vivait-il malgré tout de leur amour.

Durant de pénibles instants, il songeait à retourner au bord du fleuve, auprès des oiseaux, et de l'arbre, mais il était maintenant si loin de la vérité qu'ils ne l'écouteraient pas.

Il ne pouvait supporter cette indifférence.

Son dernier sacrifice eut lieu par une nuit de printemps où il devait combattre le taureau aux grandes cornes et enfoncer le couteau d'or dans le cœur de l'animal. Son succès dépendait de son courage et de sa tranquillité d'esprit.

Année après année, il s'était entraîné, depuis l'époque où le chant de l'oiseau rejaillissait sur l'herbe tendre et sur les champs où les premières semailles pointaient déjà dans la terre rouge.

Ce fut son ultime moment sur terre, la culpabilité ressortit de sa mémoire, fit voler en éclats la porte qu'il avait verrouillée. Le taureau fendit sa poitrine en deux, son cœur tomba et se brisa en morceaux.

Alors le peuple vit que seule la gangue du cœur était de pierre, et qu'elle était mince et fragile comme une coquille d'œuf. L'intérieur était la noire tristesse, elle était telle qu'elle aurait à tout moment pu briser la coquille fragile.

11

Durant le concert, Ruben avait observé Simon, d'abord avec joie, puis avec étonnement et avec inquiétude pour finir. Le garçon était livide et semblait manquer d'air.

Ils devaient dormir chez Lentov, comme convenu. Ils restèrent silencieux pendant que le tramway les emmenait en bringuebalant vers Majorna. Une assiette de sandwichs recouverte d'une serviette blanche les attendait sur la table de la salle à manger, mais Simon secoua la tête, et partit directement dans la chambre d'Isak. Il s'effondra sur le lit. Ruben n'avait jamais vu personne s'endormir aussi rapidement, c'était à peine s'il avait retiré ses vêtements.

Mais Simon lui sourit, il souriait dans son sommeil. Quand Ruben eut digéré les impressions de la soirée à l'aide d'un cognac, il entendit l'enfant, qui dormait, rire et pleurer.

Au petit déjeuner, le garçon demanda :

— Pourquoi doit-il mourir ?

— Qui ? répondit Ruben, plongé dans un journal.

— Lui, dans la musique, le roi ou le prêtre, ou je ne sais quoi.

— Simon. Je n'ai pas vu de prêtre. La musique ne parle pas d'une chose précise. Chaque personne ressent des choses différentes.

Simon était abasourdi.

— Alors, ce type, comment il s'appelle, qui avait trouvé...

— Berlioz…

— Oui, Berlioz, il n'avait jamais vu le prêtre ?

— Non.

Ruben sentit la gravité de l'instant. Il replia soigneusement son journal et enchaîna, sur un ton incertain :

— L'art, Simon, c'est quelque chose qui naît chez les gens qui écoutent de la musique, lisent un livre ou regardent un tableau. L'art éveille des sensations, des sentiments qui ne peuvent se traduire en mots.

Simon fit un effort, comme toujours quand il était concentré pour comprendre, il ferma à demi les yeux, et Ruben pensa de nouveau que ce garçon avait un tempérament de feu.

— Alors, ce n'est pas réel ?

— Ça dépend de ce qu'on entend par réalité. Toi qui lis beaucoup, tu sais que les personnages de roman sont imaginaires, contrairement à toi et moi, et que ce qui leur arrive ne se passe pas dans ce que tu appelles la réalité.

Simon n'y avait jamais réfléchi, il considérait que les univers dans lesquels il pénétrait existaient et que ses héros de papier avaient l'apparence qu'il leur prêtait.

Il sentit sa tête tourner, il fronça le visage, se mordant la lèvre inférieure dans son effort pour ordonner ses pensées.

Ruben dit alors :

— N'utilise pas ta tête, Simon. Utilise ton cœur.

Et le visage de l'enfant se détendit, ses yeux s'écarquillèrent, il se rappela les chênes de son enfance. Son souvenir était à la fois clair et diffus. Il pensa à l'homme au chapeau, à leurs conversations sous les arbres, à la force qu'il en retirait, sans jamais se souvenir de ce qui s'était dit.

Ruben vit sa physionomie se transformer.

— Tu peux raconter ?

Alors Simon osa l'incroyable et dit rapidement :

— J'ai reconnu cet homme dans l'opéra, le prêtre ou le roi. Il était en moi quand j'étais petit.

Ruben hocha la tête en souriant.

— Je comprends, Simon, il a existé pour toi, et la musique te l'a rappelé.

— Mais il a existé, réellement.

— Oui, je te crois. Il a été une partie de ta réalité pendant un temps, ton monde intérieur. Il est fréquent que les enfants se créent des personnages imaginaires pour se consoler de leur solitude.

Simon était à la fois soulagé et berné. Quelque chose sonnait faux dans le discours de Ruben, il le sentait.

La femme de ménage vint débarrasser la table, Ruben partait à l'asile de Hisinge rendre visite à Olga. C'était un des rares jours où il y avait de l'eau chaude, et il encouragea Simon à prendre un bain avant de rentrer chez Erik et Karin en tramway. Simon acquiesça, mais il se lava aussi sommairement que d'habitude.

Quand Ruben quitta la maison, Simon fit un tour minutieux de l'appartement. Il y avait ces grands tableaux, dont Erik se moquait. Simon les observa en se disant que quelque chose se passerait peut-être dans son cœur — mais non.

Puis il rentra à la maison, où tout était normal. Seul le bateau comptait, personne n'avait de temps à lui consacrer, on ne lui demanda pas ses impressions au sujet du concert. Il leur en fut plutôt reconnaissant.

Mais Ruben ne pouvait oublier le visage du garçon immergé dans la musique. Le dimanche soir, il appela Karin pour lui dire qu'il aimerait que Simon pût développer son talent le cas échéant. Il avait un ami professeur de musique, Simon pourrait essayer.

— Je peux me tromper, renchérit-il, mais je ne serais pas surpris qu'il ait l'étoffe d'un violoniste.

Par bonheur, Ruben Lentov ne vit pas l'expression du visage de son interlocutrice. Il entendit seulement sa voix qui tremblait un peu, quand elle répondit que Simon déciderait lui-même, mais qu'ils n'avaient pas les moyens de lui payer des leçons de musique.

Mais Ruben avait pris de l'aplomb après l'histoire des Pères Noël d'Älvsborg, et il affirma que, si les événements lui donnaient raison, il exigeait de régler lui-même les cours de Simon.

L'enfant était au grenier, le nez dans son livre comme d'habitude. Bien que Lord Jim vînt juste de faire un saut fatal du pont rouillé du vapeur *Patna*, dans le roman de Conrad, Simon était absent. Son esprit n'était pas dans le golfe Persique, il vagabondait dans le pays où l'herbe chantait et où le fleuve parlait de sagesse avec les hommes.

Le roi-dieu avait réhabilité une langue interdite et oubliée.

Simon s'efforçait de comprendre. Puis il se souvint des propos de Ruben sur le cœur, et il entendit alors le fleuve et la voix des hommes.

Mais sa tête reprit le dessus, que criaient-ils ? Quel était le secret de la langue perdue ?

Karin monta l'escalier qui craquait et lui annonça :

— Oncle Ruben s'est mis dans la tête que tu étais doué pour la musique, et il veut que tu apprennes le violon.

Pour une fois, il ne perçut pas l'inquiétude teintée de reproche qui en général lui pénétrait directement la chair et les os. Il devint fou de joie quand l'idée explosa dans sa tête.

S'il jouait, il recréerait le miracle lui-même.

L'été, les garçons dormaient au grenier. Harassé physiquement, Isak dormait d'un sommeil de plomb. Seul Simon fut réveillé par la dispute. Il entendit Erik crier dans la cuisine à Karin qu'elle était complètement marteau, et que lui, Erik, en avait largement soupé des joueurs de violon.

Comme d'habitude quand ils se disputaient, la culpabilité envahit Simon, il était certain que c'était de sa faute cette fois. Il s'assit dans son lit, mal à l'aise, et quand le ton monta, que les mots empirèrent, que les larmes vinrent et que la querelle devint insupportable, il descendit l'escalier du grenier. Il ouvrit la porte, et resta sur le seuil, en larmes, disant qu'il ne voulait pas apprendre le violon.

Karin éprouva le même sentiment que si Simon l'avait frappée en plein cœur, et Erik fut si honteux qu'il continua à crier :

— Tu devrais dormir, garçon de malheur.

Mais Simon ne l'entendit pas, il était dans les bras de sa mère. Il avait quatre ans, et la vie était comme avant, quand elle ne s'occupait que de lui. Elle sécha ses larmes en l'assurant qu'Erik et elle n'avaient pas d'autre but dans la vie que son bonheur.

— Mais vous ne vous occupez que d'Isak, rétorqua Simon et, l'instant d'après, il dormait.

Cette scène pénible fut bénéfique. Pour Erik qui, en descendant à la cave, se dit qu'il devrait interrompre la construction du bateau et prendre une semaine de vacances pour aller pêcher avec son fils. Quant à Karin, elle coucha le garçon dans son propre lit en repensant au printemps et à l'été, et à tous les événements depuis la crise d'Isak.

Après cette nuit, Simon redevint visible dans la maison, à l'embouchure du fleuve.

Le lendemain, quand Simon fut parti pour sa leçon de musique et Isak pour ses cours, Erik et Karin purent à nouveau parler. Ils n'évoquèrent ni leur dispute sordide, ni leur peur d'avoir blessé Simon, ni leur sentiment de l'avoir délaissé. Et encore moins l'émotion qu'avait provoquée en eux la proposition de Ruben.

Tout cela c'était de l'ordre des sentiments et, pour les sentiments les mots ne prenaient corps qu'avec les conflits dans leur cuisine. Ils pouvaient discuter des faits eux-mêmes, et de l'idée saugrenue de Ruben.

— En réalité, Simon n'a jamais aimé la musique, dit Karin en rappelant leur hilarité la fois où Simon était rentré du cours préparatoire en déclarant qu'il ne supportait pas *Ô clair soleil*, qu'ils devaient chanter chaque matin.

— Tu te souviens de ce qu'il disait : il ne se sentait pas bien à la fête de fin d'année, quand les enfants chantaient *Voilà le printemps*, et que la maîtresse jouait de l'orgue ?

— Oui.

Erik hocha la tête. Mais il se souvenait aussi de l'interprétation de la maîtresse et du fait que, tout petit déjà, Simon se tortillait de malaise quand sa mère chantait pour lui.

Karin chantait terriblement faux.

— Il n'a jamais aimé le gramophone non plus, renchérit Karin.

Et Erik songea aux disques voilés, *Ah vous dirais-je maman.* L'enfant ne pouvait supporter quand Sven-Olof Sandberg pleurnichait encore plus que d'habitude parce que Karin avait oublié de remonter le gramophone.

Puis il pensa à ce jour où il avait construit un camion en bois pour Simon. Le petit n'avait pas plus de trois ans, et il était resté assis sur l'établi à regarder son père siffloter l'air du Toréador de *Carmen.* Brusquement le petit garçon avait attrapé la mélodie et l'avait chantée, tout petit qu'il fût.

Parfaitement juste.

Déjà à l'époque, Erik s'était senti mal en pensant aux lois de l'hérédité.

Brillantiné, la chemise repassée de frais et de l'argent en poche pour le tramway, Simon emprunta l'ancien chemin jusqu'à la station. Il avait le cœur léger comme à l'époque où il était sur le porte-bagages d'Aron, qui, il y a longtemps, le sauvait de l'errance et de l'abandon.

Il changea de tramway à Järntorget et arriva finalement à bon port, un grand appartement bizarre près du parc Victoria. Un homme irascible et impatient l'y attendait.

Mais, aujourd'hui, Simon n'était pas facile à effrayer.

La visite fut décevante, l'irascible aux cheveux longs, qui criait dans un suédois entaché d'un fort accent se contenta de tapoter sur son piano en lui demandant d'imiter les notes. Il ne vit pas l'ombre d'un violon. À la fin de la séance, le chevelu se radoucit. Il y avait quelque chose.

— Très intéressant, marmonna-t-il.

— Pas terrible, dit Simon en rentrant, quand Karin lui demanda comment s'était passé le cours.

— Alors, ça ne te plaît pas ?

Maintenant, Simon était à même d'accepter son inquiétude et il lui répondit que non, sans doute pas.

Une heure plus tard, Ruben téléphona et raconta que le type impatient du parc Victoria avait dit que Simon avait l'oreille absolue, ce qui était très rare.

— Mais il ne veut pas suivre de cours, et Ruben entendit au son de sa voix que Karin était soulagée.

— Ce n'est pas possible. Je viens lui parler.

Et Ruben et Simon s'installèrent dans le salon, tous les deux.

— Tu aurais une autre langue, fit Ruben.

Simon pensa à l'anglais, qu'il aimait bien, à l'allemand, qui était ardu. Pourquoi aurait-il besoin d'apprendre une langue supplémentaire ?

— À quoi ça va me servir ?

Ruben parut désolé d'insister, il avait eu l'impression que Simon avait des dispositions pour la musique et qu'il aurait pu exprimer ses émotions intimes...

Le garçon sortit du salon tellement vite que Ruben n'eut pas le temps de voir l'étonnement et la douleur qui étaient apparus dans ses yeux noirs.

Il ne devint jamais violoniste.

12

Vers cette époque, Simon commença à mentir. Ce fut très facile, comme s'il avait eu également des prédispositions pour le mensonge.

C'était comme la course, comme cette fois où il avait couru soixante mètres sur le terrain de sports du nouveau chantier, dépassé les autres, remporté le prix et qu'il était devenu le centre d'attraction de tout le monde.

Bientôt il passa maître en la matière. Les mensonges lui dégoulinaient de la bouche, le premier en entraînait un deuxième qui en engendrait un troisième et ainsi de suite.

Il n'arrivait pas à y mettre un terme.

Grâce à ses fables, il se taillait la part du lion à l'école et dans la bande des garçons à la maison, il grandissait dans l'intérêt de Karin et l'estime d'Erik. Il devint plus seul que jamais.

À la maison, l'existence était simple, car la frontière entre le noir et le blanc était claire. Le mensonge était noir, l'imagination n'était pas une excuse !

Simon mentait et, dès qu'il se retrouvait seul, la culpabilité lui lacérait l'âme. Et la peur. Il pensait que si jamais Karin le démasquait une seule fois, son amour, qui le faisait vivre, cesserait. Dans une inquiétude croissante, il entraînait sa mémoire à enregistrer tous ses propos et à ne jamais se contredire. L'effort pesait sur son estomac, qui se nouait et le faisait souffrir.

Il y eut d'abord l'histoire avec Dolly, la fille du premier étage de la maison d'à côté, qu'il avait aimée du plus loin de ses souvenirs. Elle avait des yeux comme des myosotis, et une nuée de boucles blondes, soigneusement coiffées une fois par semaine par son père, qui était coiffeur.

Elle était fille unique, et plutôt élégante, comme sa maman et son papa. Quand ils avaient emménagé dans l'appartement, chez les Gustafsson, ils avaient recouvert les murs de papiers peints à petites fleurs et les parquets de tapis orientaux chamarrés. Ils avaient aligné des meubles de style et suspendu un lustre de cristal qu'on voyait briller du toit.

Dolly avait sa propre chambre, rien que ça, c'était suffisamment remarquable dans le village pour lui donner du prestige.

Son papa avait fait le tour du quartier avec elle pour lui montrer les maisons où elle pouvait fréquenter les enfants et jouer. Pas à la maison *Olivia*, parce que c'étaient des romanichels qui y habitaient, pas à la maison *Helene*, parce qu'il y avait eu la tuberculose.

Les maisons avaient des noms de femmes, comme les bateaux.

Les Larsson faisaient partie des familles acceptables, et ce fut heureux pour Dolly, car elle eut ainsi accès à la cuisine de Karin, à la bonne nourriture et au monde.

Dix ans après, Dolly serait la poule de luxe du quartier, mais qui aurait pu le soupçonner quand Simon et elle avaient quatorze ans et qu'ils étaient amoureux.

En réalité, il n'était pas totalement certain que Dolly aimât Simon, mais il était pas mal, il allait au lycée, et le beau chantier naval de son papa se développait. Simon était devenu grand et beau, la noirceur qui l'avait singularisé quand il était petit, lui donnait à présent un charme supplémentaire.

La fenêtre en demi-lune du grenier des Larsson plongeait droit dans la chambre de la jeune fille. Ni l'un ni l'autre n'en parlèrent jamais, mais Dolly se déshabillait lentement et sensuellement chaque soir, la lumière allumée et les rideaux ouverts.

Et Simon, dans son grenier, la main agrippée à son sexe, se masturbait. Leur jouissance était forte, et ils parvinrent bientôt à se coordonner. Quand Dolly avait enfin retiré sa culotte, elle avait pour habitude de poser un pied sur le rebord de la fenêtre, d'enfoncer sa main dans sa fente, puis de faire aller et venir ses fesses et son sexe à un rythme de plus en plus rapide.

Alors Simon atteignait l'orgasme, le désir qui couvait en lui explosait en une seconde vertigineuse, sa main se remplissait de semence chaude, et son cœur de reconnaissance envers cette fille qui s'offrait si généreusement à lui.

Quand ils se rencontraient, leurs regards ne se croisaient jamais. Et rien n'était dit, car Simon restait muet, la bouche cousue. Mais, un dimanche, il raconta à ses copains qu'il avait enfilé Dolly près de la plage, dans le kiosque qui était vide l'hiver.

Il ne s'était pas douté de l'intérêt que provoquerait la chose, ils voulaient des détails et ils en eurent. Le mensonge engendrait le mensonge, il peignit des images excitantes en blanc, rose et rouge.

Oui, elle avait du poil sur la chatte. Et une marque de naissance sur la fesse, où elle voulait qu'on la mordît. Non, elle n'avait pas saigné tant que ça, cette histoire de pucelage, ce n'était pas grand-chose. Oui, on pouvait lui sucer les seins.

Simon lui-même était tellement époustouflé par ses histoires, qu'il ne remarqua pas le silence dans l'air. Mais il se délecta bientôt des yeux écarquillés, brillant d'admiration, des garçons qui l'entouraient.

Et, le lundi, il réitéra l'expérience à l'école, avec le même résultat. Même Isak fut pétrifié d'étonnement et de fierté devant son ami.

Pendant la récréation du déjeuner, ils allèrent, comme c'était devenu leur habitude, traîner en grelottant le long de la grande barrière en fer forgé qui entourait l'école des filles, pour regarder les groupes d'adolescentes en fleur ricanantes. Ils les détestaient toutes, parce qu'elles avaient ce dont les garçons avaient besoin, ces orifices, objets de fantasmes, doux, humides, mystérieux.

— Imagine, avoir un trou pour soi, dont on fait ce qu'on veut.

Et à le dire, Simon ressentit un mélange de peur et d'excitation. Ils n'avaient jamais auparavant mis de mots sur ces émois. Maintenant, tout était possible après l'histoire de Dolly, Simon le sentait.

— Tu lui as rentré ta bite ? demanda Isak.

— Non, répondit Simon, je me suis contenté du doigt.

À cet instant, il se maudit, il sentit le mur qui se dressait entre lui et son ami, il voulut l'abattre. Mais il n'y avait pas de retour possible.

Les mensonges continuaient de couler à flots et devinrent indispensables avec le temps.

Un matin, vers la fin de l'hiver, alors que la tempête soufflait sur l'estuaire, Simon prit le chemin de la plage. Il s'assit sur les rochers, voulant croire que la tempête le nettoierait de toute duplicité. Puis il arriva en retard pour le premier cours, et dut frapper à la porte pour s'excuser. C'était déjà arrivé par le passé, il avait toujours trouvé des raisons, et il prenait les mots à rapporter à la maison sans protestations. Karin les signait sans lui faire de reproches.

Cette fois, il raconta :

— J'ai été témoin d'un accident.

Il décrivit le camion avec les freins qui grinçaient, la femme qui avait été écrasée, le sang qui avait dévalé, semblable à un torrent, dans le caniveau de Karl-Johansgatan, comment il était arrivé à arrêter sa bicyclette de justesse et comment la police l'avait interrogé comme témoin.

Ils avaient « le Carré » en maths, un type costaud, habitué depuis des dizaines d'années à percer à jour les jeunes garçons.

Il ne se joignit donc pas au murmure étonné qui emplit la classe, il demanda simplement à Simon d'aller s'asseoir et de sortir ses tables de racines carrées.

Il y avait du scepticisme dans ses yeux froids, Simon sentit son ventre se nouer. On pouvait vérifier son histoire, et le Carré avait bien l'air d'en avoir l'intention.

Mais Simon allait apprendre que sa perfidie avait des complices, des forces secourables dans les domaines où la plupart des gens croient que c'est le hasard qui décide. Le lendemain, il y avait un article dans le journal sur l'accident de Karl-Johansgatan, et le Carré reprit l'affaire.

— Larsson s'est trompé. Ce n'est pas une femme qui a été écrasée, mais un vieil homme.

Puis il fit un petit discours sur la psychologie des témoins, et l'influence perturbatrice de l'émotion sur la vision.

— Les témoins se trompent souvent, ils sont rarement fiables.

Au début, Simon ne ressentit que soulagement, que l'esquisse d'une victoire. Mais, plus tard, la peur revint en rampant, quittant son estomac pour se nicher dans sa poitrine.

« Le diable prend soin de ses disciples », disait Erik.

Désormais, Simon savait que c'était vrai. Le diable l'aidait, chaque fois. Il raconta à Erik qu'il avait été le seul de la classe à avoir osé monter à la corde jusqu'au plafond, et que le professeur de gymnastique avait été époustouflé et avait dit : « Ben dis donc... »

Le visage d'Erik s'illumina de bonheur.

Au cours de gym suivant, Simon, qui avait généralement le vertige et qui était froussard, monta jusqu'au plafond. Le professeur de gymnastique, un vieux professeur d'équitation aux jambes ridiculement arquées, dit qu'il n'en croyait pas ses yeux.

Une autre fois, il raconta à Karin qu'il était passé voir la grand-mère, et elle en fut ravie. Le lendemain, il se dit qu'il fallait qu'il aille rendre visite à la vieille. Il lui apporta des fleurs qu'il avait achetées avec de l'argent emprunté à Isak, à qui il avait raconté qu'il avait perdu un pari avec Abrahamsson, au catéchisme. Il n'avait pas besoin de verrouiller ce mensonge : Isak n'allait pas au catéchisme et ne rencontrait jamais Abrahamsson.

Et Simon remporta un vif succès avec ses fleurs qui touchèrent le cœur de sa mère.

Un après-midi, alors qu'il rentrait de la station de tramway, il vit un graffiti à la craie sur le mur du boulanger. Quelqu'un avait écrit que Simon aimait Dolly, avec un cœur, une flèche et tout. Simon sentit sa nuque se raidir car il s'efforçait de tourner la tête pour ignorer l'inscription.

Quand il monta la côte vers le garage des Larsson, il vit qu'elle était assise dans le coin sous la haie. Dolly. Les joues rouges et le regard brillant.

— Tu as lu ?

Il hocha la tête.

— C'est vrai ? demanda-t-elle.

Il voulut mourir ou du moins disparaître sous terre. Il pensa à Nordenskiöld, l'explorateur héroïque, à son périple à bord de la *Véga* à travers le passage du Nord-Est, aux étendues glacées dans la nuit polaire, et il sentit combien sa bouche était sèche. Il n'osait pas la regarder dans ses yeux myosotis.

Mais elle s'obstina et dit un peu plus fort.

— C'est vrai ?

Et Simon, qui craignait que Karin n'entendît, acquiesça et balbutia de manière à peine audible :

— Oui, ça doit être vrai.

Il pensa qu'on n'avait pas le droit de battre une fille. Si jamais elle lui sautait dessus et commençait à le griffer ? Mais elle semblait comblée et lui dit, que s'il venait après le dîner aux falaises près de la plage, là où personne ne les verrait, il pourrait l'embrasser.

Il n'avait aucune envie d'aller au rendez-vous, mais il n'osa pas se débiner. Et c'est ainsi que, la première fois qu'il embrassa une fille, le baiser n'eut qu'un goût de noir mensonge et de peur bleue. Son amour s'acheva dans ce baiser, il se mit à détester cette fille dont il avait rêvé toute son enfance.

Et quand il réalisa qu'elle allait bientôt lui demander de faire tout ce qu'il avait déjà raconté à ses camarades, il fut presque pris de panique.

Alors les mensonges coulèrent de sa bouche, à son secours. Il ferma les yeux de douleur.

— Je vais bientôt mourir. Tu comprends, j'ai la tuberculose, mais personne ne le sait encore. Je crache du sang toutes les nuits.

Dolly s'enfuit.

La hantise de la contagion était plus forte que son désir de conquête, que la chaleur de ses bras, et même que l'orgueil.

Ce soir-là, quand on alluma la radio pour les informations de vingt-deux heures, Simon monta comme d'habitude au grenier pour regarder Dolly. Mais elle avait tiré ses rideaux.

Simon fut soulagé.

Une semaine plus tard, Karin l'appela :

— Madame Jenny est passée, elle a dit que tu toussais terriblement. Je n'ai rien remarqué, mais elle avait l'air si effrayée que je me suis presque inquiétée.

— Bah, dit Simon. J'étais juste un peu enrhumé, et je me suis mis à tousser dans le même tramway que Dolly.

Karin sourit, puis elle soupira légèrement à la pensée de ces voisins élégants dans leurs chambres proprettes, où la peur du bacille suintait des murs.

Le printemps amena de forts vents d'est. Ils nettoyèrent tout entre les montagnes et mirent du vert dans l'herbe. Les voix des gens, chargées d'espoir, résonnaient avec un bonheur inconnu depuis des années.

À la floraison des pommiers, ils mirent à l'eau le bateau d'Isak, il était conforme au rêve d'Erik. C'était le plus beau cotre de l'estuaire. On le mouilla à une bouée devant Oljeberget, on lui donna un ballast de pierre en attendant le plomb qu'il n'était pas possible d'acheter. Ils furent légèrement retardés par le fabricant de voiles mais, un jour de la fin mai, ils l'essayèrent.

Le bateau fendait les flots comme dans une danse, et Isak oublia ses rêves d'orifices humides, tout à son bonheur de faire remonter le voilier au vent. Le cotre se révéla un solide gaillard par vent de bouline, on le baptisa *Kajsa*, en pensant à Karin et au vent d'est.

Au jour J, quand la flotte du grand débarquement posa sa tête de pont en Normandie, Isak et Simon passèrent brillamment le brevet. Simon eut le premier prix en suédois, le prix littéraire de l'école, comme on disait.

Il avait écrit une histoire sur le paysan qui cultivait les terres derrière la montagne d'Oljeberget, un bonhomme aux yeux courroucés, que Simon avait toujours craint. Mais, dans sa rédaction, il l'avait gratifié de multiples dons et transformé en maître des runes, qui connaissait la force des signes anciens, fréquentait les puissances occultes et jetait le mauvais œil, mais qui savait soigner les maladies rares et graves.

Le proviseur, Kerstin Larberg, lut à voix haute la rédaction devant la classe et dit que c'était une histoire merveilleuse.

— Y a-t-il une part de réalité dans ce récit ? Ou un poète se cache-t-il chez Larsson ?

Les mots frappèrent l'esprit de Simon comme un éclair et il répondit d'un seul souffle, libéré :

— Je l'ai inventée.

Il reçut un temps le surnom de Barde, mais cela lui était égal. Il pensait beaucoup à oncle Ruben et à ses paroles après le concert ; il y avait une réalité, qui se construisait avec des mensonges, mais qui contenait la vérité.

Avant de s'endormir, il prit une résolution : il allait écrire pour se libérer du mensonge. Pendant tout l'été, il écrirait des histoires sur les femmes, les seins, les trous, sur les chercheurs polaires, et les morts là-bas en Europe. Il décrirait Karin comme une des trois Parques qui, assise à son rouet dans sa cuisine, tissait le destin de l'homme avec un fil, et il parlerait du petit homme de ses rêves, qui avait un drôle de chapeau, et du roi-dieu qui combattait dans le royaume aux hautes herbes, et qui avait péri quand il avait fallu sacrifier un taureau dans le temple. Il écrirait sur Dolly, la grande infidèle, traître à l'homme qui l'aimait, et sur tante Inga dans sa ferme solitaire au bord du lac bleu. Cette dernière idée l'étonna, que pourrait-on bien écrire sur Inga ?

Mais il ne s'en préoccupait pas pour l'instant. Demain, il demanderait des cahiers à oncle Ruben, tout un tas.

Puis les vacances d'été firent éclore leur joie insouciante autour des deux garçons, qui n'étaient plus inséparables désormais.

Isak faisait du bateau, Simon écrivait.

Karin travaillait la terre, Erik chantait et construisait un autre cotre, les Américains et les Anglais libéraient Paris. Au zénith de l'été, les mensonges cessèrent de couler de la bouche de Simon Larsson. L'écriture l'avait peut-être aidé, en dépit de résultats moins probants qu'il n'avait espéré. Il avait vite découvert qu'il était plus difficile d'écrire que de mentir. Mais, au beau milieu de la réalité, il se produisit une chose, une chose tellement époustouflante qu'elle dépassa de loin l'imagination de Simon.

Celle-là, on ne pourrait pas la raconter, parce que personne ne la croirait.

Son nom était Maj-Britt, c'était le genre de femme qui déborde de partout, comme une brioche qu'on a mise à lever, quand on a été radin avec la farine et généreux avec le levain. Opulente, crémeuse, fondante.

Elle avait dix-neuf ans, c'était la fille du veuf, le mineur qui avait construit sa maison au sommet de la colline, aux confins de la ville. Elle avait eu le cœur brisé car elle avait aimé un des marins qui avaient disparu dans le ventre de fer du navire *Ulven*. Maj-Britt avait pris le deuil avec ferveur, les larmes l'avaient dissoute.

Par un chaud après-midi, on lui envoya Simon et Isak. Elle était employée chez le coiffeur, elle leur coupa les cheveux en leur caressant la tête, elle manquait de mots pour décrire la belle mèche d'Isak, la qualité de leur chevelure et la crinière de Simon. Les garçons étaient rouges comme les pivoines qui fleurissaient, ils eurent tous deux une érection, elle le vit, et son rire sans retenue jaillit du salon de coiffure vers le jardin, où les abeilles stupéfaites se turent dans les calices mûrs des fleurs.

— Venez chez moi ce soir. À huit heures. La maison du mineur. Passez par la cave, dit-elle quand elle se fut remise de son accès de fou rire.

Ils étaient seuls dans le salon de coiffure, le coiffeur était parti en vacances avec sa femme et Dolly.

À la maison, Karin jugea que la coupe de cheveux n'était pas terrible, que la fille aurait pu avoir la présence d'esprit de couper davantage, du moment qu'on la payait. À voir leur allure, elle aurait pu faire mieux, elle, Karin.

Ils mangèrent tôt, Dieu merci. Et, juste avant vingt heures, ils se volatilisèrent sur leurs bicyclettes vers les hauteurs de la ville, là où la montagne offrait un panorama vertigineux sur la mer et sur Goteborg. La montée était tellement raide qu'ils durent pédaler en danseuse. Mais il n'y avait pas que l'effort qui faisait battre leurs cœurs et couler leur sueur, quand ils se glissèrent à côté de la maison du mineur et trouvèrent l'arrière-cour et la porte de la cave.

Elle les attendait. Elle avait installé dans la cave une chambre avec un grand lit, que le marin de Ulven avait acheté à bon prix lors d'une vente aux enchères et qu'il avait traîné jusque-là. Elle eut le même rire inextinguible qu'au salon de coiffure, elle était si naturelle que les deux garçons rirent aussi.

C'était comme un rêve, un rêve fou et merveilleux. Elle retira sa robe, elle était nue dessous et elle s'étendit sur le lit, les bras et les jambes allongés.

— Allez, venez, les bouts de chou. On va prendre du plaisir. Je vais vous montrer.

Et elle leur apprit, ils se retrouvèrent bientôt là, un dans chaque bras de la femme. Elle guida leurs mains vers tous les endroits secrets et les initia aux caresses, dures et douces alternativement. Ils suçaient et mordaient chacun un gros sein. Maj-Britt soufflait et criait de désir et de joie, quand Simon fut le premier à enfoncer son membre dans son trou.

Et elle jouit en criant à faire vibrer le plafond de la cave.

Un instant plus tard, elle s'était ressaisie, et Isak apprit à trouver le chemin vers le renflement lisse de sa fente humide et généreuse. Elle soupira.

— Encooore, c'est ça le meilleur.

Elle explosa à nouveau de plaisir et elle se recroquevilla, éclatant de son rire énorme. Elle dut s'occuper de Isak qui avait encore une érection.

Ce n'est pas vrai, pensa Simon, mais c'était vrai. Maj-Britt regarda alors l'horloge et cria :

— Mon Dieu, le mineur va bientôt arriver. Foutez le camp, bande de satyres.

Et son rire les suivit quand ils dévalèrent la montagne à toute vitesse. Ils se sentaient invincibles comme des dieux, allèrent jusqu'à la plage et se jetèrent à l'eau, fendant la mer de vigoureuses brasses.

Ils n'auraient jamais cru qu'ils pourraient nager aussi vite. Lorsqu'ils arrivèrent au bateau d'Isak, ils étaient encore brûlants. L'amarre était collante de méduses et ils comprirent qu'ils devaient monter à bord le plus vite possible. Simon s'était brûlé, mais il y avait de l'eau douce dans le bateau. Ils rincèrent le sel et les filaments de méduses avant qu'Isak ne soulevât le panneau et ne sortît la bière de la cale, de la bière volée chez Ruben.

Et ils burent.

En essayant de se calmer.

— Tu as entendu ce qu'elle a dit quand on a filé ?

Oui, Simon avait entendu. Revenez demain à la même heure.

Pendant cet été chaud où trente mille Baltes traversèrent la Baltique à bord de petits bateaux, ils retournèrent chaque soir à la maison du mineur. Ils prirent du plaisir, comme le disait Maj-Britt, et ils apprirent tout ce que les garçons ont besoin de savoir en matière d'amour. Toute leur vie, ils auraient du succès avec les filles, et dédieraient souvent une pensée reconnaissante à la merveilleuse Maj-Britt, là-haut sur la montagne.

Un soir, alors qu'ils contournaient la maison du mineur, comme d'habitude, et qu'ils frappaient à la porte, un marin torse nu, en pantalon large, leur ouvrit. Il était taillé comme une barrique et long comme un mât de drapeau.

— Qu'est-ce qu'ils veulent, les morveux ? demanda-t-il à Maj-Britt qu'on devinait sur le lit au fond de la cave.

Simon, qui n'avait pas perdu ses talents de l'hiver, se ressaisit :

— On venait vendre des Pères Noël d'Älvsborg.

— En plein été ? répondit le marin, mais le rire de Maj-Britt qui déferla du lit lui fit oublier leur présence.

En rentrant, ils s'évertuèrent à détester le marin, mais n'y parvinrent pas vraiment. Ils étaient heureux de ce qu'ils avaient reçu, mais un peu repus, pour être franc. Ils avaient toujours su que l'incroyable ne durerait pas éternellement.

13

Le plus long des printemps arriva. Le temps n'avait jamais été aussi lent auparavant. Les jours se traînaient jusqu'au soir, où rien ne se passait non plus.

Wallenberg [1] disparut à Budapest.

En Allemagne, on enrôlait des enfants de douze ans.

Des hommes importants se rencontrèrent à Yalta, pour se partager le monde. Roosevelt mourut, et Karin dit avec une brûlante colère que c'était injuste.

Le temps se figea quand Hitler se tua dans son bunker à Berlin, la paix n'arriva pas pour autant. La radio tournait à vide dans son coin, la vieille horloge de la cuisine ne bougeait pas d'un poil, et Karin eut l'idée de la secouer. Mais l'horloge n'avait pas de défaut, c'était le temps qui s'était arrêté et l'attente rendait les gens fous.

Le jour tira à sa fin, c'était le 7 mai et les bourgeons avaient commencé à éclore. Le potager sentait la terre humide. Le chant des oiseaux aurait dû émouvoir le cœur des hommes. Mais les gens n'osaient pas s'ouvrir. Ils se réunirent autour de la radio dans la cuisine des Larsson, et ils entendirent la joie à Oslo, à Londres et à Stockholm, sans parvenir à se saisir de la leur.

---

1. Wallenberg, diplomate suédois en poste à Budapest qui disparut mystérieusement lors de la Seconde Guerre mondiale *(N.d.T.)*

Wallin était assis sur le canapé de la cuisine, regardant fixement ses mains de travailleur sur ses genoux, si lourdes, tellement immobiles qu'on les aurait crues mortes pour toujours. Ågren avait les joues rouges de fièvre et se perdait en jurons :

— Putain de bordel de Dieu !

Erik était silencieux, pour une fois. Äppelgren allait et venait comme une grue, avec des mouvements saccadés. Il s'emmêlait les pieds dans le tapis de lirette et se fichait qu'on le voie pleurer comme un enfant.

Karin pleurait elle aussi, calmement, en silence.

Simon et Isak s'étaient tassés sur la réserve à bois comme d'habitude et Simon pensa que, cette nuit, personne ne tuerait personne en Europe. Il aurait voulu pleurer, mais il était trop grand, c'était impossible. Son excitation lui tomba dans les pieds et ses jambes battirent comme des baguettes de tambour contre la réserve de bois jusqu'à ce que Karin demandât le calme :

— Pour l'amour de Dieu, Simon, un peu de silence !

Isak était près de lui, aussi immobile que Wallin. Son cœur brûlait, mais sa tête était froide et vide, et son corps figé, comme s'il avait été changé en glace. Johansson, le facteur, qui était pêcheur à l'origine, et qui était grand comme une maison, dit que maintenant on allait pouvoir passer tous les nazis à l'huile bouillante en les maintenant suffisamment en vie pour les faire souffrir aussi longtemps que possible. Et alors, la tension dans le corps de Simon se relâcha.

Il inspira profondément et réalisa que c'était la haine qui avait noué ses muscles et que la flamme dans son cœur était le sentiment d'une vengeance potentielle et délectable.

Helen débarqua avec le lait au beau milieu de tout ça. Elle avait un air solennel, elle les enveloppa d'un regard insistant et osa dire :

— Je trouve que vous devriez venir à la chapelle ce soir remercier Dieu pour la paix.

Ces mots ressuscitèrent Erik qui se leva d'un bond en criant :

— Et qui doit-on remercier pour la guerre et pour tous les morts ?

— La guerre est l'œuvre des hommes, répondit Helen, sans perdre une once de sa solennité.

— Tu es complètement marteau, renchérit Ågren, mais Karin l'interrompit en disant que, au moins dans sa cuisine, les gens devaient respecter les opinions des autres.

Si les mots étaient les siens, sa voix en revanche manquait de sa fermeté coutumière.

Ruben arriva dans la soirée. Il avait une expression difficile à interpréter, un grand soulagement mêlé à une douleur qui semblait insupportable. Quand Karin croisa son regard, elle sortit la bouteille d'eau-de-vie et les verres à pied, versa une bonne rasade à chacun, et dit d'une voix fine comme le papier :

— Alors buvons à la paix.

Et les hommes burent, et Karin but, elle avala l'horrible breuvage d'un trait. Si l'instant n'avait pas été aussi important et aussi mémorable, les autres l'auraient remarqué, s'en seraient étonnés et effrayés.

Mais là, ils étaient renfermés sur eux-mêmes.

Karin dut se précipiter dans les vieilles toilettes de l'arrière-cour pour vomir. Elle resta appuyée contre le mur rugueux, traversée de sueurs froides, blême, tandis que le malaise revenait par vagues.

Mais le pire était la douleur qu'elle ressentait dans la poitrine.

Elle ne comprenait rien de sa réaction. Et elle était en colère contre elle-même. Pourquoi fallait-il qu'elle souffrît, maintenant que la guerre était finie, et que la terre et les hommes respiraient ?

Le mal la taraudait, comme si on tournait un couteau dans ses entrailles. Elle tenta de penser à Petter et aux jaseurs boréaux, mais elle n'y parvint pas. Au lieu de Petter, c'était sa mère avec ses yeux amers et sa mauvaise langue qui apparaissait. Quelque chose était en train de se détraquer dans le cœur de Karin. Sa tristesse qui était si ancienne, si familière, remuait et tirait sur ses racines.

Karin se dit que la Grande Guerre avait aussi tué les jaseurs boréaux.

Elle resta dans les toilettes jusqu'au crépuscule, elle s'avisa petit à petit que le temps avait repris son cours et qu'elle devait rentrer, pour faire sortir les hommes de la cuisine et commencer à préparer le dîner. Elle serra son poing sous son sein gauche et s'attela de nouveau au quotidien.

Pendant l'hiver, ils avaient reconstruit la maison, on avait monté des murs au dernier étage, le grenier avait disparu. Simon avait sa chambre, et suffisamment de place pour Isak aussi. Ils avaient fait une chambre d'ami avec vue sur la mer pour Ruben, qui restait de plus en plus souvent dormir. Il était fatigué par les réfugiés et la famille de son frère, qu'il hébergeait dans le grand appartement de Majorna.

Les Larsson avaient à présent une salle de bains et des W.C. à l'intérieur.

C'était magnifique, ils avaient été si heureux ensemble pendant tout l'hiver, Karin et Erik.

Ils avaient rehaussé l'évier de la cuisine, remplacé le zinc par de l'acier inoxydable, ils avaient installé le chauffage central et l'eau chaude. Karin avait peine à croire que les corvées étaient terminées, le bois de chauffage, l'anthracite, les lourdes charges et les poêles fumants. Qu'elle n'avait qu'un robinet à tourner pour que jaillisse de l'eau brûlante, qui réchauffait les mains et lavait. Un réfrigérateur moderne occupait le coin de la cuisine où ils se lavaient autrefois.

Ainsi Karin avait quantité de raisons de se réjouir. Elle y pensa, quand ils se retrouvèrent seuls, et qu'ils posèrent le repas sur la table. Quand elle mit une pomme de terre dans sa bouche, elle admit enfin qu'elle détestait les pommes de terre — à l'eau, sautées, en purée, gratinées et en robe des champs. Ce temps était passé, pensa-t-elle, la préoccupation de la nourriture ne serait bientôt qu'un triste souvenir, au même titre que l'anthracite et les W.C. gelés de l'arrière-cour.

Le rationnement allait prendre fin, il y aurait bientôt des fruits.

Des bananes, rêva Karin, et elle se souvint du penchant de Simon pour les bananes. Il les adorait, quand il était petit. Maintenant, il devait avoir oublié jusqu'à leur goût.

Elle regarda Erik. Il avait pris une sacrée assurance. Il s'en sortait bien avec son chantier naval, le carnet de commandes de cotres était devenu considérable. On avait embauché quatre hommes. Ils nourrissaient quatre familles, comme Karin aimait à le formuler.

Elle aimait cette aisance, l'argent qui tombait quand ils en avaient besoin.

Quand elle récapitulait ses motifs de satisfaction elle omettait Ruben et gardait Simon pour la fin.

Ce garçon qui lui avait offert tant de joie.

Il est quasiment adulte, se dit-elle. Et il a bien poussé, il est devenu beau. Il est comme un oiseau qui serait tombé du ciel, et posé dans sa cuisine par bonheur.

Ses pensées étaient lourdes d'inquiétude et elle sentit de nouveau un élancement dans la poitrine. Simon, qui était proche d'elle, remarqua la douleur qui passait sur son visage :

— Tu es fatiguée, maman. Va te coucher, je laverai la vaisselle.

Elle acquiesça de la tête, mais elle savait en rencontrant son regard inquiet que les sentiments de gratitude ne l'aideraient pas ce soir. Ses ressources ne lui étaient d'aucune utilité pour se défendre contre le mal qui tiraillait et déchirait sa poitrine.

Mais qu'est-ce que j'ai ?

Erik sortit faire le tour du chantier, et Karin eut donc la chambre à coucher pour elle. Elle se regarda dans le miroir, seule parmi les roses du papier peint neuf. Son apparence physique lui avait toujours convenu, elle aimait son visage décidé et finement dessiné, avec sa grande bouche et son nez droit.

Elle examina ses traits longuement comme si elle pensait qu'ils lui révéleraient quelque chose d'inédit, lui apporteraient une réponse. Et elle vit bien que ses yeux bruns, qui surprenaient toujours et contrastaient avec sa blondeur, avaient une autre dimension.

Qu'y avait-il au fond ?

De la peur ?

Non, Karin ne l'admettait pas. J'ai pris quelques rides, se dit-elle, mes cheveux ont pâli, deviennent couleur paille. Je ne suis pas encore grosse, mais plus lourde, plus compacte.

Demain, ce sera passé. Il faut que je dorme.

Et le lendemain, quand ils enlevèrent les doubles rideaux de la maison et qu'ils lavèrent les vitres dans la pleine chaleur du printemps, elle fut presque contente.

Puis Ruben apporta les premiers journaux anglais. Ils contenaient le récit des témoins qui avaient vu se libérer des camps d'extermination en Pologne et en Allemagne. Il lisait, assis à la table de la cuisine, la voix d'Isak volait jusqu'au plafond quand il traduisait, Erik était blême et le bleu de ses yeux devint noir. Simon se tourna vers Karin, comme toujours quand il avait peur.

L'instant d'après, il arracha le journal des mains de Ruben et cria que ça suffisait comme ça. Ruben promena son regard las du garçon à Karin. Il vit qu'elle était sur le point de s'évanouir.

Il se sentit honteux comme un chien, puis il eut peur.

Mais, de son côté, elle dit les choses simplement, si sa famille à lui avait pu supporter ces choses-là, elle supporterait bien d'en entendre parler.

Dès lors, il fut évident pour tout le monde qu'il y avait quelque chose d'anormal chez Karin. Erik emporta la radio à l'atelier et Simon subtilisa les *Temps nouveaux*, le matin. Mais Karin était fascinée par l'horreur, elle partit en ville acheter les journaux avec des photos de montagnes de cadavres empilés.

Ensuite les autobus blancs et leurs rescapés arrivèrent à Malmö et Karin alla chercher elle-même le quotidien. Il contenait les photographies de ces survivants qui avaient vu le mal, qui auraient dû mourir et ne pas la regarder ainsi avec des yeux éteints.

Karin comprit qu'il fallait qu'elle meure elle aussi. Et elle accueillit cette pensée avec joie.

Quelques jours après, Ruben dit à Erik que ça ne pouvait pas continuer, et ils l'emmenèrent consulter un cardiologue qu'il connaissait. Le docteur écouta longtemps d'un air préoccupé le vacarme détraqué de sa poitrine. Ou elle acceptait le repos complet, ou tout irait très mal.

On conduisit Karin dans la clinique privée du médecin. Elle était si fatiguée qu'elle n'eut pas la force de protester. Elle parlait d'une voix enrouée. Elle criait ; les croix gammées lançaient des éclairs autour d'elle, elle volait entre les croix, qui se trouvèrent soudain dans l'atelier, à la maison. Elle voyait Petter qui ployait sous les croix gammées, et bizarrement ressemblait aux gens qui déferlaient des autobus blancs à Malmö, ces miraculés de la mort. Il poussa un horrible croassement qui l'atteignait en plein cœur et lui faisait tellement mal que son cœur se cassa et qu'il mourut sur sa table de tailleur.

Karin laissait les rêves aller et venir, les images parler leur langage clair, sans s'opposer ou chercher des explications. C'était comme si son âme devait être lavée avant de s'en aller. C'était douloureux, mais nécessaire et salutaire.

Quand elle était éveillée, elle dialoguait avec sa mère.

— Pourquoi es-tu devenue ce que tu es ?

Sa mère répliquait par son leitmotiv :

— Le péché, le péché.

Karin se détourna avec dégoût ; elle devrait toujours nier le mal, car elle avait grandi dans son ombre.

Puis, dans un demi-sommeil, elle s'entendit aboyer après Simon : « Péché, péché de... » Et elle vit ses yeux inquiets, qui la suivaient toujours.

Elle cria, le docteur accourut, dit qu'il ne fallait absolument pas qu'elle se laisse aller à des idées noires, et il lui donna des médicaments pour les chasser.

La nuit suivante, Petter la visita, son sommeil devint profond et paisible. Elle pensa que c'était la fin, qu'elle ne se réveillerait pas, qu'elle pourrait suivre son père.

Il resta avec elle toute la nuit, la berçant dans ses bras, lui chantant des chansons. Le mal n'existait pas, Karin se sentait en sécurité comme un petit enfant.

Elle savait qu'il voulait lui transmettre un message, mais elle était trop épuisée pour écouter.

Au matin, quand elle prit conscience de la lumière du soleil qui pénétrait, sans se laisser dévier, par la fente entre le store et l'encadrement de la fenêtre, elle comprit que son existence n'était pas finie. Elle était encore là, seule. Pendant qu'on la lavait et lui faisait avaler de la bouillie, elle réfléchit à ce que Petter avait voulu dire. Mais pas longtemps, elle n'arrivait pas à se concentrer.

Puis soudain Simon fut là, et ce fut à nouveau la nuit. C'était difficile à comprendre, mais Simon était tout à fait réel, il serrait sa main si fort qu'il lui faisait presque mal. Elle entendit la colère dans sa voix quand il dit :

— Tu n'as pas le droit de m'abandonner, maman.

Quand Karin se réveilla, il faisait jour à nouveau et il était là, assis sur le bord de son lit. Il avait raison, se dit-elle. Elle n'avait pas le droit de partir. Pas encore.

— Simon, chuchota-t-elle. Je te promets de guérir.

La joie de Simon était si forte qu'elle pénétra droit dans le cœur de Karin, la réchauffa et lui redonna vie.

Après son départ, Karin pleura, longtemps et calmement. Elle n'aurait jamais imaginé qu'elle avait tant de larmes dans le corps. L'origine de ces larmes était un mystère pour elle, mais elle connaissait leur destination : le cœur. Elles lui apportaient leur chaleur et leur pouvoir.

Simon traversa la ville en bicyclette en pédalant comme un fou furieux. Il vit les rayons obliques du matin allumer des reflets dans le port et dans la mer, il pédala et arriva à bout de souffle au chantier où se trouvait Erik.

— Papa, elle va vivre, elle me l'a promis.

En temps normal, Erik aurait complètement négligé un tel message. Mais il avait une telle peur et un tel besoin de consolation qu'il accepta sans broncher les paroles de Simon comme l'expression de la plus haute vérité.

Erik et Simon étaient pratiquement de la même taille maintenant. Ils pleurèrent ensemble des mêmes larmes salvatrices que Karin, chacun d'un côté du cotre à moitié achevé.

Puis Erik rentra, ôta jusqu'au plus petit copeau de bois de ses mains et de son cou, enfila son plus beau costume, qui était un costume d'hiver bleu foncé. Il n'avait pas de chemise repassée. Simon cueillit des tulipes fraîchement écloses et en fit un énorme bouquet.

Erik avait bien un peu l'air de se trouver ridicule dans le couloir de la clinique élégante avec ses fleurs. Karin le vit, elle remarqua sa gaucherie, la crainte de l'ouvrier, et le col de la chemise qui n'était pas repassé. Sa tendresse n'en fut que plus grande, et elle sut qu'elle devait rester aussi pour cet homme fragile.

14

Sa convalescence fut paisible.

Ruben vint avec des roses. Elle put se confier à lui :

— J'avais pris la décision de partir.

Il répondit seulement :

— J'avais remarqué depuis longtemps que tu portais la tristesse en toi.

Karin fut étonnée, elle n'avait jamais considéré les choses ainsi. Mais cela la frappa comme une vérité et elle parla de Petter, et des jaseurs boréaux. Et de sa mère, et du mal, qu'elle devrait toujours nier.

Il ne dit pas grand-chose :

— Rien n'est simple.

Karin pensa bien plus tard à cette toute petite phrase.

Elle voulut l'interroger sur Dieu, qu'il cherchait à la synagogue tous les samedis, et qui lui donnait l'énergie de continuer à vivre parmi tous ces malheurs.

Mais elle ne trouva pas de mots.

Avant de partir, il s'arrêta sur le seuil.

— Il faut que tu essaies de vivre, Karin. Pour moi aussi, pour que j'aie la force de continuer.

Elle vit que cette confidence lui coûtait des efforts.

Puis il s'en alla, et Karin resta à regarder le soleil tamiser sa lumière à travers le sapin devant la fenêtre. Un tramway tourna devant la clinique en grinçant. Quand l'infirmière lui apporta son dîner, Karin remarqua qu'elle avait des yeux bleus resplendissants.

Le rôti de veau répandait une odeur agréable d'aneth, douce et forte, et la compote de pommes emplit sa bouche de fraîcheur.

C'était comme si le monde avait un autre goût.

Dans l'après-midi, elle essaya de regretter d'avoir déversé ses problèmes sur Ruben, lui qui avait de si lourds fardeaux à porter, sans compter les siens. Mais sa tentative échoua, la honte n'avait pas de prise.

J'ai peut-être perdu ma conscience, se dit-elle.

Mais quand Simon lui rendit visite dans la soirée, et qu'elle vit sa pâleur et sa maigreur, elle comprit que ce n'était pas le cas.

— Vous mangez bien, j'espère, dit-elle, et la morsure de la culpabilité qu'elle connaissait si bien la saisit.

Puis elle demanda, d'une voix lourde du poids de son ancienne responsabilité :

— Où est passé Isak ? Dis-lui de venir me voir demain.

Simon hocha la tête, il avait l'air étrange, et elle comprit qu'elle avait gâché quelque chose d'essentiel.

Simon traversa la ville à bicyclette, revigoré d'avoir retrouvé Karin semblable à elle-même, forte et exigeante. Mais il était inquiet aussi. Et en colère.

Con d'Isak, se dit-il.

Simon savait où il allait le trouver, sur le port vers Långedrag. Ruben y avait loué une place de ponton, et l'éclat du beau cotre avait donné un prestige de roi à Isak. Les vociférations qui sortaient du roof s'entendaient de loin, et la rage de Simon atteignit son paroxysme quand il vit les bouteilles de bière qui flottaient autour du bateau.

Isak et sa cour fumaient, l'air était épais quand Simon ouvrit le roof.

— Allez, foutez-moi le camp. J'ai à parler avec Isak.

Ils ne partirent pas tout de suite, on échangea des insultes, mais au bout d'un quart d'heure, Simon et Isak furent seuls. Simon prit le filet, l'enroula sur la gaffe et repêcha les bouteilles vides qui n'avaient pas encore coulé, il vida le cendrier, rinça le pont et le cockpit, puis s'adressa à Isak, qui était assis recroquevillé sur une couchette dans le carré :

— Demain, il faut que tu ailles voir Karin.

— Je n'ose pas.

— Elle est guérie. Elle va bien. Tu comprends ?

— C'est à cause de la bière, répondit Isak.

— Elle ne boit pas de bière, bordel, cria Simon, abasourdi. Tu dérailles complètement. Ou alors tu es saoul, mon salaud ?

Ils se tenaient droit sous le roof, se toisant du regard. Simon reconnut au fond des yeux d'Isak l'expression de vide de la guerre, de ce jour où les bateaux arraisonnés avaient sombré devant Måseskär. Sa colère s'envola, il prit peur, cette fois-ci, il n'y aurait pas de Karin pour assumer l'incompréhensible, il fallait qu'il le fît lui-même. Il entoura son ami de ses bras et le rassura, sans avoir la moindre idée d'où lui venaient ses paroles :

— Mais enfin, Isak, tu n'es pas responsable de sa maladie.

Il avait frappé juste, car Isak se radoucit et, quand leurs yeux se croisèrent de nouveau, le vide effrayant avait disparu.

Le lendemain, Isak se rendit à l'hôpital, où il constata que Karin était presque comme d'habitude. Et comme d'habitude, ils bavardèrent ensemble.

— J'avais envie de les faire frire dans l'huile, leur tordre la queue, tu comprends. Je voulais partir à la voile dans le fjord d'Oslo, c'est écrit dans le journal qu'il y a encore beaucoup d'Allemands qui rôdent là-bas, je les trouverai et...

— Et... ?

— Et puis tu es tombée malade.

Elle lui expliqua simplement que la paix avait révélé la tragédie de la guerre. Ça l'avait rendue malade, et ses pensées noires étaient un souffle dans un monde de mauvaises actions.

— Peut-être qu'imaginer une vengeance t'a soulagé, suggéra-t-elle à Isak.

Alors il parla de la bière, des types dans le bateau à Långedrag, qui donnaient un peu de piquant à la bière en y ajoutant du cognac qu'Isak avait dérobé dans le placard de son père. Ces confidences rompirent la douceur de l'atmosphère. Karin s'assit sur le lit et regarda l'adolescent en face.

— Tu vas arrêter ce genre de bêtises, Isak Lentov. Tu vas me le jurer, ici, immédiatement.

Isak était rouge de confusion et il s'inclina devant sa colère.

— Il faut que tu apprennes à faire la différence entre les rêves et la réalité, Isak. Tu as sans doute besoin de nourrir d'horribles pensées de vengeance mais, si tu arrivais à attraper un jeune Allemand terrorisé, fuyant en Norvège, tu pleurerais de compassion. La vengeance n'est belle que dans les songes, tu comprends.

Isak se tut, il ne la croyait pas.

— Voler de l'alcool et mener les autres à la déchéance, ça, c'est la réalité. Tu dois arrêter ça.

Isak le lui jura solennellement, il la quitta, honteux et heureux.

Karin resta allongée dans son lit à penser qu'elle s'était comportée stupidement et qu'elle avait été égoïste. Il était évident qu'il fallait qu'elle vécût pour rendre la vie compréhensible à ces gens dont elle était responsable.

Cette idée lui plut tellement qu'elle s'endormit aussitôt. Elle dormit sans l'aide de somnifères et d'une seule traite.

Curieusement, elle pensa beaucoup moins à Erik bien qu'il fût pourtant celui qui souffrait le plus.

Il rencontra le médecin chef. On prononça des paroles pénibles sur la nécessité de protéger Karin. Il faudrait éviter les émotions, dit le docteur. Erik serait responsable, il devrait préserver le calme de sa vie.

— La peur ou les contrariétés lui seraient fatales, insista le cardiologue.

Erik était mal à l'aise, il sentit le bouton de son col qui pénétrait dans sa gorge, il sentit la haine de classe et pensa qu'il revenait, son vieux sentiment d'infériorité.

Et puis zut.

Quand il se libéra enfin, et qu'il put aller voir sa femme, il était distrait et absent. Il avait pensé lui parler de la voiture qu'il avait achetée, il s'était réjoui à l'avance de ses protestations inquiètes, de la discussion sur le gaspillage et pour finir de sa joie quand il lui avouerait finalement : « Mais je l'ai achetée pour que tu ailles voir le monde. »

Il ne lui dit rien.

La confortable Fiat Balilla ne causa pas non plus à Erik de joie particulière quand il rentra en passant par l'Allée et en longeant les quais, où les grues dansaient comme jadis. Il monta la rue Karl-Johansgatan vers Majnabben et alla s'acheter une bouteille d'eau-de-vie.

L'après-midi, sur le chantier, il fut cassant et nerveux, il voyait bien que les gens le prenaient mal.

La cuisine à la maison avait un aspect terrible. Ça sentait les poubelles et la vaisselle sale. Simon allait et venait, il devait sortir en mer avec Isak.

— Vas-y, file, dit Erik. L'intention était plus gentille que l'expression, il se dit que ça tombait à pic. La véritable raison, il ne l'eut devant les yeux que, une fois la porte fermée, quand il sortit sa bouteille d'alcool.

Au troisième verre, il pensa à sa mère, qui l'avait menacé et effrayé avec son cœur pendant des années. Il se retrouvait dans la même situation, et maintenant c'était réel, le piège s'était refermé, il n'y avait pas d'issue.

Il détesta Karin un bon moment, à cause de son cœur. Puis il le regretta, Karin n'était pas comme sa mère. Elle n'avait jamais fait de chantage.

Mais ensuite cette pensée l'irrita, sa femme était plus sournoise que sa mère, elle ne faisait pas peur, ne prévenait pas, elle cognait directement.

Pas de disputes, avait dit le médecin, pas de contrariétés. Soyez d'accord, ne la contredisez pas.

Putain de merde.

Sa révolte avait bien failli lui coûté cher, quand il avait quitté la paroisse pour entrer au syndicat. Sa mère n'en était pas morte comme il l'avait craint, elle vivait encore, et en bonne santé. Karin, elle, pouvait disparaître à n'importe quel moment.

Parole de médecin.

Et il vint d'étranges pensées à Erik, dans son huis clos avec l'eau-de-vie qui effaçait ses limites. Une malédiction ancienne allait s'accomplir, un châtiment allait frapper.

Il essaya de se ressaisir, il fit chauffer du café et comprit que tout serait comme quand il était enfant : il avait toujours su que ce cœur fragile dans la poitrine maternelle était son œuvre, et il s'était toujours sacrifié pour qu'il battît et battît encore.

Dieu me damne !

Le lendemain, il parla de Lisa avec Anton, le menuisier du chantier. Erik eut le sentiment de se trahir, même si le salaire qu'il proposait était plus élevé que la normale, Anton en fut content et dit qu'il en parlerait à Lisa. Ils avaient besoin d'argent, et sa femme n'avait plus trop de travail maintenant que les enfants allaient quitter la maison. Elle était sacrément costaud pour le ménage et pour ranger, et elle n'était pas mauvaise cuisinière non plus.

Erik refusant de se laisser aller à de funestes humeurs, il courut à la clinique et fut gentil à en avoir la nausée, pendant que Lisa faisait le ménage de fond en comble dans la maison blanche. Elle réussit finalement à la rendre resplendissante. Mais Erik ne trouvait pas d'antidote à la colère, la terrible colère qui brûlait à l'intérieur de sa poitrine, et qu'il ne comprenait que quand il buvait.

Bientôt, il allait falloir arrêter ça aussi, Karin allait rentrer de la clinique et il connaissait la sévérité de ses yeux quand il buvait.

Et merde.

C'était un piège, il tournait dedans comme un rat devenu fou.

15

Elle rentra pour la Saint-Jean, et Erik régla la facture de la clinique qui équivalait à la moitié de son bénéfice sur un cotre. Il s'en acquitta avec une satisfaction amère, comme s'il s'était acheté une liberté.

Il y eut un repas de fête, avec des pommes de terre nouvelles et du saumon fumé, Ruben apporta du vin, les voisins et les amis des fleurs. Karin était contente, elle était sereine et heureuse.

Elle était ravie de la voiture dans laquelle Erik était venu la chercher.

Et de la maison récurée à fond bien entendu.

Mais ensuite, au quotidien, il y eut la présence de Lisa, si élégante. Karin avait toujours eu un peu de mal avec elle. En même temps, elle reconnaissait que son intérieur n'avait jamais été aussi beau, et qu'il était bon d'avoir des armoires rangées, des tas de linge propres et nets. Sans parler des chemises bien repassées des hommes, des vitres brillantes et des plantes bien soignées.

Karin avait elle-même été domestique avant. Elle avait appris ainsi comment ne pas être en tant que patronne. Mais comment être, ça elle n'en savait rien.

Et elle se retrouva en position d'infériorité.

Mais ça irait, elle reconnaissait qu'elle était fatiguée et qu'elle n'arriverait pas à tenir la maison. Et qu'Erik avait été gentil en embauchant Lisa. Elle comprit vite également qu'il n'y avait pas de retour en arrière possible, quand elle s'aperçut qu'Anton et Lisa, qui n'avaient pas toujours mangé à leur faim, avaient déjà orienté leurs rêves et ambitions, comptant sur l'augmentation de leur niveau de vie grâce au nouveau salaire de Lisa.

Karin dut s'adapter.

Quand elle recouvrit des forces, elle trouva la solution en disant à Lisa qu'une aide à temps partiel suffirait. On décida donc qu'elle viendrait à onze heures et qu'elle finirait tous les jours à quinze heures après avoir fait le ménage et préparé le dîner. Ainsi, Karin eut ses matinées pour elle dans la cuisine, avec le café à portée de main, et les visites des voisines, comme cela avait toujours été. Elle disposait de ses après-midi. Elle dormait un moment, faisait de la couture, lisait beaucoup.

Elle plaisantait parfois sur sa condition de bourgeoise.

Mais l'avantage majeur qu'elle trouva dans cette nouvelle organisation, ce furent les promenades. Quand Lisa arrivait le matin pour s'occuper de la maison, et la soulager, Karin partait pour sa promenade. Elle longeait la rive du fleuve sur les pontons branlants qui rampaient parmi les roseaux, elle s'arrêtait pour écouter l'eau, elle regardait longuement les amusantes fleurs grises du rivage.

Et elle poursuivait autour de la montagne, traversait une friche et marchait jusqu'à la mer, qui rendait tout grandiose et clair.

Sur le chemin du retour, elle marchait dans la montagne, s'asseyait sur les pierres chaudes pour parler avec le vent et les campanules bleues. Une fois, elle vint à rencontrer les vieux chênes de Simon, et elle alla ensuite les saluer chaque jour, tissant ainsi une amitié profonde entre elle et eux.

Pour la première fois de sa vie, Karin avait du temps et de la place pour l'introspection. Les occupations quotidiennes ne chassaient plus ses pensées, même les plus pénibles.

La plupart concernaient sa mère. Elle parlait beaucoup avec les chênes de la vieille et de son enfance. Et ils l'écoutaient gravement et lui apprirent à ne pas chercher à comprendre.

Ce n'était pas nécessaire.

C'était ça, la malédiction de l'homme : il devait tout expliquer et, en définitive, il comprenait tout de travers.

Ils étaient d'accord avec Ruben : Rien n'est simple.

Les ronces des mûriers étaient plus exaspérées, elles piquaient volontiers injustement, rappelant sèchement les méchancetés de son enfance amère.

Lorsque Karin descendait vers la mer et restait à contempler l'infini, elle écoutait la petite voix en elle qui disait que la vie était plus vaste que le buisson de ronces, et qu'elle avait d'autres goûts que l'amertume.

On avait entassé le foin sur les champs des Andersson, et l'odeur forte chatouilla la pointe de ses seins et son bas-ventre. Karin en rougit comme une jeune vierge, inaccoutumée comme elle à ressentir le désir.

Elle cueillit un bouquet de fleurs d'été, des bleuets, des marguerites et des tiges délicates de cerfeuil sauvage, elle les disposa dans un vase dans la chambre à coucher, et attira Erik dans le lit à la nuit tombée.

Ils eurent du plaisir, mais l'inquiétude d'Erik n'échappa pas à Karin. Ils discutèrent ensuite.

— Tu sais, le docteur a dit...

Alors elle rit de son ancien rire plein de vigueur.

— Écoute, le docteur se mettra ses conseils où je pense.

Erik éclata de rire à son tour, espérant qu'ils connaîtraient au moins quelques moments de liberté. Puis il s'endormit comme un enfant apaisé, la main sur le cœur de Karin, qui battait calmement et régulièrement.

Un jour, Karin prit son courage à deux mains, mit ses beaux habits et décida d'aller rendre visite à sa mère en tramway. C'était amusant de mettre ces vêtements, le nouveau manteau d'été blanc, les gants et le grand chapeau avec les roses bleues, ça sortait de l'ordinaire. Elle resta longtemps devant le miroir, sa nouvelle minceur lui allait bien. Elle se mit même du rouge sur les lèvres.

Puis elle passa par le chantier pour prévenir Erik qu'elle allait voir sa mère. Mais il descendit du mât du bateau qu'ils étaient en train de gréer et objecta :

— Pas question que tu ailles la voir seule. Attends un moment, je m'habille et je t'emmène.

Karin s'assit sur le banc devant l'entrée, réalisant avec stupéfaction qu'Erik comprenait en définitive plus de choses qu'elle ne l'aurait cru.

La visite se déroula mieux qu'elle ne l'avait craint, sa mère fut sincèrement heureuse de revoir Karin. Et sa maigreur la préoccupait.

— Oh bondiou de Seigneur, ce que tu as l'air malade !

Karin perçut son inquiétude et s'obligea à manger les infects sandwichs au lard que sa mère prépara. Pour qu'elle reprît un peu de gras.

Même le patois l'émut : « Oh bondiou de Seigneur. » Erik fut plus bavard qu'à l'ordinaire. Karin qui regardait la joie de sa mère se souvint qu'elle avait toujours adoré son gendre. Il parla de la maison de retraite qu'on allait construire à Masthugget et y intéressa la vieille femme. Ainsi donc il n'y aurait pas de cauchemar : elle ne serait pas obligée d'accueillir la vieille sous son toit, quand la vieille ne serait plus autonome.

Son frère aîné entra, et Karin sentit qu'elle l'aimait bien. Ça aussi c'était nouveau, il y avait des années qu'elle considérait ses frères comme des étrangers.

Ils repartirent ensemble, le frère voulait voir la nouvelle voiture.

Dans l'escalier, Karin dit :

— Aujourd'hui, elle était vraiment gentille, la mère.

— Elle a été inquiète pour toi, tu comprends, répondit son frère.

Mais Karin trouva que ça suffisait.

— Pourtant je n'ai jamais eu l'impression qu'elle se souciait de moi.

Le frère parut gêné, comme les hommes quand les femmes deviennent sentimentales. Et il dit, non sans irritation :

— Tu lui as pris le vieux, tu nous l'as pris aussi. Alors, ce n'est pas complètement de sa faute.

Karin s'arrêta au beau milieu de l'escalier, le cœur battant, et Erik, qui s'en aperçut, intervint :

— Maintenant, tu fermes ta gueule, il ne faut pas causer d'émotions à Karin.

Les hommes passèrent devant, et Karin entendit les mots de son frère sur le pas de la porte :

— Alors ça ne doit pas être trop drôle pour toi.

Dans la voiture, Karin posa sa main sur l'épaule d'Erik, les paroles de Ruben tournaient dans sa tête.

Rien n'est simple.

16

La bombe tomba le 18 août.

Hiroshima, c'était un joli nom, ça devait être une jolie ville, se dit Karin.

On parla de trois cent mille morts.

C'était un nombre trop important pour se le représenter, ni sa tête ni son cœur ne l'acceptaient. Son cœur en avait suffisamment supporté.

Erik lut à haute voix le journal. On disait qu'après cette tragédie, le monde ne serait plus le même. Maintenant, l'homme savait qu'il pouvait s'anéantir en même temps que tout ce qui poussait sur terre.

Karin ne retint pas cette information, son monde avait déjà changé. Mais les garçons, qui se trouvaient dans la cuisine et avaient écouté la lecture d'Erik, frissonnèrent malgré la chaleur estivale. Isak songeant à Hitler se dit que maintenant il faudrait se méfier très tôt des fous sur terre. Pour Simon, son monde avait déjà basculé de la confiance à l'imprévisibilité, cette nuit où il avait veillé Karin à l'hôpital, croyant qu'elle allait mourir.

L'école reprit, le troisième cycle. Rien n'avait changé. Aucune guerre, aucune bombe atomique ne pouvait transformer cet univers-là.

C'était le royaume de l'ennui.

L'ennui était incrusté en couches épaisses dans les murs, il tombait goutte à goutte dans les coins où il se ramassait pour se glisser subrepticement vers les rangées de bancs. Il sentait la craie et la sueur, il suintait de la bouche du vieux prof de latin, il craquait entre les dents du prof de maths. Il traversait tout. Il était là, en allemand et en suédois, l'ennui qui mourait quand on en extrayait les racines des vers.

Parfois Simon avait peur, il se disait qu'il serait bientôt aussi mort que ces bonshommes sur leur chaire. L'ennui remplirait ses poumons, empoisonnerait son corps et le pétrifierait.

C'est une maladie, pensa-t-il, et le pire, c'est qu'on en meurt sans le savoir. On continue comme d'habitude, les jambes bougent, la bouche marmonne des verbes irréguliers français.

Certains de ces morts tombés en enfer, étaient devenus des diables animés seulement par la méchanceté.

— Plût au Ciel que Svensson eût quelque connaissance dans la tête, pour y accrocher les verbes. Dans l'état actuel des choses, ils ne font que s'agiter dans le vide.

Svensson, Dalberg et Axelsson seraient à leur place à Stretered, disait le prof de maths. C'était l'asile de fous de la ville.

Larsson n'y serait pas à sa place, il avait des facilités. Trop de facilités, il n'avait pas besoin de ruminer les connaissances transformées en paille, on prenait les garçons pour des bovins. Mâche, avale, remonte, remâche, avale, recrache.

L'ennui sortait de la salle de classe pour ramper dans le couloir, pénétrer dans les salles de physique-chimie. Il devait s'arrêter devant la porte de la bibliothèque, mais il poursuivait son chemin jusqu'à l'amphithéâtre.

C'était une belle pièce, mais l'ennui franchissait le seuil et trouvait de quoi se repaître de tous ces discours édifiants sur la paix et sur Dieu qu'il fallait particulièrement remercier d'avoir épargné la patrie. L'ennui préférait de loin le pasteur qui venait une fois par semaine pour la prière du matin, proférait des idioties stupéfiantes pendant que quatre cents garçons révisaient leurs formules de maths sur des papiers poisseux glissés dans le livre de cantiques.

L'ennui aurait peut-être fini par assommer Simon, s'il n'avait pas eu la chance de trouver un livre dans la bibliothèque sur le yoga. Il enseignait entre autres comment faire pour que la conscience quitte le corps.

Il fallait se concentrer sur un point dans l'hémisphère droit du cerveau, le point de rencontre imaginaire entre une ligne droite partant de l'œil droit et une autre partant de l'oreille droite. Avec un peu d'entraînement, on trouvait facilement ce point. Ensuite, on restait immobile pendant deux minutes et on se concentrait sur cet endroit.

La suite était plus compliquée, car il s'agissait de charger d'énergie sa conscience. Mais Simon apprit cela également et il put bientôt faire doucement sortir son esprit par la fente entre les tempes et le crâne.

Et sa conscience vagabonda de par le monde, elle traversa l'Atlantique en volant, et rencontra les gratte-ciel de New York où elle tourna longtemps, abasourdie, autour de l'Empire State Building. Puis elle partit pour l'Ouest, au-dessus des prairies, mais fit un brusque demi-tour en arrivant sur les côtes du Pacifique, direction l'Europe. Elle traversa la Méditerranée, se rendit dans le harem du sultan d'Istanbul, et Simon, ravi, constata qu'elle voyageait également dans le temps. On était au XVIIe siècle et le harem était magnifique. Il s'amouracha d'une danseuse du ventre, qui ondulait tel un serpent dans ses atours dorés. Arrivé là, il dut poser son livre de classe sur ses genoux pour que personne ne remarquât son érection.

Assise sur les rochers, Karin regardait la rencontre du fleuve et de la mer. Elle se demandait si le fleuve, qui se perdait dans l'infini, pleurait son eau.

N'était-ce pas comme un accomplissement, une libération ?

Et l'eau, cette eau qui s'unissait à la mer, savait-elle qu'elle avait accompli sa tâche ? Elle avait dévalé avec une violence fulgurante les chutes de Trollhättan, tourbillonné dans le courant en passant devant Lilla Edet, offert sa force aux turbines des hommes et à la végétation paisible des rivages. Elle apportait la sérénité du long périple à travers le lac Vännern, les rives de Klarälven, et les torrents des montagnes norvégiennes. Jusqu'à la pointe de Rivö, on sentait et on goûtait cette douceur avant qu'elle ne se perdît dans l'eau salée.

Elle pensait à ce printemps où elle avait failli partir pour l'éternité, et à sa volte-face quand Simon avait été à son chevet.

Contrairement à l'eau du fleuve, elle n'avait pas accompli sa tâche.

Il a le droit de savoir, se dit-elle.

Et elle y repensa comme elle l'avait fait tout l'été. C'était tellement évident, tellement menaçant qu'elle avait l'impression d'une falaise devant elle. Abrupte, sans prise pour le pied ou la main.

Il faut qu'il sache.

La culpabilité la taraudait, il aurait dû savoir depuis longtemps.

Au début, ils avaient pensé lui parler dès qu'il serait en âge de comprendre. Mais, dans les années trente, la haine des Juifs avait grandi dans le village, elle s'était enracinée, avait empoisonné l'air, réduisant Karin et Erik à la peur et au silence.

Elle se souvenait d'un colporteur, un dans la longue cohorte des clochards et des vagabonds qui avaient eu droit à un café et des tartines dans sa cuisine. Il était plus fier que les autres à cause d'une nièce qui était vedette de cinéma.

Elle lui avait acheté un paquet d'aiguilles et n'avait pas remarqué la folie de cet homme avant que Simon, les joues rouges et les yeux sombres, n'entrât dans la cuisine pour boire de l'eau. Petit, il avait toujours soif, comme s'il avait la gorge en feu et devait se rafraîchir sans cesse.

Elle revoyait encore la scène, comme une pièce de théâtre. Le garçon, qui s'était arrêté, avait salué aimablement le visiteur. Et l'homme, le visage déformé par la haine avait dit :

— Un youpin. Par le Christ, il y a un youpin dans la cuisine.

Ensuite la scène devenait floue, elle ne savait plus comment elle avait fait sortir le type, elle se rappelait seulement lui avoir balancé le paquet d'aiguilles à la figure et avoir menacé d'appeler la police s'il revenait. En revanche, elle revoyait très nettement le visage pâle de Simon, posant d'innombrables questions. Après, elle s'était assise dans la cuisine, l'enfant sur les genoux, pour lui expliquer l'inconcevable.

Et le soir, quand Erik avait rentré le camion dans le garage, elle n'avait pas eu le temps d'intervenir que le petit lui sautait déjà dans les bras et demandait :

— Papa, c'est quoi, un youpin ?

Erik s'était figé un instant avant de recouvrer ses esprits :

— Ça n'existe pas.

Mais Karin savait que Simon avait vu l'effroi dans les yeux de son père.

Et ils avaient pris leur décision. Il valait mieux que Simon ne sache pas.

On murmurait au village, Karin avait redouté la langue de vipère de la mère Ågren. Simon était rentré une fois en disant : « Madame Ågren voulait savoir où tu m'as trouvé. »

La guerre et le printemps 1940 étaient arrivés et l'hostilité sourde s'était muée en une affreuse menace. Oh, ces nuits d'avril quand les Allemands avaient envahi la Norvège ! Tout le temps, elle avait pensé qu'ils pourraient apparaître à tout instant à sa porte et désigner Simon.

Mon cœur me faisait déjà mal, pensa Karin, étonnée de ne pas s'en être souvenue avant.

Comme elle partageait l'angoisse de Ruben. Et Olga, la mère qu'elle n'avait jamais vue, elle qui avait choisi la folie derrière les murs de Lillhagen.

J'aurais dû parler avec Ruben.

La mer devint grise derrière la forteresse rose. Ils auraient de la pluie avant le soir. Elle se leva. Il était plus de trois heures, Lisa devait être rentrée chez elle, et Helen avait apporté le lait. Elle aurait le temps de dormir un peu avant le retour de Simon du collège.

Mais Karin ne trouva pas le sommeil. Quand elle s'allongea et se couvrit, la falaise réapparut devant elle.

Il faut qu'il sache.

Sa mémoire la renvoya aux années de guerre, à cette soirée où Erik et elle avaient pensé à la lettre. Une longue lettre en allemand incompréhensible pour eux. Ils avaient décidé qu'Inga la garderait pour la remettre à Simon.

Elle se souvenait de la conversation téléphonique, de la voix d'Erik qui conjurait Inga de brûler sa lettre. Ensuite, la peur du registre des naissances l'avait poursuivie, qu'y était-il écrit, qui Inga avait-elle déclaré comme père ?

Elle avait espéré qu'Erik la calmerait, à la permission suivante, et lui dirait qu'elle voyait tout en noir. Mais sa peur avait allumé celle d'Erik, et il avait utilisé ses précieux bons d'essence pour faire le chemin jusqu'à l'église de campagne où Inga était inscrite sur le registre.

Il ne fit qu'aggraver le mal. Il avait raconté toute l'histoire au pasteur, un homme entre deux âges, qui s'était frotté les mains.

— Ce foutu pasteur était nazi, expliqua Erik en rentrant. Mais je ne l'ai compris que quand il a commencé à délirer sur la pureté de la nation aryenne.

Ils s'étaient disputés.

— Je l'aurais tué, dit Erik.

Dans le registre, il était écrit : Père inconnu.

Karin ouvrit les yeux, il n'y aurait pas de sieste. Elle aperçut le fauteuil à bascule où elle s'était assise avec Isak quand les bateaux arraisonnés avaient sombré et qu'il avait perdu la tête.

Tout avait contribué à alimenter la peur. Mais le souvenir de l'enfant et de ces journées l'encouragea.

J'y suis arrivée avec lui, pensa-t-elle.

Elle entendit Simon jeter ses livres de classe dans l'escalier, et il fut là, plein d'intensité et de vie.

— Salut m'man. Comment ça va aujourd'hui ? Qu'est-ce qu'on mange ?

Karin éclata de rire et réfléchit.

— Du hachis Parmentier. Tu es pressé ?

— Oui, je vais danser à Långedrag.

Il était beau garçon et Karin se dit qu'elle rajeunirait volontiers de quelques années pour aller danser avec lui.

C'était mieux qu'il ne sache pas, songea-t-elle en se levant pour préparer le dîner.

— Isak va danser aussi ?

— Oui. Ruben l'amène ici, et il aimerait bien une tasse de café.

Ça tombe bien, pensa Karin.

Après le dîner, quand Simon monta en courant dans sa chambre pour se changer, elle dit à Erik :

— Il faut qu'il sache, il a dix-sept ans et il a le droit de savoir.

Erik parut soudain plus vieux de dix ans, mais il hocha la tête.

— Oui, j'y ai pensé moi aussi.

— C'est difficile, poursuivit-elle. Je voudrais en discuter avec Ruben.

Erik n'en avait pas envie.

— Nos proches doivent savoir, appuya Karin.

— Oui.

Le café était servi dans le salon quand leur ami arriva, et il en déduisit que ce ne serait pas une soirée ordinaire. Karin et Erik se mirent à parler. Calmement au début. Puis, l'excitation remplaça les hésitations, ils s'interrompaient mutuellement. Si Karin avait toujours su que Ruben savait écouter, elle n'avait pu deviner, en revanche, qu'il serait si bon de se libérer de cette longue histoire. C'était une nuit sombre d'octobre et ils ne se voyaient pas. Mais quand Erik se leva pour allumer, Ruben avait les yeux brillants.

Il dit juste :

— Alors, ce n'était pas par hasard que vous avez aidé Isak.

— On était dans le même putain de bateau, dit Erik.

Il y eut un long silence, et Ruben poursuivit :

— Je me demandais un peu, au début, il n'avait pas l'air particulièrement suédois.

Et il se souvenait d'Olga qui avait dit : « Larsson, mais ce n'est pas possible. »

Mais il le garda pour lui et il raconta que, au fil des ans, il avait souvent pensé que Simon ressemblait à ses parents.

— Il a ton esprit, Karin, la même pureté, si vous voyez ce que je veux dire. Et il est comme Erik, impétueux et entier.

C'était réconfortant.

Mais comment Simon prendrait-il la nouvelle, selon lui ?

Ruben soupira.

— Ce ne sera pas facile. Mais, à mon sens, il n'y a pas vraiment de danger. Il est équilibré et solide.

Il leur conseilla d'être naturels, il ne fallait pas lui balancer comme ça la vérité au visage, il fallait attendre le moment favorable.

— Mais ce sera quand, demanda Karin, désarçonnée.

— Vous le saurez quand l'instant sera venu, dit Ruben avec tant d'assurance qu'ils ne purent que le croire.

Quand les garçons revinrent du bal, ils s'assirent dans la cuisine avec une bière et un sandwich. Ruben prit Simon dans ses bras, lui tapa dans le dos et dit :

— Mon Dieu, mon garçon, si tu savais quel cadeau de Noël je t'ai commandé en Amérique.

Le lendemain matin, le brouillard recouvrait les maisons comme de la ouate. Simon se réveilla au son des cornes de brume sur l'estuaire, et il trouva qu'elles paraissaient encore plus funestes. Karin aussi était pesante quand elle mit la table pour le petit déjeuner, disant qu'elle devait aller voir Edit Äppelgren avant que le brouillard ne la rendît folle. Simon laisserait sa bicyclette à la maison et prendrait le tramway.

— C'est à peine si on distingue le bout de son nez, fit Karin.

Simon dut courir pendant les derniers mètres vers l'arrêt du tramway, qui surgit comme un fantôme avec ses wagons bleus. Mais à l'intérieur, l'atmosphère était accueillante et chaleureuse avec des lampes qui clignotaient gentiment.

Le pasteur en personne monta en chaire dans l'amphithéâtre. C'était le plus stupide de tous les prêtres qui bénissaient le lycée par leurs prières du matin. L'ennui se glissa en Simon. Il parvint à sortir de sa tête dès le début du *Notre Père*, mais, pour sa plus grande déception, il vit que sa conscience avait pris le chemin de la maison.

Il trouva la cuisine vide. Karin était déjà chez Edit. La conscience de Simon poursuivit vers le chantier, mais s'arrêta à mi-chemin. C'était la pause, pour Erik et ses gars, et Simon entendait son père déblatérer au-dessus de sa tasse de café. Il parlait de la bombe et du monde qui change, et tous l'écoutaient avec concentration.

Ça va pour lui, se dit Simon. C'est maintenant qu'il est le pire, le meilleur, le plus grand.

Simon sentit qu'il le détestait, qu'il le méprisait.

Comme Erik méprisait Simon, le garçon qui avait le pouce au milieu de la main et la tête pleine d'un tas de merdier inutile.

Qui ne serait jamais un honnête travailleur.

Dieu, comme il en avait marre de cette maison ! Et du chantier. Et d'entendre causer de bateaux. Et de politique. Du bien et du mal.

Sa conscience fit demi-tour brusquement et elle rencontra Karin dans le brouillard. Simon la vit se diriger vers lui, et il la regarda avec un regard nouveau, de l'extérieur. Il ne la trouvait pas particulièrement belle, son expression d'autosatisfaction était odieuse. L'ange avait fait sa bonne action du jour.

Il l'exécrait également, se disant qu'il n'y avait pas moyen d'avoir une conversation sensée avec elle, qu'elle n'avait aucune culture, qu'elle était stupide, qu'elle ne l'avait jamais compris...

— *Merci, oh, mon Dieu, pour ce qui a été...*

Et la conscience de Simon dut remonter le temps, il se sentait mal comme toujours quand on chantait fort et faux autour de lui.

Pour sa part, il ne chantait jamais.

Ses pensées terribles le torturaient et il commença à avoir mal au ventre. Dans la salle de physique, Alm s'embrouilla dans une expérience idiote et il eut largement le temps de réfléchir. La veille au soir, il avait perçu une ambiance particulière, quand Isak et lui étaient rentrés du bal.

Quelque chose de bizarre. Erik avait l'air las.

Mais le souvenir de son père raviva sa colère, Simon se consacra à nouveau à sa haine d'Erik, de ses grosses paluches et de ses vérités simplistes.

Karin aussi pensait à Erik. Le brouillard s'était levé dans la journée et il s'était évaporé comme de coutume.

Erik n'avait pas eu une soirée facile hier soir. La décision qu'ils avaient prise pendant la guerre de ne pas parler de l'origine de Simon s'était transformée en une interdiction d'y penser. Ne pas savoir.

Erik était doué pour se voiler la face.

Il avait toujours été plus sensible qu'elle au sujet de leur enfant. En tout cas, c'était lui qui réagissait le plus violemment quand le passé les rattrapait. Comme cette fois où Ruben s'était mis dans le crâne que Simon serait violoniste.

Erik était presque devenu fou de colère.

Karin se dit qu'il était un homme qui construisait sa propre réalité. Il la bâtissait seul, pierre après pierre, sans jamais rien devoir à qui que ce soit. Tout ce qui ne convenait pas était jeté ou nié. Les autres n'avaient qu'à changer pour se faire leur place.

Simon communiquait de moins en moins.

Il y avait de la tension dans l'air, Karin le savait, même si Erik et Simon se taisaient afin de ne pas l'inquiéter. Ce n'était pas que l'absence d'esprit pratique de Simon, non, c'était plus que cela. L'excellence était un critère dans la réalité d'Erik, il fallait que Simon fût le meilleur, comme lui, le fils unique de sa mère. Comme sa mère, Erik avait la folie des grandeurs. Sinon ?

— Eh bien sinon, il mourra sans doute, dit Karin à voix haute. Elle était furieuse, comme toujours quand elle voyait à l'œuvre l'hérédité de sa belle-mère.

Dans bien des domaines, Simon l'avait dépassé. Il était devenu plus perspicace, plus cultivé et plus vif d'esprit. Erik se sentait menacé, il maniait l'ironie.

— Tiens, prends ici, mon garçon, si tu ne crains pas de te salir les mains, bien sûr.

Simon était de la classe supérieure, il devait payer pour ça. C'était certes l'école, mais c'était aussi autre chose. Issu de la classe supérieure, pensa Karin. Elle se ravisa tout de suite.

C'était complètement ridicule.

Était-ce une question de race, la nature de Simon seraitelle liée au fait d'être juif ?

Non, Isak était juif et appartenait à la classe supérieure, or il avait toutes les qualités requises selon Erik, l'astuce, le tour de main avec les clous et les vis. Et, surtout, il vouait une grande admiration au père de Simon, et reconnaissait sa suprématie.

Le soleil transperça la brume, la lumière était d'un blanc argenté et Karin alla voir les chênes. Elle était sous la plus grande couronne de feuilles, lourde et dorée en ce début d'automne, et elle sut que ces réflexions sur Erik ne servaient qu'à la protéger, elle. Elle n'osait pas regarder sa propre peur en face.

Il pouvait se rompre, maintenant, le cordon ombilical qui avait également nourri sa propre vie.

Quand Simon saura, il sera libre. Elle n'était pas sa mère, il pouvait donc choisir de la rejeter. Elle savait qu'il avait honte d'elle par moments.

Elle avait mal à la poitrine, et aucune larme ne venait l'apaiser.

À la maison, elle vit dans le miroir que ses lèvres étaient bleutées. Elle prit ses pilules pour le cœur et s'endormit. Elle rêva qu'elle accouchait d'un garçon dans la douleur, c'était Simon qui sortait de son ventre, elle le langeait et allait avec l'enfant voir son père.

Il y avait un long chemin pour aller jusqu'à l'homme qui l'attendait en haut de la colline, mais elle marchait solennellement. Elle lui apportait l'enfant. Il le prit dans ses bras, et c'est alors qu'elle le regarda, qu'elle regarda son visage. Elle reconnut Ruben.

17

— Monsieur Ruben Lentov ?

— Oui, c'est moi.

— Je m'appelle Kerstin Andersson. Je suis directrice du sanatorium de Söråsen.

Elle mentionna un nom de ville que Ruben situa vaguement sur les hauteurs du Småland.

— Oui. Bonjour.

— Bonjour.

La voix dans le téléphone s'efforçait de paraître assurée, sans y parvenir.

— Votre femme ne s'appelait-elle pas Leonardt, je veux dire avant votre mariage ?

— Oui.

Ruben se sentait menacé.

— Olga Leonardt ?

— Oui, et que puis-je pour vous ?

Il avait un ton si formel que la voix à l'autre bout de la ligne perdit toute aisance.

— Pourrais-je lui parler ?

— Non. Ma femme est malade, malade des nerfs.

— Oh, je suis désolée.

De quoi diable s'agissait-il, se demanda Ruben, mais il savait déjà que l'inévitable l'avait rattrapé. La voix poursuivit comme si elle avait deviné sa pensée.

— Nous avons une jeune fille ici, une rescapée de Bergen-Belsen, Iza von Schentz, et elle prétend qu'elle est la nièce de votre femme.

Les murs du grand bureau se rapprochèrent de Ruben, la pièce rapetissa, les images se pourchassaient les unes les autres dans sa tête. Iza, la petite fille de cinq ans pleine de vie, qui avait été demoiselle d'honneur à son mariage, une fois, dans une autre vie. Oh Dieu, Dieu d'Israël, aide-moi. Il posa le combiné sur le bureau, ouvrit la fenêtre qui donnait sur Norra Hamngatan et prit une profonde inspiration. La mer était blanche jusqu'au chenal du port. La tempête soufflait sur Göteborg.

Puis il entendit, semblant venir d'un autre univers, la voix lointaine dans le téléphone.

— Allô, allô, vous êtes toujours là, monsieur Lentov ?

Il fallait qu'il se ressaisît, il reprit l'appareil pour poser les questions nécessaires, mais elles ne sortaient pas de sa bouche.

— Iza. Petite Iza.

La voix de Kerstin Andersson avait retrouvé sa vigueur :

— Je comprends que vous ayez besoin de temps pour réfléchir. Vous pourriez peut-être me rappeler dans un moment. Elle lui donna un numéro de téléphone, sa main nota et quand il eut raccroché, il se rendit compte qu'il avait froid.

Mais la pièce avait retrouvé sa taille quand il la traversa pour refermer la fenêtre et dire à ses employés qu'il ne voulait pas être dérangé dans la demi-heure qui suivait. Il s'allongea sur le canapé de cuir noir, le journal sur la tête.

Il essaya d'imaginer la fillette. Il n'y arrivait pas.

Une personne parmi des millions de morts était rentrée, mais elle n'avait pas de visage. Ressemblait-elle à sa mère ? Il lui en avait coûté d'avoir oublié Rebecca, la jeune fille qu'il avait aimée à Berlin, pendant toutes ces années passées en Suède.

Rebecca Leonardt, la magnifique.

Elle avait épousé un officier allemand, Ruben n'avait pas non plus d'image de von Schentz, mais il se souvenait précisément d'une conversation dans un café à Paris, où Rebecca avait tenté de justifier ses fiançailles avec l'Allemand.

— Il est gentil, von Schentz.

Avec son aide, elle sortirait du judaïsme, qui l'enfermait et la déchirait.

— Je n'arrive pas à respirer à la synagogue. Dans la partie réservée aux femmes.

Lui, Ruben, n'avait pas montré son désespoir, il avait fait preuve de grandeur d'âme, de compréhension.

Son mariage ne l'avait donc pas sauvée, pensa-t-il. Il avait soif, il trouva une bouteille d'eau gazeuse, l'ouvrit et but.

Elle était devenue écrivain, elle avait envoyé des lettres et des livres dédicacés à Olga jusqu'à la fin des années trente. Elle était réputée mais, Ruben n'avait jamais eu la force de lire ses romans.

J'ai épousé Olga pour rester près d'elle, songea-t-il.

Non.

Si.

Les deux filles du riche docteur Leonardt, l'une avait tout reçu, les dons, la beauté, l'ouverture d'esprit. Tandis que l'autre...

Il ressentit une violente poussée de tendresse pour Olga, la petite sœur qui jouait à la poupée dans le grand asile d'aliénés.

L'image de sa femme et de ses poupées ramena Ruben Lentov à la réalité, à la fin de l'automne 1945, à Göteborg.

— Je n'ai même pas demandé de nouvelles d'Iza, se dit-il en s'asseyant à son bureau pour téléphoner. Mais sa main composa le numéro de Karin et, quand il entendit sa voix, il comprit ce qu'il avait toujours su intuitivement : Karin ressemblait à Rebecca comme une jumelle.

— Mais Ruben, répondit-elle. C'est merveilleux. Il faut que nous nous arrangions pour qu'elle guérisse et qu'elle se plaise en Suède.

Elle avait raison, c'était ce qu'il avait besoin d'entendre.

— Tu dois d'abord demander si elle est malade. Elle est au sanatorium, elle a peut-être la tuberculose. Il faut que tu parles avec les médecins. Vas-y.

— Oui.

— Demande ce que sont devenus ses parents, sa mère.

— Oui.

— Demande-le à la directrice, pas à elle. Oh mon Dieu, Ruben, c'est un miracle.

Il entendit l'émotion dans la voix de Karin, il pensa à son cœur et voulut la calmer, mais son esprit était occupé par cette révélation : il avait reconnu Rebecca en Karin dès leur première rencontre, quand elle était venue dans son bureau.

— Ruben ?

— Oui.

— Il faut que nous lui redonnions la joie de vivre.

Tous deux allaient se souvenir de ces paroles, quand ils comprendraient qu'Iza avait un appétit de vivre brûlant et insatiable.

— Quel âge a-t-elle, Ruben ?

Il réfléchit, il s'était marié en 1927, elle devait être née en 1923.

— Elle a vingt-deux ans.

— Tant mieux, dit Karin. Je crois que les jeunes guérissent plus vite.

Il restait en lui un peu de la force consolatrice que Karin lui avait apportée quand il décida de rappeler Kerstin Andersson.

— Quelques taches sur les poumons, elles ont bien disparu, expliqua celle-ci. Iza fait partie de ceux qui devaient survivre. Elle est allée à l'école ici, elle a appris le suédois, elle a beaucoup de facilités, et une grande curiosité pour la vie dans ce nouveau pays. Mais ce sera difficile avec vous.

— Dans quel sens ?

Kerstin Andersson expliqua que ses patients supportaient mal les trop grandes joies. Il entendit l'histoire de cette femme qui, en dépit d'un bon pronostic, était morte le jour où elle avait reçu une lettre de sa sœur qui avait survécu et s'était installée en Palestine.

Ruben s'efforça de comprendre.

— Est-ce pour cette raison que vous ne m'avez pas contacté plus tôt ?

— Non, dit la directrice. Iza a parlé tout l'été d'une tante qu'elle avait en Norvège, mais elle avait oublié son nom d'épouse, et nous ne l'avons pas prise au sérieux.

Elle ne savait pas mon nom de famille, pensa Ruben. Rebecca m'a effacé comme je l'avais effacée.

— Puis, un jour, elle a vu une annonce pour vos livres dans le journal.

Ruben revoyait la publicité, les nouveautés de l'automne, d'Angleterre et d'Amérique, des livres qui retrouvaient le chemin de ses librairies.

— Elle a reconnu le nom et elle est devenue comme folle, elle a eu un accès de fièvre et a fait peur aux médecins. Pour ma part, je ne croyais pas à son histoire, mais le médecin chef voulait que je vérifie. Surtout pour la calmer, vous comprenez. Alors je vous ai appelé.

— Est-elle au courant de votre démarche ?

— Non, je vais essayer de lui parler cet après-midi.

— Je pensais venir samedi ou dimanche.

— Très bien, mais attendez que je vous rappelle.

— D'accord. Croyez-vous qu'elle ait envie de quelque chose ?

On éclata de rire au téléphone :

— Elle a envie de tout. Des habits, des chaussures, du maquillage, des friandises, des livres, des sacs, des bas. Elles veulent toutes tout avoir.

Ruben n'arrivait pas à rire, il se concentrait sur la question délicate.

— Et sa mère ?

La voix du téléphone prit une telle gravité que le combiné devint lourd comme du plomb dans sa main.

— Elle a été gazée à Auschwitz, ses deux enfants l'ont vu conduire à la chambre à gaz. Son frère est mort à Bergen-Belsen une semaine après la libération du camp.

— Oh, non.

— Oui, ça a été dur pour Iza. Mais il y en a beaucoup qui ont baissé les bras juste à la libération. Il y avait pas mal de maladies aussi, le typhus entre autres.

La voix de Kerstin Andersson était lasse, il y eut un moment de silence.

— Votre femme, elle est très malade ?

— Elle est dans un asile d'aliénés, elle a perdu tout contact avec l'extérieur. Mais ne vous inquiétez pas, j'ai un fils, des amis, je prendrai bien soin d'Iza.

— Oh, ce n'est pas pour ça que je vous posais la question, je voulais simplement savoir ce qu'il fallait lui dire.

Ruben parvint à clore la conversation sur un mot aimable, il sentait que ce n'était pas facile pour elle non plus.

Quelques minutes plus tard, Erik téléphonait pour proposer de l'emmener à l'hôpital samedi. Les hauteurs du Småland étaient mal desservies en train, et il connaissait la réticence de Ruben à entreprendre de longs voyages en voiture, à la campagne.

— Je trouverai, dit Erik. Je suis allé là-bas dans ma jeunesse.

Ruben le remercia, c'était un soulagement. Mais il était étonné :

— Tu as eu la tuberculose ?

— Oui, après une peine de cœur.

Une peine de cœur, ça passait mal dans la bouche d'Erik, mais il n'avait pas dû trouver d'autre expression. Bien qu'ils fussent amis, ils connaissaient peu de choses l'un de l'autre.

Kerstin Andersson avait raccroché d'un coup sec et était restée assise. Tout le pavillon des femmes bouillait d'excitation, peut-être Iza avait-elle en Suède des parents riches comme Crésus. Son espoir avait rallumé celui de ses camarades.

Elle est fragile comme un roseau, pensa Kerstin. Mais elle n'en mourra pas, ils ne sont ni liés ni intimes. Iza ne se souvenait pas de son oncle.

Un lien de parenté était un signe d'appartenance et, plus encore, un espoir de retour vers le monde. Kerstin se leva, se dirigea vers la bibliothèque et sortit le journal dans lequel elle avait consigné ses entretiens avec la jeune fille. Oui, ça lui revenait à l'esprit, son père était un officier allemand, il s'était tué avec son pistolet de service quand la Gestapo était venue chercher sa femme et ses enfants.

Elle avait en tête la stupeur d'Iza :

— Tu comprends, il est mort juste devant nos yeux.

C'était comme si Iza avait oublié le drame et s'en souvenait d'un seul coup. La première des mille morts dont elle avait été témoin.

Il y avait eu une petite sœur aussi, elle était morte pendant le trajet.

— C'était mieux pour elle, avait dit Iza. Mais maman n'avait pas compris, il a fallu lui arracher l'enfant des bras.

Ensuite, c'était l'histoire classique, mais Iza et son frère étaient arrivés à rester ensemble dans cet enfer. Quand il était mort, à la libération du camp, elle était tombée malade et avait oscillé entre vie et mort.

Kerstin soupira, rangea le dossier. Souvent, elle pensait qu'elle ne supportait plus ce travail. La tension régnait autour d'Iza, elle avait quelque chose de plus que les autres. Au sanatorium, il y avait surtout des Polonaises qui avaient grandi dans les ghettos de Lodz et de Varsovie, et elle les snobait avec son allemand correct, son nom chic et ses manières.

Et son absence de conscience, ajouta Kerstin à contrecœur. Elle avait cependant la même allure que ses compagnes, terrible.

Il faut que je prépare Lentov à cette histoire d'obésité et de chute de cheveux.

Elle sortit chercher Iza, qu'elle trouva dans la salle de classe avec un livre. Un roman suédois, *À cheval, ce soir*, de Moberg.

— Ce n'est pas trop difficile pour toi ?

— Non, c'est passionnant.

La jeune fille s'était jetée à corps perdu dans la langue et dans la culture suédoise. Cette étrange frénésie intriguait Kerstin. Iza avait une façon particulière de lire le journal. Elle commençait par la première page, épluchant tout, les publicités, la rubrique nécrologique, les programmes de radio, les chiens écrasés et portefeuilles égarés, les annonces matrimoniales — jeunes et vieux recherchant relation, en vue mariage. Tout l'étonnait et la ravissait. Elle ne laissait pas un mot en suspens, elle obligeait les femmes de salle, les infirmières, Kerstin, et le docteur en personne, à tout lui expliquer.

Parfois, ils s'étonnaient avec elle des étrangetés de la société suédoise.

« Jeune fille hardie de vingt-deux printemps aimant longues promenades. Où es-tu, toi qui me dompteras ? Répondre à Chatte sauvage. »

— C'est complètement délirant, avait remarqué Iza, les yeux brillants. Et elle n'avait pas tort.

Kerstin lui demanda de la suivre dans son bureau. Elle la fit asseoir dans le fauteuil mais resta debout pour lui parler sans détour de Ruben Lentov, lui expliquant qu'il se souvenait d'elle et de sa mère, et qu'il acceptait de la prendre en charge.

Le triomphe d'Iza fut sans bornes.

— Je le savais, cria-t-elle. Je le savais, mais tu ne voulais pas me croire.

Elle se précipita dans le couloir, et son cri résonna de salle en salle.

— J'ai un oncle en Suède, un oncle riche qui va s'occuper de moi.

L'excitation grandit, les rêves fleurirent. On oublia qu'elle était prétentieuse : elle était miraculée, il pouvait aussi arriver des miracles à ses compagnes.

Bon, ça va encore être des cris, se dit Kerstin Andersson en voyant l'infirmière en chef arriver.

Comme toujours, celle-ci était affectée mais plus amère :

— Je croyais avoir dit qu'il ne fallait pas perturber les patientes. Ce soir, elles auront à nouveau toutes de la fièvre, et vous en serez responsable.

Kerstin courut après Iza.

— Maintenant tu viens avec moi. Mets ton manteau et tes bottes, on va dans le parc.

— Ta tante est malade, malade mentale.

— Pourquoi ça ?

Iza s'arrêta brusquement.

— Qu'est-ce que tu veux dire ? On n'en sait rien. C'est absurde. Être ici, dans un pays en paix, où il y a à manger, avec un mari riche et devenir folle.

Elle était fâchée. Et elle avait peur, car cela modifiait la situation. Ruben Lentov n'avait pas de lien direct avec elle, elle était la nièce de sa femme.

— Tu as dit qu'il comptait s'occuper de moi ?

— Oui. C'est certainement quelqu'un de fiable.

Iza se calma, sa voix s'adoucit :

— C'est vrai qu'il est riche ?

Kerstin revit défiler ses années de pauvreté. Elle étudiait à l'Institut social de Göteborg et, avec ses camarades, elle se glissait dans l'élégante bibliothèque du centre-ville, fascinée par ses tapis moelleux et l'odeur des beaux livres.

— Oui, je crois, répondit-elle.

Erik et Ruben partirent de bonne heure le samedi matin dans la vieille Chevrolet qui, restée parquée pendant toute la guerre, ronronnait comme un chat satisfait sur la route étroite de Borås, jubilant au sommet des côtes et savourant le plaisir de se dégourdir le moteur.

— Quelle bagnole, dit Erik. On n'en fait plus des comme ça.

Mais la voiture avalait des litres et des litres d'essence, puis il commença à neiger à Borås. Quand Erik fit le plein, il entendit que le temps serait pire vers Ulricehamn et il acheta des chaînes.

Simon et Isak étaient assis à l'arrière. Après quelques hésitations, ils avaient décidé d'aller voir cette cousine qui revenait du royaume des morts. Dans le coffre, il y avait la fourrure d'Olga, un sac à main tout neuf, des produits de beauté que Karin avait achetés, des tablettes de chocolat et un paquet de livres.

— Elle lit tout ce qui lui tombe sous les yeux, avait expliqué la directrice.

Ils dépassèrent Borås et commencèrent l'escalade des hauteurs du Småland, pénétrant dans le royaume des neiges. De hautes montagnes bleuies, des forêts sur des kilomètres, des sapins blancs.

— C'est beau ici, remarqua Ruben, que les paysages somptueux de Suède étonnaient chaque fois qu'il sortait de la ville.

Mais Erik marmonna quelque chose sur les pneus usés, rétrograda en seconde et avança doucement. Il dut bientôt s'arrêter pour mettre les chaînes. Isak l'aida, Ruben et Simon partirent du côté de la forêt pour uriner. Ensuite Ruben piétina sur place, un moment, pour ne pas prendre froid, et regarda Erik qui, d'un geste sûr et habitué, mettait les chaînes autour de la dernière roue.

Alors Ruben vit le visage d'Otto von Schentz.

Pendant la suite du voyage, il repensa à l'Allemand, au

père d'Iza. Il pouvait être encore en vie, quelque part dans un camp de prisonniers russe et resurgir.

Tiens donc.

Le silence régnait dans la voiture, tous quatre se sentaient mal à l'aise. Ils pensaient aux descriptions qu'ils avaient lues, aux images qu'ils avaient vues, et ils réalisaient que la réalité était abstraite pour eux.

Jusqu'à ce jour.

Ils arrivèrent, garèrent la voiture dans une cour, le soleil brillait, la neige étincelait. Des gens s'agglutinèrent autour de l'auto. Des gens en chair et en os, gros, amusés, curieux. Plus vivants que la plupart des Suédois, quoique plus puérils, plus bavards et curieux.

Est-ce qu'ils apportaient de la nourriture ? Du pain ?

Non, ils avaient faim ? On ne leur donnait pas assez à manger ?

Erik sentit la colère monter en lui, mais la directrice arriva. C'était une grande femme, aux yeux gris, qui dit, sans ambages, que tout le monde ici avait droit à des doubles rations, mais que les femmes étaient insatiables.

— Regardez comme elles se font grossir.

Simon la trouva sévère, mais les patientes de l'établissement éclatèrent de rire, en disant que c'était ça le pire, elles n'avaient jamais suffisamment à manger. Elles parlaient un mélange d'allemand et de suédois.

Erik n'avait pas de difficultés à comprendre, et il se retrouva bientôt assis devant une brioche et une cafetière parmi une dizaine de grosses femmes. Il se sentait irréel. Mais content, de bonne humeur.

Iza attendait Ruben dans le bureau de la directrice. Les derniers jours l'avaient transformée. Elle s'était tue, avait diminué ses rations de nourriture, s'était lavé les cheveux et avait pleuré de désespoir en les voyant tomber par poignées. Seule dans la salle de classe, elle avait essayé de retrouver les bonnes manières, la façon de parler et de se comporter en société, chez les gens comme il faut. Elle avait emprunté du vernis à ongles à une infirmière. Elle se sentait mieux, car elle avait de belles mains.

Mais elle n'osait pas se regarder en pied dans la glace de la salle de gymnastique.

Le matin, le thermomètre indiquait près de 38 degrés, l'infirmière semblait irritée. Iza s'en réjouissait, elle voyait dans son miroir de poche que la fièvre donnait de l'éclat à ses yeux et des couleurs à ses joues.

Elle ressemblait à Olga. Pas à Rebecca, mais à Olga. Ce même pli nerveux autour de la bouche, ce nez légèrement incurvé, ce front étroit et haut. Ce mince filet bleu esquissé aux tempes. Et cette ardeur insatiable, cet appétit que rien ne satisfaisait.

— Ma petite Iza, dit-il.

En un clin d'œil, elle vit qu'elle n'aurait pas d'efforts à faire. Ruben était si pétri de culpabilité qu'il l'accepterait avec ses défauts.

— Je veux sortir d'ici, dit-elle. Tout de suite.

— J'imagine, répondit Ruben, mais c'est le médecin en chef qui décide.

— Je le déteste. L'intensité de sa voix et de sa haine stupéfia Ruben. C'est un nazi, le même genre de salaud que les Allemands du camp.

Si elle avait raison ? Ruben était terrorisé.

Mais il ne voulait pas poursuivre ce sujet délicat, et dévia la conversation :

— La directrice m'a parlé de Rebecca.

— Je ne veux pas y penser.

— Je comprends.

La réponse fusa comme l'éclair :

— Non, tu ne peux rien comprendre.

Ruben baissa la tête.

— Est-ce que tu sais quelque chose de ton père ?

La question était hésitante, mais il fallait qu'il sache. Elle toucha Iza, et la rendit confiante, sincère, étonnée comme un enfant.

— Il s'est tué. Sous nos yeux. On était là, et il s'est tué.

Ses yeux remontèrent le temps jusqu'à cet instant où son existence avait basculé dans les ténèbres.

— Pourquoi ? Quand ? La voix de Ruben se transforma en chuchotement.

— Quand la Gestapo est venue nous chercher, maman et nous.

Maintenant, ses yeux revinrent à la pièce, à lui, et elle éclata de rire.

— Tu imagines ? Quel lâche !

Il n'osa pas la regarder.

Au bout d'un moment, il ouvrit la porte, appela Isak et demanda aux garçons d'aller chercher les cadeaux. Elle jeta à peine un regard à son cousin, et à Simon pas du tout, elle n'avait d'yeux que pour les cadeaux.

— Oh, quelle fourrure merveilleuse !

Elle l'arracha du sac, et essaya de la mettre. Elle était un peu juste, on n'arrivait pas à la boutonner.

— Je vais maigrir, répéta-t-elle. Je vais maigrir.

Ce fut quand Simon l'aida à enlever le manteau qu'il vit le numéro, les chiffres grossièrement tatoués sur son bras.

Ce fut un moment intemporel, une seconde qui englobait l'essentiel. Il lut le nombre élevé et vit tous les morts. Ils ne demanderaient plus rien aux vivants.

Ils avaient cessé de chuchoter dans le vent.

Simon comprit que ce sont les morts qui créent le silence sur terre et tout ce qui est incompréhensible.

Son regard alla du bras de la jeune fille à son visage, et il sut : Iza était mauvaise, et le mal en elle allait rendre sa vie à lui réelle, il devrait tout supporter.

Isak avait vu, lui aussi, les chiffres, et il la questionna :

— Pourquoi as-tu les bras nus en plein hiver ?

Mais elle n'entendit pas. Le beau sac à main verni, le rouge à lèvres et la bouteille de parfum l'absorbaient.

La directrice entra, le médecin chef souhaitait parler à Ruben. Le nazi, pensa Ruben, mal à l'aise, en suivant la grande femme dans le couloir. Il frappa à une porte et se retrouva nez à nez avec un vieil ami. Juif.

Olof Hirtz !

Ils furent aussi surpris l'un que l'autre.

— J'avais entendu parler d'un oncle riche...

— Et moi, d'un médecin chef nazi...

Ils s'embrassèrent.

Hirtz était un chercheur éminent, spécialiste du bacille de Koch. Il était marié à une psychiatre. D'ailleurs, il avait toujours été intéressé par la psychologie de la tuberculose, la relation entre tuberculose et dépression, tristesse.

Pourtant Ruben ne put s'empêcher de demander :

— Que fais-tu ici ?

— J'ai pris un congé de l'Institut Sahlgren, dit Olof. Tu sais, une envie de faire quelque chose d'utile. De plus, c'est un matériau d'étude intéressant.

Ses paroles étaient volontairement cyniques, il les accompagna d'une grimace.

Ruben se fraya un chemin à travers les mots en hésitant :

— Mais ces cas ne sont pas représentatifs, je veux dire, ils ont attrapé la maladie dans des conditions absurdes.

— C'est ce que je pensais au début, poursuivit Olof Hirtz. Mais je commence à me poser des questions.

Il s'anima.

— Ces gens-là étaient comme toi et moi, on les a élevés, aimés, détestés, ils avaient une mère, bonne ou mauvaise, un foyer froid ou chaleureux, des parents pauvres ou riches.

— Oui, évidemment, mais... Mais après...

— Eh bien, ils sont arrivés en enfer, on les a maltraités,

humiliés jusqu'au point extrême et ils ont réagi à leur manière, selon leur passé, la force que leur enfance leur avait donnée.

— Ils ne sont pas devenus si différents, tu veux dire ?

— Si, ils sont plus clairs. Et puis, ils sont différents, parce qu'ils sont passés par des épreuves. Souvent, ils savent inconsciemment distinguer ce qui est tangible, et superficiel. Nous autres, simples mortels, le savons rarement.

— C'est vrai, admit Ruben.

— Nous aurons peut-être cette expérience à l'extrême limite, je veux dire quand nous serons sur le point de mourir. À condition de ne pas être abrutis par les médicaments et de ne pas passer à côté.

À l'entendre, Olof était en colère, et Ruben tut ce qu'il avait sur le bout de la langue ; quand on en était là, rien n'avait tellement d'importance. Il se souvint aussi qu'Olof Hirtz était profondément croyant, et Ruben ne voulait pas entamer de discussion sur le sujet.

— Iza, fit-il. Je suis venu ici pour parler d'Iza...

— Elle s'en sortira. En fait, je suis étonné qu'elle ait eu la tuberculose, parce qu'elle fait partie des rescapés qui ont soif de vivre, qui ont survécu par la force de leur volonté. Par contre, il est caractéristique que sa maladie se soit déclarée tard. Elle était récente quand on l'a diagnostiquée pendant la quarantaine à Malmö.

— Je ne comprends pas bien.

— Tant que c'était l'horreur, elle a gardé des forces. Après Iza a laissé la fatigue reprendre le dessus. Puis son frère est mort, et son sentiment d'abandon, datant de l'enfance, est réapparu.

— Qu'insinues-tu ?

— L'enfance d'Iza n'a pas été facile.

Ruben se sentit touché.

— Sa mère était un être merveilleux.

— C'est possible. Mais Iza était d'abord la fille de son père, et lui...

— Et lui ?

— Oui, un officier prussien...

Les mots restèrent suspendus dans la pièce, Ruben devina qu'Olof en savait plus que ce qu'il voulait raconter.

— Quoi qu'il en soit, elle doit passer l'hiver ici, poursuivit le médecin. Nous ferons d'autres examens, au printemps, une opération est à envisager. On lui a gazé un poumon, tu es au courant ?

Non, Ruben ne connaissait rien au traitement de la tuberculose. Il réagit. Gazée ?

— Aie confiance en nous, elle ne peut pas être mieux soignée qu'ici.

— J'en suis persuadé.

Ces paroles restaurèrent la chaleur de leur ancienne amitié. Ils parlèrent un moment de leurs relations communes et des livres qu'Olof voulait lire. Ruben promit de les lui envoyer.

Quand il fut sur le pas de la porte, Olof lui conseilla :

— Tu aideras Iza en ayant la force de dire non et d'imposer tes règles. Méfie-toi de tes belles idées.

— Qu'entends-tu par là ?

— Je veux dire que tu as une tendance au culte chrétien de la souffrance, et ce n'est d'aucune aide pour les survivants des camps de concentration.

Ruben craignait une scène quand il annoncerait à la jeune fille qu'elle resterait au sanatorium.

Mais ce ne fut pas le cas. Elle haussa les épaules, elle s'en doutait probablement.

Alors il dit, en essayant de montrer de la fermeté :

— Le médecin chef est un vieil ami, un humaniste et un scientifique connu. Il n'est pas nazi, il est juif.

— J'en sais plus sur les nazis que toi, rétorqua Iza. Et les Juifs, je les méprise.

— Comme les nazis, renchérit Isak, sa voix était cinglante comme un coup de fouet. Elle prit peur. Ce n'était pas ce qu'elle voulait dire, elle était tellement fatiguée, et ces discussions l'avaient épuisée, elle avait de la fièvre.

Dans la voiture pendant le trajet du retour, il ne se dit pas grand-chose. Seul Erik parla, au début, de l'incroyable volonté de survie des gens, et de cette joie étonnante des malades.

— Elles croient vraiment à l'avenir.

Ruben hocha la tête. Selon lui, une existence centrée uniquement sur la survie tirait sa force de l'authenticité.

Simon avait honte d'Erik. Isak n'écoutait pas.

Ils roulèrent jusqu'à la maison au bord du fleuve, où Karin les attendait. Elle avait préparé le dîner, du veau avec du concombre, et de la compote de fraises.

— Comment était-elle ?

— Elle était pleine de vie, dit Erik. Et de colère.

— Abîmée, ajouta Ruben, nerveuse et cassée.

— C'était une guenon, commenta Isak, en laissant tomber sa fourchette par terre.

Karin les regarda l'un après l'autre. Elle pensait aux rescapés, que déversaient les autobus blancs, à son sentiment qu'ils auraient dû être morts, tout comme elle, et à sa rage de vivre, semblable à celle d'Iza. Mais elle se tut. Seul Erik réagit, en criant :

— C'est trop facile, Isak.

Ruben pensa à la ressemblance de la jeune fille avec Olga, et garda le silence.

Plus tard, quand Karin se retrouva seule avec Simon, elle reposa sa question.

— Mais elle est comment, Simon ?

Il la regarda longuement en se disant que ça, elle ne pourrait jamais le comprendre. Toutefois, il lui répondit.

— Pleine de vie.

Il cherchait ses mots, il en trouva deux. Un seul était correct.

— Excessive.

Il ajouta :

— Toquée. Elle est toquée de tout, avide. Et parfois elle a de ces yeux, tu sais, ces yeux qu'Isak avait l'autre fois.

Elle hocha la tête.

Vides, se dit-elle. Peut-être que les yeux qui en ont trop vu doivent-ils se vider.

18

Trois jours avant Noël, Ruben débarqua à l'improviste, dans un camion de location.

Il resplendissait de joie.

— Mais qu'est-ce qui se passe ? demanda Karin.

C'était ce qu'il fallait dire, elle le comprit à son rire.

Le chauffeur l'aida à décharger une grosse caisse de bois avec une inscription tamponnée en américain : *Handle with care*. Ruben avait passé la matinée à la douane, mais son cadeau de Noël pour Simon était enfin arrivé.

Quand le camion eut disparu, Ruben alla au chantier demander l'aide d'Erik.

— Mais qu'est-ce que tu nous amènes là ? demanda Erik.

— Tout ça me rend trop nerveuse, il faut que je fasse du café, dit Karin, mais Lisa avait déjà mis la bouilloire sur le feu.

Tandis que Ruben, radieux à l'idée de sa surprise, donnait des consignes, ils burent le café.

— Allez, les femmes, il faut faire le ménage dans la chambre de Simon.

— C'est en ordre, qu'est-ce que vous croyez ? rétorqua Lisa.

— Pas pour ça. Il faut dégager le mur en face de son lit.

Karin éclata de rire, gagnée par la joie.

— Ce sera comme tu voudras, Ruben. Et elle monta avec Lisa bouger les meubles.

— On n'arrivera jamais à lui faire monter cet escalier, dit Erik. Mais il prit des mesures, calcula les angles et conclut que, oui, ça irait.

— Tu as un électricien au chantier ?

— Non, c'est moi qui m'en occupe. Ses yeux brillaient de curiosité.

— C'est une machine ?

— Oui, on peut voir ça comme ça.

Au prix de la sueur et d'une bonne demi-heure, ils montèrent la caisse. Ce qui tombait bien, car Lisa et Karin avaient besoin de temps pour déplacer la bibliothèque, sortir les livres et les remettre.

Les hommes eurent droit à une bière chacun pendant qu'ils reprenaient leur souffle en haut des marches, avant de s'attaquer à la caisse et d'ouvrir le couvercle avec un pied-de-biche.

— Doucement, conseilla Ruben.

De la caisse sortirent de la sciure de bois et du papier. Si elle avait su, Lisa aurait attendu pour faire le ménage. Ensuite, un énorme radio-tourne-disque en noisetier brillant, avec des encadrements de métal doré et des haut-parleurs couverts de tissu argenté, apparut.

— L'appareil n'est pas beau, fit Ruben.

— Mais si, il l'est, répondit Karin. Il est joli. Mais à quoi ça sert ?

Erik sourit jusqu'aux oreilles en branchant la prise électrique et il demanda si c'était pour ça que Ruben voulait appeler un électricien.

— Attends. Ruben appuya sur un bouton et tira sur un levier. Un orchestre symphonique fit irruption. On aurait dit qu'ils étaient au concert, dans leur tenue de soirée.

La maison retint son souffle, ils n'avaient jamais rien entendu de tel. Mais on s'y habituerait. Le visage d'Erik s'illumina, Karin s'assit sur le lit de Simon et soupira de surprise. Lisa, qui était dans l'escalier avec l'aspirateur, faillit le laisser tomber.

— Bon, ce n'est pas tout, dit Ruben. Où se trouve le tourne-disque ?

Personne ne l'entendit à cause de la musique.

Alors Ruben baissa le son et regarda leur étonnement avec satisfaction :

— Écoute, Erik Larsson, toi, l'as de la technique, cherche-moi le tourne-disque et branche-le.

Erik opina.

— On doit pouvoir l'ouvrir, dit-il en passant ses mains sur le meuble, Victorola. C'est écrit.

— Éteins-le, cria Karin. Ça risque d'exploser ! Cette réplique allait devenir une anecdote familiale dont on plaisanterait longtemps et beaucoup.

— Femme, tu es un peu cinglée, se moqua Erik. Ruben dut s'asseoir sur le lit, il était hilare. Il y avait longtemps qu'il n'avait pas autant ri.

C'était ainsi, Erik était familier avec tous les objets, même les plus nouveaux et les plus inconnus. Aussi trouva-t-il rapidement le bouton qui permettait d'ouvrir la moitié de la plaque supérieure comme un couvercle. Le plateau tourne-disque, lourd et compact, était là. Mais le bras du pick-up était retiré, il était rangé en pièces détachées dans un carton, avec le schéma de montage.

Ruben traduisit lentement, Erik, impatient, lui arracha la brochure des mains, jeta un œil sur les schémas, monta le bras du pick-up et le mit en place.

— Voilà ! dit Ruben en sortant un disque. Il est pour vous, les deux autres sont pour Simon.

La voix de Jussi Björling chantant la Suède s'éleva, filtrée à travers les haut-parleurs et emplit la pièce d'une atmosphère solennelle.

— Merde, c'est chouette, s'exclama Erik. Ruben vit que ses yeux étaient brillants. Décidément, on croit connaître ses amis et pourtant...

Ils redescendirent dans la cuisine. Ils allaient attendre les garçons et, dès qu'ils seraient en bas de la côte, Ruben monterait mettre Berlioz, c'était son idée.

— C'est quoi ? demanda Karin.

Ils rirent à nouveau, elle rit elle-même. Heureusement qu'elle n'était pas susceptible.

— J'avais apporté du saumon fumé et du vin, ajouta Ruben. Mais où les ai-je mis ?

— Ils ont dû rester dans le camion, fit Karin et ils éclatèrent de rire.

— On en rachètera. C'est la fête.

Pendant que Karin dressait la table, il expliqua qu'Isak et lui allaient à Copenhague pour les fêtes de Noël. Ils iraient voir son frère. Ils partiraient de Torslanda en avion le 24 au matin, avec Iza, qui avait eu l'autorisation du sanatorium.

— On en avait parlé, quand ils habitaient chez moi pendant la guerre. Fêter la paix à Copenhague, c'était un rêve de mon frère.

Karin l'approuva, elle comprenait que Ruben n'ait pas le courage de s'occuper seul de la jeune fille. Il avait besoin de soutien et il souhaitait que sa famille s'impliquât pour Iza.

Ce ne serait pas facile, Karin se souvenait de la belle-sœur de Ruben, qui était très angoissée.

— Isak n'était pas très enthousiaste. Il a du mal avec ma famille danoise, sans parler d'Iza. Mais il s'est laissé convaincre, surtout parce qu'il a envie de prendre l'avion.

Un ange passa dans la cuisine pendant que Karin pensait à Iza. Elles s'étaient rencontrées. Karin avait observé ses yeux si étranges, et elle s'était dit que Simon s'était trompé. Les yeux d'Iza n'étaient pas vides, ils contenaient l'horreur qu'elle avait vécue, l'humiliation, la folie. Ils étaient brûlants. On y voyait la faim, une faim que rien ni personne ne rassasierait, qui détruirait tout sur son chemin.

Iza ne le sait pas elle-même, elle croit qu'elle va récupérer ce qui lui a été ravi, pensa Karin.

— Et qu'est-ce que tu as fait pendant la guerre ? avait demandé Iza à Karin. Tu as cultivé des patates en t'inquiétant pour le dîner ?

— Oui. Qu'aurais-tu fait à ma place. ?

Karin ne s'était pas emportée, elle n'avait pas été triste, non plus. Mais elle avait su que la jeune fille semait la discorde. Simon était complètement ensorcelé, et Karin prit peur.

Pour lors, Ruben chassa Iza de leur tête, c'était jour de fête. Et, juste à ce moment, le camion entra de nouveau dans la cour, le chauffeur frappa à la porte. Il avait le saumon et la bouteille de vin.

— Tu as dû oublier ça.

Une heure plus tard, ils entendirent les bicyclettes des garçons dans la montée. Ruben partit en flèche dans la chambre de Simon, trouva son disque et le mit à fond.

Simon risque de faire une attaque, songea Karin mais, l'instant d'après il était dans l'entrée. En entendant la musique dévaler les escaliers, il s'immobilisa. Son plaisir était tel qu'une lumière semblait l'auréoler. Il monta lentement jusqu'à sa chambre et s'allongea sur son lit sans retirer son manteau.

Ils ne dirent pas grand-chose en bas, alors que la musique emplissait la maison. Ils avaient implicitement compris que Simon venait d'entrer dans un autre monde, qu'il était parti pour un pays qui était le sien, et dont il avait toujours rêvé.

Ruben a deviné. Erik se sentait confus en repensant à la fois où, plusieurs années auparavant, Ruben avait voulu que Simon apprît le violon.

Moi aussi, je le savais. Cette musique, curieuse et étrangère, qui continuait à inonder la maison, rendait Erik malade.

Ce fut le silence. Simon descendit les marches, s'arrêta à l'entrée de la cuisine, et regarda Ruben :

— Tu es complètement cinglé, oncle Ruben.

Tout était dans cette phrase. Il y avait plus que de la reconnaissance pour le cadeau, et Ruben eut la sensation de recevoir un don du ciel, et la pensée interdite l'effleura encore. Si ce garçon avait été le mien...

Dans la soirée, après qu'Erik eut raccompagné les Lentov chez eux, Karin et lui s'assirent dans la cuisine. Ils entendirent la musique à l'étage, et ils purent aborder la question qui les avait taraudés toute la journée : le prix du tourne-disque.

— Rien qu'en transport. Tu comprends, uniquement le transport, et la douane...

— Oh ! il est riche, le rassura Karin.

Erik pensa alors au capital que Ruben avait placé dans le chantier naval qui lui fournissait un revenu confortable.

Il le dit à Karin, et ils purent évacuer cette affaire inquiétante du coût de la machine.

Ils ne virent pas beaucoup Simon ce Noël-là. Il faisait des incursions éclair pour manger et pour donner un coup de main à Karin. Bien que son esprit fût ailleurs, il assista au réveillon de Noël. Il ouvrit les paquets de ses deux grands-mères, qui contenaient des chaussettes tricotées main et d'autres babioles dont il se fichait. Mais il fut plus aimable avec les vieilles femmes que d'habitude.

Le matin de Noël, au lieu d'être scintillant, fut embrumé. Simon faisait la vaisselle, pendant qu'Erik faisait l'article du radio-tourne-disque aux voisins.

Le baratin d'Erik, les piles d'assiettes avec des bouts de poisson collés, et les restes de riz au lait ne l'agacèrent pas. Quand Erik en eut fini avec les voisins, et que la cuisine fut belle et bien rangée, Simon retourna à la *Symphonie fantastique* de Berlioz.

Au début, quand il passait son disque, il se retrouvait dans le royaume du fleuve et des prairies, avec l'homme qui parlait la langue interdite, la guerre, le temple et le sacrifice du taureau dans l'arène.

Petit à petit, les images s'estompèrent, alors Simon put ressentir l'indicible tristesse des longs accords, et la douloureuse beauté du premier mouvement quand il démarrait de toute sa puissance. Au milieu de la tempête salvatrice, il prit conscience des forces obscures et secrètes qui martelaient, de la gravité qui ordonnait le monde. Et du pouvoir, effrayant et agréable. Il ressentit l'espace et l'immensité des cieux, sans les nommer ni les voir, comme la lumière blanche et salutaire qui se levait à l'est. Et le jeu du soleil avec le vent dans l'océan d'herbes le suivit. Ces images empreintes d'une joie fragile s'imposaient de nouveau à lui.

Puis, il céda à la mélancolie sans nom.

Simon passa et repassa le premier mouvement, et fit une étrange découverte. S'il laissait sa pensée errer, s'il la laissait vagabonder sans analyser ses émotions, il s'opérait une fusion. Alors, les images disparaissaient, elles s'effaçaient mutuellement.

L'éternité, se dit-il. Le royaume des cieux. Mais, dès qu'il réfléchit, il perdit tout.

Il réécouta le premier mouvement. Il revint au sol sur lequel il était allongé, il savait qu'il avait reconnu ce monde, les chênes du pays qui est mais qui n'existe pas.

Il se mit soudain à penser à son professeur de philosophie, un des rares à réussir à repousser l'ennui, au lycée. Il leur avait parlé de la pensée. Est-elle illimitée, avait-il demandé. Ou est-ce elle qui nous pose des limites ?

Simon avait trouvé les termes de la question stupide. Pour lui il était évident que c'était avec la pensée qu'on allait conquérir l'univers.

Le professeur avait cité Einstein et Bohr, et avait parlé du principe d'incertitude. Il avait dit quelque chose de drôle, quelque chose qui les avait fait rire, mais quoi ? Simon commença à fouiller dans ses cahiers, il se rappelait l'avoir écrit parce que c'était tellement contradictoire.

Il trouva son cahier, il y avait des citations, mais Simon n'avait pas pris la peine de noter les auteurs.

« Chaque tentative de comprendre le non manifeste mène à l'auto-trahison. Tu y penses, l'instant d'après tu t'en es fait une idée et par là même tu l'as perdu. »

Un peu plus bas, il avait écrit, dans une écriture brouillonne, difficile à lire :

« La pensée peut poser toutes les questions possibles sur le sens de la vie. Mais elle ne peut répondre à aucune de ces questions, car la réponse est au-delà de la pensée. »

— C'est vrai, conclut Simon, à voix haute, avec étonnement.

Alors il repassa le premier mouvement.

Il lui faudrait pratiquement toutes les vacances de Noël pour conquérir la symphonie, pour qu'elle lui ouvrît la voie de ses pensées intimes.

Avant de s'endormir, il pensa dans une joie secrète au second disque, celui qu'il n'avait pas encore écouté. La *Première Symphonie* de Mahler. « Elle est légère et terrienne, je crois qu'elle te plaira », avait dit Ruben.

Il l'écouterait la veille de l'Épiphanie, Karin et Erik étaient invités chez des amis.

Quand il écouta le disque, il crut devenir fou. L'allégresse, l'humour, la fraîcheur et les accents de liberté qui volaient à travers la vaste forêt l'enflammaient. Cette fois-ci, il quitta facilement ses rêves, il le fit presque à regret car ils étaient pleins de gaieté.

Quand, au milieu de l'après-midi du jour des Rois, il arriva à dépasser le simple contenu de la symphonie de Mahler, il se sentit tel un seigneur, puissant et vigoureux.

En colère aussi, plein de colère. Sans culpabilité et sans peur.

Mais à ce moment, Erik exaspéré, ignorant la supplication muette des yeux de Karin, cria :

— Il y a pas moyen d'avoir du calme dans cette maison, avec cette foutue musique !

Simon arrêta le tourne-disque, il descendit les escaliers, tendu comme un ressort.

Maintenant, se dit-il, maintenant.

Il les regardait depuis la porte de la cuisine. Il était grand et mince, ses yeux brûlaient, comme si l'effet de la musique les avait davantage assombris. Mais quand il se tourna vers sa mère, sa voix contenait plus de tristesse que de colère.

— Mais qu'est-ce que vous avez contre ma musique ? De quoi est-ce que vous avez peur ?

Et les larmes lui montèrent aux yeux, en se souvenant de ce jour où ils l'avaient empêché de jouer du violon.

— Pourquoi vous vous êtes disputés quand Ruben voulait que j'apprenne à jouer du violon ? Qu'est-ce qu'il y avait de si terrible ?

La neige tombait dans le crépuscule, des flocons gros comme des mains d'enfant, et, comme toujours, elle enveloppait la maison dans un grand silence.

Ils écoutèrent tous les trois cette quiétude, Karin sut que c'était le moment opportun. Elle vit qu'Erik l'avait compris mais qu'il ne voulait pas, qu'il se lèverait sans tarder et s'enfuirait au chantier, si elle ne le coinçait pas avant.

— Parlons-en maintenant, Simon. Allons prendre le café dans le salon.

Simon comprit que quelque chose d'énorme allait lui tomber dessus, il eut tellement peur qu'il commença à se sentir mal, et il tenta lui aussi de s'échapper.

— Et si on faisait un tour en voiture, papa ?

Mais ils allèrent quand même dans le salon et restèrent assis dans les fauteuils inconfortables, en écoutant Karin entrechoquer les tasses sur le plateau. Erik ne croisa pas le regard de Simon mais, quand Karin arriva avec le café, il lui dit :

— Prends une pilule pour le cœur avant qu'on commence.

19

L'instant était trop crucial pour s'en tenir à des petits mots soigneusement enrobés.

Eh bien, voilà, Erik et elle ne pouvaient pas avoir d'enfants. Ils n'avaient jamais pu. Simon était un enfant adopté, il était arrivé chez eux quand il avait trois jours.

Les yeux de Simon quittèrent le visage de Karin pour se fixer sur la fenêtre. La neige tombait. Tout ce qui se passait dorénavant était en dehors de la réalité.

Je l'ai toujours su, d'une certaine façon, je l'ai toujours su. Je ne me suis jamais senti chez moi ici.

C'était une réflexion ancienne, elle appartenait à l'irréalité, à l'imaginaire.

— Mais je suis qui ?

Karin but une gorgée de café, fit du bruit en avalant, et Simon sentit qu'il les détestait depuis longtemps, Erik et sa grande gueule, Karin et sa simplicité. Mais ce sentiment appartenait aussi à son imagination, au monde secret qu'il se créait quand il était triste et en colère.

Karin commença à parler du joueur de violon, du violoniste juif dont ils ne savaient quasiment rien.

Ma mère s'amuse avec mes rêves, se dit-il. C'est un peu fou, c'est un peu honteux.

— Inga croyait que c'était le génie des eaux, poursuivit Karin.

— Inga ?

C'était impossible, ça ne correspondait pas à ses rêves, son sang se glaça et il jeta un regard dans le salon pour contrôler que l'incroyable était vraiment entré dans la réalité.

Non.

— Elle était jeune et jolie à cette époque, dit Erik.

— Ils se sont fiancés dans la forêt, près de la chute d'eau. Mais ils ne pouvaient pas parler ensemble.

L'invraisemblance de l'histoire le calma, elle ne pouvait pas être vraie. Il se tourna vers Karin, mais il s'entendit demander :

— Et Inga ne savait pas comment il s'appelait ?

— Non, répondit Erik.

— Il devait s'appeler Simon, reprit Karin. Il était professeur de musique à la Haute École populaire de l'autre côté du fleuve, mais il venait de Berlin, il était juif.

— Un youpin, dit Simon, et ce fut à nouveau vrai, car il y avait une confirmation dans ces mots.

La neige tombait, il y eut un silence.

— Mais je ne ressemble pas du tout à Inga ?

— Non, tu es comme ton papa. Du moins si on se fie à Inga.

— Nous sommes de la même famille, toi et moi quand même ?

— Oui, fit Erik. De la même famille, mais plus éloignée.

— Papa, dit Simon.

Il voulait les arrêter, il voulait les entendre dire que maintenant on laissait tomber tout ça, on retournait à la réalité, que tout avait été comme ça devait être.

— Pourquoi n'avez-vous rien dit ?

Ils parlèrent tous les deux en même temps, la haine rampante vis-à-vis des Juifs, le nazisme, les Allemands qui occupaient la Norvège et recherchaient les Juifs de deuxième ou de troisième génération.

Alors Simon sut enfin que tout était vrai.

— Je me souviens d'une conversation téléphonique, à

l'automne 1940. Je t'ai entendu dire à quelqu'un qu'il devait brûler une lettre.

Oh, mon Dieu, pensa-t-il, je savais déjà que ça me concernait.

— Nous avions peur.

C'était Karin, mais Simon ne ressentit pas de compassion.

— Il y avait une lettre ?

— Oui. C'était Erik à nouveau. Inga avait reçu une lettre de Berlin, mais nous ne pouvions pas la lire. Nous avions décidé de la garder pour te la donner quand tu serais plus grand.

— Mais quelqu'un aurait pu la traduire. Simon criait presque.

— Oui, mais être fille mère était une telle honte là-bas à la campagne, et nous avions promis à Inga que personne ne le saurait.

L'argument ne tenait pas la route, Karin le savait, mais Simon poursuivit :

— La lettre a été brûlée ?

— Oui, autant qu'on sache.

Erik raconta l'histoire des registres de l'église, avec le pasteur nazi. Mais Simon ne retint que le mot registre.

— Qu'est-ce qui était écrit ?

— Père inconnu, rétorqua Erik. Et son ancienne amertume lui revint violemment.

— Tu comprends, je t'ai dénoncé à ce salaud de nazi.

La neige avait cessé, Simon avait froid, il tremblait.

Mais il les regarda tour à tour :

— Alors il faut que je vous sois reconnaissant, n'est-ce pas, encore plus reconnaissant ?

Karin était muette, elle avait la gorge sèche.

— Pour nous, tu as été un don de Dieu.

C'était Erik, et Simon fut si éberlué qu'il sortit un instant de son état de choc. Pour ce mot qui était vraiment incongru dans la bouche de son père, et pour la sincérité qu'il contenait. Il le savait, il réussit à dire :

— Excuse-moi, papa.

Karin avala un peu de café, elle voulut raconter les nuits passées avec le bébé, ses réflexions fortes et étranges, que tous les enfants étaient les enfants de la terre. Mais elle répéta :

— Tu n'avais que trois jours.

— Tu l'as déjà dit.

Silence.

— Quelqu'un le sait ?

— Oui, Ruben, on en a discuté avec lui.

— Qu'est-ce qu'il a dit ?

La voix menue de Karin cessa de trembler.

— Il a dit que les enfants appartiennent à ceux qui les aiment et qui en prennent soin.

— Et il a dit aussi que tu ressembles à Karin, que tu as sa tournure d'esprit, ajouta Erik.

Simon était gelé et il claquait des dents. Karin alla chercher un gros pull. Quand elle fut sur le point de le mettre sur ses épaules, il s'écarta pour éviter tout contact. Elle posa le pull sur le dossier. Il l'enfila, regarda Erik :

— Alors, je n'ai pas besoin de faire aussi bien que toi ?

— Bon Dieu, Simon, tu fais mieux que moi.

La surprise d'Erik était sincère.

À la fin, ce fut comme s'il n'y avait rien à ajouter. Simon tremblait toujours de froid mais il semblait avoir recouvré ses esprits. Il est gelé à cause de ce foutu salon, pensa Erik.

Dans la cuisine, le jeune garçon but verre d'eau sur verre d'eau. Ensuite il se plaça près de la porte, les regarda et lança :

— D'une certaine façon, je l'ai toujours su.

Puis ils entendirent le tourne-disque, au premier. La musique mystérieuse emplit la maison et se tut bientôt. Quand Karin monta l'escalier pour voir comment Simon allait, il dormait comme un loir.

Elle en fut presque déçue.

Et Erik souffla :

— Ça s'est bien passé.

Ils étaient épuisés et ils se couchèrent sans dîner.

Le lendemain était un jour d'école avec l'agitation habituelle du petit déjeuner. Simon apporta son bulletin trimestriel, Karin écrivit « Vu ».

Ce n'était pas tout à fait exact, elle n'examinait jamais attentivement son bulletin.

— Tu vas bien ?

— Bien sûr, maman. T'inquiète pas.

Mais il rentra avec une forte fièvre quelques heures plus tard.

Il n'y avait là rien d'étrange, la moitié de la ville avait la grippe. Karin le coucha, lui fit un bol d'eau chaude avec du miel et prit sa température. Quarante ! Elle paniqua.

— Tu n'as pas mal à la nuque ?

Il secoua la tête de gauche à droite et lui sourit. Puis il s'endormit.

Comme toutes les mères, elle craignait la méningite. La maladie planait comme une menace froide sur ceux qui avaient une forte fièvre ou une nuque raide. Karin appela donc leur vieux médecin de campagne. Son diagnostic fut clair : c'était la grippe. Mais si la fièvre ne tombait pas, elle devait le rappeler.

Une fille courait aux côtés de Simon, dans le royaume des hautes herbes, les oiseaux nichaient dans ses cheveux. Elle dit : Joli, non ?

Il la désirait, et il la posséda. Il pouvait tout lui faire, à condition qu'il prît soin du nid. Il la déshabilla, suça le bout de ses seins, l'embrassa sur tout le corps. Son désir était violent comme celui du printemps, il ne put se rassasier d'elle, il vit qu'elle était la plus belle femme sur terre. L'herbe jouait le deuxième mouvement de la *Première Symphonie* de Mahler, les rythmes accordaient leurs ondes avec les leurs et, quand il marcha vers l'inconnu, les tambours résonnaient comme des possédés, il fut tué et franchit la frontière du pays où rien n'a de forme et où tout devient compréhensible et accompli.

Elle était avec lui et lui demanda sans paroles s'il comprenait ce qu'il avait toujours su.

Il vit alors qu'il y avait un œuf dans le nid de ses cheveux, il était blanc étincelant, et presque fluorescent. L'œuf symbolisait la vie, et bientôt, l'oisillon qui sortirait de la coquille l'incarnerait. Simon adora cet œuf, il était précieux, comme la vie.

Karin était à son chevet avec du bouillon. Elle dit que c'était important de boire et, si son état ne s'améliorait pas vite, ils demanderaient au docteur de repasser. Il obéit et avala, entendit les mots qui parlaient de la nécessité de bien s'alimenter. Il se força en pensant que c'était bon pour l'œuf, pour le petit qui sortirait.

Il voulait retourner à la mer infinie d'herbe et à la fille au nid d'oiseau dans les cheveux. Mais il ne la retrouva pas. Sa peur était aussi grande que l'océan d'herbe, quand il courut en criant son nom. Mais elle n'avait pas de nom, il le savait, et pourtant il entendait son nom qui dévalait sur les pentes et se répercutait sur les montagnes, dans le lointain.

Il devint presque fou de terreur, elle n'avait pas compris qu'elle devait revenir pour lui et pour l'œuf, pour que tout ne bascule pas dans le néant, et que la vie, sa chance de vie, ne se perdît pas.

Mais elle avait disparu.

Il était maintenant au pied d'une falaise. Il savait qu'un grand oiseau était posé tout en haut, près du ciel. C'était l'oiseau de la sagesse, et il savait forcément où se trouvaient la fille et l'œuf. Il réunit ses dernières forces pour escalader la falaise et pria : Mon Dieu, fais que je ne l'effraie pas.

Mais l'oiseau ne bougeait pas, comme s'il l'attendait. Quand il s'approcha, il vit que l'animal couvait. Il maintenait l'œuf en vie grâce à sa chaleur. Il était son œuf à lui, sa vie.

L'instant d'après, il entendit un violon jouer une mélodie étrange et mélancolique. Quand il baissa les yeux, il vit la fille en bas. Elle s'était transformée en homme, en jeune violoneux qui s'éloignait en jouant du violon. La solitude nimbait sa silhouette.

Le grand oiseau regarda Simon avec les yeux de Karin, il comprit alors. C'était l'oiseau de la tristesse, et non l'oiseau de la sagesse. Il pouvait se rassurer pour son œuf et pour la vie à l'intérieur de la coquille fragile et des fines membranes.

L'oiseau de la tristesse était fidèle et plein d'amour. Il était fort et il protégeait toujours le petit.

Maintenant, l'oiseau criait :

— Simon, calme-toi.

Et l'oiseau lui donna de l'aspirine, la fièvre descendit dans une transpiration abondante. Mais l'oiseau lui enfila des vêtements frais, essuya son corps et son front.

Karin était terrorisée. Elle appela le docteur bien qu'il fût vingt-deux heures. Il tâta, palpa et éclaira avec une lampe de poche, écouta, et rassura.

C'était la grippe, une grippe incroyablement forte.

— Lui est-il arrivé quelque chose, un traumatisme ? demanda le docteur en prenant congé. Il présente des signes d'état de choc.

Et Karin se toucha le front, elle était idiote de ne pas avoir fait la relation.

Erik apporta l'ancien lit de voyage dans la chambre de Simon et Karin se coucha près de lui. Le garçon dormit toute la nuit et se réveilla avant elle. Il resta allongé à contempler l'oiseau de la tristesse qui avait veillé sur sa vie.

Il se rendormit. Quand il se réveilla, Erik était à ses côtés, avec du thé et des tartines. Simon mangea avec appétit. Karin et Erik soupirèrent d'aise. Il regarda son père. C'est bien qu'il soit comme il est, les pieds sur terre et irrespectueux, pensa-t-il.

Avec ses limites, sur son petit territoire qu'il a marqué.

Simon put aller seul, d'une démarche tremblante, vers la salle de bains. À son retour, Karin avait changé ses draps.

— C'est la énième fois, dit-elle.

Elle pensa avec gratitude à Lisa qui allait arriver pour se charger de la lessive et de la maison.

Elle trouva un plaid et une couverture pour le lit pliant et elle s'étendit près de Simon. Elle était convaincue qu'ils allaient pouvoir parler ensemble. Les mots étaient là en effet, ils formèrent des phrases tout naturellement.

Elle évoqua encore l'hiver où elle se levait la nuit pour lui donner un biberon.

— Je devais être très orgueilleuse. J'étais intimement convaincue que je parviendrais à te donner le nécessaire pour faire de toi un homme fort et heureux.

Alors Simon put dire :

— Mais tu avais raison.

Et Karin put alors pleurer. Elle trouva également les mots pour exprimer la joie et la force qu'il leur avait données et qui leur avaient permis d'échapper aux griffes des belles-mères et de la misère, de s'acheter un terrain et de construire une maison.

— Ils trouvaient que nous avions la folie des grandeurs et que ça se terminerait mal. Mais nous savions tous les deux qu'il nous fallait une maison à la campagne, pour toi.

Un nid près de la mer, se dit Simon.

Elle parla du colporteur, de l'homme avec son paquet d'aiguilles qui détestait les Juifs, et qui avait injurié son enfant juif.

— Il m'avait terrorisée. Tu te souviens ?

— Non.

Simon pensa aux vagabonds qui étaient passés dans les maisons. Dans sa tête, il les revit, ils avaient quelque chose d'étrange, d'effrayant.

Mais il se souvenait de l'école et de l'insulte. Youpin. Erik était devenu blême et il lui avait appris à se battre.

— Oui, ça ne me plaisait pas vraiment. Mais ça t'a aidé. C'était une bonne leçon pour moi aussi, ça m'a obligée à voir que je ne pourrais pas toujours te protéger, que tu devais être assez fort pour t'en sortir tout seul.

Ils parlèrent pendant plusieurs jours, reconstruisirent son enfance.

Le sixième jour, le soleil brillait sur la neige, Simon disparut dans sa musique et Karin partit en promenade le long du fleuve, vers la mer.

Elle observa longuement Vinga apparaître comme un mirage dans la clarté cristalline de l'hiver.

— J'ai accompli ma tâche, confia-t-elle à la mer.

Quand elle rentra chez elle, elle se sentit fatiguée, mais pas désespérée. Son cœur battait, calmement et régulièrement.

Fortement.

Je guéris, se dit Karin, maintenant, je peux enfin guérir.

Isak alla au chantier, et Karin annonça à Ruben qu'ils avaient parlé. Personne n'en était mort, toutefois Simon avait déliré pendant sa grippe.

— J'aimerais que tu parles avec lui.

Ruben hocha la tête et monta vers la chambre de Simon.

Au dîner, ils purent évoquer tous les cinq le passé de Simon, longtemps caché et soigneusement oublié. Il était en même temps extrêmement dangereux depuis qu'il était devenu visible.

Mais à ce moment précis, c'était un soulagement.

Mais Erik, qui ne s'était pas borné à cacher l'histoire de Simon, qui avait essayé de l'oublier, crispa ses mâchoires quand Karin dit :

— Je crois que nous devrions savoir si le père de Simon vit encore.

— Il était musicien, répondit Ruben avec animation.

Beaucoup d'artistes ont quitté l'Allemagne avant qu'il ne soit trop tard.

Il pensa aux organisations juives qui travaillaient d'arrache-pied à rassembler les familles dispersées.

Simon vit le dos du jeune musicien qui descendait la montagne avec son violon, et son chemin menait vers les fours, dont les cheminées pointaient à l'horizon.

— Il est mort, dit-il. Il est un des chiffres sur le bras d'Iza.

Simon était affirmatif, personne n'osa le contredire. Seul Isak réagit intérieurement : Mais comment le sait-il ?

Et Karin poursuivit la conversation :

— Je suis sûre que c'était quelqu'un de bien.

Simon eut un petit sourire et il continua à voix haute :

— Il était seul et triste.

Isak ne se retint plus.

— Mais comment le sais-tu ? Il était peut-être misanthrope et joyeux.

Simon éclata de rire :

— Oui, c'est possible.

— Je pensais aux lois de l'hérédité, dit Karin. Mais Ruben la rassura en expliquant ce qu'on savait sur l'importance de l'environnement sur l'enfant.

— Nous héritons de particularités physiques, et d'un talent ou d'un autre, comme le sens musical de Simon. Mais la bonté n'est pas dans les gènes, Karin, elle dépend de l'affection qu'on a donnée à l'enfant.

Simon écoutait d'une oreille distraite. Il réfléchissait à ce que Ruben lui avait dit dans la chambre ; aux rêves qu'ont les jeunes gens d'être des enfants échangés et au fait qu'ils passent tous tôt ou tard par la révolte et le dégoût, et le mépris de leurs parents pour s'affranchir d'eux.

— Je me demandais parfois pourquoi je n'avais pas l'esprit aussi pratique qu'Erik. Mais je ne pouvais pas avoir hérité de ses dispositions.

Ruben éclata de rire.

— Et Inga alors, ta mère biologique ? J'ai toujours entendu dire qu'elle tenait la ferme et les bêtes d'une main de maître.

Simon n'aimait pas le tour que prenait la conversation, mais il sourit comme les autres.

— Tu ne t'es jamais demandé pourquoi Isak ne lit pas et n'aime pas autant les livres que moi ?

— Non.

— Il est probable que les fils ont besoin de vaincre leur père, répondit Ruben. Dans ce cas, on choisit un domaine dans lequel le père n'excelle pas pour le battre et le dépasser.

Durant la fin interminable de l'hiver, Simon eut des crises d'angoisse, la peur montait de son ventre à sa gorge et rendait sa respiration pénible.

Il pensait à Inga, mais il ne se résolvait pas à la rencontrer. Il pensa à ses racines, au fait qu'il n'en avait pas, mais il ne le comprenait pas vraiment.

Et il y avait la fille qui l'attendait au sanatorium, comme l'araignée attend la mouche. Elle était calme, car elle avait la certitude qu'il se laisserait attraper, que ce n'était qu'une question de temps.

20

Puis ce fut les dernières vacances d'été. On s'en souviendrait, Simon s'était fait rouler, et Isak avait rencontré le grand amour.

Iza était sortie du sanatorium au printemps, elle emménagea chez Ruben. Elle trouvait son appartement étroit, la ville ennuyeuse, et son oncle impossible, avec ses amis érudits entre deux âges. Elle refusait de l'accompagner chez Karin et Erik.

— Karin est une vache, elle est comme ma mère, persifla-t-elle. Elle ne vit pas la réaction de Ruben.

Il tenta de la mettre en relation avec des familles juives de la ville, et s'en remit aux mères et aux filles. Mais, malgré de bons débuts, personne ne supportait Iza, et son angoisse grandissait. Elle allait dans les boutiques de l'Avenue et de Kungsgatan, et dépensait avec frénésie pour se soulager. Isak la craignait à un point tel qu'il avait emménagé chez les Larsson, près du chantier, bien avant la fin de l'année scolaire.

Karin supplia Ruben :

— Sois compréhensif, cette fille éveille chez Isak des blessures du passé.

Elle lui rappelle autre chose, pensa Ruben. Olga. Il avait déjà connu les pas incessants des talons hauts à travers l'appartement, le cliquetis des colliers et des bracelets, l'odeur entêtante de parfum, et l'inquiétude, qui l'accompagnait.

En réalité, Iza ne s'intéressait qu'à Simon.

— Il y a quelque chose d'étrange chez lui, confia-t-elle à Ruben, qui s'appliqua à la mettre en garde :

— Ce n'est qu'un jeune garçon qui n'est même pas sorti du lycée.

— Je n'ai rien contre les petits garçons, répondit la jeune fille.

Elle était devenue mince et belle grâce à son extraordinaire volonté. Et elle parlait souvent avec Simon, du camp et de la folie.

— Elle a besoin de l'extérioriser, dit Simon à Ruben quand il les interrompit.

— Non, figure-toi, l'avait mis en garde Ruben. Elle s'en délecte et elle sait qu'elle te lie à elle. Fais attention, bon sang, méfie-toi, Simon.

Un certain après-midi après l'école, Ruben avait trouvé Simon dans la chambre d'Iza et l'avait presque jeté dehors. Il l'avait raccompagné ensuite jusque dans la rue.

L'adolescent était appuyé sur sa bicyclette et regardait l'homme qu'il admirait le plus. Ses yeux étaient noirs de désespoir.

— Je n'y échapperai pas, oncle Ruben.

Mais sitôt qu'il fut sur sa bicyclette, il oublia sa peur et celle de Ruben, il ne sentit que son désir pour elle, ses lèvres rouges, et son corps délicieux avec ses souvenirs incroyables.

Une semaine plus tard, juste avant les grandes vacances, on envoya Iza en convalescence dans un centre de cure en Suisse. Olof Hirtz, son médecin et l'ami de Ruben, avait tout arrangé. Elle suivrait une thérapie avec un psychanalyste renommé à Zürich. Iza était contente, elle voulait parcourir le monde. Simon grandirait un peu, se disait-elle, car, malgré tout, les mots de Ruben avaient fait leur chemin.

— Est-ce que c'était vraiment nécessaire ? demanda Karin.

— Tu sais comme moi que ça l'était, répondit Ruben.

Simon se sentit floué, mais sa déception était mêlée de soulagement. L'air autour de lui était devenu plus respirable depuis le départ de la jeune fille.

Après la Saint-Jean, Simon et Isak partirent faire une croisière, ils restèrent en mer pendant presque un mois, et remontèrent la côte du Bohuslän, jusqu'au fjord d'Oslo. Ils arrivèrent dans la ville où les bottes des nazis avaient défilé.

— J'ai l'impression de les entendre, dit Isak.

Simon s'arrêta et écouta le rythme régulier des bottes sur les pavés.

— On file, Isak.

Et ils ne virent quasiment rien de la ville. Ni le vaisseau d'Oseberg, dont Isak avait rêvé, ni le musée Nansen, où Simon aurait voulu aller.

Ils revinrent fiers de leurs barbes clairsemées, hâlés comme des Peaux-Rouges, sales, le visage buriné par le vent et l'eau salée. Karin rit de joie et les envoya directement dans la baignoire, avant de sortir des rasoirs.

— Si vous voulez porter la barbe, attendez qu'elle pousse mieux, se moqua-t-elle. Ils l'approuvèrent en se regardant dans la glace.

Ensuite ils sortirent le bateau, le carénèrent, et firent le ménage à l'intérieur, car maintenant c'était au tour d'Erik et de Ruben de partir pour une longue navigation. Ils voulaient embarquer Karin, mais elle refusa. Ruben pensait que c'était à cause de son cœur, et Erik qu'elle ne voulait pas laisser les garçons sans surveillance.

La vraie raison était que Karin ne voulait pas habiter aussi près de Ruben.

Un soir d'été, les garçons allèrent danser dans un club, vers Särö.

Isak rencontra Mona.

Et Isak sut immédiatement qu'elle était capable de rendre le monde compréhensible.

Elle était en forme de goutte. Son centre de gravité était en dessous de sa taille, elle avait des jambes droites et épaisses, qui la reliaient à la terre, au centre de la terre.

Personne n'avait remarqué qu'elle était très belle, pas avant qu'Isak ne le vît et ne le rendît apparent au monde. Elle le regardait avec les yeux de Karin, bien que curieusement, ils fussent bleus. Elle l'aima dès la première seconde.

D'un amour calme et puissant.

Elle avait joué le rôle de maman pour deux de ses frères et sœurs, cela l'avait aidée à voir la vie concrètement. Elle avait été profondément blessée par la mort de sa mère. Elle avait quatorze ans alors, et elle était stable, simple et sûre comme la disparue.

D'ailleurs, elle n'avait pas eu le temps de sombrer dans le deuil ou de méditer sur le destin, les petits enfants exigent une attention permanente.

Sans sa tante, tout aurait pu mal tourner. Mais sa tante était là, et elle revendiqua avec véhémence le droit pour Mona d'avoir sa propre vie.

Ainsi, la fille du poissonnier eut le droit d'aller à l'école des filles. Quand elle rencontra Isak, elle terminait juste sa scolarité et elle entrait à l'Institut Sahlgren, pour y suivre des études d'infirmière pendant quatre ans.

Elle avait toujours légèrement méprisé les hommes, elle n'avait jamais eu le sentiment qu'ils étaient dignes d'être pris au sérieux. Peut-être était-elle influencée par la lecture des articles sur l'amour, dans les magazines. Elle n'y croyait pas, et il ne lui était jamais venu à l'esprit qu'elle pourrait tomber amoureuse.

Elle fut donc très étonnée.

Simon le fut également. Il avait bien sûr rencontré le grand amour dans des milliers de livres, cette passion qui emporte les hommes et les rend fous de désespoir ou de bonheur. Mais lui non plus, il n'y avait jamais vraiment cru, et ne l'avait jamais rencontré en réalité.

Et voilà que ça arrivait, sous ses yeux. Cela le remplit de stupeur, de jalousie, et de quelque chose d'autre qu'il identifia comme de l'envie.

— Ils sont complètement dingues, maman, confia-t-il à Karin. C'est comme s'ils étaient en transe et qu'il n'y avait qu'eux au monde.

— J'espère qu'il va bientôt l'amener ici, que je puisse voir cette merveille.

Mais Karin et Simon avaient disparu du monde d'Isak.

Il dormait en ville, chez son père, se levait tôt chaque matin pour sortir la vieille Chevrolet du garage, et roulait sans permis jusqu'à l'épicerie Axelsson. Elle l'attendait plus belle de jour en jour, au croisement dans Askim. La voiture les emmenait vers les forêts de feuillus du Sud, les falaises de Gottskär, les lacs de Delsjö ou les profondes forêts de sapins de Hindås. Ils trouvaient toujours des mousses moelleuses pour s'allonger, des prés à traverser, et des fleurs à cueillir.

Elle s'offrit à lui simplement, il fut doux et tendre. Il bénit la fille du mineur qui l'avait initié.

Mona était vierge, mais cela ne fut ni difficile ni douloureux. Le lendemain, elle consulta un médecin et apprit à utiliser un diaphragme.

Ce n'est qu'une semaine après leur rencontre à Särö qu'Isak réagit ; ils n'étaient pas seuls au monde, et Karin et Simon avaient le droit de savoir ce qu'il vivait.

Sans parler de Ruben qui rentrerait la semaine suivante.

— Il faut qu'on aille dire bonjour à, euh, pas exactement ma famille, mais à mes proches.

Elle hocha la tête, c'était dans l'ordre des choses.

Et puis, il devait lui expliquer qui il était. La honte le prit, vidant sa tête de pensées et sa bouche de mots. Elle dit :

— Je ne connais même pas ton nom de famille.

— Lentov. Isak Lentov.

Elle se figea, il le sentit, et la peur s'insinua en lui.

— Je suis juif.

Elle éclata de rire.

— Je ne suis pas idiote, j'ai vu et j'ai lu des trucs sur la circoncision.

La peur relâcha son étreinte, il arrêta la voiture pour l'embrasser. Mais il ressentait une raideur, une perplexité, une distance.

— Qu'est-ce qui ne va pas ?

— Lentov, répéta-t-elle. Le Lentov des librairies.

— Oui. Ça te gêne ?

— Non.

Elle était raide comme un I. Elle jubilait intérieurement et devait le cacher. Mona avait eu des rêves, des rêves d'argent, de richesse, de beauté, de luxe.

— C'est si difficile à comprendre, dit-elle. Puis, d'une voix qui devint ténue d'inquiétude, elle demanda :

— Que va dire ton père ?

— Mon père va t'adorer.

— Ne fais pas l'idiot ? Essaie de comprendre, il préférerait que tu sortes avec une fille juive, riche et élégante.

— Tu ne connais pas Ruben Lentov, dit Isak. Il dansera de joie à notre mariage.

Elle ne fut pas étonnée d'entendre parler de mariage, c'était évident dès le premier instant. Mais elle ne croyait pas à la description d'Isak.

Pour l'heure, il s'agissait de Karin et de Simon. Il n'y avait en principe qu'un quart d'heure de trajet jusqu'à chez eux, mais le voyage dura longtemps. Il avait tant de choses à lui raconter.

Et elle ne comprendrait pas qui était Karin s'il ne lui parlait pas de ce jour, à Berlin, où les Jeunesses hitlériennes défilaient.

Mona pleura car elle était bonne et sincère, le réconforta et le consola en femme maternelle qu'elle était également. Je ne l'abandonnerai jamais, pensa-t-elle, jamais. Même si Ruben Lentov le déshérite.

Ensuite, elle évoqua sa mère, la mort qui était venue une nuit vider le sang de son ventre, les draps rouges et de ses pensées étranges.

— On n'y croit pas, dit-elle. La mort est là, devant toi, c'est l'agonie, et on n'y croit pas. C'est bizarre, non ?

Non, Isak ne trouvait pas ça bizarre.

Il pensa à Olga, il fallait aussi qu'il aborde ce sujet sensible.

— Ma mère est en hôpital psychiatrique. Elle a perdu la tête la nuit où les Allemands ont envahi la Norvège.

— La pauvre.

— C'est peut-être héréditaire, ajouta-t-il en sentant qu'il n'avait même pas osé le penser avant de rencontrer Mona.

Mais il ne devait rien cacher :

— J'ai aussi une cousine, qui a l'air folle. Mais elle a été en camp de concentration.

Mona sourit entre deux sanglots :

— On aura quatre enfants heureux.

Et ils finirent par se retrouver sur la banquette de Karin. Ils avaient beau se tenir silencieux, ils illuminaient la cuisine. Ils sont comme un soleil, remarqua Karin en regardant la pluie tomber à verse dehors tandis que la lumière resplendissait dans la pièce.

— Vous resterez pour dîner, proposa-t-elle.

— Volontiers.

Quand l'averse fut passée, les jeunes gens sortirent dans le jardin cueillir des fraises pour le dessert. Simon revint de mer, il avait pris la barque pour aller pêcher, il fut heureux de les voir. Il les regarda attentivement et dit :

— Je n'ai jamais rien vu de plus ahurissant que vous deux.

Ils ne purent faire autrement que d'en rire, tous ensemble.

Karin emmena son fils dans la cuisine, tandis que les amoureux cueillaient les fraises.

— Tu as vu comme ça rayonne autour d'eux, Simon ?

— Oui, maman, c'est pas un peu fou ?

— Ce n'est pas fou. Je vais te dire, même dans mes rêves les plus fous, je n'aurais rien trouvé d'aussi beau pour Isak, jamais je n'aurais imaginé une telle fille.

Dans le potager, Mona confia à Isak :

— Elle me plaît.

— Évidemment, répondit-il.

— Mais Simon est jaloux.

Alors Isak éclata de rire.

— Il le mérite bien.

Il lui mit une fraise dans la bouche et la reprit en l'embrassant.

Ils dormirent dans la chambre d'amis, dans le lit étroit de Ruben, et Karin prêta sa plus belle chemise de nuit à Mona.

— À présent, j'ai une fille, pensa Karin une fois couchée. Elle avait entendu la jeune fille téléphoner chez elle et mentir tout de go, avec le plus grand calme.

— Je dors chez une amie en ville, dis-le à papa.

C'est sûrement une famille bien, pour avoir une fille comme elle, se dit Karin avant de s'endormir.

Ils avaient quelques jours pour apprendre à se connaître, avant le retour de Ruben et d'Erik. Karin s'arrangea pour confier à Isak des petits travaux et avoir quelques moments en tête à tête avec Mona.

Elle commença par le renvoyer chez lui avec la voiture :

— D'abord tu la laves. Tu la ranges au garage. Et pas un mot à Ruben sur le fait que tu as conduit sans permis.

Il obéit, et Karin ajouta, exactement comme avait fait la mère de Mona :

— Voilà bien les hommes.

Quand les garçons partirent avec la voiture, les femmes allèrent à la plage. Karin rentra prudemment dans l'eau, selon son habitude. Mona, elle, nageait comme un dauphin.

Elle était franche et spontanée, elle semblait ne rien avoir à cacher. Elle parla de sa mère, ce fut douloureux. Et de ses petits frères et sœurs qui étaient maintenant assez grands pour se débrouiller seuls.

Et du poissonnier, son père.

— Il n'a rien d'extraordinaire. Râleur, et susceptible, il se met en colère pour tout. Renfermé et radin, aussi. Il faut le prendre comme il est, c'est mon père.

Karin éclata de rire.

— Comment va-t-il réagir, pour Isak ?

— Oh, ça va faire un pataquès, c'est sûr.

— Parce qu'il est juif ?

— Oui, évidemment, mais surtout parce qu'il va perdre sa femme de ménage.

— Il n'est pas croyant, il n'est pas dans une secte ? Beaucoup de gens sont dans des sectes, dans l'archipel.

— Moui, il pousse des hauts cris sur l'Antéchrist, et ce genre de trucs. Mais la religion, ce n'est qu'un vernis.

Les yeux de Mona pétillèrent de joie quand elle ajouta :

— Ça passera vite quand il verra qu'il y a de l'argent chez les Lentov.

Si j'avais eu une fille de mon sang, elle ne m'aurait pas ressemblé davantage, s'étonna Karin, avec satisfaction. Mais Mona fronça les sourcils.

— Ce sera pire avec le papa d'Isak, qu'est-ce qu'il va dire ?

— Pas du tout, tu lui plairas.

— Comment le sais-tu ?

— Voyons, réfléchit Karin, comment je peux le savoir ? Il y eut un instant de silence :

— Parce que c'est quelqu'un de bien.

— Drôle de réponse, rétorqua Mona. Et c'est censé m'aider ?

— Tu verras bien.

Karin éclata de rire.

Le samedi, Erik téléphona de Marstrand. Tout allait bien à bord.

— On arrive demain comme convenu. Je passe au chantier pour débarquer les provisions. Ça va ?

— Je vais très bien. Dis à Ruben qu'on a une surprise pour lui.

— Et pour moi ?

— Non, malheureusement, répondit Karin en pensant à Simon et à Iza. Mais il faut prendre la vie comme elle vient.

Elle avait l'air en forme (comme elle l'avait toujours été). Une Parque qui tissait les destins dans sa cuisine, qui pleurait quand les fils cassaient ou s'emmêlaient, mais qui acceptait que le tissu de la vie fût emmêlé.

— Et ton cœur ? Tu prends tes médicaments ?

— Erik, je ne le sens même pas !

— Tu ne fais pas assez attention, lui reprocha Erik.

Mais il paraissait content. Ils avaient pas mal parlé, Ruben et lui, de la santé de Karin qui s'était améliorée après la discussion avec Simon. Même le docteur s'en était réjoui, lors de sa dernière visite.

Quand le beau cotre passa le cap d'Oljenäset toutes voiles dehors, Mona, qui s'y connaissait en bateau, soupira d'admiration.

— C'est mon bateau, lui dit Isak, les yeux brillants.

Erik et Ruben affalèrent la grand voile, le foc battit au vent pendant qu'ils mouillaient l'ancre, et descendaient la yole. Erik resta à bord, Ruben rama seul vers le ponton et cria à Karin :

— Alors, ma surprise ?

— Je t'emmène, répondit-elle, évasive.

Comme il est jeune, pensa Mona. Et beau, chic jusque dans le moindre détail. Son cœur battait la chamade. Sa main trempée de sueur serrait fortement celle d'Isak.

Ils n'entendaient pas ce que Karin disait près du ponton. Mais Isak la connaissait si bien qu'il l'imaginait aisément. Il savait qu'il n'aurait pu avoir meilleure messagère.

« Le grand amour, Ruben. Et elle est parfaite pour Isak. »

Ruben, stupéfait, dut s'asseoir sur une bitte d'amarrage.

Au cours des années il avait appris à se fier au jugement de Karin, et il était convaincu avant même d'aller saluer la jeune fille. C'était un jour gris, et il remarqua donc immédiatement le halo solaire qui nimbait les deux jeunes gens.

Il vit la jeune fille aux racines solides. Dès le premier regard, il aperçut sa nature.

— Mon Dieu. Qu'est-ce qu'on dit ?

Il prit Mona dans ses bras en riant.

— Pour une surprise, c'est une belle surprise.

Puis il considéra longuement Isak. Ils ressentirent tous la tendresse dans son regard de père et sa joie quand il dit :

— Mon garçon.

Avec le poissonnier, la scène se déroula en gros comme Mona l'avait prédit : il tempêta, elle était trop jeune ! Un Juif, elle n'était pas un peu folle ! Que diraient les gens, et la congrégation ?

Mais quand il entendit le nom de famille, il pensa à l'argent. Le doux reflet de l'or caressa son esprit et le calma.

— On a persécuté les Juifs pendant deux mille ans. Après tout, leur dette est payée.

Ils se fiancèrent en grande pompe au restaurant de l'Association d'horticulture, le dernier dimanche avant la rentrée des classes.

Le matin de la fête, Mona accompagna Ruben pour saluer Olga. C'était la première fois depuis des années que Ruben ne faisait pas ce pénible voyage seul.

Mona alla à la rencontre d'Olga, avec naturel et spontanéité, et il lui en fut d'autant plus reconnaissant qu'elle réussit à établir un contact entre elles, à travers les poupées, éveillant une étincelle de vie dans les yeux de la malade.

Pendant le trajet du retour, la jeune fille consola Ruben :

— Elle n'est pas malheureuse. Et, d'une certaine manière, c'est le plus important.

Ruben hocha la tête, il l'approuvait. Olga était certainement plus heureuse que durant ces années où elle était encore saine d'esprit, mais sans espoir et abandonnée à la terreur.

— C'est vrai, reconnut-il. Mais ça ne me console pas vraiment.

— Oui, je comprends.

Il rencontra le poissonnier autour d'un verre au restaurant, avant le déjeuner. Le parcours des gens dans la vie est une énigme et aucune explication psychologique n'apporte de réponse, se dit-il.

Comment diable cette fille avait-elle pu grandir dans l'ombre d'un homme pareil ?

Erik fit un discours, dit l'essentiel :

— Tu as trouvé une Karin. Prends-en soin, elles sont rares !

21

L'orchestre symphonique de Göteborg jouait la *Sinfonia del Mare* de Gösta Nystroem.

Des Indiennes très douces lavaient leurs enfants dans la source du grand fleuve, là où naissait la vague qui partirait pour la mer emportant avec elle les sensations des petits d'homme. Et elle se souviendrait aussi de l'odeur des arbres du fleuve, des parfums de l'humus et de la mousse, de ces grands arbres assez puissants pour entraver son cours avec leurs lourdes racines et calmer l'eau trépidante, l'espace d'une nuit, avant qu'elle ne poursuivît son chemin vers sa renaissance dans la mer.

Dans l'estuaire, la vague rencontrait les saumons qui remontaient le courant, entraînés par leur amour de la vie.

Cependant, elle oubliait vite les poissons. À cause de la peur, de la crainte qu'avait l'eau du fleuve de se perdre dans l'illimité.

Mais la vague ne disparaissait pas, elle était gelée, transformée en glace. Le froid l'emprisonnait et lui ôtait presque sa joie de vivre.

Puis vint le printemps, elle rompit la glace, elle avait survécu, elle était elle-même, même si elle était absorbée par la mer. Elle commençait un long voyage en direction de l'ouest. Les grands navires la fendaient, et les vents puissants jouaient à sa surface.

La vague aimait le vent, qui rassemblait ses forces pour la tempête et l'invitait à participer à la danse. Elle aimait aussi le vent du soleil, qui la berçait vers des nuits riches de rêves sur le ciel et les nuages géants qui participaient à sa vie de vague avec la brume et la pluie.

À la pointe sud du Groenland, elle rencontra les icebergs, surprise elle les contourna, s'interrompit, clapota contre ces falaises lisses, bleues et transparentes. Elle fut sensible à la tension qui régnait au sein de la montagne de glace, à sa volonté d'échapper à sa prison de gel et d'appartenir à l'illimité.

Quand la vague poursuivit son chemin, la fonte des eaux lui avait donné sa teinte, elle lui avait appris le goût de la tristesse qui se trouve dans ce qui est emprisonné.

Entre l'Islande et les îles Shetland, elle s'était alourdie de sel, et avait appris à bouillonner, à aimer l'échange perpétuel entre le sommet blanc et la base turquoise des icebergs. Elle traversa le détroit de Skagerrak en lourds rouleaux. Quand elle longea Lister, lente et puissante, elle était consciente de sa force.

Un jour d'automne, elle éclata en morceaux sur les rochers du Bohuslän. Cette mort-là était grise, mais elle découvrit qu'elle était immortelle, ses expériences devaient être rendues à la mer avant sa renaissance et son nouveau départ pour le Nord avec ses souvenirs de fjords et de granit. Le Gulf Stream l'entraînerait vers les glaces et les vents violents.

Simon resta assis dans la salle de concert tandis que le public sortait rapidement. Ruben finit par poser la main sur son épaule.

— Il faut qu'on y aille.

Olof Hirtz était là, il vint saluer Ruben. Ce fut donc le hasard qui fit que Simon exprima ses sensations devant un étranger :

— La vague ne meurt pas. Elle ne peut pas disparaître, car elle ne succombe jamais à la tentation de la séparation.

Olof Hirtz fut comblé, de ce bonheur que procurent les rencontres essentielles.

— Venez à la maison vous restaurer, dit-il.

C'était à quelques pâtés de maison. Ils se retrouvèrent dans la grande cuisine d'un appartement ancien, et Maria, une des Indiennes de la source du fleuve, apparut. Elle avait le nez crochu comme un bec d'oiseau, la bouche large et joyeuse, des yeux noirs trop grands pour ce visage triangulaire et des cheveux coupés à la garçonne, qui lui faisaient comme un casque sur la tête.

Ce n'est pas vrai, se dit Simon, mais il voyait qu'il ne rêvait pas. Maria était l'épouse d'Olof. Elle était également médecin.

— Psychanalyste, précisa Ruben quand il fit les présentations.

C'était stupéfiant, comme son pantalon et son chandail de velours rouge, sa poignée de main ferme, ou son sourire large et curieux. Elle était stupéfiante.

Tandis que Simon l'aidait à sortir le saumon fumé, le fromage, le pain, le beurre du réfrigérateur et la bière du cellier, il entendit Ruben téléphoner à Karin :

— Ça va faire tard. N'attends pas Simon, il est possible qu'il dorme chez moi.

Olof Hirtz avait repris son poste de chercheur et d'enseignant à l'Institut Sahlgren, après son année au sanatorium du Småland. Cette confrontation avec la souffrance des camps de concentration l'avait profondément marqué. Ruben et lui se rencontraient souvent pour s'entretenir d'Iza, leur amitié s'était approfondie. Comme il est fréquent quand on partage des sujets intimes et délicats.

Ruben avait parlé des Larsson, de l'aide que Karin et Erik avaient apportée à Isak, et de leur fils Simon, ce garçon si solitaire dans cette famille heureuse.

— Simon est attiré par Iza, lui avait confié Ruben.

— Si sa maman est aussi bonne que tu le dis, il a sans doute besoin de se brûler les ailes, avait répondu Olof, en ajoutant les sages paroles habituelles. Les jeunes gens doivent manger leur pain noir.

— Tout ce qu'on peut leur souhaiter, c'est d'être assez fort pour prendre leur destin en main.

Ils étaient attablés dans cette cuisine à l'ancienne mode, Olof ressentit le même besoin que Ruben de protéger l'adolescent d'Iza.

Mais Olof était trop malin pour parler de la jeune fille à Maria. Il se contenta de rapporter les propos de Simon dans la salle de concert et ajouta que, plus ça allait, plus il était convaincu que le malheur de l'homme venait de son acharnement à se forger une personnalité pour se distinguer des autres.

— Mais c'est nécessaire, s'emporta Maria.

— Ça ne fait que nous isoler.

— Nous sommes pourtant seuls, nous naissons et nous mourons solitaires, nous ne sommes pas des vagues dans la mer, protesta Ruben.

— D'ailleurs, ajouta-t-elle, avoir une forte personnalité est source de satisfactions.

— Pas sur un plan plus profond, dit Olof. Quelqu'un qui a une personnalité trop marquée ne trouvera jamais le sens de la vie et n'aura jamais l'esprit en paix.

Simon le regarda avec des yeux ronds d'étonnement, mais Ruben ne baissa pas les armes.

— Il y a d'autres choses qui donnent un sens à la vie. Le combat, la joie de se fixer un but et de l'atteindre, tout cela exigeant qu'on ait une personnalité.

— Le pouvoir et l'argent ?

— Ça aussi, dit Ruben et, quand Olof éclata de rire, il ajouta :

— En tout cas, ça enferme la peur. Et ça aide aussi à supporter la culpabilité.

Olof recouvrait son sérieux, pour dire qu'il avait beaucoup réfléchi l'année précédente, il se demandait si ce n'était pas justement la culpabilité qui entretenait le mythe selon lequel nous serions séparés les uns des autres. Il leur parla de ses patients, des tuberculeux rescapés des camps, et de la culpabilité qu'ils ressentaient à cause de tout ce qu'ils avaient enduré.

— Mais c'est incroyable, dit Simon.

— Non, ça renforce leur sentiment d'un destin personnel et ça définit la frontière entre eux et leur bourreau.

Ruben rougit de colère rentrée.

— Si c'est ma culpabilité qui me permet de ne sentir aucun point commun entre moi et les nazis de Büchenwald, je veux bien en payer le prix. Enfin, Olof, nous sommes réellement différents !

Maria éclata de rire, elle avait une façon particulière de jeter la tête en arrière, son rire avait la profondeur d'une forêt ancestrale. Indienne, pensa Simon.

— Olof, dit-elle. Je sais que l'idée du péché originel ne te plaît pas, mais il a effectivement eu lieu, et l'être qui a été séparé a un besoin éperdu de se nourrir à l'arbre de la connaissance. Tu sais aussi bien que moi que chaque jeune doit trouver une identité, un moi avec lequel il ou elle s'affirmera. Sinon, ça va mal. Après, on peut déplorer que l'identité, ou la personnalité, comme vous dites, soit si fragile, et que la peur et la culpabilité aient besoin d'élever autant de protections. Mais ça ne change rien au fait lui-même, à savoir : vivre son moi est le destin et la tâche de l'homme.

Ruben sourit lui aussi.

— Ève, dit-il, il y a toujours une Ève, une femme de chair et de sang qui nous retient sur terre.

Olof était amusé, mais il insista :

— Je crois que le péché originel est une fausse piste, et que la personnalité est une défense contre des menaces qui n'existent pas. La séparation ne concerne malgré tout qu'une petite partie de la personne, je veux dire l'intellect.

— Tu oublies le corps, objecta Maria.

— Nous ne sommes pas des corps.

— J'en suis un, au plus haut point, renchérit-elle, et son sourire était glacé.

Comme toujours quand Simon devait se concentrer pour comprendre, il ferma les yeux et contracta les muscles de son visage. Il y avait tellement de mots qui volaient au-dessus de sa tête et qu'il voulait arrêter, pour les saisir. Craignant de se retrouver à l'extérieur de la conversation, il commença à parler de la vague, de la vague née chez les Indiennes.

Ils l'écoutèrent attentivement et il fut encouragé à poursuivre. Il leur parla du royaume des herbes.

— D'une certaine façon, j'ai toujours été dans ce pays. J'y ai été pendant toute mon enfance, et maintenant j'y suis dans mes rêves.

Il parla de la fille au nid dans les cheveux, de l'œuf précieux et de l'oiseau de la tristesse.

Maria fut profondément émue.

— Quand as-tu rêvé cela ?

— Quand je suis tombé malade, après avoir appris que j'étais un enfant adopté.

Elle hocha la tête et dit à Simon qu'il faisait partie des hommes chez qui la limite entre conscient et inconscient était très fine. Il devait s'en réjouir.

Simon ne comprit pas, mais se sentit encouragé, et il parla de la symphonie de Berlioz, qui le menait à l'instant fatal du royaume des herbes, et du prêtre, de l'homme de son enfance qu'il avait reconnu.

— Un petit homme avec un drôle de chapeau rond.

Son sujet l'emportait tellement qu'il évitait de les regarder, il ne voulait pas se laisser arrêter par leur stupéfaction. Il parla du tourne-disque, du fait qu'il repassait les mouvements plusieurs fois de suite pour finalement se libérer des images et de leur contenu.

— Et où es-tu alors ? demanda Olof.

— Dans la réalité.

Simon fut lui-même si étonné de sa réponse qu'il dut se raccrocher au regard d'Olof pour ne pas perdre pied. Mais Olof hocha la tête, comme si Simon avait dit quelque chose de naturel.

— C'est bien exprimé. D'autres appellent ça Dieu.

— Oh ben non, dit Simon, et les adultes durent se forcer pour ne pas sourire de la verdeur spontanée de son exclamation.

— Moi, oui, poursuivit Olof, en voyant la stupeur de Simon. Je ne suis pas le genre d'homme qui va à l'église ou à la synagogue. J'essaie au contraire de penser le moins possible à Dieu, mais je veux toujours être en Lui.

— Comme la vague dans la mer.

— Oui, c'est une bonne image. C'est pour cela que tu m'as intéressé quand tu as dit que la vague ne pouvait pas mourir parce qu'elle évitait de se séparer de la mer. Je crois qu'elle vit la même condition que l'homme, il faut qu'elle renonce au moi.

— Mais d'abord il faut qu'elle fasse son œuvre sur terre, dit Maria. L'homme doit être responsable de sa vie et de son monde. Avoir des relations correctes, être un parent convenable et un bon père de famille.

Simon ne l'écoutait pas, il était tourné vers Olof.

— Comment se débarrasse-t-on du moi ? demanda-t-il. Comment fait-on ?

— En effet, comment fait-on la volonté de Dieu ? C'est la même question, non ?

Pour Simon, ce n'était pas la même chose mais il ne fit pas d'objection.

— Une manière serait de faire comme toi, et de dépasser les images. Mais ce n'est pas si facile, car celui qui a un moi fort a beaucoup d'images. Il se fabrique des images de tout ce dont il s'est séparé.

— Cela impliquerait que si on avait une représentation de Dieu, on se séparerait de lui, intervint Ruben.

— Je le crois. On ne peut accomplir la volonté de Dieu que si on n'a aucune image ou aucun concept de Lui. C'est ce que tu as appris à travers la musique, Simon, tu as seulement d'autres mots. Et les mots n'ont pas de signification.

Ruben vit que le garçon bouillait et qu'il était sur le point de faire exploser sa solitude. Il dit :

— Beaucoup de gens ont décrit ton expérience, Simon. Des chercheurs et des mystiques ont fait le même chemin, en utilisant les prières ou la méditation, là où toi, tu as utilisé la musique.

Simon n'avait jamais été aussi étonné de sa vie. Il pensa aux heures interminables de catéchisme, aux prières du matin à l'école et à ses questions sur la stupidité du pasteur. Était-il possible que ce fût lui, Simon, qui n'ait rien compris ?

Il parla des pasteurs de l'école et demanda :

— Est-ce moi qui suis un idiot ?

Ils rirent à nouveau.

— Non, ce n'est pas toi qui es bête. Les religions créent un système qui abêtit.

— Toutes les réponses abêtissent, renchérit Maria.

— Ce qui n'empêche qu'il faut poser les questions, précisa Olof. Et j'ajouterai que quiconque cherche des réponses aux questions qu'il se pose sur le sens de la vie est religieux. C'est ton cas, Simon.

Il y eut un moment de silence, comme si chacun de son côté avait besoin de temps pour réfléchir. Maria finit par dire :

— J'ai appris avec mes patients, au cours des années, que pour comprendre l'autre, il fallait se demander dans quelle direction il cherchait ses réponses, quelle était sa religion secrète.

— Mais il y a beaucoup de gens qui n'en ont jamais l'idée, remarqua Simon. Il pensa à Karin et à Erik qui vivaient leurs vies comme une évidence.

— Ils sont plus nombreux que tu ne crois, dit Ruben.

— Mais oncle Ruben, pense à maman, à Karin !

Le sourire de Ruben illumina la table.

— Karin n'a pas besoin de se poser la question. Elle vit dans la réponse.

Maria sourit.

— Il y a des gens comme ça. Ils sont rares.

— Mais les autres, ceux qui ne vivent qu'au jour le jour ? dit Simon.

— Parmi ceux-là, certains deviennent étrangers à eux-mêmes et aux autres, expliqua Maria. Il y en a aussi qui tentent d'atteindre leur but en régressant.

— Quoi, qu'est-ce que ça veut dire ? Simon s'enflammait, il hurlait presque.

— Eh bien, ils cherchent à retrouver leur enfance, le paradis d'avant la séparation de leur maman.

— Tu veux dire que les enfants connaissent la réponse ? Simon s'aperçut qu'il la tutoyait et rougit. Il aurait peut-être dû lui dire madame, en même temps c'était ridicule.

— Oui, les enfants ont une réponse, à leur façon, en dehors de leur conscience. J'en suis persuadée.

Les chênes, pensa Simon.

— Mais ce n'est pas bien de régresser ?

— Non, répondit-elle. C'est toujours une catastrophe, à terme.

— Il n'y a sans doute pas de retour possible, dit Ruben en éclatant de rire. Tu te souviens peut-être de tes cours à l'école : le paradis est gardé par des anges aux épées tranchantes...

Simon, qui n'avait jamais consacré une seule réflexion à la genèse, se souvint de la pierre, de cette pierre qu'il avait jetée sur le tronc du grand arbre, et se dit que cet adieu à l'âge de onze ans avait été nécessaire.

Ensuite, Maria expliqua que la plupart des gens étaient effectivement coincés par le rêve du sein maternel, et Simon se sentit mal à l'aise.

Mais elle fit du café et trouva une boîte de chocolats. Ces gestes familiers apaisèrent Simon. Ils parlèrent du langage, des capacités et des limites des hommes, et de notre impossibilité à laisser les choses être ce qu'elles sont. Nous voulons toujours les décrire.

— Imaginez ce que ce serait si nous avions un rapport ouvert au monde, poursuivit Olof. Si nous étions observateurs et sensibles, en nous abstenant de jugements de valeur.

— Ne pas mesurer, ne pas peser, et ne pas juger, appuya Ruben.

— Exactement, dit Olof, d'une voix si effondrée que Maria se moqua de lui.

— Prends donc un morceau de ce délicieux chocolat. Je sais que tu lui prêtes des vertus.

— Simon, dit Maria quand ils se séparèrent. Ne les crois pas trop, ces vieux grincheux. Il y a des mots qui libèrent. Et tu es le bienvenu ici quand tu veux. Ç'a été un plaisir de te rencontrer, si je peux me permettre un jugement de plus.

Ruben appela un taxi et voulut emmener l'adolescent avec lui à la maison. Mais Simon avait laissé sa bicyclette devant la salle de concert, et il avait besoin d'être seul.

Il vola à travers la ville endormie, en direction de la mer, et du dernier ponton de Långedrag. Il s'y arrêta et repassa en long et en large ce qui s'était dit au cours de cette soirée jusqu'à ce qu'il fût tout à fait certain de bien s'en souvenir.

Le vent se renforçait, il entendait la mer hurler au loin dans l'archipel. Les nuages d'orage couraient devant la lune stupéfaite. Les odeurs de l'eau le frappèrent.

Que sent la mer ?

Quand il fut remonté sur son vélo et qu'il rentra chez lui avec le vent de la tempête dans le dos, il se dit que, cette nuit, il écrirait un poème sur la mer. Il se glissa dans l'escalier, trouva du papier et un crayon. La symphonie de la mer bruissait en lui, il essaya de décrire la vague, qui était née chez les Indiennes dans la source du fleuve.

Mais les mots retombèrent telle la cendre jusqu'à ce qu'il trouvât l'inspiration.

Que ressent la mer ?
Tourne ton visage vers le large
La tempête souffle là-bas et t'en apporte l'air,
Ouvre grand tes narines, et emplis ta poitrine.
Puis commence par les mots qui tiennent dans une main :
L'algue. Le sel.
La réponse n'est pas dans ces mots.

Que ressent la mer ?
Lance les autres mots en l'air.
Choisis les plus durs,
La force, la liberté, l'aventure.
Limitant l'illimité,
Ils retombent à terre, épuisés.
Pose une fois encore la question.

Que ressent la mer ?
Et admets finalement qu'elle n'a pas de sens.
Quand tu auras cessé de t'interroger
Alors peut-être
Ressentiras-tu enfin ce que la mer ressent.

Il était plus de deux heures du matin, mais Simon n'était pas fatigué. En allant dans la salle de bains, il avait réveillé Mona et Isak qui dormaient dans la chambre d'amis. Il les entendait rire, doucement et plaintivement, il resta dans l'entrée à écouter jusqu'à ce qu'il entendît le cri d'oiseau à demi étouffé de Mona.

Il se sentit confus un petit instant et, quand il se glissa dans son lit solitaire, il sentit qu'il détestait ce connard d'Isak.

Il songea à son poème et eut l'idée de l'accompagner en musique pour lui donner de la force, et le rythme de la symphonie.

Simon continua, pendant toute sa dernière année de lycée, à travailler à son poème sur la mer. Et à détester Isak.

22

Ils passèrent leur baccalauréat au printemps 1947. Ce ne fut pas un jour exceptionnel, car ni Simon ni Isak n'appartenaient à ce milieu où le baccalauréat est un rituel.

Ils seraient libres, c'était ce qui importait.

Échapper aux contraintes, pensait Isak.

Échapper à l'ennui, pensait Simon.

Ce ne fut pas un jour palpitant non plus. Ils ne couraient pas le risque d'être recalés.

Ruben organisa une fête dans son appartement, Karin en fut soulagée, une fête d'étudiants dans les montagnes du côté de l'estuaire ça aurait fait jaser. Déjà, Simon qui arpentait les routes, coiffé de sa casquette de petit bourgeois, c'était amplement suffisant ! Mais le couvre-chef resta collé à sa tête quelques jours, puis il l'oublia.

Isak allait poursuivre ses études à l'École d'ingénieurs Chalmer. Il y fut facilement admis car il avait de bonnes notes. Simon, lui, voulait étudier l'histoire à la Haute École.

Son choix déplaisait à Karin et Erik. De l'histoire, à quoi ça allait servir ? Quel genre de métier ça donnerait ?

Ruben leur expliqua, parla de la recherche. Dans quelques années, Simon pourrait devenir professeur de lycée.

Karin fut rassurée, mais Erik persista à penser qu'Isak avait choisi la meilleure voie. Ingénieur, c'était son rêve.

— Simon est comme moi, je voulais devenir historien, dit

Ruben. Ils rirent une nouvelle fois de cette vieille plaisanterie des enfants inversés.

Mais, auparavant, les garçons devaient faire leur service militaire.

Karin en était secrètement contente, encore neuf mois où Simon serait loin des griffes d'Iza, qui était rentrée. Elle avait un appartement à Stockholm, où elle allait suivre des cours d'art.

Le service militaire préoccupait Erik. Mon Dieu, c'était quand même des petits jeunes !

— Souvenez-vous, prenez ça comme un jeu. Ne le prenez pas au sérieux, obéissez et dites-vous que ce sera bientôt passé.

Simon acquiesça, il comprenait ce qu'Erik voulait dire.

Mais Isak dit le plus sérieusement du monde qu'il trouvait le service militaire important, et qu'il voulait apprendre à défendre la Suède.

Les femmes sourirent, Karin avec douceur, Mona avec fierté. Personne ne remarqua vraiment, autour du café sous la tonnelle, qu'Erik était mal à l'aise.

Isak commença à chanter *Le Bataillon de Bohus* et, comme d'habitude quand son ami chantait, Simon se recroquevilla de malaise.

— C'est un miracle que je t'ai supporté jusqu'à maintenant, dit Simon en songeant aux prières du matin, quand il fut tiré de ses rêveries par Isak qui chantait à tue-tête :

— *Rocher, toi qui te fends pour moi...*

Tout le monde éclata de rire. Puis Mona entonna le vieux psaume, et bientôt avec Erik, ils chantèrent à deux voix.

Simon approuva du chef, c'est comme ça que ça devait sonner.

— Je n'ai entendu aucune différence, fit Isak.

Mais Karin, pour une raison inconnue, n'aimait pas ce : « *Laisse-moi me cacher en toi.* »

Elle soupçonna le malaise d'Erik.

En avant. Maaaaaarche. Halte. Demi-tour.

L'innommable s'attaquait à Isak, il s'immisçait dans son corps, descendait de son cou à son ventre, qui lui faisait mal, il continuait vers les bras et les mains, qui étaient piqués de l'intérieur comme par des milliers d'épingles, et il atteignait les jambes, qui refusaient d'obéir.

— Lentov, tiens la cadence, bordel...

— Fusil à l'épaule.

— Ramper, apprentissage.

— Accroupi. Debout. Accroupi. Debout.

L'innommable était dans l'air qu'il respirait, dans le piétinement régulier. C'était poisseux, ça le dominait. Quand sa tête fut atteinte, il sut qu'il devait s'effacer pour ne pas mourir.

Puis Simon fut là, tout près.

— Isak, pour l'amour de Dieu, tu vas t'habituer, tiens bon.

Cela aurait peut-être été possible, mais la mère du vice-caporal Nilsson mourut, et un adjudant le remplaça. Il s'appelait Bylund. Il n'avait pas choisi son métier par hasard ; son plaisir était de martyriser les jeunes gens.

Le nouveau se tenait devant eux, un type grand et robuste qui n'avait pas un air méchant, mais qui avait un étrange sourire fuyant.

Il a une gueule de loup, pensa Simon qui n'avait jamais vu de loup. L'autre ne cessait de sourire. Il était aux anges. Deux youpins dans son groupe, c'était le bonheur total.

— Vous là-bas.

— Qui, moi ?

— Oui, adjudant ! bordel.

— Oui, adjudant.

Et les ordres tombèrent : Rampez, debout, accroupi, rampez, à gauche, halte. Lentov serait la honte de l'armée, d'ailleurs on s'y attendait.

Rire sec, rauque.

Bylund se délectait, l'été serait plus amusant qu'il ne l'avait escompté quand cette conne de mère Nilsson était morte. Il ne risquait rien. Le terrain était couvert, il y avait des montagnes entre lui et le lieutenant, qui n'aimait pas non plus les Juifs, et qui ne serait pas trop regardant. Bylund sourit à la vie de son sourire carnassier.

Il sent, il renifle, il flaire la faiblesse, les cadavres. Je le connais, je le reconnais.

Mais Isak ne choisit pas de s'effacer tout de suite. Il endura les sévices toute la journée. Il rampa, fut humilié et harcelé.

Simon était fou de rage. Et d'effroi. Car, au dîner dans le réfectoire, il remarqua qu'Isak avait une attitude de plus en plus mécanique.

Il devenait inaccessible.

Comme ce jour à l'école.

Il réussit à allonger Isak dans le dortoir, parmi six autres garçons impressionnés qui n'osaient croiser son regard, et alla voir le lieutenant. Il réussit à se mettre au garde-à-vous.

— Eh bien, Isak Lentov...

— Nom et matricule ? Le lieutenant ne criait pas, mais sa voix était glaciale.

Simon donna le nom et le matricule, et dit de manière concise :

— Isak Lentov a été gravement blessé par les nazis à Berlin quand il était enfant. Il en a gardé des séquelles, il est mentalement malade. Il ne supporte pas le traitement infligé par l'adjudant Bylund.

Les yeux bleus du lieutenant se rétrécirent.

— Est-ce une plainte ?

Simon s'astreignit à rester impassible.

— Je voulais... prévenir. Ça peut devenir dangereux.

— Le soldat n'a-t-il pas compris ma question ?

— Oui...

— Oui, lieutenant, on dit.

— Oui, lieutenant.

— Ce n'est donc pas une plainte ?

Alors Simon devina l'ironie dans les deux fentes bleues du regard, il s'amusait. Ce sale type trouvait ça drôle. La fureur envahit Simon, il tourna les talons et sortit.

L'impulsion du lieutenant Fahlén habituellement eût été de le rappeler pour lui apprendre comment on prenait congé d'un officier, mais la discipline pouvait attendre.

Une histoire sacrément désagréable. Bylund et ses méthodes étaient bien connues ici.

Mais qu'est-ce qu'on a à foutre de Juifs à l'armée ?

Larsson, il avait l'air à peine suédois lui aussi. Plus juif que l'autre.

Lentov, le fils du riche Juif aux livres, bien sûr.

Mais il laissa tomber.

Le lendemain, il garda un œil sur le groupe de Bylund, veillant à ce que l'adjudant remarquât sa présence. Puis il oublia.

Et Bylund rattrapa le temps perdu au moment des manœuvres. Sur Simon, qui se laissa maltraiter. Il voyait soudain une issue, il s'appliqua à rater les exercices, en se rendant plus gauche que de coutume. Il excita la haine de Bylund sur lui, et occupa sa colère. Il rampa, se laissa humilier, conscient à chaque seconde de protéger ainsi Isak. Pour Bylund, ce n'était pas aussi amusant, il savait instinctivement que Larsson ne craquerait pas. Mais il se consola, l'été était encore long, et il avait bien le temps pour Lentov.

À l'heure du coucher, l'expression de vide s'était installée dans les yeux d'Isak. Voir Simon souffrir n'était peut-être pas plus facile pour lui.

Mon Dieu, que dois-je faire ?

En arrivant, il avait vu un téléphone près du ponton. Un poste à pièces de dix öre. Mais il ne lui était pas possible de sortir.

Faire le mur ?

Les gardes tiraient à vue, avait-on dit.

Mais il devait impérativement passer un message.

Le lendemain matin, Isak se rendit comme un automate au rassemblement, Bylund lui passa un savon. Il n'eut aucune réaction. Ils devaient avoir un entraînement sur le terrain, et Simon eut soudain une idée.

À la première halte, il s'arrangea pour entraîner Isak derrière un rocher. Bylund était momentanément hors de portée de vue. Simon prit une pierre et frappa de toutes ses forces sur le bras d'Isak.

— Isak, pardonne-moi, mais je ne vois pas d'autre moyen.

Isak lui sourit, comme s'il avait compris, comme si la douleur l'avait ramené à son ami.

— En tout cas, tu vas te retrouver à l'infirmerie. Mais Isak ne l'entendit pas, il était reparti dans ses ténèbres.

Simon courut vers Bylund.

Adjudant, garde-à-vous, nom et matricule. Il n'omit aucun détail.

— Le 378 Lentov s'est cassé le bras.

— C'est quoi ce bordel ?

Bylund était-il inquiet ou n'était-ce que la simple déception de voir la souris échapper à ses griffes ? Il suivit les instructions : civière, transport, infirmerie.

Simon partit avec Isak, et Bylund cria :

— Larsson, reste ici.

Simon continua à marcher à côté de la civière.

— Halte.

Simon marchait.

— Halte ou je tire.

Mais Bylund ne tira pas, car il venait de réaliser que les six autres membres de son groupe se jetteraient sur lui s'il sortait son pistolet.

Isak était inconscient. Le docteur s'appelait Ivarsson, il était capitaine. Simon alla jusqu'au bloc opératoire. Pendant qu'Ivarsson examinait le bras d'Isak — oui, il était bien cassé — et qu'il le plâtrait, Simon raconta les sévices infligés par Bylund, le traumatisme ancien d'Isak et les séquelles psychologiques. Il s'exprima naturellement et sagement, sur un ton qui n'avait rien de militaire.

— Mais pourquoi as-tu gardé le silence ? dit Ivarsson, qui était plus médecin que capitaine.

— J'en ai parlé au lieutenant.

— Mon Dieu, s'exclama le docteur, et Simon vit son effroi.

Mais bientôt, le médecin disparut sous les traits du capitaine.

— Le soldat doit immédiatement quitter l'hôpital.

Simon sortit sous le soleil, dans la cour de la caserne. Il sut immédiatement qu'on l'avait oublié, et il tenta sa chance. Il courut chercher son portefeuille dans l'armoire du dortoir, Dieu fasse qu'il y ait des pièces de dix öre, puis sauta le mur. Le ponton, le téléphone.

Il avait des pièces.

— Oncle Ruben, c'est moi, Simon.

Sa voix était suraiguë, elle pénétra directement en Ruben.

— Il faut que tu fasses sortir Isak d'ici, ils sont en train de le tuer. Je lui ai cassé le bras et il est à l'hôpital maintenant. Mais il est parti, tu sais, comme pendant la guerre.

Il eut le temps d'ajouter une phrase avant que les pièces de dix öre cessent d'agir sur la ligne :

— Le médecin s'appelle Ivarsson.

Ruben perdit toute émotivité. Le sang envoya une bouffée d'oxygène à son cerveau, sa main composa le numéro de l'Institut Sahlgren.

— Professeur Hirtz, c'est urgent.

— Un instant.

— Olof, c'est moi, Ruben. Tu sais ce qui s'est passé à Berlin ?

Puis il rapporta brièvement les propos de Simon.

— Tu as le numéro de téléphone de la caserne ?

— Oui, dit Ruben qui l'avait dans son agenda.

— Je téléphone, je te rappelle.

— Merci.

Olof parvint à joindre Ivarsson immédiatement.

— Docteur Ivarsson, je suis le professeur Hirtz, de l'Institut Sahlgren. Je suis un ami proche de Ruben Lentov. Il vient de recevoir un appel téléphonique inquiétant, concernant son fils.

Ivarsson avait suivi les cours de Hirtz et l'admirait beaucoup.

— Une fracture sans complications, il n'y a pas de danger.

— Je voudrais un diagnostic psychiatrique.

— Ça ne va pas très bien, il est absent.

— Envoyez-le ici, tout de suite, en ambulance. Son état nécessite des soins spécialisés.

— Oui, professeur.

Ivarsson assista en personne au départ d'Isak en ambulance. Il ordonna à Simon d'accompagner son ami bien que Fahlén, qui était présent, eût fait mine de protester.

Quand l'ambulance quitta la cour de la caserne, le médecin observa le lieutenant. Il est fasciste, lui aussi, pensa-t-il. Ils ressentirent le silence pesant de la cour, et ils comprirent en même temps qu'ils savaient l'un et l'autre ce qui s'était passé.

Ivarsson alla, d'une démarche lourde, voir le commandant du régiment.

— Lentov. Il est riche.

— Et il a des relations influentes.

Le commandant soupira. Ce maudit Bylund, pourquoi était-il encore en service ?

Ivarsson l'ignorait, mais il expliqua que Simon Larsson avait déposé une plainte auprès du lieutenant Fahlén.

Fahlén fut convoqué.

— Il n'a pas déposé de plainte, pas de manière formelle. Il a marmonné des choses sur les nazis et sur le fait que Lentov ne pouvait pas supporter Bylund. Je ne l'ai pas pris au sérieux.

— Lieutenant Sixten Fahlén, articula le commandant en détachant chaque syllabe. Si cette affaire devient publique, et qu'elle provoque un scandale, ce qui est probable, c'est vous, lieutenant, qui serez le responsable. Vous avez attiré la honte sur le régiment.

Fahlén claqua des talons et sortit. Il chercha Bylund. Mais l'adjudant avait disparu.

À la nuit tombante, l'ambulance monta vers le grand hôpital, Simon était assis auprès d'Isak et lui tenait la main, mais son ami était loin.

L'ambulancier demanda le professeur Hirtz à l'entrée de l'hôpital, et on lui indiqua le chemin. Ruben était là, mais Isak ne le reconnut pas. On transporta la civière directement dans le service de psychiatrie.

Pendant qu'Olof examinait Isak, Ruben, Simon et le garçon qui avait conduit l'ambulance restèrent dans le couloir.

— J'ai fait ce que j'ai pu, dit Simon, mais sa voix se brisa.

— Je sais, mon garçon.

— C'était un adjudant, essaya Simon, sans pouvoir continuer.

Alors l'ambulancier prit la parole. Ruben eut le récit détaillé des événements, Bylund, le stratagème de Simon pour épargner Isak, la plainte au lieutenant.

— Bylund est un vrai facho, il est connu pour ça, dit le jeune homme qui tremblait d'émotion. Coincez-le, il faut coincer ces salauds. Il s'en est fallu de peu qu'il ne tire sur Simon Larsson. Les copains du dortoir 18 disent qu'il a failli tirer quand Simon a accompagné Isak après l'accident.

— L'accident ? répéta Ruben, en regardant Simon.

— Oui, le bras cassé, expliqua l'ambulancier, mais au même moment Olof Hirtz arrivait.

— État de choc, impossible de faire un diagnostic. Probablement une prépsychose. Il faut qu'il reste ici.

— Appelle maman, dit Simon.

Olof hocha la tête. Ruben pensa à Karin. Tant que je serai là, avait-elle dit, Isak n'ira pas en asile psychiatrique, j'y veillerai.

— Est-ce que Karin pourrait passer la nuit près de mon fils ?

— Oui, on le mettra dans une chambre individuelle.

— Il faut que tu rentres avec moi maintenant, fit le chauffeur de l'ambulance à Simon. Sinon, on te collera au trou pour désertion.

Il écouta son conseil et le suivit. Ils s'apprêtaient à partir, quand Ruben revint de la cabine téléphonique.

— Je ne sais pas comment te remercier.

— Bah, dit Simon en partant.

Une heure plus tard, Karin était là avec Mona, qui Dieu merci était à la maison quand Ruben avait appelé. Karin était pâle, mais calme. Elle s'assit sur la chaise à côté du lit, et échangea quelques mots avec Olof Hirtz.

— J'appellerai, dit-elle.

Dès qu'il eut disparu, elle ordonna à la jeune fille de se glisser dans le lit d'Isak.

Olof rencontra Erik dans le couloir. Pâle comme un linge, il expliquait à Ruben qu'il se sentait responsable de ce gâchis.

— Je savais comment c'était, j'aurais dû le prévoir.

— Mais c'est lui qui voulait y aller, le rassura Ruben.

Erik ne voulait pas être consolé.

— Je n'y comprends rien quand il s'agit des gens. Qu'est-ce qu'il va devenir ?

— Je l'ignore, répondit Olof. On verra quand il se réveillera. Karin est bien parvenue à le remettre sur pied une fois.

Erik soupira.

— Je vous ramène chez vous ou vous restez ici ?

— Merci. Je crois que le mieux à faire est de rentrer chacun chez soi et d'essayer de dormir. Karin m'appellera quand Isak se réveillera.

Dans la voiture, Erik dit :

— Pourvu que ces salauds ne se vengent pas sur Simon.

Ruben sentit son ventre se nouer, et la fatigue lui tomber dessus. Ainsi que la peur.

— J'appellerai Ivarsson demain, à la première heure, promit Olof Hirtz.

Il tint parole, mais il était trop tard.

23

Simon s'installa dans l'ambulance. Il était si épuisé que son corps était endolori. Il avait la tête vide depuis qu'il avait remis Isak en mains sûres.

— Allonge-toi un moment pour dormir, vieux, dit le type de l'ambulance.

Simon s'allongea sur la civière et s'écroula. Quand l'autre le réveilla au bout d'une heure, il ne se sentait pas bien.

La cour de la caserne était désertique. Il n'avait qu'un désir en sautant de l'ambulance : le dortoir, son lit.

Il emprunta le couloir sombre de la caserne. Putain qu'est-ce qu'il fait noir et il sentit. La peur le tétanisa et il sut où se trouvait Bylund avant même d'avoir vu son ombre sur le mur. Il en allait de sa vie, maintenant.

La lumière de la porte le rendait parfaitement visible. Il la referma rapidement.

Son cerveau réagit à la vitesse de l'éclair. Les anciennes instructions d'Erik étaient toujours présentes dans son esprit. Le direct du droit était précis, rapide et violent, le crochet du gauche aussi. Il y eut des craquements, il eut mal au doigt, mais il esquiva les coups qui pleuvaient. Il tomba. Quand il se releva, son cerveau lui murmura :

— Seulement en cas d'extrême nécessité, Simon, tu envoies un coup de pied magistral dans le bas-ventre...

Il le fit, et se réjouit du hurlement. Il cogna encore, dans le ventre, de toutes ses forces. Bylund était plié en deux. Simon frappa encore une fois sur la tête et l'adjudant tomba.

Au moins cinquante paires d'yeux étaient braquées sur lui, dans la lumière qui inonda soudain le couloir. Mais Simon ne les remarqua pas, il vit les dents de Bylund dans une mare de sang par terre, il se dit qu'il était mort et en ressentit une joie sauvage.

L'ambulancier, qui avait vu la lumière s'allumer, prit le commandement.

— Éteignez, cria-t-il.

Ils obéirent. Puis la voix sortit de l'obscurité :

— Deux hommes emportent Bylund dans la salle de bains et le douchent. Les autres vont se coucher. Personne n'a rien vu de ce bordel. Absolument personne. Vous avez compris ?

Le oui qui fut chuchoté était plein d'enthousiasme. Ceux qui étaient partis doucher l'adjudant revinrent bientôt pour dire qu'il était vivant.

— Bylund n'est pas surveillant ici ?

— Mouais, il a fait l'échange avec Fahlén.

— Oh, mon Dieu, dit l'ambulancier qui était arrivé à déshabiller Simon et à panser ses poings meurtris.

— Couchez Bylund dans le lit du surveillant.

Et il répéta :

— Personne n'a rien entendu.

Il mit Simon au lit.

— Tu t'es abîmé la main en sautant de l'ambulance, je peux témoigner. Vu ?

— Oui.

Ça ne passera jamais, pensa Simon. Mais il était bien plus occupé par la joie qu'il ressentait d'avoir laissé Bylund sur le carreau. Je suis un peu dingue, moi aussi. Il chuchota :

— Il est mort ?

— Tu parles. Il vit encore, pour torturer de nouveaux appelés.

Malgré son soulagement, Simon fut déçu, mais il échappa bientôt à ses contradictions en sombrant dans un sommeil de plomb.

Quand on sonna le réveil, Simon reçut l'ordre de se présenter à l'infirmerie. À l'entrée, il retrouva l'ambulancier.

— Pas un mot.

Et il présenta Simon à l'infirmière :

— C'est le soldat qui s'est blessé, en tombant de l'ambulance hier.

Elle était mignonne et ne lui posa pas de questions en faisant son pansement. Ivarsson ordonna :

— Le bras en écharpe. Une semaine d'arrêt.

Il évita le regard de Simon.

C'est complètement dingue, ils n'ont pas retrouvé Bylund, pensa Simon.

L'ambulancier l'accompagna à la salle de repos et lui confia à mi-voix :

— Ils ont recousu Bylund ce matin, ensuite je l'ai emmené à la clinique. Ils craignent une commotion cérébrale.

— Mais ils doivent se douter de quelque chose.

— Ils n'ont pas prévu d'interrogatoire, on dirait qu'ils veulent étouffer l'affaire.

Au troisième étage, le commandant arpentait son bureau en hurlant comme une bête sauvage.

— Ainsi, lieutenant, vous n'aviez pas compris l'intention de Bylund quand il a proposé de vous remplacer ?

— Non, mon commandant.

L'officier se figea dans sa colère, et fixa son lieutenant blond :

— Vous n'êtes pas un idiot, Fahlén, vous êtes bien pire.

Fahlén disparut, le vieux commandant s'assit et composa le numéro de Ruben Lentov.

— Inutile de dire que je suis désolé de ce qui est arrivé à votre fils. Comment va-t-il ?

— Il est en psychiatrie à l'Institut Sahlgren.

— Je suis navré.

— Vous m'appelez uniquement pour me dire ça ?

— Non.

Une longue pause. Simon, c'est Simon, pensa Ruben.

La voix poursuivit :

— Simon Larsson a quasiment tué l'adjudant Bylund cette nuit.

Ruben avait des difficultés à respirer, mais sa voix était posée.

— Ça devait être un cas de légitime défense.

— Possible. Larsson n'a pas une égratignure. Il a fait preuve d'une violence délirante par rapport à la situation : Bylund est à la clinique avec les dents cassées et une commotion cérébrale sérieuse.

Ruben était muet de stupeur.

— Vous comprendrez sans doute, monsieur, que pour Larsson, c'est la prison et pour assez longtemps, j'en ai peur, si nous n'étouffons pas cette affaire.

— Que voulez-vous en échange ? demanda Ruben, mais il le savait déjà.

Et ils conclurent un accord comme en affaires, silence sur tout ce qui s'était passé, des deux côtés.

— Je vais trouver pour Larsson un service en patrouille côtière, conclut le commandant.

Ruben téléphona au chantier, il eut Erik directement.

— Putain de bordel, jura Erik. Quel mec !

Erik se sentit outrageusement fier. Pas un mot à Karin, Isak ou Mona.

— On va l'envoyer sur un bateau dans l'archipel, annonça Ruben. Il n'aura pas de permission avant un certain temps.

Viktor Sjövall, le chef des patrouilleurs côtiers, était dans le bureau du commandant et l'écoutait avec un malaise croissant.

— Quelle horreur, dit-il.

— Tu t'occupes du garçon.

— Oui, il a l'air d'un type bien.

— Un démon, quand il se bat, répondit le commandant avec de l'admiration dans la voix et il sortit les papiers de Simon. Baccalauréat avec mention. C'est un des meilleurs éléments que nous ayons jamais eu d'après les résultats des tests de QI. Il aurait dû devenir officier.

Sjövall ne put contenir son rire.

— On lui a certainement retiré cette envie. S'il l'a eue un jour.

Le vieux commandant soupira.

Simon était à l'infirmerie et dormait, mais on le réveilla dans l'après-midi, on le fit sortir à toute vitesse et on le conduisit sur un patrouilleur amarré au ponton. Ils vont me noyer discrètement, pensa-t-il.

Un homme l'attendait dans le bateau, un capitaine, qui l'invita à s'asseoir. Il avait un regard compréhensif et chaleureux.

— Je suis Viktor Sjövall. Le reste de ton service militaire, tu le feras avec moi dans l'archipel.

Simon avait entendu parler du service dans les patrouilles côtières, qui était recherché.

— Je sais ce qui s'est passé ici, Larsson.

On dirait un être humain, pensa Simon, mais il était sur ses gardes.

— Oui, capitaine.

— C'est-à-dire que j'ignore ce qui est arrivé à Bylund cette nuit, personne ne le sait, toi non plus. Tu as compris ?

— Oui, capitaine. Mais quand il vit les commissures des lèvres de Sjövall trembler, il ajouta :

« Je pourrai peut-être le raconter en mer pendant la nuit.

Sjövall éclata de rire et Simon sentit son corps se détendre.

— Est-ce que le capitaine sait comment va Isak Lentov ?

— Non, mais tu pourras appeler par radio chez toi, dès que nous serons en mer.

— Merci, dit Simon.

Mais il se sentit indisposé par l'humanité de son interlocuteur, il dut cligner des yeux pour retenir ses larmes. Viktor Sjövall le remarqua :

— Ç'a été rude, Larsson.

— Pire que ça pour Isak, capitaine.

— Je comprends.

— Je crois que personne ne peut comprendre.

Tandis que le bateau sortait dans l'archipel, il parla des navires arraisonnés et d'Isak, et de ces nazis qui avaient attrapé un enfant de quatre ans un matin de mai à Berlin.

À la fin de son récit, il leva les yeux vers son interlocuteur, il avait les yeux brillants, et il ressemblait à Erik.

Le télégraphiste arriva.

— On a ta mère en ligne, Larsson.

C'était la première fois que Karin avait une communication radio, elle savait que ça se passait sans fils sur la mer, et elle se mit à crier pour qu'il l'entendît :

— Isak récupère. Il rentre à la maison.

— Oh, maman, dit Simon à voix basse.

— Il sera suivi par Maria Hirtz.

L'Indienne, pensa Simon et il cria à son tour :

— C'est super, maman.

Pour la première fois depuis des jours, Simon eut l'impression d'être de retour dans la réalité. Puis elle lui demanda :

— Et toi, comment tu vas ?

Et il devint à nouveau irréel.

— Ça va bien, je suis en mer maintenant.

Si elle apprenait un jour qu'il avait presque tué quelqu'un et que ça lui avait plu...

Sa vie devint simple, un ponton, quelques baraquements, des bateaux pour les patrouilles et les transports, et de la surveillance.

Mais il était rongé par l'inquiétude.

Sjövall lui demanda alors :

— Comment vont tes nerfs, Larsson ?

Simon répondit avec franchise :

— J'aurais besoin de parler avec mon père.

Le lendemain il partit avec un bateau de transport qui devait se rendre près du nouveau chantier. On expliqua au commandant que Larsson devait être débarqué à Rivö pour une permission de deux heures.

Simon appela son père par radio, lieu et heure.

— Tu peux emmener Ruben, mais pas Karin. Tu comprends papa, pas Karin.

— Entendu.

Erik et Ruben arrivèrent avant l'heure. Ils mouillèrent le cotre du côté du vent pour qu'il soit visible de la mer.

Le vent soufflait assez fort, le bateau tirait sur l'ancre.

— Il va falloir surveiller, dit Erik.

Puis ils restèrent tous deux, Ruben et lui, les yeux rivés sur Vinga. Ils s'attendaient à un torpilleur, mais il n'y eut qu'un bateau de pêche, et il leur fallut un moment avant de s'apercevoir qu'il arborait le pavillon de la marine. Le petit bâtiment vira, longea la falaise, et Simon sauta sur le pont.

Les deux amis eurent le même sentiment ; Simon était devenu adulte. La souplesse de l'adolescent l'avait quitté, et son regard était plus ouvert, chargé d'amertume.

Ils se serrèrent la main comme des étrangers. Erik prit la parole sur un ton sentencieux, des accents de sentimentalité dans la voix – tout ce que Simon détestait.

— Je suis vachement fier de toi, mon gars.

Ses yeux s'assombrirent, sa bouche trembla quand Simon dit :

— N'en fais pas un plat, papa. Tu ne sais pas encore le pire. J'ai failli tuer l'adjudant.

— Mais si, on sait, Simon.

Et Ruben lui relata sa conversation avec le commandant, les menaces réciproques, et l'accord.

— Merde, dit-il. Merde, oncle Ruben, ça me rend fou de penser que si tu avais été un pauvre type quelconque, Isak serait à l'asile et moi en prison à l'heure qu'il est. C'est dingue, non ?

— Oui, admit Ruben. C'est dingue.

Ils s'assirent tous les trois, à l'abri du vent.

— Est-ce que maman est au courant ?

— Non, nous avons préféré la laisser en dehors de cette histoire, tu sais, son cœur.

Son cœur, pensa Simon, rien d'autre...

Un instant plus tard il s'allongea, la tête sur les genoux d'Erik, sa main cassée sur les yeux.

— Mal au poing ?

— Mouais, ça guérit, ça fait juste vachement mal dans l'eau salée.

Il retira sa main, regarda Erik, des yeux marron plongèrent dans les yeux bleus.

— Tu sais, j'ai tout retenu, papa, les coups sont tombés comme tu m'avais appris.

Alors Erik osa passer la main dans les cheveux de son garçon, comme il le faisait quand il était petit.

Ruben se dirigea vers le bateau.

— Je vais chercher le café et les sandwichs.

En mangeant, Simon raconta en détail la bagarre dans le couloir, où Bylund l'attendait.

— Il y aura gagné un dentier en souvenir pour toute sa vie. Putain qu'est-ce que ça peut me faire plaisir.

Il les regarda, comme s'il attendait une objection. Mais ils rirent, du même rire satisfait que le sien. Alors il poursuivit :

— Quand l'ambulancier m'a porté au lit, j'ai cru que Bylund était mort, que je l'avais tué. J'étais heureux comme si j'avais été au paradis. Ensuite je me suis dit que je n'étais pas tellement différent de Bylund.

Ils rirent encore.

— Nous avons tous un petit adjudant en nous.

C'était simple, même pour Ruben.

Quand le bateau de pêche réapparut, ils se serrèrent la main.

— À bientôt.

Simon monta à bord et sentit qu'il était adulte désormais, qu'il était à égalité avec les deux hommes.

— Il n'a pas posé de questions sur Isak, remarqua Erik quand ils mirent la voile en prenant deux ris.

— Non, heureusement.

Isak s'était réveillé vers quatre heures du matin dans son lit d'hôpital, réchauffé par la chaleur de Mona. Il avait senti sa présence dans tout son corps, sans oser y croire.

Et il avait entendu la voix de Karin.

— Il est temps que tu reviennes parmi nous, Isak.

Il n'ouvrit pas les yeux.

— Explique-moi, Karin.

— Simon t'a cassé le bras pour te sauver de l'adjudant.

Isak s'en souvenait, la pierre, les yeux de Simon. La voix de Bylund à nouveau, et le vide.

Karin poursuivit :

— Simon est arrivé à trouver un téléphone et a appelé ton père.

— Il a fait le mur, ce sacré mec a fait le mur.

Karin ne comprit pas, mais elle continua à raconter, elle tenait à ce que le contexte fût clair pour lui. Ensuite elle l'interrogea, tentant de lui extirper cette malheureuse histoire. Morceau par morceau, encore et encore.

— À qui ressemblait-il ?

— Je ne sais pas.

— Isak, tu le sais.

Mais les nazis de l'enfance d'Isak s'étaient mêlés dans son esprit, il ne pouvait pas distinguer les visages.

— Il avait quelque chose dans le nez, Karin, il reniflait. Et puis le rire. Oh Dieu.

Il hurla de terreur, sanglota, supplia qu'on ne le renvoyât pas là-bas, au régiment et dans les griffes de Bylund.

Elles avaient promis. C'était fini.

Ruben vint aussi, avec Olof Hirtz et Maria. Isak en la voyant avait pensé à Simon. Simon n'était-il pas un peu amoureux d'elle ?

Il avait dû s'endormir car, quand il s'était réveillé, il n'y avait plus que Maria dans sa chambre. Les larmes avaient cessé, car la peur ne leur laissait pas de place dans sa poitrine.

— Est-ce que je deviens fou ?

Elle ne haussa pas les épaules comme Karin et ne le rassura pas.

— Il y a un risque, Isak.

Alors il avait voulu retourner à l'innommable et se réfugier dans l'effacement. Mais Maria n'était pas Bylund, et elle ne l'effrayait pas au point de le faire basculer de l'autre côté de la frontière, bien qu'elle eût dit avec sévérité :

— Il faut que tu arrêtes de fuir, Isak. Je crois que je vais pouvoir t'aider, mais il va falloir que tu restes dans l'angoisse.

— Alors je vais mourir, avait-il crié.

Mais c'était il y a longtemps, cela datait de plusieurs semaines. Isak avait été réformé, il était rentré chez Karin et Erik. Ni leur force ni la maison rassurante n'agissaient plus sur lui.

Il se débarrassait parfois de la peur quand on avait besoin de lui sur le chantier et que ses mains lui obéissaient. Mais, généralement, elles le gênaient et il pouvait rester des heures à les regarder.

Mona faisait des allers et retours. Il était conscient qu'elle aussi était de plus en plus angoissée. Dans un éclair de lucidité, il se dit qu'il pouvait au moins faire cela, la libérer.

Il lui rendit son anneau de fiançailles, la supplia de partir. Mais elle ne lui obéit pas, et il la détesta. Comme il haïssait Karin pour la sombre inquiétude de ses yeux, et Ruben qui vieillissait et rétrécissait à vue d'œil.

Maria venait le soir, ils s'asseyaient dans la chambre de Simon. Parfois, il s'obligeait à retrouver un fil du tissu de peur qui était au fond de sa poitrine, et qui lui faisait mal. Mais quand ils tiraient sur le fil, rien ne se résolvait, tout devenait plus embrouillé. C'était encore plus insupportable.

Un jour, il s'enfuit. Il arriva dans la presqu'île d'Onsala. Il s'arrêta sur la côte rocheuse où Mona et lui avaient fait l'amour, il y avait à peine un an. Il pensa que le garçon qui avait aimé la jeune fille ne s'était jamais connu lui-même, que c'était quelqu'un d'autre qui avait été heureux et plein d'espoir. Il songea longuement à mettre fin à ses jours, en se jetant de la falaise.

Mais il était bon nageur.

Il se souvenait du chat qu'ils avaient noyé un jour, Simon et lui. Ils l'avaient mis dans un sac rempli de pierres et l'avaient jeté dans l'eau du fleuve. Le chat avait crié longtemps dans leurs rêves.

Pourtant c'était un vieux chat sauvage mal en point, qui serait mieux mort, comme l'avait dit Erik quand il leur avait demandé de le tuer.

Les rêves... Maria ne parlait que de rêves.

Je n'ai jamais rêvé de ma vie, songea Isak.

Il se retrouva sur la route sans savoir comment, il aperçut une épicerie et il y entra pour téléphoner à Karin.

— Mon Dieu, Isak, mais Ruben vient juste d'appeler la police.

— La police, pourquoi ?

— Ça fait trois jours que tu as disparu.

Il fut étonné, mais indifférent.

— Je rentre.

Une voiture le prit en stop jusqu'à Käringberget, puis il marcha. Tout le monde l'attendait dans la cuisine, il ne supporta pas leur regard et il se précipita dans l'escalier. Mais il s'arrêta, revint sur ses pas, et s'adressa à Karin :

— Il vaut mieux abandonner, Karin, et me mettre à l'asile.

Elle lui lança un regard sévère.

— Maria dit que tu vas aller mieux. Plus tu te sens mal, plus tu as de chances de t'en sortir.

Elle débloque elle aussi, se dit Isak.

Le lendemain, quand Maria arriva, il demanda cependant :

— Mais ça doit être pire jusqu'à quel point ?

— Je l'ignore. Mais je voudrais que tu aies confiance en moi.

Il sentit que c'était effectivement le cas, et il le lui dit.

Ils tirèrent sur un nouveau fil, le souvenir de la noyade du chat. Mais le tissu se tendit, se raidit, et le fil cassa.

— Je n'y arrive pas.

En partant, elle lui suggéra qu'une hospitalisation était à envisager.

— Pourquoi ça ?

Elle lui répondit franchement, pour qu'il ne s'enfuît pas et ne se mît pas en danger. Il sentit la tension croître en lui. Cette nuit-là, il fit un rêve. Il mettait Maria dans un sac, le remplissait de cailloux, elle pleurait, le suppliait de lui laisser la vie sauve, mais il la noyait. Au moment où le sac s'enfonçait dans l'eau, il pensa qu'il n'aurait plus besoin de tirer sur le moindre fil.

C'était apaisant.

Le lendemain, il se réveilla avec son rêve en tête, mais il savait qu'il n'oserait jamais le raconter à Karin. Il resta au lit pendant que Lisa faisait le ménage et que Karin se promenait.

Cette fois-ci, il devait partir loin, il prendrait le bateau. Droit dans l'océan Atlantique, se dit-il. Cette idée à elle seule, c'était le souffle de la liberté, la disparition momentanée de l'angoisse. Il ne trouva pas sa bicyclette, et prit celle de Simon dans le garage. Il dut s'arrêter rapidement pour regonfler le pneu. Il atteignit bientôt le ponton de Långedrag où son cotre, *Kajsa*, l'attendait.

Quel idiot il était de ne pas y avoir pensé auparavant !

Cap vers l'ouest, contourner Vinga, droit vers l'ouest, vers le soleil couchant. Quand la nuit claire d'été se glissa autour de lui, il n'y avait plus que la mer et le bateau, la terre avait disparu.

Il finit sans doute par s'endormir à la barre. Car soudain il y eut un bateau de pêche et un bonhomme qui criait :

— Tu veux de l'aide, mon gars ?

Les voiles battaient comme des possédées, il n'arrivait pas à faire remonter son bateau au vent.

— Panne de gouvernail.

Ils lui lancèrent un bout, le tirèrent. Il ne se tuerait pas non plus en bateau. Les pêcheurs le remorquèrent jusque dans l'archipel et atteignirent le chenal de Korshamn ; ils lui indiquèrent le chantier du côté nord de Brännö. Il pouvait y aller, on l'aiderait pour son gouvernail.

Isak détacha le bout et cria des remerciements sur l'eau, si calme à présent qu'elle semblait retenir sa respiration. Bien entendu, Isak savait que le gouvernail n'avait pas de défaut. Mais il avait honte de l'avouer ; il rama jusqu'au chantier et y mouilla une heure ou deux.

Il n'y avait pas âme qui vive à cette heure-là, et il en fut soulagé.

Pour finir, il hissa le foc, longea la montagne jusqu'à une baie abritée, mouilla et descendit se reposer dans le carré. Je ne suis même pas capable de me suicider.

Il était tard quand il fut réveillé par la pluie qui martelait le pont. Son humeur était plus sombre que jamais. Il n'y avait pas d'épicerie, et il ne pouvait donc pas téléphoner à la maison pour les rassurer.

Je vais rentrer à l'asile, tout le monde sera plus tranquille, se dit-il en hissant la voile. Il partit vers Långedrag, mais il se trompa, mit le cap trop au nord et se retrouva vers Kopparholmen. Il toucha les fonds qui devaient protéger Göteborg en 1914.

Il entendit comme un coup de canon, et le cotre s'échoua en tremblant comme s'il avait été atteint dans sa dignité. Isak sortit de sa camisole de peur, pour entrer dans l'action.

Le bateau n'était pas sérieusement échoué, il réussit à le dégager à l'aide de sa gaffe, et le *Kajsa* vogua toutes voiles dehors en direction du chantier et vers Erik.

Le bateau prenait l'eau.

Isak pensa que sa chance tournait, qu'il fallait faire demi-tour, partir au large et sombrer avec le bateau. Mais le *Kajsa* était précieux et irremplaçable. Sa construction datait de l'époque de sa maladie, il représentait son retour à la vie.

Il poursuivit donc sa route vers l'estuaire.

Ils étaient dans la cuisine et l'attendaient, mais ce soir-là ils étaient plus nombreux. Il y avait également Olof, Maria et Mona, qui était prostrée.

Mais Isak ne vit qu'Erik.

— J'ai touché vers Kopparholmen. J'ai cassé la quille, le bateau prend l'eau comme pas possible sur bâbord avant.

Erik reçut une décharge.

— Espèce de petit con, de sale gosse pourri-gâté, cria-t-il. Tu es le plus égoïste des Branquignol.

— Erik, dit Karin d'un ton de reproche, mais il ne l'entendit pas.

— Pour qui tu te prends, petit bourgeois, avec ton pois chiche dans la tête en guise de cerveau ? Tu te barres comme un idiot sans te préoccuper de quoi que ce soit d'autre que tes nerfs détraqués. Mais tes nerfs malades, bordel, c'est pas pire que le cœur malade de Karin ! Il va bien falloir que tu apprennes à vivre avec tes nerfs, comme elle vit avec son cœur.

Isak leva les mains, les tendit vers Erik, comme s'il implorait sa pitié. Mais Erik ne pouvait plus s'arrêter.

— Comment crois-tu que Karin se sente quand elle passe son temps à se ronger les sangs pour toi ? Et je ne parle pas de Ruben qui n'en peut plus. Ni de Mona.

Erik était si furieux que la voix lui manquait.

— J'ai rompu avec Mona, chuchota Isak.

— Rompu ? cria Erik si fort que les tasses sautèrent sur la table. Tu te prends pour Dieu, à décider du sort des gens ? Tu les prends, tu les jettes ? Vous êtes faits l'un pour l'autre, nous sommes tous faits les uns pour les autres, et il n'y a que toi qui es tellement con que tu ne comprends rien et que tu n'assumes pas tes responsabilités.

Isak crut qu'il allait disparaître, basculer. L'effacement. Le regard bleu clair d'Erik était chargé de colère, il le darda sur Isak, et ne le lâcha pas une seconde, l'obligeant à rester. Dans ses yeux, il y avait aussi autre chose.

Le désespoir.

Isak aimait Erik, l'admirait.

— Écoute, sois gentil, dit-il.

— Je ne suis pas gentil ! vociféra Erik. Et, bordel de Dieu, je vais faire un homme de toi !

— Erik ! Et la supplication était si forte dans la voix de Ruben que la colère d'Erik retomba.

— Continue, Erik, tu as raison, intervint Olof.

Erik avait retrouvé une voix normale, quand il se pencha vers le jeune homme.

— Je vais t'arranger un boulot sur le chantier de Göta, mon gars. Au bas de l'échelle, et l'argent de ton père ne pourra pas te tirer de ce guêpier-là. Maintenant, tu vas être adulte, Isak Lentov, je te le promets.

Tout le monde se tut, jusqu'à l'intervention de Karin.

— Tu as mangé, mon garçon ?

— Il n'y aura rien à manger tant que le bateau ne sera pas sec. Viens, Isak, on va le sortir avant qu'il ne coule.

Cinq minutes après, les projecteurs du chantier étaient allumés, quand Erik ressurgit dans la cuisine.

— On a besoin d'un coup de main.

Ruben se leva, Olof suivit. Maria retint Erik.

— Tu as été impeccable, Erik. Et, pour l'amour de Dieu, arrange-toi pour qu'il obtienne ce travail au plus vite.

— Fais-moi confiance, répondit-il en jetant un regard satisfait à sa femme.

Isak ne ferma pas l'œil cette nuit-là, il resta à la fenêtre de son ancienne chambre, il ressentait autant d'angoisse qu'avant.

Mais il était dans le réel.

Il ressassa ce qu'Erik avait dit. Il devait vivre avec ses nerfs, comme Karin avec son cœur.

Et merde, il y arriverait.

Le lendemain, il commença par téléphoner à Mona.

— Tu es d'accord pour recommencer ?

Dès le petit déjeuner, Erik élabora ses projets. Il fallait qu'Isaac soit embauché au chantier de Göta.

— Pas de diplômes. C'est déjà un problème, avec le lycée, mais il faut que tu montres quelques papiers de l'école.

— Mais s'ils me demandent ce que j'ai fait après le lycée ?

— Tu as travaillé ici, sur mon chantier, bordel. Bien sûr je te ferai une attestation.

Isak l'avait vraiment aidé pendant les années de lycée. Avec le secours de Karin, Erik rédigea une attestation : Isak avait travaillé au chantier toute l'année. Il n'aurait pas à mentir.

Isak travaillait sur le cotre *Kajsa*. Par bonheur, il était moins endommagé que ce qu'il avait craint la veille. Il fallait changer deux bordées. Mais maintenant, c'était plus simple, il y avait pas mal d'acajou en réserve sur le chantier.

— Tu me dédommageras petit à petit. Tu vas avoir un salaire, tu gagneras bientôt ton argent.

Isak le prit comme une plaisanterie, mais Erik ne rigolait pas.

— Tu es toujours fâché après moi ?

— Mouais, je crois que j'ai sorti le plus gros. Ce que je voulais dire, c'était que tu devais t'assumer, prendre tes responsabilités, même si, dans le fond, tu ne te sens vraiment pas bien.

— Tu n'as jamais vu que tu étais sur le point de basculer dans la folie ?

— Mais si, dit Erik. La plupart des gens ont dû passer par là. Mais, comme je l'ai dit, il faut vivre avec.

— Le message est reçu.

Ruben téléphona.

— Comment ça va ?

— Mieux, je crois.

— Alors, tu as eu raison de te mettre dans une colère pareille ?

— Oui, c'est l'opinion des docteurs, les Hintz.

— Eriksberg a mis une annonce pour recruter des apprentis aujourd'hui.

— Je m'en fous. Le gamin ira au chantier de Göta. Ce chantier est connu, il a bonne réputation.

— Ah, je ne savais pas.

Erik réussit à retenir les mots qui lui chatouillaient la langue, parce qu'il y avait tout un tas de choses que tu ne savais pas, monsieur le directeur Lentov.

Il se contenta de le rassurer :

— Ça roule, Ruben, je sens que ça roule.

Et il éclata d'un rire joyeux. C'était la première fois depuis longtemps.

— Tu me l'as déjà dit, Erik, tu t'en souviens ?

— Non. J'avais raison ?

— Oui, complètement.

— Alors, tu vois.

— Tu demanderas les hangars aux machines, dit Erik au dîner. Le chantier embauche. Le pire, c'est qu'on manque de tourneurs aux tours revolvers.

Au bureau du personnel, ça se passa comme une lettre à la poste. Ils prirent son attestation, hochèrent la tête et l'interrogèrent sur le chantier d'Erik. Larsson, de beaux cotres, dirent-ils.

— Ce sera un peu plus grand, avec beaucoup moins de bois.

Puis il y eut la visite médicale. Respirez, des antécédents cardiaques, d'asthme, la tuberculose ? Bien, de bons résultats sanguins, au suivant, merci.

Le formulaire fut l'épreuve la plus difficile, mais Isak la franchit. Il y avait plusieurs choix pour la religion : luthérienne, catholique, judaïque, autre religion.

Il cocha devant judaïque.

Ne pas mentir, avait dit Karin.

Service militaire accompli ? Il n'y avait que oui ou non, mais Isak écrivit d'une main ferme : exempté. Nationalité : suédoise, lieu de naissance : Berlin.

Au bout d'une heure, son papier avait fait l'aller-retour, on appela son nom dans la salle d'attente. L'homme derrière le comptoir dit qu'il pourrait commencer lundi à sept heures, comme apprenti chez Egon Bergman dans le hangar des machines numéro 2.

On lui indiqua le salaire horaire. Devant son étonnement, l'homme derrière le comptoir lui expliqua que ça évoluerait en fonction du contrat qu'il aurait au bout d'un mois ou deux.

Isak garda pour lui qu'il n'avait jamais compté être payé.

Il avait peur en quittant le chantier, mais au moins son angoisse était concrète. Il la sentait dans les genoux et dans le ventre. Sur le bac du retour, elle monta dans sa gorge et il put formuler son malaise.

Si je ne m'en sors pas là-bas, c'est fini. C'est ma dernière chance.

— Quoi qu'il se passe, je serai avec toi, l'avait rassuré Mona, la veille. Elle avait une foi inébranlable.

Mais il ne pouvait pas vivre uniquement de sa force.

Et on ne peut pas se fier aux femmes, se disait-il.

Il fut stupéfait par cette idée, il resta un instant debout à côté de sa bicyclette pour réfléchir. Il n'avait pas le droit de penser ainsi. Lui qui, pendant tant d'années, avait eu Karin, solide comme un roc. Elle ne l'avait jamais laissé tomber.

Mais une fois, elle avait failli mourir et le quitter.

Il se ressaisit. Isak, mon garçon, on ne trahit pas parce qu'on tombe malade.

Quant à Mona, il savait de toute son âme qu'elle était de la trempe de Karin. Un roc.

Il avait honte.

Maria lui demandait constamment de raconter ses rêves et d'essayer de se remémorer ses idées étranges. Il ne rêvait pratiquement jamais. En revanche, il avait une pensée curieuse à lui exposer. Il remonta sur son vélo à l'arrivée du bac. Il se mit à pédaler en direction de la maison, pour annoncer à Erik et Karin qu'il avait décroché le travail.

Mais, quand il arriva à Karl-Johansgatan, il fit demi-tour vers la ville. Ruben, pensa-t-il, papa doit être le premier à apprendre la nouvelle.

Ruben se montra satisfait, mais Isak vit bien qu'il était inquiet pour lui. Ils partageaient la même angoisse. Est-ce qu'il s'en sortirait ?

— Là-bas, il n'y a que des hommes, et la discipline est certainement très dure, dit-il, mais quand il vit l'anxiété sur le visage de son fils, il regretta de s'être exprimé à voix haute.

— Isak. Il lui passa le bras sur l'épaule. Ça va bien se passer, tu as toujours été habile de tes mains. Et si jamais c'est trop dur pour toi, il y a Chalmers qui attend. Après, tu trouveras facilement... un emploi moins dur.

Isak se dégagea de son bras.

— Papa, nous n'avons pas l'habitude de nous mentir. Tu sais aussi bien que moi que si je ne m'en sors pas cette fois, je ne m'en sortirai jamais.

— Non ! Ruben cria.

Mais la douleur dans les yeux de son fils le bouleversa. Isak se sentit coupable. Il tourna les talons, il traversa le bureau en courant et enfourcha sa bicyclette.

Mona était de garde à l'hôpital pendant tout le week-end qui séparait Isak du grand jour. Ça tombait bien, il voulait être seul. Il prit son bateau, navigua au près entre Vinga et Nidingen, sans prendre de ris bien que le vent fût fort à la sortie de l'archipel.

Machinalement, il se mit à scruter les bateaux qui portaient l'insigne de la marine, il cherchait Simon. Mais il n'y avait aucun bateau militaire en vue, et il n'osait pas s'aventurer dans les eaux interdites.

Je suis puéril, se dit-il. Ça, c'est mon affaire. Pour la première fois de ma vie, je me retrouve vraiment seul, et il va falloir que je me débrouille.

Le visage de Bylund surgit dans le sillage du bateau, son nez reniflant, ses narines palpitantes. Isak décida d'aller droit sur le phare de Böttö et d'empanner.

Il savait que le vent était trop fort, qu'Erik lui aurait passé un savon, mais il réussit l'empannage. Quand il remonta au vent, il était fier de lui. Il se débrouillait plutôt bien, même si Egon Bergman le futur contremaître devait ressembler à Bylund.

Il était conscient de ce qui lui arrivait. De l'eau salée coulait sur son visage, ce n'était pas que de l'eau de mer, remarqua-t-il en rentrant vers Långedrag et en amarrant le *Kajsa*. Il rangea le bateau jusque dans le moindre recoin. Tout était parfaitement en place, comme il se doit chez les marins, propre et net.

Dès qu'il arriva à la maison, il appela Mona. Oui, il allait bien, non il n'était pas nerveux.

Ils avaient déjà dîné mais Karin lui réchauffa des boulettes de viande, il mangea comme un ogre et s'endormit de bonne heure.

Il passa une bonne nuit.

À six heures, Erik le réveilla, Karin prépara des sandwichs, lui fit avaler une demi-tasse de café, mit son déjeuner, un bleu de travail et des grosses chaussures dans un sac à dos. À six heures et demie, Isak rangea sa bicyclette parmi un millier d'autres à Sänkverket. À sept heures moins vingt, il était l'un des cent hommes mal réveillés, entassés comme des sardines dans une barge tirée vers le grand chantier.

Pendant la traversée du fleuve, sur la barge, il ressentit une ambiance agréable et silencieuse. Mais il n'osait pas y croire.

Le chantier surgit devant eux, se détachant dans le brouillard matinal. À droite au bord de l'eau, il y avait les formes où les navires géants grandissaient et, à côté d'eux, il voyait les deux docks, dont l'un était gigantesque.

Des rails de chemin de fer, des ateliers, un magasin, un enchevêtrement de petites et de grandes maisons.

Comment retrouverait-il son chemin ?

— Je dois me rendre au hangar des machines numéro 2, dit-il au grand type qui était le plus proche de lui.

— Derrière la menuiserie, puis il faut traverser les rails, lui répondit l'homme dont les yeux étaient encore ensommeillés.

— Tu n'as qu'à venir avec moi, proposa un autre. C'est là que je travaille. Tu es nouveau ?

— Oui, je commence comme apprenti chez Egon Bergman.

— Onsala, se présenta l'homme qui était grand et gros.

Isak ne voulut pas lui demander ce qu'il voulait dire, mais il regarda le visage de l'autre homme quand la barge accosta contre le ponton. Il croisa une paire d'yeux bleu pâle, noyés dans la graisse, curieux et légèrement moqueurs.

— Moi, on m'appelle le Petit.

— Lentov, dit Isak.

— Apprentissage de tourneur ?

— Oui.

Isak comprit qu'on n'était pas bavards. Il suivit le gros bonhomme, ils longèrent l'atelier de menuiserie, puis ils entrèrent dans le hangar des machines. Isak eut une vision d'un monde sans fin d'acier et de machines. Ils finirent par monter en courant un escalier qui menait à un vestiaire. On lui attribua un placard. Changement rapide, bleu de travail et le sifflet retentit juste quand ils descendaient l'escalier vers l'atelier.

Plus de cinq mille hommes se mirent en route simultanément. Isak eut l'impression fugitive qu'il allait se noyer dans le vacarme.

— Tu n'es pas tout jeune, dit Onsala. On est plutôt habitué aux petits gars de quinze ans qui ne savent pas contrôler leurs doigts.

Il avait des yeux très clairs, profondément enfoncés dans un visage étroit et intelligent, qu'un sourire traversait parfois, l'éclairant de l'intérieur.

Mais c'était plutôt rare.

Il avait vingt-huit ans, c'était un tourneur qui aimait son travail, il en était fier. Dans l'atelier, on reconnaissait sa précision et on le complimentait. On admirait sa capacité à tenir des tolérances régulières de millièmes de millimètres. On lui donnait une rémunération supplémentaire pour former les apprentis. Il n'avait pas choisi cette tâche pour l'argent, il aimait apprendre aux jeunes son métier. Il était heureux et serein quand il prenait en charge un gars qui avait de l'intelligence dans les mains, et qui partageait son obsession particulière de l'exactitude.

Quand, au bout d'une heure ou deux, Isak dut manœuvrer le tour lui-même et que la machine livra ses premières brides, Onsala sut qu'il avait eu de la chance cette fois-ci.

Le hangar des machines du bâtiment numéro 2 offrait une vision chaotique, impossible à embrasser d'un seul regard. Onsala, son tour et son apprenti semblaient être à part, dans une bulle de compréhension, de confort.

Ce matin-là, il fallait crier pour se faire entendre.

— Ils essaient un diesel dans le hangar de montage, cria Onsala. Ça va s'arrêter dans quelques heures, et on pourra de nouveau parler normalement.

Isak hocha la tête.

— Comment tu t'appelles déjà ?

— Lentov.

— Lento ?

— Non, Lentov, cria Isak car il ne voulait pas mentir et dissimuler son nom juif, bien connu en ville.

— Tov, comme dans la touffe, cria Onsala si fort que sa voix perça le vacarme, et atteignit les hommes sur les autres tours.

Quelqu'un rit, quelqu'un dit :

— Salut, la Touffe.

Alors un de ses rares sourires traversa le visage d'Onsala, et il dit :

— C'est allé vite cette fois.

Isak ne saisit pas tout de suite qu'on l'avait rebaptisé et que, avec ce surnom, le Juif n'existait plus.

D'ailleurs, ici, la judéité n'avait pas de signification, ni mauvaise ni bonne. Il aurait pu s'appeler Moïse et avoir le nez crochu, personne ne l'aurait remarqué.

Il en eut la certitude un jour, quand Onsala lui demanda d'aller à la fonderie chercher du fer brut.

— Ce sera un boulot dur et dégueulasse, dit-il. Mais il faut que tu apprennes tout à la base, mon gars.

— Tu demanderas le Juif, cria-t-il à Isak qui partait en courant avec la commande.

Isak réussit le tour de force de ne pas trébucher en courant, il était heureux de tourner le dos à son camarade.

Dans la fonderie, il y avait un type qui faisait deux mètres, avec la peau rose clair et des cheveux blancs comme la craie, sur un visage jeune. Albinos, pensa Isak, comme le pasteur aux prières du matin à l'école.

— On m'a dit de demander le Juif.

— Alors, tu as bien choisi parce que c'est moi, répondit l'albinos en arborant un large sourire devant son étonnement.

Isak rit lui aussi, en repensant au Petit, le gros géant qui l'avait orienté le premier jour, et qui était un tourneur très estimé au tour vertical.

Onsala n'était pas prodigue de compliments, visiblement ses lèvres n'avaient jamais vu passer de grands mots. Il exprimait sa satisfaction par des grognements, et il grognait souvent à l'intention d'Isak.

L'état dépressif du jeune homme s'améliorait. Il sentait de temps en temps l'angoisse se manifester dans sa poitrine. Au cours de la journée, il était absorbé par le chantier, et elle se rappelait rarement à lui. Harassé par la fatigue physique, il dormait d'un sommeil de plomb. Il allait deux soirs par semaine voir Maria. Ils n'arrivaient à rien et il en était heureux. Il se sentait libéré.

Une quinzaine de jours après son embauche, Onsala le félicita.

— Tu vas être un bon tourneur. J'espère que tu vas rester.

Je travaillerais ici toute ma vie, si je m'écoutais, pensa Isak.

— Mon père veut que je devienne ingénieur.

— Alors il faut commencer par passer le bac.

Isak savait qu'il devrait avouer la vérité, qu'il avait le bac et qu'il n'y avait rien d'extraordinaire à ça, qu'il s'était ennuyé des heures entières sur un banc de classe. Il ne regretta pas son silence quand Onsala poursuivit :

— Mon Dieu, mon gars, si tu savais ce que j'aurais aimé aller à l'école. Mais tu sais, il n'y avait pas d'argent, et maintenant c'est trop tard. Si tu as une chance, saisis-la et entre à l'école d'ingénieurs Chalmers. Sa voix était empreinte de nostalgie.

Isak eut honte.

Au chantier, on liait facilement conversation. Isak était habitué aux discussions de la cuisine de Karin et du chantier d'Erik. Comme là-bas, les discussions politiques étaient animées et chaudes parfois. Mais ici la frontière entre sociaux-démocrates et communistes était plus marquée.

Isak adhéra au syndicat.

Il acheta les livres de Folket i Bild et les lut, à la stupéfaction de Ruben.

Lentement, il apprit à comprendre ce que signifie l'importance de l'argent. Pour lui, l'argent avait été évident comme l'air, ici, il signifiait la vie ou la mort.

Cela commença au tour. Dans son enthousiasme de débutant, Isak tenait difficilement la bonne cadence. Mais le souci du rendement était aussi voire plus important que l'habileté. Honte à celui qui ralentissait la cadence. Il eut bientôt cette obligation de rapidité dans le sang comme les autres, trente pour cent, cinquante, jusqu'à cent. Il s'adapta, apprit à calculer rapidement. On pouvait avoir des discussions, si le rendement était mauvais et le travail sale et pénible. Mais les chefs avaient des exigences raisonnables. Il y avait un ou deux contremaîtres en costume sombre et cravate, qui étaient mal vus. Mais la plupart étaient respectés par les ouvriers.

On fabriquait des cylindres d'un mètre et demi de diamètre aux grands tours verticaux et on ne commettait pas d'erreur. En revanche aux tours revolver, plus anciens, où on fabriquait des boulons et des écrous de toutes tailles, c'était plus hasardeux. Eskilsson rata un lot un jour, et Isak fut impressionné par la violence de sa déception, qu'il exprima dans un chapelet de jurons.

Mais quand il apprit que Helge Eskilsson devait payer la malfaçon de sa poche, selon une clause du contrat, il comprit. Helge avait quatre enfants à la maison, et des traites importantes pour une baraque qu'il venait d'acheter à Torslanda.

Ils évoquaient souvent la guerre. Et Isak apprit que tous les tours avaient fait les trois huit et fait pleuvoir les grenades. Le *Virilité*, l'*Honnêteté* et le cuirassé *Oskar II* avaient été réparés à de nombreuses reprises dans le grand chantier.

— Mon Dieu, disaient les gars, ces bateaux seraient partis en morceaux de peur, rien qu'en voyant un sous-marin allemand.

Un jour que, avant le déjeuner, Isak traversait la voie de chemin de fer avec un nouveau schéma pour Onsala, un gars à peine plus vieux que lui le héla :

— Tiens, salut, tu ne serais pas Isak Lentov ?

Isak ne le reconnut pas. Mais l'homme, qui travaillait comme transporteur, l'accompagna jusqu'au tour. Il raconta à Onsala qu'ils s'étaient connus au service militaire. Il conduisait l'ambulance qui avait transporté Isak à l'Institut Sahlgren, quand il s'était cassé le bras.

À la pause, les hommes étaient réunis dans le baraquement où ils mangeaient, et Onsala lui demanda :

— Alors, tu as fait ton service, la Touffe ?

Il n'y avait rien de bizarre dans cette question et personne ne se tut. Mais Isak eut le sentiment que le monde s'arrêtait, que le temps s'arrêtait, et il repensa à Karin : ne pas mentir, ne jamais mentir.

— Non, j'ai commencé, mais je suis tombé malade.

— Alors ils attendent certainement le moment de te remettre la patte dessus maintenant que tu es en bonne santé, dit Eriksson.

— Non, j'ai été exempté.

— C'était quoi comme maladie ? Il n'y avait pas de soupçon dans la voix d'Onsala, juste une petite pointe d'inquiétude.

Il m'aime bien, pensa Isak.

Et, pour la première fois, il se confia et raconta son histoire, toute la tragédie.

— Eh bien, en fait je suis juif. J'ai grandi à Berlin...

Un grand silence régnait dans le baraquement, le temps était suspendu. Quand il arriva à la fin de son récit, comment il avait reconnu les nazis en Bylund, l'adjudant, sa crise de nerfs consécutive, on aurait pu entendre une mouche voler.

Le silence effraya Isak, oh Dieu, oh Dieu d'Israël, pourquoi suis-je si bavard ?

Mais ensuite il sentit la compassion qui emplissait l'air de sa chaleur et de sa force.

Finalement, le Petit rompit le silence :

— Un peu que je vais te donner mon gâteau, la Touffe.

D'habitude, ils se moquaient du Petit, de son casse-croûte et de ses gâteaux, mais, cette fois-ci, personne ne sourit. C'était comme s'ils approuvaient le geste du Petit.

Quand le sifflet retentit, certains lui serrèrent la main. Et quand les hommes se retournèrent vers le hangar des machines, on vit quelque chose d'inédit : Onsala posa son bras sur l'épaule de son apprenti.

Chez Maria, Isak parla de la pause et de ses confidences aux ouvriers. Elle en fut contente.

— Bien, Isak, c'est un pas en avant.

— Ils étaient tellement gentils.

— Je comprends. Maria était étonnée. Les gens sont souvent sympathiques quand on les rencontre individuellement. Mais, en groupe, ils deviennent généralement terribles, car ils se sentent menacés.

— Pas dans l'atelier des machines.

— Que deviennent-ils après ? demanda-t-elle. Je veux dire, quelle possibilité d'avancement ont-ils ?

— Aucune, dans le meilleur des cas on devient un bon tourneur, et on a bonne réputation.

— Alors ils ne sont pas en compétition, en concurrence ?

— Non. Isak parla des contrats et des lois non écrites.

À la fin de la séance, il se souvint de cette idée qu'il avait eue sur les femmes et leur légèreté.

— C'était le jour où j'ai été embauché. J'ai trouvé que c'était idiot, mais c'était enfoncé dans ma tête : on ne peut pas se fier aux femmes.

— Et après ?

— J'ai pensé à Karin et à Mona, je me suis dit qu'elles étaient solides comme un roc.

— Il y avait pourtant une autre femme dans ta vie avant Karin ?

Le sang afflua, brûlant, son visage rougit.

— Ma mère...

Un temps :

— Je ne pense jamais à elle.

— Non ? Mais elle se trouve pourtant dans tes souvenirs.

— Non, je ne m'en souviens pas.

Maria se pencha sur le bureau, en le fixant dans les yeux.

— Pourquoi as-tu reçu une raclée de ton grand-père ? Pourquoi voulais-tu t'enfuir ce jour-là à Berlin ?

Isak ne se déroba pas, la question ne l'avait pas surpris. Il se l'est déjà posée lui-même, se dit-elle.

— Je ne sais plus.

— Tu as vécu quelque chose chez tes grands-parents paternels, ça s'est reproduit, j'ai l'impression. Cette peur panique que tu as, elle existait avant l'agression des nazis. Toi et moi, nous allons trouvé ce qui s'est passé, tu comprends ?

— Mais c'est simplement que je ne m'en souviens pas.

— Tu ne vas jamais voir ta maman ?

— Non, Mona y va de temps en temps, et elle veut que je l'accompagne.

— Fais-le, Isak.

Il n'en avait pas envie, pas la moindre envie, mais Maria renchérit :

— Tu n'oses pas.

— C'est vrai. C'est suffisamment terrible avec Iza, que je dois voir de temps en temps !

— Pourquoi ça ?

— Ruben ne t'a pas dit ? Elles sont comme des jumelles, maman et elle.

— Non. Il ne l'a peut-être pas remarqué.

— Bien sûr que si. Mais, quand papa est malheureux, il est persuadé que tout est de sa faute, tous les malheurs du monde.

Comme il est clairvoyant, pensa Maria.

— Simon est pareil. Des fois, je les trouve plus malades que moi.

— Tu as peut-être raison. Mais, pour le moment, il s'agit de toi. Tu n'as jamais pensé que ta maman ne pouvait plus te faire de mal, qu'elle n'est qu'une malade désemparée, tandis que toi, tu es fort et adulte ?

Isak chercha un mouchoir qu'il n'avait pas. Il en emprunta un à Maria, qui se tut, et n'eut pas une parole réconfortante.

Quand ils se séparèrent, Isak était décidé :

— Je vais accompagner Mona, j'irai voir ma mère.

— Bien, ensuite nous en reparlerons.

— Je te le promets.

Ils ne dirent rien, ni à Ruben ni à Karin, ils s'esquivèrent discrètement un dimanche matin. Ils prirent le tramway et le bus pour le long trajet jusqu'à la clinique psychiatrique de Lillhagen.

Isak regardait droit devant lui en marchant dans les couloirs, il ne voulait pas croiser de fous. Olga avait une chambre individuelle, elle était habillée, parfumée et élégante. Ses bracelets cliquetaient comme ils l'avaient toujours fait, elle était assise sur sa chaise, jouant à habiller et déshabiller ses poupées.

Elle ne reconnut ni Isak ni Mona, mais il s'y attendait. Mona lui avait expliqué :

— Elle ne reconnaît que Ruben, brièvement parfois.

Mona avait espéré qu'Isak ressentirait de la tendresse et de la compassion pour sa mère. De son côté, il se fiait à ce qu'avait dit Maria, qu'il n'aurait plus peur. Mais quand il croisa le regard vague d'Olga, il sentit la fureur monter en lui, elle était incontrôlable.

— Abominable sorcière, dit-il.

Olga ne saisit pas le sens des mots, mais elle perçut l'inquiétude ambiante, et elle se concentra sur la poupée. Ses doigts la pétrissaient violemment.

— *Mein süsser, süsser Knabe.*

Sa bouche souriait, mais sa voix geignait, quand elle tirait sur les cheveux de la poupée, qu'elle la pinçait. Et elle continuait à chantonner de cette voix particulière, à la fois plaintive et infatuée.

Isak devait impérativement sortir, il courut à la porte et traversa le couloir. Mona cria :

— Attends-moi dans le parc. J'arrive.

Il s'assit dans l'herbe sous un arbre et sentit la violence de sa colère. Il était une véritable merde, et il avait un comportement aberrant. Que penseraient Mona et Ruben ? Et Karin ?

Quand Mona arriva, elle n'était ni en colère ni vindicative. Elle paraissait attristée.

— Toi, tu files chez Maria.

Par chance Maria était chez elle. Isak était sur le point de basculer dans l'irréalité, le monde devenait flou, et son angoisse était telle qu'il savait qu'il en mourrait s'il ne s'en débarrassait pas.

Mona l'accompagnait et elle se chargea d'expliquer la rencontre avec Olga. Maria se réjouit, emmena Isak dans son cabinet.

— Enfin, on avance.

Elle soutint son regard et il ne put s'échapper. Pas à pas, impitoyablement, elle le ramena à Berlin et à ses premières années. Isak sentit sa force. Soit il mourait, soit il osait.

— Je l'ai reconnue. J'ai reconnu le visage, le regard, et les narines qui reniflaient. Elle ressemble à Bylund.

— Oui.

— J'étais hors de moi, je devenais comme fou et je faisais le tour de l'appartement en criant, elle n'arrivait pas à me faire taire, elle me tirait les cheveux, elle me pinçait, elle se plaignait, mais elle s'en délectait. Et ensuite...

— Ensuite ?

— Ensuite, je disparaissais. Je disparaissais comme je l'ai fait au service militaire. Mais alors...

— Mais alors ?

— Alors grand-père rentrait et me battait.

— Ta maman était vraiment terrible.

— Oui.

La colère qui le rendait lucide l'envahit. Il cria, qu'il allait lui arracher les yeux, lui couper les seins et l'empaler.

Maria l'encouragea.

— C'est bien, Isak, vas-y.

La douleur était intolérable, mais il la supportait, le monde était devenu évident.

Isak avait commencé à voir, enfin.

24

La chaleur errait entre les îles dénudées. Les hommes, qui veillaient sur les kilomètres de côtes dans le pays de l'obscurité et qui adoraient le soleil apprirent à le craindre.

Ils l'avaient toujours recherché et profitaient du moindre rayon. Pour lors, ils étaient agglutinés, comme des mouches sur un papier collant, à l'ombre des voiles qu'ils tendaient entre eux et l'impitoyable.

Chaque matin, le soleil descendait sur terre. À la mi-journée, il multipliait sa puissance dans le miroir de la mer et déversait sans ménagement sa douleur sur les hommes, chauffant les rochers et les pontons à en brûler leurs pieds. Il n'y avait pas un arbre pour se protéger, ni un brin de verdure pour se reposer les yeux.

C'était le mois d'août, la canicule.

— Bientôt tout le Kattegat sera en ébullition.

Mais la mer ne bouillonnait que de méduses. Ils vidèrent la baie de ces monstres gluants, ce qui les rafraîchit momentanément. Mais l'eau salée brûlait leurs corps desséchés et augmentait leur douleur.

Le jour où ils partagèrent fraternellement la dernière boîte de Nivea, on dut débarquer deux rouquins à terre, à l'infirmerie.

Simon supportait mieux le soleil que la plupart de ses camarades, il brunit, sa peau durcit comme le cuir.

— Tu ressembles à un cheik du désert, dit quelqu'un, et il éclata de rire, un éclat blanc contrastant avec ce brun. Simon se mit à rêver à ses lointains ancêtres et à leurs pérégrinations dans le désert du Sinaï sous un soleil encore plus implacable, et à leur peau de cuir qui leur permettait de survivre.

Au plus grand étonnement de ses camarades, il lisait la Bible, ce qui lui valut une réputation de dévot. Quand Ruben lui expédia l'*Histoire d'Israël* de Bendixon, en deux volumes, Simon passa ses soirées avec Ésaü et Jérémie, Esdras et Néhémie, s'efforçant en vain de distinguer le mythe de l'histoire.

Mais ses rêves étaient pleins d'arbres géants. Leur feuillage énigmatique protégeait du soleil en prodiguant de l'ombre. Les hauts peupliers ornaient le ciel de leurs motifs, les vieux chênes apportaient force et sagesse, les sapins aux larges robes incitaient au repos parmi les chants d'oiseaux et le bruissement de la forêt.

Quand il fut réveillé par le cri des mouettes et les malédictions de ses camarades, et qu'il vit le soleil entamer sa menaçante progression dans le ciel, il décida qu'il irait se promener à sa prochaine permission dans la forêt du grand lac, là où était la cabane d'Inga.

Une nuit il y eut un orage et ils devinrent comme fous. Ils sortirent nus en courant de leurs baraquements jusqu'aux rochers. Ils voulaient se désaltérer. Leur peau, leurs cheveux, leurs bouches et leurs yeux étaient desséchés. Ils offrirent leur corps à l'averse et restèrent dessous jusqu'à ce que le froid les saisît. L'un d'eux s'exclama :

— Bordel, ce que c'est agréable, jamais plus je ne me plaindrai du froid et de l'obscurité.

Simon se remémora à plusieurs reprises cette phrase en décembre, quand il faisait noir comme dans un four à trois heures de l'après-midi, que la mer hurlait et que le vent glacial traversait les vêtements et pénétrait les os.

Il avait déjà eu deux permissions. La première avait été une fête, Karin avait cuisiné ses plats favoris. Il aurait dû arriver le samedi matin, mais il avait eu la chance de profiter d'un bateau qui partait pour Nya Varvet dès le vendredi après-midi. Il trouva donc sa mère seule, en train d'écosser des petits pois sur ses genoux. Il posa sa tête sur son tablier, aspirant son odeur. Il sentait ses doigts lui caresser le cou.

Alors Simon trouva que retomber momentanément en enfance n'était pas si mal.

Lorsqu'ils s'observèrent mutuellement, Simon vit que les choses avaient changé. Elle était plus petite que dans son souvenir. Elle avait vieilli, elle était plus usée. Il ressentit une grande tendresse pour elle. Un besoin presque douloureux de prendre soin d'elle, de la dorloter.

L'oiseau de la tristesse, le bon oiseau de la tristesse.

Pour Karin, le garçon qui se tenait devant elle était adulte désormais. Sa dureté et sa force l'intimidèrent.

Un homme, pensa-t-elle. Il y avait dans ce constat de l'étrangeté mêlée à de la tristesse.

Mais elle se reprit, et se dit qu'elle était un peu folle. À quoi s'attendait-elle ? N'était-ce pas justement ce qu'elle désirait, que Simon fût adulte et autonome ?

Le week-end après l'orage, Simon obéit à ses rêves d'arbres. Il téléphona à Karin.

— Dis, maman, je me suis dit que j'allais rendre visite à Inga.

Il entendit la peur dans le silence. Mais la voix revint. Elle était compréhensive comme toujours.

— Fais, mon garçon.

— J'ai un camarade qui habite dans le même coin, son frère vient le chercher en voiture, il va m'emmener.

— Très bien, Simon.

Nouveau silence.

— Je vais peut-être l'appeler pour la prévenir, qu'en penses-tu ?

— Oui, ça vaut peut-être mieux, dit Simon.

Ses compagnons de voyage le déposèrent après l'épicerie, là où la route de la forêt débouche sur la départementale.

— Tu vas trouver ?

— Sans problème.

— On passera te prendre vers cinq heures dimanche.

— Bien, salut et merci.

Et Simon se retrouva à l'ombre des arbres. Les grands arbres le calmèrent.

Être, et non faire, pensa-t-il.

Il vit que les arbres avaient souffert de la chaleur, qu'ils avaient perdu des feuilles ici et là, qui brillaient comme de l'or dans les lichens. La longue préparation de l'hiver avait commencé. Les arbres refermaient lentement leurs veines pour entrer dans le sommeil où ils ne vivraient plus que dans leurs rêves.

Il arriva à une clairière, c'était une zone de coupe. Les bûcherons avaient épargné un chêne par respect pour sa taille et son âge. Il faisait chaud, Simon enleva sa veste d'uniforme, la roula en oreiller et s'allongea. Il contempla la cime de l'arbre, qui était encore vert foncé.

L'arbre était en paix avec lui-même. Il avait cette sagesse qu'atteignent toutes les créatures vivantes quand elles acceptent le mystère et renoncent à l'expliquer.

Il dormit un instant dans l'ombre verte avant de poursuivre sa route. Inga l'attendait dans sa maison. Elle avait fait le ménage, tout était propre et bien rangé, elle rougit jusqu'aux oreilles en le voyant sortir de la forêt.

— Tu boiras bien du café ?

Elle savait depuis des mois que Simon était au courant, et elle avait souvent imaginé cet instant où il arriverait par le bois, où ils se retrouveraient tous les deux, où ils parleraient de son passé.

Pendant l'enfance de Simon, elle avait pris ses distances. Elle avait regardé de loin ce garçon qui avait du vif-argent dans les veines. Mais, quand Karin et Erik étaient venus au printemps lui annoncer qu'ils avaient tout raconté à Simon, elle s'était débarrassée de sa réserve comme on enlève une planche, quand elle n'abrite plus contre le vent.

Elle lui était reconnaissante des mois qu'il avait pris pour venir. Ce temps lui avait été nécessaire pour se préparer à cette rencontre. Mais jamais elle n'avait pensé qu'il serait aussi adulte, aussi beau et aussi ressemblant.

Ils avaient du mal à parler, au-dessus des tasses à café, du temps, de la vague de chaleur et de la pluie qui arrivait trop tard. Elle s'était débarrassée des vaches et avait pris un travail à la cantine de l'école.

— Ça fait un bout, dit Simon.

— Oui, mais ce n'est pas bien terrible.

Elle y allait à vélo jusqu'aux premières neiges, ensuite elle prenait le traîneau léger. On dégageait le chemin, maintenant.

Il comprit que son travail lui plaisait, car elle rencontrait des gens et avait le sentiment d'appartenir à une communauté.

Inga n'éprouvait pas d'amertume et de tristesse, contrairement à Karin. Plutôt des doutes malgré son solide attachement à la terre.

Le temps se couvrit et les vents apportèrent les prémices de l'automne. Ils entrèrent.

— Ça jaunit déjà. Tu as vu ?

— Oui. Simon pensa à l'or dans les lichens et sourit de son nouveau sourire blanc dans le brun de son visage.

Elle retint son souffle, et il prit son courage à deux mains :

— Je lui ressemble ?

— Oui, mon Dieu, oui. S'il était là à côté de toi, on aurait du mal à vous différencier.

À la réflexion, elle se dit que ce n'était pas complètement exact. Simon était plus carré, plus grand. Il était plus fort et moins romanesque.

Il y avait une tension dans l'air entre eux. En même temps c'était un soulagement qu'il eût osé nommer ce dont ils devaient parler. Inga chercha à évacuer son inquiétude en s'activant, elle apporta du bois, alluma le poêle.

— Il fait froid, tu ne trouves pas. J'ai un pain à cuire, ça fera du bien, un peu de chaleur.

Simon n'avait pas froid. Il regarda la cabane comme s'il la voyait pour la première fois, sentit la confiance et le plaisir, qui demeurent toujours sous les toits bas des vieilles maisons. À sa grande surprise, il trouva que c'était beau ici, avec la lumière qui filtrait à travers les fenêtres à petits carreaux et qui animait les tapis de lirette sur les larges lattes du plancher.

Elle alluma le poêle de la pièce, à fond, lui sembla-t-il. La chaleur devint telle qu'il dut retirer sa veste. Il s'assit dans le fauteuil à bascule.

— Il est venu souvent ici ?

— Oh, non, répondit Inga. Il y avait les parents qui étaient en train de mourir. Nous ne sommes jamais entrés dans la maison, on se rencontrait près du torrent.

— C'était un printemps béni, si beau, si chaud, dit-elle, et ces mots l'apaisèrent, elle s'assit et commença à raconter.

Elle trouva les bons mots. Ils venaient comme il le fallait, et comme elle l'avait prévu quand elle attendait Simon.

Elle arriva au dernier soir.

— J'ai compris qu'il me disait adieu, parce que son violon était triste. Alors je n'ai pas été étonnée, quand il n'est pas revenu.

Dans la voix, la nostalgie avait une légère nuance bleutée.

— Ni triste non plus ?

— Si. Mais je l'avais toujours su, tu comprends. Nous n'étions pas faits l'un pour l'autre. Il était trop bien pour moi.

Simon voyait comment elle avait courbé l'échine, repris le joug comme les femmes de paysans l'avaient toujours fait, humble et reconnaissante de ce qu'elle avait reçu.

— Il n'était pas vraiment de ce monde, continua-t-elle. J'ai eu l'impression que j'avais rêvé tout ça. Et puis tu as commencé à pousser dans mon ventre.

— Tu as mis du temps à comprendre que tu attendais un enfant ?

— Oui, longtemps. Je crois que je n'osais pas l'admettre. J'étais devenue grosse et lourde vers novembre. Et Karin est venue, en réalité je ne l'ai su que quand elle me l'a dit.

Tu attends un enfant, lui avait dit Karin. Inga l'entendait encore aujourd'hui. Elle n'avait pas oublié cette terrible peur qui avait gagné son corps, quand elle avait compris qu'elle devrait assumer la honte de cet enfant qui grandissait en elle.

Nié, pensa Simon. Il n'était pas surpris car il se souvenait des rêves qu'il avait eus, enfant. Nié, abandonné entre les murs carrelés de l'hôpital, loin des arbres, du bruissement du feuillage, et de la lumière sur le lac.

— Ensuite, j'ai reçu une lettre.

— Je sais, mais Erik t'a forcée à la brûler pendant la guerre.

— Erik n'aurait jamais pu me forcer à la détruire.

Inga était inébranlable, comme la terre sur laquelle elle vivait.

« Il m'a appelée au printemps 1940. Il était hystérique, et je me suis dit que, si jamais les Allemands venaient, je trouverais le temps de cacher la lettre dans la fente du chêne derrière la grange. Mais les Allemands ne sont pas venus, et elle est toujours dans le secrétaire.

Le cœur de Simon se mit à battre plus fort.

Elle prit une clé, ouvrit un tiroir du vieux meuble et sortit une boîte d'étain avec un couvercle.

— J'ai rangé la lettre dans la boîte quand j'ai pensé que je serais peut-être obligée de la cacher dans le chêne.

Elle n'arriva pas à ouvrir le couvercle. Ils durent aller dans la cuisine chercher un couteau.

Des timbres allemands, oblitérés le 4 mars 1929 à Berlin. Ouverte, jamais lue.

— Je ne comprenais pas sa langue. Nous ne nous sommes jamais parlé, dit Inga.

Et Simon se demanda pourquoi la vie était si incompréhensible, si triste.

— J'ai aménagé le grenier pour toi, je t'ai préparé un lit là-haut.

Depuis le coup de téléphone de Karin, Inga avait eu le temps de faire beaucoup de choses. Elle avait rangé, repassé sa belle robe bleue et aménagé le grenier.

— Monte là-haut, reste seul. Il faut que tu la lises seul. Tu connais l'allemand ?

— Oui.

Simon gravit l'escalier qui grinça. Il se coucha de tout son long sur le dessus de lit au crochet, la lettre sur le ventre. Mon Dieu. Il avait la bouche sèche. Il descendit chercher un verre d'eau. Il resta à regarder Inga enfourner le pain qui avait levé.

— Tu n'aurais pas une bière ?

— Oh, non. Tu comprends, je n'ai pas eu le temps d'aller à l'épicerie. Je n'avais pas imaginé que tu serais un homme et que tu aurais envie de bière.

Ils rirent ensemble. Puis Inga sortit le sirop, le sirop de cassis de l'année. Et Simon retrouva le goût et le parfum de son enfance. Cette odeur de pain en train de cuire. Il prit son courage à deux mains pour aller lire la lettre dans le grenier.

C'était une lettre d'amour, pleine de mots romantiques. « Désir des bois », « mon désir des bois », l'appelait-il. Il espérait revenir pour l'automne, il avait postulé de nouveau comme professeur à la Haute École populaire. Mais il voulait s'assurer qu'elle l'attendait, qu'elle le désirait autant que lui. Est-ce qu'elle pouvait écrire, donner signe de vie ? Mille baisers. Simon Haberman. Une adresse à Berlin.

La déception envahit Simon, tandis qu'il se demandait ce qu'il avait attendu, ce qu'il avait espéré. Le violoniste juif ignorait que son amour avait porté des fruits, qu'un petit garçon était né de cette passion.

Le jeune homme se couvrit la figure avec l'oreiller et laissa couler ses larmes. Elles cessèrent au bout d'une demi-heure, mais sa nostalgie était infinie comme l'océan.

Il se dirigea vers la commode pour se laver le visage, l'eau du broc était jaune et croupie. Il y avait longtemps qu'Inga avait préparé la chambre. Elle l'attendait depuis longtemps.

Inga était assise dans la cuisine. Elle était livide malgré les taches rouges qui couvraient ses joues. Il s'assit devant la table de la cuisine et traduisit la lettre.

— « Mon désir des bois », je ne suis pas complètement sûr de moi, mais je crois que c'est « désir des bois ».

La nostalgie, l'amour, les baisers. Et la prière d'une réponse.

— Mais pourquoi n'est-il pas revenu ? La voix d'Inga était à peine audible. Ses mains masquaient son visage, mais Simon voyait à ses épaules que les larmes déferlaient comme de longues vagues sur elle.

— Il attendait une réponse.

— Mais il savait bien que je ne pouvais pas comprendre sa langue.

— Il pensait que tu irais voir quelqu'un qui aurait traduit.

La voix de Simon était pleine d'amertume quand il reprit sa lecture.

— « Écris-moi, donne-moi un signe de vie, que je sache que tu existes, que tu n'es pas qu'un beau rêve sauvage. »

— Mon Dieu, se désolait Inga. Et qui aurais-je pu aller voir ? Personne ne devait savoir. L'humiliation, Simon, je serais morte d'humiliation.

— À cause de moi, dit Simon.

— Oui. Et quand il se leva et se précipita dehors, elle lui courut après, en criant :

— Tu ne comprends pas, tu ne pourras jamais comprendre comment c'était avant.

Il s'arrêta, se retourna à moitié.

— Non, je ne comprends pas.

— Tu étais bien, Simon, tu étais tellement bien chez Karin et Erik.

Karin. Un accès de rage monta en lui. Karin aurait pu faire traduire la lettre, elle aurait pu écrire à Berlin et parler de l'enfant.

Il sut aussitôt qu'elle ne l'avait jamais voulu, qu'elle préférait que la lettre ne fût pas lue. Elle s'était occupée de son bébé et s'était évertuée à oublier le père de ce petit garçon aux yeux noirs.

— Je vais dans la forêt, je reviens pour le dîner.

Sa voix était plus forte qu'il ne l'avait voulu, chargée de cette colère qui ne concernait pas Inga mais Karin. Il se força à sourire pour atténuer sa brusquerie. Mais Inga était déjà retournée vers la maison.

Il escalada la colline, s'assit au sommet et regarda le lac qui était d'un doux bleu, en accord avec sa nostalgie. Les arbres étaient silencieux. Simon était en proie à mille questions inquiètes sans réponses, la paix des arbres n'était pas pour lui.

Si Haberman était sérieux dans sa lettre, pourquoi ne l'avait-il pas fait traduire lui-même ? Il y avait des Suédois dans le Berlin des années vingt.

Dans la maison, Inga l'attendait avec de la soupe à la viande — elle savait qu'il l'aimait —, du pain frais et de la bière. Elle avait fait le long trajet aller-retour jusqu'à l'épicerie pour acheter de la bière.

Il but avidement, mais ce n'était que de la bière légère. Cela ne lui procura aucun soulagement.

Ni l'un ni l'autre cette nuit-là ne dormirent.

Au petit déjeuner, Simon dit.

— Garde la lettre. Elle t'appartient, je vais t'écrire la traduction au dos.

Mais Inga dit :

— J'ai réfléchi toute la nuit, et je sais que tu vas me trouver ridicule. Mais je veux quand même te le dire, je crois que cette histoire n'a existé que pour toi, pour que tu viennes au monde.

Elle est folle, pensa le jeune homme, mais il ne rit pas et Inga osa continuer :

— Je suis persuadée que tu nous as choisis tous les deux, le violoniste et moi, mais parce que nous étions radicalement différents. S'il avait pu parler avec moi, il aurait vu que je suis une femme simple, il ne m'aurait pas aimée, et ne m'aurait même pas regardée une seule fois. Nos mondes étaient à l'opposé, Simon.

C'est vrai, se dit-il, elle a raison. Ils n'auraient jamais formé une famille. Mais ses yeux se durcirent aussitôt. Si tu t'étais mariée avec lui, il aurait survécu, il aurait échappé à Hitler et au camp de concentration.

Mais il se tut, et se souvint de l'homme de son rêve, qui s'éloignait avec son violon sur le dos, qui allait à la mort parce qu'il voulait mourir.

— Tu aurais compris qu'il n'était pas vraiment humain si tu l'avais entendu jouer, poursuivit Inga, comme si elle avait entendu ses pensées.

— Il ne jouait pas de petites mélodies, Simon, pas ce genre de pleurnicheries au violon sur lesquelles on se remue. On aurait dit que sa musique venait du ciel, je n'aurais pas imaginé qu'un violon pouvait sonner comme ça.

— Tu sais quelque chose sur ce qu'il jouait ?

— Oui, une fois j'ai entendu sa musique à la radio, et je me suis dit qu'il était parmi les musiciens, parce que l'orchestre venait de Berlin. Le compositeur était finlandais, mais j'ai oublié son nom.

— Sibelius ? dit Simon.

— Oui.

Et Simon aurait tout donné au monde pour avoir un violon, réveiller sa mémoire grâce à la musique sauvage, et nostalgique, de Sibelius.

Mais il ne possédait pas de violon, et il ne savait pas en jouer.

Il l'embrassa longuement et chaleureusement avant de partir, il s'arrêta à l'orée de la forêt et lui fit des signes de la main. Il courait sur le sentier pour ne pas manquer son rendez-vous sur la grande route. Jamais il n'avait entendu de paroles aussi stupéfiantes et plus consolantes que celles d'Inga.

« Je crois que cette histoire n'a existé que pour toi. Tu voulais venir au monde, tu nous as choisis. »

Je dois être en train de devenir fou. Une pensée aussi folle, incroyable, ridicule.

Mais cette pensée apportait de l'espoir.

Le bateau qui devait venir les chercher n'était pas arrivé au ponton, il put appeler Ruben.

— Il s'appelait Simon Haberman. J'ai son adresse à Berlin. Tu peux chercher, oncle Ruben ?

— Bien sûr, Simon. Je te tiens au courant.

— Merci.

Je sais que c'est sans espoir, qu'il a disparu dans les chambres à gaz, pensa Simon. Mais il faut donner une chance au rationnel.

Les associations juives du monde entier travaillaient inlassablement à tisser un réseau entre les morts et les survivants. Ruben obtint les renseignements en une semaine seulement. Simon Haberman, violoniste à l'Orchestre philharmonique de Berlin, avait été déporté avec sa sœur en novembre 1942 et avait été gazé à Auschwitz en mai 1944.

Sa sœur était morte avant lui des suites des mauvais traitements.

Il était célibataire et n'avait plus de parents en vie.

Simon avait seize ans à sa mort, calcula Ruben. Pendant seize ans, cet homme aurait pu savoir qu'il avait un fils en Suède. Il en aurait eu le droit, c'était indéniable.

Pour la première fois, Ruben éprouva de la rancœur envers Karin. Elle avait contribué à cette injustice.

Puis il chassa cette pensée. Elle aussi, elle n'était qu'un être humain.

Une lettre de Stockholm attendait Simon dans son baraquement. C'était Iza qui lui écrivait. Elle sortait ses griffes pour l'attraper.

Elle avait mis une photographie dans l'enveloppe. Elle était mince, maquillée comme une vedette de cinéma, et elle le regardait avec des yeux ardents.

— Quelle femme ! dirent les gars. Quelle vamp ! Mais où la caches-tu ?

— À Stockholm, répondit Simon, et il sentit qu'il montait dans leur estime.

— Tu vas aller la voir ?

— Oui, elle m'écrit qu'elle voudrait que je vienne.

— Tu vas te fiancer avec elle ?

Simon regarda attentivement les hommes qui le questionnait, et dit franchement :

— J'espère que je pourrai y échapper.

Comme d'habitude, ils ne le comprirent pas, ils secouèrent la tête. Bengtsson, et ses yeux clairs et son désir perceptible, dit avec un sourire gêné.

— Si tu y échappes, et que tu cherches un remplaçant, tu as en face de toi un candidat.

Un grand rire secoua le baraquement, et il n'y eut plus de place pour les explications de Simon.

Mais qu'aurait-il bien pu expliquer ?

25

Simon était dans la bibliothèque de Ruben. Il lisait l'article sur les araignées, Dictionnaire suédois, imprimé à Malmö en 1935.

... caractérisée par un abdomen bombé, en règle générale d'une seule partie, relié par une tige à la partie antérieure du corps et muni de quatre ou six glandes sécrétant un liquide gommeux... portent des griffes (voir fig. 2) à l'extrémité desquelles se trouvent des glandes distillant un poison... Les quatre paires de pattes ont des griffes dentées à la manière d'un peigne... les parties principales du système nerveux sont le cerveau... les organes sexuels sont doublés, les voies urinaires réunies en un canal, qui débouche à la base de l'arrière du corps.

Il regarda la figure 2 et frissonna de malaise.

Animal nocturne, lut-il. Animal prédateur. Poison de composition inconnue. Les variétés suédoises sont inoffensives.

Mais il y avait une sorte d'araignée en Europe, dont la morsure pouvait blesser l'homme : la tarentule. *L'effet du poison reste localisé autour de la plaie.*

Pas un mot sur le fait que les femelles dévoraient les mâles après l'accouplement.

Il attendait Isak qui venait de passer son permis et qui devait le ramener à la garnison dans la voiture de Ruben.

C'était l'automne. Les arbres perdaient leurs fleurs jaunes, elles tombaient en tourbillonnant sur l'eau. L'air était vif et d'une clarté cristalline.

La plupart des appelés avaient eu une permission pour la moisson, ou pour des raisons de famille, comme on disait. Simon était allé demander au capitaine Sjövall trois jours de permission supplémentaire pour raison de famille. Garde-à-vous, présentation, mais il y avait un léger caractère de plaisanterie dans ce rituel.

— Un problème chez vous, Larsson ? demanda Sjövall.

— J'ai une fiancée à Stockholm.

— Ce n'est pas une raison valable.

— Elle est malade, dit Simon. Ce qui était vrai dans un sens.

Fiancée malade, écrivit Sjövall, et ce fut réglé. Simon n'en souffla mot à personne chez lui. Le mercredi matin, il prenait l'omnibus pour Stockholm et tentait de se souvenir de la description des araignées.

L'image avait perdu de sa netteté.

C'était la faute d'Isak. Ils s'étaient disputés dans la voiture. Cela avait commencé quand Simon avait dit qu'il envisageait de rendre visite à Iza, à Stockholm, le week-end suivant.

Isak avait été curieusement bouleversé, il lui avait crié qu'il était complètement fou, qu'il courait droit à sa perte.

La fulgurance de la colère d'Isak et la rapidité de la voiture avaient effrayé Simon. En l'espace de quelques minutes, Isak avait fait monter la vieille Chevrolet à près de cent kilomètres à l'heure. Simon lui avait crié de se calmer, bordel, avant de les tuer tous les deux.

Isak avait ralenti, puis il était resté muet comme une carpe. Ils étaient arrivés sur le parking devant la caserne à une vitesse normale, avec dix minutes d'avance. Isak en avait profité pour lui raconter sa visite à Olga et les conclusions de Maria.

— Tu es libre de choisir une vie comme celle de Ruben, avec une femme folle, avec qui il n'a eu de paix que quand elle a été enfermée.

Et ensuite :

— Que Dieu me damne, tu n'as pas le droit de mettre au monde des enfants avec une mère comme Iza.

Il était au bord des larmes et Simon était abattu comme s'il avait été foudroyé.

— Mais enfin, je ne vais pas me marier avec elle.

— Si elle peut te coller un gamin sur les bras, elle le fera. Elle n'a aucune chance de se marier parce qu'elle fout la trouille à tous les hommes normaux. Si elle arrive à te mettre le grappin dessus, elle ne te lâchera jamais.

— Griffes à l'extrémité desquelles se trouvent les glandes distillant le poison, avait-il répondu.

— Simon, tu es en train de devenir dingue ? Tu devrais peut-être parler avec Maria, tu pourras être réformé.

Simon avait regardé son ami, avait tenté de rire.

— Je vais penser à... tout ce que tu m'as dit. Et c'est bien que tu m'aies parlé de ta mère.

Simon comprit que parler ainsi en avait coûté à Isak. Mais il avait fallu partir.

Maintenant, Simon était dans le train et s'appliquait à faire revenir sa première impression d'Iza, c'était elle la vraie, la réelle, l'image du mal.

Mais il se sentait puéril.

Comme quelqu'un qui jouerait avec les sentiments.

Isak est plus adulte que moi, pensa-t-il quand le train s'arrêta à Skövde. Un instant, il songea à descendre pour prendre le prochain train vers le sud. Mais il resta dans le train. Il faut que je triomphe d'elle.

Que je triomphe de mon image d'elle, corrigea-t-il en rougissant de honte. La jeune fille assise en face de lui dans le compartiment le regarda avec surprise. Simon dut aller se laver le visage et les mains aux toilettes, puis prendre un café au wagon-restaurant. Il y resta longtemps à regarder le paysage défiler à toute vitesse, avalé par le train.

Iza l'attendait à la gare centrale de Stockholm, égale à elle-même. Le célèbre psychanalyste suisse ne l'avait pas transformée. Elle lui montra la ville comme si elle lui appartenait.

— En comparaison, Göteborg n'est qu'un trou, dit-elle. Simon reconnut, en regardant la ville par la fenêtre, que c'était grandiose.

Ruben lui avait acheté un appartement sur le haut des collines du quartier de Söder, le soleil brillait au-dessus de Strömmen, du château et des toits, bien que le mois d'octobre fût très avancé. Personne à Göteborg ne parlait jamais de Stockholm, la belle capitale, et c'était étrange, se dit Simon. Il la connaissait assez bien, à travers ses lectures de Strindberg, de Söderberg et des quelque centaines de livres qu'il avait lus.

Sa principale envie était d'aller à la découverte de la ville, de remonter Drottninggatan vers Blå Tornet, de se promener sur Strandvägen, de prendre le bateau pour Djurgården et d'aller voir les célèbres chênes. Mais Iza dit :

— On va faire l'amour.

Simon baissa les yeux vers son visage et pensa aux araignées. Viens dans mon nid, je vais te manger.

La proposition n'alluma pas son désir. D'ailleurs il s'était trompé sur la vie amoureuse des araignées.

— J'ai faim. Tu as quelque chose à se mettre sous la dent ?

Iza, qui était toujours impatiente, devint furieuse. Elle frappa du pied par terre, fit une scène en voyant l'impassibilité de Simon, et se mit à pleurer.

— J'ai attendu des mois mon amoureux, et tout ce que tu veux c'est manger.

Mais il était déjà dans la cuisine crasseuse. Il ouvrit le réfrigérateur où il trouva une boîte de corned beef et quelques tranches de pain rassies.

— Viens, on va manger.

Puis il demanda, non sans une pointe de méchanceté :

— Depuis quand est-ce que je suis ton amoureux ?

Elle se mit à pleurer comme une fontaine, Simon constata avec étonnement que ses larmes ne le touchaient pas. Elle remarqua sa froideur et cessa immédiatement de pleurer. Il y avait une lueur de plaisir dans ses yeux quand elle dit :

— J'ai acheté une bouteille de vin.

Ils mangèrent et burent. Ils avaient presque l'air d'être de bonne humeur, comme des amis. Puis elle dit, d'un ton fébrile qui lui était coutumier :

— Alors tu n'es pas venu pour me sauter ?

— Non, je suis venu pour voir la ville et pour voir comment tu étais installée.

— Tu rigoles ?

— Peut-être.

— Oh, tu es cruel, dit-elle. Ses yeux se rétrécirent de désir, et sa bouche devint humide d'envie.

Simon but du vin. Excité comme il l'était après des mois d'abstinence passés dans l'archipel, il avait la certitude de réussir à la satisfaire. Il n'avait pas besoin de la ménager, elle ne voulait pas de tendresse, mais qu'il lui en fasse voir, sans précaution.

Mais il ne parvenait pas à la contenter. Elle voulait qu'il la frappât. Il pensa aux canaux de l'araignée qui débouchaient dans l'arrière du corps. À peine commença-t-il à la fesser que, tout excitée, elle alla chercher un fouet qu'elle gardait dans son placard. Il perdit à la fois désir et érection.

Il se sentait mal, il alla vomir dans la salle de bains. Il tentait de se persuader qu'il devait y avoir quelque chose dans les conserves qu'il avait mangées. Mais tout son corps s'était noué de dégoût. Quand son ventre eut rendu ce qu'il contenait, Simon se lava, mit son pantalon et retourna dans la chambre.

Iza était très calme, elle était étendue sur le dos, et fixait le plafond des yeux.

— Tu n'es qu'une petite merde, Simon Larsson, dit-elle.

Tu as peut-être raison, pensa-t-il, mais il ne dit rien, car il avait compris son désespoir. Il se glissa à nouveau dans son lit, se coucha tout contre elle.

Son désir se ralluma et brûla avec une énergie dévastatrice, et il se laissa dévorer corps et âme par le feu.

Ils continuèrent pendant trois jours et trois nuits. Ils s'aimèrent à s'en détester, pleurant, dormant à peine. Parfois, ils se levaient pour manger. Simon courait à l'épicerie chercher du pain et du beurre, elle ne lui proposait pas et ne faisait pas mine de vouloir payer quoi que ce soit. Bientôt, Simon n'aurait plus d'argent.

Elle lui pompait le sang, lui brisait les os. Elle ne rencontra pas de résistance, il la laissa faire car il avait l'impression de payer pour une ancienne faute.

Et elle le détesta parce qu'il ne s'opposait pas à elle. Elle l'humilia, le frappa, le tortura. Il acceptait tout, elle lui criait son mépris.

Quand le crépuscule tomba sur la ville, le samedi après-midi, il s'endormit pour échapper à leur désespoir commun. Elle le réveilla avec le fouet, en criant :

— Fouette-moi.

Mais il se refusa à la frapper, il se leva et sortit du lit. Il était libre, il était libéré de toutes les femmes, Karin, Inga, la mère Ågren, Dolly, il les avait toutes rencontrées, il savait qu'il ne pouvait en vaincre aucune.

Iza était couchée comme le premier jour, les yeux vides fixés au plafond.

— Va-t'en, dit-elle. Tu vas t'en aller maintenant, je ne veux plus jamais te voir.

Il prit une douche, remit son uniforme, marcha droit devant lui dans la ville étrangère où il faisait froid et sombre. Il avait cinq couronnes et soixante-quinze öre en poche, il le savait car il avait compté son argent la dernière fois où il était allé à l'épicerie. Cela ne suffisait pas pour une chambre d'hôtel.

Il avait son billet de retour, il pouvait aller à la gare centrale, et prendre le premier train pour Göteborg. Mais en descendant la colline de Katarinaberget, il eut envie malgré tout de voir la vieille ville. Il ne gelait pas encore, il pouvait bien veiller une nuit.

Il traversa Slussen, longea Skeppsbron et il entra dans les vieux quartiers. Des vents glacés se glissaient avec douleur entre les vieilles maisons fatiguées. Il faisait terriblement froid à Stortorget, où il tentait en vain de sentir le vent de l'histoire.

Je n'ai plus de cœur, se dit-il, il n'y a plus de pompe qui fasse circuler le sang dans mon cœur pour lui garder sa chaleur.

Ses pas le portèrent du côté de Kornhamnstorg, où les cafés semblaient abordables. Il s'arrêta devant un établissement, lut le menu et calcula qu'il pourrait s'acheter deux sandwichs au fromage et un chocolat chaud pour deux couronnes et vingt öre.

— Ben dis donc, mon garçon, ce que tu es pâle, dit la serveuse avec un accent chantant du Norrland. Elle ressemblait à Mona, en plus âgée et en plus maternelle.

Il lui sourit avec difficulté.

La priorité du moment était de rester assis une petite heure au chaud et de manger.

Il prit des petites bouchées de pain et mâcha consciencieusement, avala avec précaution de petites gorgées de chocolat. Son cœur se mit à battre régulièrement, la chaleur se diffusa de son ventre à ses jambes, où elle fit demi-tour et entreprit le long trajet jusqu'à sa tête.

Quand son cerveau commença à fonctionner, le soulagement qu'il avait ressenti dans la chambre à coucher d'Iza disparut.

Mon Dieu, quel type dégoûtant il était. Il avait fantasmé pendant des années sur cette fille, sur le mal qui allait le rendre réel. Il avait utilisé celle qui avait été utilisée des milliers de fois, pour participer à sa réalité et la rendre palpable.

Parce qu'il voulait le mal, sans jamais l'oser lui-même.

Il pensa à la mère Ågren, et à sa fascination pour elle. En réalité, ce n'était que pour pouvoir la détester, lui couper les seins et lui crever les yeux.

Dans son imagination, toujours dans son imagination.

Il sentit la nausée le gagner, s'il ne se calmait pas, il vomirait ce qu'il avait mangé.

Bylund. Il pensa longuement à Bylund. Finalement, ils étaient assez proches l'un de l'autre, sauf que l'adjudant était plus honnête.

Il n'eut pas de larmes, et en fut heureux car le café se remplissait de monde. Il allait bientôt payer et continuer son périple.

Bylund s'en serait tiré. Bylund, avec ses narines frémissantes, aurait satisfait Iza. Il était capable de passer de l'imagination à l'action.

Mais il avait presque tué Bylund.

Ce souvenir le rasséréna et il put avaler la bouchée suivante. Elle se déposait comme il le fallait dans son ventre.

Comment avait-il été attiré par Iza ?

Il était allé au sanatorium et il avait vu cette fille, grosse et laide. À l'époque, il avait cru qu'elle était la première personne qu'il ait rencontrée qui fût honnête. Elle ne s'embarrassait pas de problèmes de conscience, dans tout ce qu'elle disait et faisait.

C'était vrai.

Puis il se souvint des chiffres sur son bras et le temps s'était arrêté.

Elle possède la réalité, s'était-il dit.

Il avait lu beaucoup de récits des camps, écrits par des survivants. Ils ne parlaient pas que du mal et de la souffrance, ils parlaient aussi de la façon dont l'incompréhensible qui se produisait rendait tout irréel.

Là-bas, on ne survivait pas si on laissait la moindre place à la compassion, avait écrit quelqu'un. Et, sans compassion, le monde devenait irréel.

Ils assument la culpabilité du crime de leurs bourreaux, avait dit Olof.

Iza ?

Non, elle ne ressentait pas de culpabilité. Mais, pour être réelle, elle avait besoin qu'on lui fît mal.

Il faut que je lui écrive.

Qu'y aurait-il dans la lettre ?

Les gens réels sont corrects, la réalité c'est de savoir qu'on peut compter les uns sur les autres. Comme Karin et Erik. Ruben, Inga, oui, elle aussi détenait la réalité.

Contrairement à ce musicien romanesque qui l'avait aimée quelques semaines, qui avait disparu et ne s'était manifesté qu'une année plus tard par une lettre légère et délirante.

« Mille baisers. »

Et puis zut, quel dégoût.

Simon pensa longuement à son rêve du violoniste qui marchait vers l'anéantissement.

Était-il comme lui, attiré par le mal ?

Je l'ai dans les gènes, se dit-il, c'est héréditaire comme la musique.

La mort ?

Je vais aller à la gare, me mettre sur la voie et me balancer sous un express quelconque.

Mais il savait qu'il n'en avait pas le droit. À cause de Karin.

Il la détestait pour cela.

En réalité, il ne voulait pas mourir.

Il n'avait qu'une envie : aller droit chez elle, poser sa tête sur ses genoux et tout lui raconter.

Mais c'était impossible.

Il devait affronter seul ce qui s'était passé.

Seul, c'était être adulte.

Pour la première fois, il sut qu'il était devenu adulte, et cette pensée lui fut insupportable.

26

— Tu as l'air en piteux état.

Un homme entre deux âges, avec des yeux bruns sympathiques, un peu bridés, s'était assis en face de lui.

— Tu devrais manger quelque chose de consistant.

— Je n'ai pas d'argent.

— Je peux bien t'offrir une assiette de soupe.

La serveuse, qui observait Simon avec inquiétude depuis un moment, accourut avec une assiette fumante.

Il mangeait avec gratitude, quand il crut vaguement reconnaître l'homme.

— Andersson.

— Larsson.

Ils se serrèrent la main. Sa main était étrange, large et courte, chaleureuse et sèche.

— Tu n'as pas déserté ?

— Non, non, je rentre à Göteborg demain, j'ai une permission.

— Et tu es venu faire la java à Stockholm, apparemment.

— Oui, dit Simon avec une grimace, mais il ne put s'empêcher de sourire à l'étincelle qui s'allumait dans les yeux bruns.

— J'ai un billet de retour.

— Si tu veux, tu peux rentrer avec moi. J'emmène un camion à Göteborg cette nuit.

Simon n'en méritait pas tant. C'était une aubaine.

— Mon père a longtemps eu un camion. C'est peut-être pour ça que je te reconnais.

— Oui, on a dû se voir quand tu étais petit.

Andersson paya les sandwichs et la soupe. Puis il commanda dix sandwichs au fromage. Non, excusez, cinq avec du fromage et cinq avec du pâté de foie.

— On a besoin d'un casse-croûte.

Il tira deux thermos de son sac sous la table, et les fit remplir de café.

— Alors, on y va.

Ils montèrent la côte vers Slussen et tournèrent vers Södra Station. Le camion d'Andersson les attendait. Un Dodge vert lourdement chargé, les bâches tendues, était prêt à partir. Il n'était pas loin de dix heures du soir, mais les rues étaient noires de monde, un courant affairé sans début ni fin.

— Stockholm devient ce genre de ville qui ne dort pas la nuit, dit Andersson.

Simon hocha la tête. Stockholm ne l'intéressait plus. Une seule chose lui importait : sentir le plus possible la présence du chauffeur, qui était curieusement petit. Il avait une tête de moins que lui.

Derrière le siège du conducteur, il y avait un espace d'un demi-mètre, un matelas mince, quelques vieilles couvertures, et un coussin étonnamment gros et moelleux.

Le pouce court d'Andersson lui indiqua la couchette.

— Tu as besoin de dormir, Larsson. Je te réveillerai quelque part dans le centre.

Et Simon s'endormit comme un enfant, bercé de rêves agréables et sereins, d'herbe qui ondulait.

Il se réveilla à l'aube quand ils quittèrent la nationale et l'asphalte pour le gravier. Il resta allongé, se rappelant petit à petit où il était. Il s'assit et, quand son regard croisa les yeux légèrement bridés dans le rétroviseur, il sentit qu'on s'occupait de lui.

— Je me suis dit qu'on allait faire un tour sur Omberg pour prendre notre petit déjeuner au vert, là-haut sur la montagne sacrée.

Le paysage n'était plus tellement vert, mais un doux soleil d'automne se levait sur les pentes de l'Östergötland. Les feuilles froissées bruissaient sous les roues. Ils roulaient sur un tapis or et rouge cramoisi.

— Des feuilles de hêtre, elles viennent juste de tomber, dit Andersson, et Simon regarda les troncs droits comme des piliers le long de la route. C'était la première fois qu'il voyait des hêtres, il avait seulement lu des choses là-dessus.

— Qu'est-ce que tu entends par montagne sacrée ?

— Omberg est une des huit montagnes sacrées du monde, mentionnée dans les écrits saints depuis des temps immémoriaux.

— Tu es de l'Östergötland ? dit Simon en riant.

— Peut-être.

Simon pensa que les gens de l'Östergötland étaient pires que ceux de Göteborg.

— J'ai des preuves, dit Andersson en riant lui aussi. Regarde à l'est, droit vers les montagnes.

Simon obéit, il y vit quelques maisons rouges, il cligna de ses yeux ensommeillés à cause du reflet du soleil sur les vitres.

— Il y a très longtemps, la reine Omma régnait sur le peuple des marais. C'était un peuple magique qui connaissait l'énigme de la mort et qui organisait de grandes festivités en son honneur chaque fois que la lune était descendante.

— Tu inventes, dit Simon, mais il se rappela les articles qu'il avait lus sur des fouilles dans les marais de Dag, l'étrange cité lacustre de l'époque néolithique.

Andersson hocha la tête.

Ils avaient enfoncé plus de mille pieux dans le marécage et les avaient recouverts d'un plancher. Ce n'était pas un boulot énorme, c'était l'époque où les géants étaient encore sur terre.

Simon imaginait la scène : les géants arrachant d'un seul geste les énormes hêtres de Omberg, taillant leurs racines et les ébranchant en tenant les troncs entre le pouce et l'index.

— On va faire une pause pipi chez les vieux moines, dit Andersson, et Simon vit les ruines d'Alvastra se dresser dans la lumière de l'aube.

Andersson arrêta en douceur le lourd camion, mit le frein à main et coupa le moteur.

— Il faut le prendre avec des gants. Il n'est plus tout jeune, et il a ses caprices ; je parle du camion.

Ils se dirigèrent vers les ruines, et pissèrent en tournant le dos à deux pierres gravées. La contribution d'Oscar II et de Gustave V à l'histoire de l'abbaye. Les rayons obliques du soleil se glissaient à travers les voûtes de la nef de l'église et Simon sentit le souffle spirituel qui lui avait manqué la veille dans la vieille ville.

— Imagine, dit Andersson, imagine les moines français traversant l'Europe à pied. Ils marchaient à la queue leu leu, comme s'ils étaient alignés sur une ficelle. Ils emportaient avec eux des graines de plantes médicinales, des boutures de pommiers, de poiriers et de cerisiers, les ancêtres de ce qu'on cultive dans ce vieux pays païen.

Représente-toi ces hommes dans la forêt immémoriale du Småland, priant chaque matin leur Dieu de les faire sortir de ce pays sauvage avant le soir, quand les loups commençaient à hurler parmi les arbres.

Simon se les représentait.

— Ils arrivèrent ici et ils se mirent à construire une église et une abbaye.

Simon vit les cisterciens gris de la confrérie de Saint-Bernard en filigrane dans les vestiges de la salle capitulaire.

— Quel courage ! Leur espoir tenait à la lettre d'une vraie diablesse, une certaine Ulfhild qui, après avoir réussi à tuer plusieurs maris légitimes, n'en avait pas moins épousé le vieux Sverker pour devenir reine.

— Ils devaient se fier à Dieu.

— Oui. Que ta volonté soit faite ! C'est ce qu'on appelle la foi, ça fait des miracles.

— Triompher de la matière et déplacer des montagnes.

Andersson se mit à rire. Beaucoup d'hommes et de chevaux étaient morts quand les moines avaient déplacé la montagne de la carrière de Borghamm pour édifier leur église.

Puis ils se lavèrent dans l'eau de pluie du bassin dans l'aile nord, là où les moines se lavaient les mains autrefois.

— On peut se demander, dit Andersson qui rétrogradait en première, en passant devant l'hôtel de bois pour touristes, si c'était sa mauvaise conscience qui poussa Ulfhild à envoyer les moines ici.

Le camion se traînait en gravissant la montagne, tandis que Simon retenait son souffle à la vue du lac Vättern qui s'offrait à lui.

— C'était sans doute politique, répondit Simon en qui ressurgissaient ses souvenirs d'école et ses lectures de Heidenstam. Il n'y avait pas que Dieu qui donnait du pouvoir à ceux qui étaient proches de l'Église catholique.

Andersson sourit, le sourire de celui qui en sait plus, mais qui le garde pour lui, soit parce qu'il n'a pas de mots pour ça, soit par goût du secret.

Il ressemble à un vieux Chinois, se dit Simon quand Andersson poursuivit :

— Quoi qu'il en soit, il n'a pas fallu longtemps avant que les cloches de l'église ne commencent à résonner dans la montagne et effraient la reine Omma et les géants.

— Où sont-ils partis ?

Simon se délectait du moment, de l'homme, de la montagne, de la vue, et de la conversation. C'était comme un baume cicatrisant sur les plaies de la veille.

— Ils sont partis pour une autre réalité, et ils s'y trouvent toujours, dit Andersson d'une voix assurée, comme s'il venait de les rencontrer.

— Je suis heureux de l'apprendre.

Ils éclatèrent de rire ensemble.

— En bas à gauche, tu as la grotte de Rödgaveln, la porte du palais du roi de la montagne.

Simon n'eut pas le temps de scruter les profondeurs vertigineuses. Ils atteignirent les prairies de Stocklycke, gardées par de grands chênes. Il y avait aussi des mélèzes, qui éclataient en flammes rouges contre le ciel. Mais le camion bifurqua brusquement sur la gauche à côté du refuge, et poursuivit son ascension, dépassant le rocher de Pierre vers la baie d'Älvarum. Le camion ne s'arrêta pas encore, il continua à monter vers Örnslid, d'où l'on voyait Västra Väggar.

Andersson freina.

— Tu n'as pas le vertige ?

Simon secoua la tête. Le paysage grandiose le rendait muet. Comme le rocher de Gibraltar rencontre la Méditerranée, Omberg rencontrait le lac Vättern. Il était revêtu de forêts, d'une majesté nordique. Le lac était d'un turquoise lumineux, le soleil se reflétait dans l'eau et enveloppait les collines d'un bleu-vert diffus.

— Quelle lumière !

— Silence, ordonna Andersson en emportant la gamelle et les couvertures jusqu'au bord du précipice.

Je vais lui envoyer mon poème sur la mer, pensa Simon tandis qu'ils mangeaient leurs copieuses tartines en buvant du café.

Quand Andersson eut avalé son dernier morceau de pain, il dit :

— L'eau est verte parce que les géants y lavent leurs sous-vêtements sales.

La joie de Simon explosa en un grand rire qui partit de son ventre et se répercuta jusqu'à la forteresse d'Omma à des kilomètres de là.

Andersson eut son sourire énigmatique. Le soleil commençait à chauffer. Il s'étendit sur la couverture, et se couvrit les yeux de sa casquette.

— Tu ne trouves pas ça bizarre que tout ce qui te vient de l'extérieur tende à te faire croire que tu n'es qu'une chiure de mouche dans l'univers ? Tandis que ce qui vient de l'intérieur de toi te répète obstinément que tu es tout et que tu as tout.

Simon n'y avait jamais pensé, mais il réfléchit un instant.

— Il doit y avoir quelque chose de biologique, un instinct de survie qui nous persuade qu'on est tellement important.

— Non, non, dit Andersson. C'est le savoir, qui est plus fiable que la science.

Il posa sa casquette, s'appuya sur un coude et observa longuement Simon.

— Ferme les yeux, mon gars. Débranche ton cerveau et entre à l'intérieur, dans la salle du roi des montagnes, qui est dans ton propre cœur. Tu y entendras la vérité et elle te dira que tu n'es pas né pour rien.

Puis il s'allongea et s'endormit. Simon ferma les yeux. Le second mouvement de la *Symphonie fantastique* jaillit presque au même moment, il partit au-delà des images dans la blancheur...

Andersson le ramena à la réalité en lui posant une main sur l'épaule, un geste plein de tendresse.

— Il faut qu'on y aille, mon gars. Alors, tu as entendu la vérité ?

— Entendu, non. Mais senti.

— Bien. Allez, on y va.

Ils récupérèrent la nationale. Quand le vacarme des roues cessa en retrouvant l'asphalte, Andersson se mit à siffler. Simon se tétanisa, par habitude. Il s'attendait à éprouver du déplaisir. Mais Andersson siffla la mélodie du second mouvement de Berlioz sans la moindre fausse note.

Cette matinée avait été tellement riche d'événements étranges que Simon n'avait cessé de s'étonner. Cela semblait naturel qu'Andersson eût entendu la musique qui résonnait dans sa tête, là-haut sur la montagne.

Quand ils eurent dépassé Jönköping et qu'ils commencèrent à gravir les plateaux du Småland, Andersson écouta l'histoire d'Iza, en entier.

— Tu vois quelle pourriture je suis ?

— Il n'y a pas de quoi en faire un plat. Je dirais plutôt que tu es un de ces pauvres types qui ruminent en payant de vieilles dettes. Il faut que tu arrêtes, car il n'y a de culpabilité que dans ton imagination.

La remarque d'Andersson stupéfia Simon qui se tut. Puis il reprit ses esprits et posa une question :

— Donc ça n'avance à rien d'essayer de payer ?

— Non, ça ne marche pas, il n'existe pas de monnaie pour ça. C'est évident : s'il n'y a pas de culpabilité, il ne peut pas y avoir quoi que ce soit pour la racheter.

— Je comprends ce que tu veux dire mais…

— Tu es fantastique, dit Andersson, et Simon comprit qu'il se moquait de lui. En général, une vie entière est à peine suffisante pour rembourser.

Il y eut un long silence dans le camion, Simon regarda les marais de Bottnaryd. Il était si concentré qu'il fronçait le visage. Ce poids en lui, ces points sensibles, écorchés, qu'il appelait communément culpabilité, n'existaient pas.

— Ça doit être de la tristesse, se dit-il comme à lui-même.

— La tristesse, renchérit Andersson, n'est généralement que de l'apitoiement sur soi.

— Tu exagères, dit Simon, en ne pouvant s'empêcher de rire. Là, précisément, Andersson avait raison.

— Il n'y a que l'instant qui existe, continua le chauffeur routier.

— Mais, Dieu ?

— Justement, Dieu est le Dieu de l'instant, il t'accueille tel qu'il te trouve. Il ne demande pas où tu as été, mais comment tu es en ce moment.

Il passa au point mort dans la descente d'Ulricehamn et poursuivit :

— Toi aussi, tu te prends pour un de ces fous qui croient qu'ils peuvent contrôler leur vie. C'est pour ça que ce que tu appelles le mal t'attire. Tu t'imagines que si tu comprends comment il fonctionne, tu pourras te défendre contre lui, et cesser d'avoir peur.

Simon prit une profonde inspiration, c'était vrai. Il le savait, et cela lui faisait du mal et du bien à la fois.

La voix d'Andersson se radoucit maintenant.

— De quoi est-ce que tu as peur, mon gars ?

— Je ne sais pas. Mais, l'instant d'après, une vieille peur remuait tout au fond de son ventre et lui soufflait la réponse.

Il parla d'Inga, de l'abandon avant la venue de Karin. Andersson acquiesça.

— Le corps a ses souvenirs.

Ils approchaient de Borås, où il pleuvait, comme toujours. Andersson remonta la vitre et parvint après quelques tâtonnements à mettre en route les essuie-glaces.

— Il y a quelque chose de remarquable chez les nourrissons. Dans leur conscience. Tu as déjà regardé un nouveau-né dans les yeux ?

Non, Simon ne l'avait jamais fait.

La pluie cessa brusquement dans Sjömarken.

— Est-ce que tu as des enfants ?

— Toute une série, éparpillés de par le monde.

— En Amérique ?

— Oui, là et ailleurs.

— Alors tu n'en as aucun qui soit resté ici en Suède ?

— Si, j'ai un garçon en Suède. Le sourire énigmatique d'Andersson s'illumina plus que jamais quand il ajouta :

— Un garçon superbe.

Selon la pendule, six heures s'étaient écoulées quand ils descendirent dans l'éclat du soleil de l'après-midi, dépassèrent les bergeries de Kallebäck et entrèrent dans Göteborg. Simon avait à peine eu le temps de respirer que le voyage s'achevait déjà. Il aurait voulu rester *ad vitam aeternam* dans le camion avec Andersson.

— Nous y voilà, dit le chauffeur en freinant devant la gare centrale de Drottningtorget. Dépêche-toi, j'en connais un qui commence à manquer de temps.

— Dis-moi, tu me donnes ton adresse ?

Simon bégayait d'impatience sur le trottoir tandis qu'Andersson refermait la portière.

— À bientôt, mon gars. On va se revoir, t'inquiète pas.

Il devait emmener le camion au bateau en partance pour l'Angleterre. Le chargement devait être terminé pour cinq heures. Simon vit le Dodge disparaître vers les quais.

Il se sentit terriblement seul.

Mais il entra dans la gare, vérifia son pécule, qui était toujours de cinq couronnes soixante-quinze öre. Il trouva quelques pièces pour téléphoner.

Ce fut Karin qui répondit.

— Salut, maman, tout va bien. Est-ce qu'Isak est là ?

— Non, il est au cinéma avec Mona.

Simon essaya de réfléchir, gagna du temps en demandant :

— Comment vas-tu ?

— Ça va.

— Dis donc, tu pourrais dire à Isak que je m'en suis sorti, que c'est fini à présent.

— Mais, Simon, de quoi parles-tu ?

Il entendit l'inquiétude poindre. Et merde.

— C'est une plaisanterie, maman, un pari.

— Ah bon ? La voix avait une intonation acide, elle ne le croyait pas.

— Maman, cria Simon, je n'ai plus de pièces, mais je ne me suis jamais aussi bien porté, tu m'entends ?

Elle le crut, elle éclata de rire et la conversation fut interrompue.

En arrivant en ville le samedi suivant, il passa des heures au siège central des camionneurs, et alla de camion en camion. Connaissaient-ils Andersson, un petit bonhomme aux yeux bruns qui conduisait un Dodge vert ?

Non, personne ne connaissait Andersson.

Ça devait être un indépendant. Il y en avait plein dans ce boulot.

27

Le matin, Erik apportait le café au lit à Karin. Au début, cela la gênait, mais elle en prit bientôt l'habitude. Un simple besoin de rester dans la chaleur du lit avec le café frais et les pensées de la nuit, qui étaient souvent neuves et bonnes.

Cette fin d'hiver, elles tournaient beaucoup autour de Simon, qui était content et bien dans sa peau. Pourtant ça ne devait pas être gai là-bas sur les îles, dans le froid et le vent.

Un jour de février, alors qu'il neigeait et qu'elle avait éteint la lampe de chevet pour voir les flocons de neige dans la lumière de l'aube, Mona frappa à sa porte.

Bien sûr, on est mercredi, c'est son jour de congé.

— Je peux m'asseoir un instant avec toi ?

Mona se glissa au pied du lit, sous une couverture.

— Tu veux du café ?

— Non, merci, j'ai déjà pris mon petit déjeuner.

Puis, très rapidement, comme pour l'évacuer :

— Karin, je suis enceinte.

Il sembla à Karin que son cœur se comportait bizarrement, mais elle avait l'habitude et ne s'en préoccupa guère. Les images se précipitaient dans sa tête, des sentiments contradictoires luttaient en elle. La peur ancestrale de la femme à l'égard de l'accouchement, la tendresse pour Mona, la joie, l'inquiétude et la douleur, son ancienne tristesse de ne pas avoir porté d'enfant.

Jalousie, je suis jalouse.

Mais l'idée la frappa aussitôt : je vais avoir des petits-enfants.

Ce n'était pas complètement vrai, mais c'était quand même cette joie qui était le sentiment dominant.

— Mon Dieu, c'est fantastique.

Puis, avec un grand rire :

— On aurait dû s'en douter, tant d'amour dans un si petit lit, et juste un petit sac en caoutchouc pour empêcher ça.

Mona lui avait parlé du diaphragme, l'avait montré à une Karin étonnée qui avait dit que jamais de sa vie elle n'oserait se fier à un sac en caoutchouc aussi fin et insignifiant.

Mona s'était sentie vexée. Mais maintenant elle pouvait avouer la vérité. Depuis longtemps elle ne l'utilisait plus, parce qu'elle voulait se marier, avoir un enfant, et surtout quitter l'école d'infirmières.

— Tu vas être grand-mère, ma petite Karin.

— Presque, en tout cas.

Ensuite elles se perdirent en discussions de femmes. Le garçon. Non, la fille.

— Je suis presque sûre que ce sera une fille, dit Mona. Elle s'appellera Malin.

— Pourquoi Malin ? Karin trouvait que ce vieux prénom était moche et sentait la pauvreté.

— C'était le nom de ma maman.

Il n'y avait donc rien à ajouter.

— Isak le sait ?

— Non, pas encore.

— Il va falloir vous marier.

— Mmm, tu as entendu, le coiffeur va déménager et partir en ville. Ils ne supportent plus les ragots sur Dolly. On pourrait louer le trois pièces du premier, chez les Gustafsson.

— C'est une bonne nouvelle.

La vie était quand même sympathique, elle aurait Mona et Isak comme voisins immédiats. Et la petite fille. Karin pensait déjà au bébé qui n'était pas encore né comme à une petite fille.

— Tu pourrais téléphoner à Gustafsson pour lui demander.

— Bien sûr.

Puis elles retombèrent sur tous les problèmes. Isak et Chalmers, l'école d'ingénieurs.

— On peut vivre avec l'emprunt étudiant, dit Mona. C'est ridicule quand on pense à Ruben, mais ça ira.

Ses yeux supplièrent Karin, qui secoua la tête. Au chantier de Göta, Isak avait appris le rapport entre l'argent et le sentiment d'intégrité. Il payait consciencieusement sa part chez Karin et Erik. Il avait dit à Ruben qu'il paierait lui-même les honoraires de Maria, c'était une somme importante, et il savait qu'il aurait besoin d'aller la voir pendant plusieurs années.

Leur budget était si serré que Mona avait parfois dû emprunter à Karin l'argent pour le tramway.

Karin comprenait que le choix d'Isak était bon pour lui, mais il lui arrivait de plaindre Ruben.

Elles calculaient en silence sur le lit. Draps, serviettes, oreillers, couvertures, lits, meubles, casseroles, assiettes…

— Je veux que ce soit le plus simple possible.

Mais quand Karin lui proposa de jeter un œil sur ce qu'ils avaient remisé dans la cave, elle dut baisser les yeux pour cacher son courroux.

— Il ne doit pas y avoir grand-chose, dit Karin, en pensant qu'ils avaient jeté la plupart des objets quand ils avaient agrandi la maison. C'est dommage pour ta formation, déplora-t-elle, car elle s'était réjouie du diplôme d'infirmière de Mona.

— Bah, je n'avais pas envie d'être infirmière.

— Mais, tu sais, c'est bien d'avoir un métier. On ne sait pas ce qui peut se passer. Et, immédiatement, Karin pensa que la famille de Ruben ne serait jamais dans le besoin.

Pourtant elle soupira sans raison apparente.

Elle eut le temps d'appeler Gustafsson avant l'arrivée de Lisa. Non, ils n'avaient pas promis l'appartement, oui, cela devrait être possible.

Pendant que Lisa faisait le ménage dans la maison, Mona et Karin partirent pour une promenade le long du fleuve. La neige avait cessé de tomber, un pâle soleil d'hiver se risquait, peignant en jaune doré la glace autour des pontons.

— C'est important qu'Isak le sache.

Vers l'après-midi, Mona s'en alla en ville et resta sur le quai à regarder le bac traverser le fleuve avec à son bord les hommes du chantier de Göta. Isak était dans la première navette, il fut content mais un peu inquiet en la voyant.

— Je te présente Onsala.

Mona serra la main du grand tourneur. Quand ils se retrouvèrent seuls sur le quai, elle lut l'interrogation sur le visage du jeune homme.

— On s'en va, dit-elle.

Isak tenait son vélo tout en tentant de la prendre par l'épaule.

— Il ne s'est rien passé ?

— Si. Nous allons avoir un enfant.

Isak la lâcha, lâcha la bicyclette qui tomba dans la rue avec un bruit de ferraille. Il restait là immobile laissant la joie s'emparer de lui. Il dit, exactement comme Karin :

— Mon Dieu, c'est merveilleux.

Et ils retournèrent à Sänkverket avec la bicyclette, il la cadenassa pour la nuit, et prit Mona par la main.

— On va d'abord voir papa.

Ils volèrent à travers la ville, leurs pieds ne touchaient pas le trottoir, jusqu'à ce qu'ils approchent de la porte de Ruben et que Mona atterrisse dans la réalité.

— Qu'est-ce qu'il va dire ?

— Il sera content.

Néanmoins, la réaction de Ruben surprit Isak. Ils s'étaient tenus devant lui, se sentant très jeunes et un peu effrayés, et Mona avait annoncé :

— Nous attendons un enfant.

C'était une joie qui montait du plus profond de lui-même, une joie ancienne, la joie du sang, la joie de la filiation.

Comme si elle l'avait compris, Mona dit :

— Ce sera un enfant juif, je vais adopter votre religion et nous nous marierons à la synagogue.

Ruben fit alors quelque chose d'inattendu, il alluma le chandelier à sept branches, enlaça Mona et Isak devant la flamme paisible des bougies et lut une longue prière en hébreu.

La prière ancienne pénétra en eux jusqu'à l'enfant qui écoutait, ils ne comprenaient pas les paroles, mais sentaient qu'elles portaient une paix dépassant la compréhension.

Un peu plus tard, Ruben appela Karin. Il les invitait à dîner ce soir, il avait quelque chose d'important à leur annoncer. Il entendit le rire clair dans la voix de son interlocutrice quand elle répondit qu'ils essaieraient de venir, Erik et elle. Ce fut seulement quand il eut raccroché qu'il comprit la signification de cette gaieté.

Elle était certainement au courant, son astucieuse Parque.

— Papa, je me suis dit que j'allais rester au chantier de Göta. Tant pis pour Chalmers.

Mona baissa les yeux pour ne pas dévoiler son opinion, mais les yeux d'Erik brillèrent d'une légère lueur de méchanceté et de curiosité. Ils verraient enfin jusqu'où elle irait, cette absence de conscience de classe dont Ruben faisait toujours preuve. Il n'accepterait certainement pas que son fils devînt et restât un travailleur.

Mais Ruben l'étonna :

— Je l'avais plus ou moins compris, Isak. Tu t'y plais tellement.

Et il se tourna vers Erik pour se vanter :

— Isak conduit son propre tour désormais, c'est une machine terriblement compliquée.

Erik en resta bouche bée, et ce fut lui qui frappa du poing sur la table à en faire sauter les verres.

— Mais, bordel de merde...

— Ne sois pas grossier, dit Karin. Il en perdit presque ses moyens, car elle n'était pas la dernière à jurer non plus. Mais sans doute pensait-elle à l'enfant dans le ventre de Mona.

— Isak, tu n'as aucune idée de ce qu'on devient avec le temps. L'usure et la fatigue physique, le mal au dos, les rhumatismes. Sans parler des troubles de l'audition et du salaire ridicule. J'ai été en usine un temps, je sais. À la longue, on ne supporte plus la merde et le bruit. Et le pire, c'est l'absence de liberté.

Isak s'apprêtait à répondre qu'il en avait pas mal vu maintenant, mais qu'il préférait malgré tout ce boulot pénible à celui d'ingénieur chic. Karin lui coupa la parole :

— Isak a besoin d'expérience pratique, même s'il devait poursuivre des études d'ingénieur. Quelques années au chantier ne lui feront pas de mal et leur vie sera à peu près assurée tant que l'enfant sera petit.

Puis elle parla de l'appartement chez les Gustafsson.

— Est-il confortable ?

— Oui, ils ont fait installer le chauffage central et une salle de bains.

Isak pensa que Dieu était bon. Il irait voir Gustafsson le soir-même, mais Mona et Karin, elles, pensaient au linge, aux meubles, à la vaisselle...

Karin trinqua avec Ruben et vit à son expression qu'il avait une idée derrière la tête, mais Mona et elle gardèrent le silence.

Mona expliqua qu'elle allait se convertir au judaïsme. Erik eut l'air étonné mais Karin hocha la tête, elle comprenait.

Personne n'eut une seule pensée pour le poissonnier, le père de Mona.

Ils se séparèrent pour qu'Isak ait le temps de rencontrer Gustafsson. Il revint au bout d'une demi-heure. Tout était réglé, il signerait le bail samedi.

Le loyer serait plus élevé que ce qu'il avait prévu. Il mentionna un montant qui faillit faire se décrocher le menton de Karin.

— Il n'y va pas avec le dos de la cuillère, remarqua Erik quand Karin et lui se retrouvèrent seuls. Il a dû se dire que le fils de Lentov avait de quoi payer.

Karin hocha la tête. C'était la crise du logement, et il fallait bien s'en accommoder.

Le lendemain, Mona eut une entrevue avec la directrice de l'école d'infirmières et elle démissionna. Elle expliqua franchement la situation. Elle était enceinte. La dame sévère lâcha un lapidaire :

— Si c'est ça, de toute façon vous auriez été renvoyée.

Pendant que la jeune femme remplissait les papiers nécessaires, la directrice se lança dans une diatribe sur la folie de la jeunesse. Y avait-il un père pour l'enfant, ah bon, il y aurait un mariage, et qui était l'heureux élu ?

Mona lui répondit avec un léger sourire :

— Eh bien, c'est le fils de Ruben Lentov.

— La bonne femme a eu l'air d'avaler de travers, raconta Mona à Ruben, qui sourit en pensant qu'il avait enfin un enfant qui était fier de lui. Ils mangeaient au restaurant dont ils étaient convenus la veille au soir.

Ensuite Ruben entama le couplet, le couplet de Karin et Mona, dans un ordre qui différait légèrement : meubles et tapis, vaisselle et argenterie, et Mona l'aima pour ces jolis mots.

Il sortit une enveloppe.

— Ceci est un cadeau pour ma bru.

— Mais Isak...

— Isak n'a rien à voir avec notre amitié.

Mona souriait quand elle glissa l'enveloppe dans son sac à main. Elle résista pendant tout le trajet en tramway à l'envie de l'ouvrir. Elle avait l'air bien mince, et il faudrait rajouter beaucoup d'argent. Ruben avait parlé de tapis, elle connaissait un endroit où on vendait des tapis merveilleux.

Arrivée chez Karin, elle sortit l'enveloppe, qu'elle trouva encore plus fine que dans son souvenir.

— Ouvre-la, toi, je n'ose pas.

Karin sortit un couteau et ouvrit d'une main ferme l'enveloppe, qui ne contenait qu'un papier.

— Ça doit être un chèque. Ni l'une ni l'autre n'en avait encore jamais vu.

— Il y a marqué dix mille dessus, dit Karin, et Mona dut s'asseoir sur la banquette de la cuisine pour ne pas s'évanouir de joie.

Elles essayèrent de reprendre leurs esprits autour d'une tasse de café avant d'aller visiter l'appartement. La femme du coiffeur venait de commencer à faire ses bagages. Toutes ces roses, pensa Mona, comme c'est laid. Mais les pièces étaient belles, grandes et claires, et la cuisine aussi chaleureuse et accueillante que celle de Karin.

— Tu vois, dit Mona quand elles regardèrent par la fenêtre de la chambre à coucher du côté de chez les Larsson, on pourra se faire des signes de la main.

— Des meubles moches, et des papiers peints épouvantables, commenta Mona quand elles rentrèrent. On peindra tout en blanc.

Karin, qui n'avait jamais estimé le coiffeur et sa femme, mais avait toujours admiré leur appartement, avec ses meubles de style et ses lustres en cristal, était étonnée.

— Et comment ça sera chez vous, alors ?

— Des murs blancs, des meubles blancs, des rideaux blancs.

— Ça semble… clair.

— Peu de meubles, mais de bonne facture. Des tonnes de fleurs.

Elle était plongée dans sa rêverie, Karin comprit que ces rêves ne dataient pas d'aujourd'hui.

— Ça ressemblera à un presbytère à la campagne. Et la cuisine sera comme la tienne, avec des tapis de lirette clairs par terre. Pas de lustres en cristal ni de chichis de ce genre.

Karin sentait qu'elle devait se sentir flattée, et passa sous silence sa vieille envie d'avoir un lustre en cristal.

Puis, elles entendirent Isak siffler en montant la côte. Il sifflait faux comme d'habitude. La mauvaise conscience de Mona se voyait comme le nez au milieu de la figure, il s'en aperçut immédiatement.

— Qu'est-ce que tu as fait de mal ?

Il plaisantait, mais il éprouva de l'appréhension quand Mona lui dit qu'il valait mieux qu'ils eussent un entretien seul à seul.

— Si tu as besoin d'aide, appelle-moi, dit Karin, sans doute un peu inquiète elle aussi.

Mais elle entendit bientôt le rire d'Isak à travers le plancher. Isak dévala l'escalier, l'embrassa et imita l'élocution un peu traînante de son père, avec son léger accent :

— « Isak n'a rien à voir avec notre amitié. » C'est un sacré filou de vieux Juif, papa.

Isak était soulagé, Karin et Mona comprirent simultanément que dans sa tête il avait débité le refrain : draps, linge, meubles, vaisselle.

28

Quelques semaines plus tard arriva ce qui resterait dans l'histoire familiale comme le fameux samedi.

Pour Ruben, la journée ne commença pas trop bien.

— La nièce de monsieur le directeur au téléphone.

Ruben masqua une grimace, dit d'un ton las :

— Ce n'est pas ma nièce, c'est celle de ma femme.

C'était ridicule de sa part.

La voix d'Iza était fébrile, insistante comme d'habitude. Elle réclamait plus d'argent.

— Je crève de faim.

Mais Ruben s'était endurci depuis qu'il la connaissait. Il pensa à Olof Hirtz et au fait qu'il devait imposer ses limites.

— Tu sais très bien que tu dois te débrouiller avec l'argent que tu reçois.

Elle ronronnait comme un chat en répondant :

— Simon a habité ici une semaine entière, il a mangé comme un ogre, il voulait visiter la ville, mener la grande vie, et tout le reste.

Le cœur de Ruben s'alourdit, mais sa voix resta ferme.

— C'était quand ?

— C'était il y a un moment.

Sa voix baissait, il savait qu'elle mentait, mais pas sur tout.

— Je t'envoie un billet de cent. Ça marche pour toi à l'école ?

— Oh, oui. Merci de ta gentillesse, mon oncle.

C'était le matin, il appela Karin pour demander si Simon aurait une permission ce week-end-là.

— Oui, nous l'attendons.

— Alors je vais le chercher au régiment.

Ruben était très remonté, et il savait que la colère était pour lui un remède contre l'inquiétude. Il s'y accrocha donc tant qu'il pouvait : sacré garçon.

Simon attendait le bateau qui devait le conduire sur la terre ferme. Le vent venait de la mer, du nord-ouest, il était froid comme le mépris, mais il n'était pas passé par la ville et n'apportait pas la nouvelle de la colère de Ruben.

Simon était de bonne humeur.

Il avait été de garde cette nuit au bord de la mer sombre. La solitude était lourde, mais il s'y était habitué. Au début, il s'était surpris à souhaiter une guerre, des navires ennemis à l'horizon, et des tireurs embusqués dans les îles. Qu'on puisse tirer, sonner l'alarme et mener une vie pas possible.

Certains s'étaient amusés à déclencher l'alarme, et ils avaient été semoncés par Sjövall et raillés pendant des semaines par leurs camarades qu'ils avaient tirés du lit et effrayés.

Simon avait attentivement regardé les îles de l'archipel la nuit précédente. Il s'était imaginé qu'elles savaient qu'il était là à les observer. Leur vie est dans l'éternité, rien ne les avait transformées depuis la fonte des glaces dix mille ans auparavant. Mais il s'était dit ensuite qu'elles n'avaient pas la même échelle de temps que lui. Et il avait entamé une conversation avec un physicien atomique, qui lui avait assuré qu'il se menait une danse à l'intérieur de la pierre.

— Je te crois, avait répondu Simon, en s'efforçant de se représenter la cadence du granit, qui danse comme celui qui ne connaît pas la peur.

Puis ç'avait été la relève et il avait dormi quelques heures avant les travaux d'entretien de l'équipement et le transport à terre du matin.

Ruben vit le garçon avancer vers lui. Il était grand et gai, avec son sourire blanc dans son visage buriné. Mouvements intenses, poignée de main.

Il est adulte, il a droit à sa vie privée, pensa Ruben. Mais c'était déjà trop tard.

— Tu es fâché contre moi ?

— Mouais. Monte.

Simon ne se formalisa pas, il ne changeait pas, il était ouvert comme un livre qui veut être lu et compris, et qui n'est pas responsable de la richesse et de la complexité de son contenu.

— Iza a appelé, dit Ruben, en passant la première et en mettant le clignotant pour tourner.

Simon devint rouge coq, et il se ferma. Il y eut un silence dans la voiture. Il se sentait mis à nu, comme si Ruben, l'ayant démasqué, avait dévoilé ses pensées les plus intimes et les plus terribles.

— Pourquoi y es-tu allé ?

— Parce que je suis immature, je suis quelqu'un qui joue avec les sentiments.

Long silence.

— Je m'étais mis dans la tête qu'elle me rendrait réel. Ç'a été un échec total, je n'ai fait qu'aggraver les choses pour elle.

Il essaya de parler de l'araignée, de l'attraction pour l'anéantissement, mais il perdit ses mots, sentant leur arrière-goût nauséeux.

Il y eut un nouveau silence.

— Je n'ai rien pu faire pour elle.

— Non, Simon, personne ne le peut.

— C'est terrible.

— Oui.

— J'ai affreusement honte.

— Tu ne vas pas y retourner ?

— Jamais de la vie.

Ruben était tellement soulagé qu'il s'effondra sur son siège. Puis il fallut bien qu'il le taquinât.

— Mais tu lui as tout pris, tu as mené la grande vie en ville et tu as bouffé tout son argent.

— C'est un mensonge.

Et Simon raconta comment il s'était retrouvé dans la rue avec cinq couronnes et soixante-quinze öre et qu'il avait dû compter ses pièces avant d'entrer dans un café commander des sandwichs.

Ruben éclata de rire.

— Si on pouvait s'arrêter, je te raconterais quelque chose, dit Simon.

Ruben chercha un arrêt de bus et se gara tout au bout du décrochement.

Alors le jeune homme relata l'histoire d'Andersson, d'Omberg, d'Alvastra, et des géants qui lavaient leurs sous-vêtements sales dans le lac Vättern.

— Il m'a raconté tout le temps des histoires plus extraordinaires les unes que les autres. Je suis heureux depuis que je l'ai rencontré.

Ruben se sentait presque jaloux, mais il se laissa captiver par l'histoire de la salle du roi de la montagne dans le cœur de chacun et par la manière de savoir qu'on ne vit pas pour rien.

— Mais ce qu'il a dit de mieux, c'était sur la culpabilité. Il a dit qu'elle n'existe pas, qu'il s'agit d'un crime qui n'a jamais été commis et que pour cette raison on ne peut pas l'expier.

— Je l'ai aussi pensé parfois, dit Ruben. Mais ce n'est pas vrai, on a toujours trahi, blessé, abandonné.

— Mais pas toi ?

— Mais si. J'ai trahi Isak quand il était petit. J'ai blessé Olga en l'épousant bien que ce ne soit pas elle que je désirais. Sans parler de mes parents, je me suis abstenu de les obliger à me suivre en Suède.

— Mais comment les aurais-tu obligés à te suivre ?

— J'aurais pu, si j'avais voulu.

— Andersson dit que Dieu est le Dieu de l'instant présent, et qu'il ne se préoccupe que de ce qu'on est sur le moment.

— C'est une vision trop simpliste pour moi, dit Ruben, mais Simon ne l'écoutait pas, il cherchait d'autres répliques d'Andersson.

— Quoi qu'il en soit, on ne peut pas payer, il n'existe pas de monnaie pour racheter la culpabilité.

Ruben regarda Simon. C'est vrai, c'est terriblement vrai.

— Que t'a-t-il dit encore ?

— Que la plupart des gens continuent à payer des dettes qui n'ont pas de sens toute leur vie durant, en se demandant pourquoi leur culpabilité ne diminue pas.

— J'aimerais beaucoup rencontrer cet Andersson.

— Ce n'est pas possible, dit Simon en racontant comment il l'avait cherché dans toutes les compagnies de transport routier de la ville. Je n'ai pas trouvé une seule personne qui le connaisse.

— Étonnant.

— Oui.

Ils se regardèrent tous deux, intrigués, secouèrent la tête et reprirent leur route.

— Comment va Mona ?

— Bien, bien, dit Ruben. Et il apprit que, selon Andersson, il fallait regarder les nouveau-nés dans les yeux, car il y avait beaucoup de sagesse.

Quand ils prirent Torgny Segerstedtsgatan vers Långedrag, Ruben demanda :

— Tu as quasiment terminé ton service.

— La quille dans six semaines. On commence à compter les jours.

— Je pars en voyage pour l'Amérique fin avril, et je rentre par Londres et Paris. Je me proposais de t'inviter. Ça t'intéresse ?

— Un peu ! cria Simon, mais il se ravisa aussitôt :

« Pourquoi veux-tu que je vienne avec toi ?

— Parce que ce serait amusant…

Simon rit. C'était vrai, ils s'amusaient bien ensemble, Ruben et lui. Il ne s'agissait pas d'une dette ancienne vis-à-vis de Karin, mais de lui, Simon.

Le visage de Ruben s'éclaira comme un soleil.

— Je ne mets qu'une condition, tu laisses tomber cet irritant « oncle ». Tu es trop vieux pour ça.

— Et toi, tu es trop jeune, Ruben.

L'instant d'après, ils garaient la voiture devant la maison près du chantier.

Un grand repas agité les attendait, petit déjeuner-déjeuner-dîner, dit Karin, parce que ici personne n'a le temps de faire à manger plus d'une fois par jour. Le salon avait été transformé en atelier de couture. À un bout de la pièce, une mer de mousseline blanche ondulait autour de la vieille machine à coudre, à l'autre bout se trouvait la table avec des dessins à l'échelle, des échantillons de couleur, des maquettes de meubles et des piles de brochures.

— Une robe de mariée ? Simon regarda Mona dans tout ce blanc avec stupéfaction.

— Non, idiot. Ce sont des rideaux.

Simon s'agenouilla devant elle : oh, Sainte Vierge, tu n'es pas mariée. Puis il posa la tête contre son ventre. Coucou là-dedans. Il leva les yeux vers la jeune femme.

— Une fille, dit-il.

— Moui, bien sûr que c'est une fille.

— Ces deux-là sont un peu fous, fit Isak.

— Les femmes enceintes deviennent souvent un peu folles, ajouta Karin.

— Oui, je m'en suis aperçu. Et Simon a toujours été dingue.

Ils mangèrent debout, c'était un buffet. Dans l'agitation, Simon annonça en passant qu'il accompagnait Ruben en Amérique après son service.

Surprise et liesse. Mais Karin dit qu'ils allaient la tuer. Un mariage, un emménagement, une naissance, il fallait en plus qu'il y ait un voyage en Amérique !

— Mais maman, s'inquiéta Simon, tu n'as pas besoin de te faire du mouron pour mon voyage.

— Simon, je vois bien qu'il y a de la magie dans ces uniformes de soldats qui grandissent en même temps que les gars qui sont dedans. Mais ici, à la maison, on ne connaît pas ces tours et je crois bien que tu n'as plus un seul vêtement qui t'aille.

Ils rirent, ils avaient ri à chaque permission des tentatives de Simon pour s'habiller en civil, avec les pulls qui s'arrêtaient à mi-bras, et les pantalons qui donnaient l'impression qu'on les avait coupés au mollet. Sans parler des vestes qui auraient craqué de terreur s'il les avait enfilées.

— Tu auras quelques jours entre le service militaire et le départ pour régler cette histoire, dit Ruben. Mais il me faut ton passeport, Simon, tu en as un ?

Simon opina. Il s'était procuré un passeport en terminale, quand un sentiment d'aventure qui lui avait fait penser que le monde s'ouvrait l'avait pris.

— Heureusement, soupira Ruben pensant au maccarthisme qui planait sur la police des frontières comme sur l'ensemble des États-Unis.

Ensuite on envoya Simon et Isak au premier étage des Gustafsson pour prendre de nouvelles cotes, dans la cuisine. Simon contempla longtemps l'ancienne chambre de jeune fille de Dolly et Isak dit que, de cette chambre, on avait une vue plongeante sur le dernier étage de leur maison.

Simon hocha la tête. Oui c'était vrai.

Les pièces avaient été repeintes, tout était blanc comme Mona l'avait décidé.

— On n'a pas voix au chapitre, répondit Isak quand Simon lui fit remarquer que c'était éblouissant.

Ils retournèrent dans la grande salle de séjour.

— Dis donc, Isak, je voudrais te parler.

— Voilà autre chose, dit Isak avec une terreur feinte. Ils avaient discuté d'Iza et de la visite à Stockholm, et ce sujet était clos.

Mais se taire au sujet de Bylund torturait Simon.

Il s'adossa au mur et plia les jambes pour s'asseoir par terre. Isak l'imita.

— Tu sais, j'ai presque tué Bylund.

Isak ouvrit des yeux ronds, une rougeur d'excitation envahit son corps. Il voulait savoir.

Quand Simon arriva aux dents de devant qui baignaient dans une mare de sang, par terre dans le couloir, Isak dut se lever. Il chancelait comme s'il était saoul mais il commença à danser de joie dans la pièce vide.

— Tu sais, j'ai toujours été bon pour la bagarre.

Isak s'arrêta au milieu de sa danse et se remémora leur première rencontre, comment ce petit gars avait mis par terre ce fils d'aristocrate dans la cour de l'école, quelque part loin dans l'enfance.

Il voulut lui dire qu'il l'aimait, mais il se contenta d'un Merde alors, qui était chargé d'admiration.

Quand ils revinrent, Mona leur fit remarquer qu'ils avaient mis un temps incroyable, et Karin annonça qu'une lettre dans une enveloppe brune était arrivée de Stockholm pour Simon.

Simon paniqua. Il l'entendit lui-même à sa voix, quand il demanda :

— Elle est où ?

— Oui, où est-elle ? dit Karin. Dans tout ce désordre.

Ils retournèrent les voiles blancs, fouillèrent sous la table et sous la machine à coudre, mais elle avait disparu.

— On va la retrouver d'un moment à l'autre.

Simon soupira, mais seulement intérieurement. Merde, Iza doit avoir déterré la hache de guerre, pensa-t-il.

Isak et lui échangèrent un regard lourd de connivence. Si elle peut te coincer avec un gamin...

Ça fera bientôt quatre mois. Ce n'est pas possible.

Mais Simon était inquiet et il fila au chantier où il trouva Ruben et Erik dans la soupente qui avait été aménagée en bureau. Erik avait l'air préoccupé, Simon avait déjà vu cet air et il oublia sa propre inquiétude.

— Comment ça va, papa ?

— Erik a des problèmes. Ça va un peu trop bien pour lui, répondit Ruben.

Erik ne put que rire. Ils expliquèrent que les commandes s'amoncelaient en piles de plus en plus hautes, et que le chantier était devenu trop exigu.

— Je ne veux pas agrandir. Il y a quelque chose de malsain dans cette idée que tout doit grandir. Pourquoi ne continuerais-je pas à construire trois ou quatre cotres par an comme je l'ai toujours fait ?

— Parce que tes clients vont aller voir un concurrent qui aura une plus grande capacité de production et des délais plus courts.

Ruben et l'avocat avaient tiré la sonnette d'alarme à plusieurs reprises pendant l'hiver.

Et ça mettait toujours autant en colère Erik.

— Il y a du terrain vers Önnered, dit Simon.

— Ouais, j'ai déjà un terrain de disponible au bord de l'eau à Askim. Mais ça va devenir une grosse usine, Simon, un tas de gens, des comptes, des papiers, des ennuis.

— Il faut que tu embauches un directeur, conseilla Ruben.

— Ruben Lentov, on se connaît depuis…

Mais Simon lui coupa la parole :

— Dis, papa. Embauche Isak, il a le sens des affaires de Ruben dans le sang.

Erik resta interdit. Depuis qu'il était petit, Isak avait la bosse du commerce, il savait acheter bon marché pour revendre cher, des bouteilles vides, des footballeurs sur des papiers de bonbons, etc.

— Vous croyez qu'il accepterait ?

— Il faut qu'il suive une formation, une école.

— Chalmers.

Mais Simon remarqua :

— Chalmers, papa, c'était ton rêve pour Isak, ce n'est pas le sien.

Erik ne put s'empêcher de rire.

— Tu es un génie, Simon.

— Oui, j'ai un certain talent.

Ruben était satisfait. Si tout se passait bien, dès que la confiance d'Erik serait établie, il transférerait sur Isak son capital dans le chantier.

Et l'avenir de son fils serait assuré.

Mais ils pensèrent tous trois au chantier de Göta, et à son influence fondamentale sur la guérison d'Isak.

— Il faut qu'on lui demande, fit Erik.

— Je vais le chercher.

Isak vint, et fut tout à la fois étonné et très intéressé par la proposition.

— C'est un jour stupéfiant. Je peux avoir un petit délai de réflexion ? Je voudrais en parler avec Mona.

Mais sa décision était déjà prise, et en partant il leur demanda :

— Ça dure combien de temps, cette école de commerce ?

— Je crois qu'avec une année tu t'en sortiras, dit Ruben.

Il était tard quand Simon monta dans sa chambre ; la lettre était évidemment posée sur son bureau. Une grande enveloppe brune, exactement comme Karin l'avait décrite.

Il la déchira, puis poussa un grand cri, et dévala l'escalier en hurlant. Ruben était encore là — ce qui tombait bien — Simon se jeta dans ses bras en continuant à crier :

— Ils le prennent, ils vont le publier, le poème sur la mer.

Karin dut s'asseoir sur le canapé, les joues brûlantes, les yeux brillant de fierté.

Son garçon était devenu écrivain, il y aurait un livre avec son nom sur la couverture. Il lui avait lu son long poème sur la mer, elle savait qu'il était beau, qu'il chantait comme la mer, et qu'il était incompréhensible comme elle.

Erik également rayonnait de fierté.

Mais Ruben, qui avait fait recopier le poème au propre et l'avait envoyé à la maison d'édition, n'était pas si surpris dans le fond.

— Je peux regarder le contrat, dit-il.

Simon recevrait quatre cents couronnes, c'était son premier salaire.

Ça suffira pour mes vêtements, pensa-t-il.

29

New York, New York, le grand cœur de la ville battait, Simon en savourait les pulsations. Il y avait tout dans ces battements, la vie la mort, le rire les larmes, la peur, la confiance, la cruauté, la compassion. Une mélodie montait vers les cieux de ce rythme, qui puisait sa source dans le toc toc du grand cœur. Elle devenait intenable, et orgueilleuse, elle riait par-dessus les toits.

New York, New York. Un jeune chant, plein d'espoir.

Par moments Simon se sentait vieux malgré ses vingt ans, comme un étranger usé, venu d'un monde obsolète. Mais la plupart du temps, il était en harmonie avec cette ville dans laquelle il se sentait lui-même.

— C'est fantastique, confia-t-il à Ruben à la table du restaurant de l'hôtel. Ce jugement valait pour tout, y compris la nourriture.

Il hocha la tête. Grâce à Simon, son voyage était merveilleux. Regarde, tu vois, tu as vu, écoute, goûte — tout devenait également beau pour Ruben, qui était un homme d'habitudes. S'il avait été seul, il se serait contenté des musées célèbres et du Metropolitan peut-être.

Avant la guerre il était venu, et avait souffert du bruit, de la proximité, de la prostitution scandaleuse, et de la pauvreté frappante au beau milieu de la plus grande abondance du monde. Maintenant, comme à Simon, tous ses sens lui procuraient du plaisir. Il se surprenait même parfois à avoir envie de quitter ses réunions, oui, même les réunions avec ses vieux amis du monde de l'édition.

— Ça colle, dit Simon, et en même temps ça ne colle pas. Tu comprends, je suis déjà venu ici.

Il raconta l'école, l'ennui rampant, et comment il avait appris à voler. Il décrivit en détail son entraînement pour trouver le point de rencontre entre deux lignes dans son cerveau droit, pour se faufiler entre sa tempe et son crâne.

Ruben éclata de rire.

— Je suis souvent venu ici. Ça ressemblait en gros à ça, mais il me manquait l'essentiel : l'intensité, la pulsation.

Ils trinquèrent. Un vin californien épais, un peu trop sucré. Et Ruben lutta contre l'envie de lui tenir un discours pour le remercier d'avoir agrémenté ce voyage de sensations.

Ils avaient traversé l'Atlantique à bord du *M/S Stockholm* : huit jours de repos et d'un luxe agréable pour Ruben. Simon, lui, s'était fait des amis parmi l'équipage et les officiers. Il avait disparu dans les entrailles bruyantes du navire martyrisant les mécaniciens et les machinistes avec ses questions incessantes.

Il avait passé la dernière nuit sur le pont supérieur, interdit aux passagers, et il avait scruté l'horizon en attendant le célèbre profil de la déesse de la Liberté et des gratte-ciel. À l'aube il avait réveillé Ruben. Il fallait qu'il voie ça.

Ruben ne lui avait pas dit qu'il l'avait déjà vu, il le suivit, et comprit alors qu'il ne l'avait jamais vu avant.

Les derniers jours à la maison étaient passés très vite. Simon achevait son service et devait être habillé de pied en cap. Il alla de boutique en boutique avec Mona trottinant à ses côtés, pour le conseiller, avait-on dit. Ce fut elle qui décida, et grâce à elle il se sentit habillé juste comme il fallait.

Tout seul, il aurait acheté des vêtements trop simples, ou trop tape-à-l'œil.

Puis ils avaient fêté le mariage, une cérémonie simple à la synagogue suivie d'un déjeuner à Henriksberg. Personne de la famille de Mona n'avait assisté à la cérémonie religieuse. Au déjeuner, Ruben convia la tante de Mona à table et Karin, qui recevait, se chargea du papa poissonnier ; on arriva à trouver des sujets de conversation.

Ensuite, on avait visité la maison, le trois pièces chez Gustafsson. C'était tellement beau et évident que Simon cessa de taquiner Mona et sa manie de la décoration, et que Ruben dit :

— Je me demande s'il n'y a pas une artiste en toi, ma petite fille.

Pour fêter leur dernière soirée à New York, Simon et Ruben montèrent en haut de l'Empire State Building regarder la géante qui émettait des myriades de lumières et de sons. Simon regretta son adieu, mais il se consola en se disant que le lendemain ils s'envoleraient au-dessus de l'Atlantique.

Le voyage le déçut, Simon dut donner raison à Ruben. L'avion était une manière ennuyeuse de se déplacer à travers le monde.

— Encore plus ennuyeuse que la marche, dit Simon, qui détestait les promenades.

Londres les accueillit avec un rayon de soleil ; c'était une vieille dame, certes usée mais sympathique. Elle portait de profondes cicatrices de la guerre, la vieille dame fidèle et sage.

Quand ils eurent dormi dans un hôtel de l'Embankment et rattrapé le décalage horaire, ils retrouvèrent l'appétit de vivre, et prirent un repas copieux.

— J'ai beaucoup à faire ici et peu de temps libre.

— Je me débrouillerai.

— Ne te fie pas aux apparences, Simon. La ville est plus grande et plus dangereuse qu'il n'y paraît.

— Je vais prendre un bus pour aller au British Museum.

Et il ne vit plus rien d'autre de Londres. En quatre jours, il devint célèbre parmi les gardiens des salles de l'antiquité, *the Swedish boy* qu'il fallait toujours chercher au moment de fermer les salles.

Les soirées de Ruben étaient remplies des impressions de Simon : les trésors somptueux, les incroyables collections ramenées de Grèce, d'Italie, d'Égypte, et de Mésopotamie.

— Eh oui, les impérialistes anglais ne se sont pas privés de piller, dit Ruben.

— C'est vrai, on peut avoir des regrets là-dessus. En tout cas, je suis vachement heureux que tout soit là, rassemblé en un seul endroit.

Ils traversèrent la Manche. Le printemps éclosait autour d'eux. Il faisait chaud. La chaleur était étouffante dans le train. Quand ils pénétrèrent dans Paris, les yeux de Ruben brillaient. Paris aussi était une dame âgée, plus chic, plus élégante et sophistiquée que Londres, mais elle était abîmée comme sa voisine par la guerre.

— C'est la ville de ma jeunesse, la ville de mes espérances, là où j'ai rencontré ce qui serait décisif pour moi. La musique, l'art, et les grands esprits.

Rebecca, nous nous étions rencontrés ici, un printemps.

— Strindberg, dit-il et, en voyant la mine étonnée de Simon, il ajouta :

— Pas personnellement, mais ses livres, sur lesquels je suis tombé. Ils étaient bon marché et en allemand. Je les avais trouvés chez un bouquiniste des quais de Seine.

Le lendemain Ruben devait se rendre à une réunion, et Simon au Louvre. Ils convinrent d'un rendez-vous dans le hall du musée à trois heures. Ruben fut ponctuel, mais Simon était en retard.

Quand quatre heures approchèrent, Ruben commença à s'inquiéter, j'aurais dû le prévenir, cette ville est plus dangereuse que Londres.

C'est alors qu'il apparut, pâle comme s'il avait vu un fantôme. Qu'était-il arrivé ?

— Oncle Ruben, viens avec moi.

Tandis que Ruben courait après Simon dans les escaliers et les couloirs interminables, il se dit que c'était la première fois de tout le voyage que Simon avait cédé à sa vieille manie de dire « oncle ».

Simon s'arrêta dans une des salles de l'antiquité devant une statue de cinquante centimètres représentant un petit homme qui les regardait du haut des siècles avec une sagesse insondable.

— Goudéa, lut Ruben, prêtre-roi sumérien, XXIIe siècle avant Jésus-Christ.

— C'est lui, l'homme dont je t'ai parlé, celui qui m'a accompagné pendant toute mon enfance et qui a réapparu dans la symphonie de Berlioz.

Ruben sentit les poils de ses bras se hérisser. Il repensa à Strindberg, l'écrivain qui l'avait intéressé, à Swedenborg le théosophe et à la Suède. Mais Swedenborg n'aurait pu expliquer cela.

Le regard de Ruben alla de Simon à la statue, des yeux effrayés du garçon au calme oriental, supérieur de la statue.

Quand il rompit le silence, sa voix était moins assurée qu'il ne l'aurait voulu :

— Quoi qu'il en soit, malgré tout ce qui est incompréhensible dans l'existence, nous sommes ici, Simon. Dans ces corps qui ont besoin de nourriture et de repos.

Pour son plus grand soulagement, il vit que Simon pouvait rire.

Ils mangèrent en silence, sans apprécier la bonne cuisine française du restaurant chic sur les Champs-Élysées. Ils avaient prévu un *Paris by night*, mais rentrèrent à leur hôtel d'un accord tacite. Ruben se réjouit qu'ils n'aient pas eu les deux chambres simples qu'il avait réservées, mais une seule grande chambre double.

Ils prirent une douche, enfilèrent leurs pyjamas, Ruben se servit un cognac, qui ne parvint pas à remettre de l'ordre dans ses pensées ni à apaiser son inquiétude pour Simon, qui était encore pâle.

Après une heure passée à fixer le plafond, il sentit son cerveau bouillonner à nouveau, la partie logique.

— Je pense à une étude célèbre de parapsychologie, réalisée à partir de sujets qui pouvaient se remémorer sous hypnose leur éventuelle vie antérieure. Il y avait entre autres un homme qui parlait couramment le latin.

— Ah bon, dit Simon, qui s'assit et alluma la lampe.

Dieu merci, cela l'intéressait.

— C'était une série de phrases, toujours semblables. Cependant, c'était remarquable, parce que l'homme était américain et n'avait aucune formation classique.

— Oui ?

— Eh bien, on a cherché à retracer la vie de cet individu, ses expériences, petites ou grandes. Petit à petit, il s'est souvenu qu'après la rupture dramatique d'avec la femme qu'il aimait il était devenu fou de désespoir et qu'il était resté des heures dans une bibliothèque. Pour qu'on le laissât en paix, il avait emprunté un livre, l'avait ouvert et avait regardé sans les voir deux pages, qui contenaient précisément le texte qu'il récitait par cœur sous hypnose. Le texte avait disparu de son conscient, mais restait comme gravé dans son inconscient.

— Oui.

— J'ai vraiment l'impression, poursuivit Ruben, d'une voix qui s'affirmait, que c'est ce qui t'est arrivé. Une fois où tu étais fatigué, ou si petit que tu ne t'en souviens plus, tu as vu une reproduction de la statue du Louvre.

— Et cette image aurait fait une forte impression dans mon subconscient, tu veux dire. La voix de Simon était pleine de doutes.

— Oui. Il raconta qu'il avait récemment vu une reproduction de Goudéa dans un livre allemand sur l'archéologie, écrit par un certain Ceram. Et on était en train de le traduire en suédois.

— Tu l'as ?

— Oui, j'ai le texte allemand, tu pourras me l'emprunter à notre retour. Ce que je veux insinuer par là, c'est que c'est un personnage connu, reproduit un peu partout. Tu as le catalogue des Antiquités du Louvre ?

Ruben était anxieux de savoir, Simon sauta du lit et le trouva. En s'entraidant dans leur français approximatif, ils lurent l'article sur Ernest de Sarzek. Ce diplomate français, en creusant au pied d'une butte à Lagash, avait trouvé Goudéa et l'avait ramené au Louvre.

À l'époque, on s'y était beaucoup intéressé, car la statue avait confirmé l'existence d'une civilisation plus ancienne que celle des Assyriens, et peut-être même que celle des Égyptiens.

— Il a vécu quand, Sarzek ?

Ce n'était pas écrit dans le catalogue, mais Ruben le situa à la fin du XIXe siècle.

— Vers 1880, je dirais. Si tu te calmes un peu, je vais essayer de me souvenir d'autres éléments du livre de Ceram.

Silence bref. Ruben avait une bonne mémoire.

— En fait, à partir d'indices scientifiques divers et surtout linguistiques, on avait déduit qu'il y avait eu un peuple inconnu avant les cultures sémites majeures de la Mésopotamie, avant Sargon. La découverte de Goudéa le confirmait, et c'est ainsi que les Sumériens sont entrés dans l'Histoire.

Simon avait retrouvé ses couleurs, il était captivé. Alors le souvenir de l'école, ce jour particulier où la guerre avait éclaté et où le jeune professeur avait déclaré : « L'Histoire commence avec les Sumériens » rejaillirent brusquement.

— J'insiste sur le fait que la statue est connue, et qu'elle est certainement utilisée dans les journaux suédois pour illustrer les articles des pages culturelles ou les reportages sur l'archéologie. Tu as vu cette image, et comme tu es ce que tu es, elle a fini par influer sur ton imaginaire, tes rêves, et petit à petit ta vie intérieure.

Maintenant il avançait en terrain sûr, et sa confiance agit sur Simon. Quand ils se réveillèrent le lendemain matin pour se rendre à l'aéroport et prendre l'avion pour Copenhague, l'énigme avait perdu son pouvoir sur leurs sens.

Une fois chez lui, Simon lut le livre de Ceram, qu'il trouva infiniment passionnant, avant que Ruben ne l'invitât à dîner en compagnie d'Olof Hirtz et que Simon se mît à raconter sa rencontre avec le prêtre-roi de ses rêves dans une sculpture en diorite du Louvre.

Olof parut momentanément désorienté, Ruben vit presque ses poils se hérisser. Mais ensuite il exposa sa théorie sur l'image qui s'était imprégnée dans l'inconscient de Simon, et Olof hocha la tête avec soulagement.

Presque avec enthousiasme.

— Écris cette histoire, Simon. Écris un poème, ou pourquoi pas une nouvelle, sur un jour dans l'enfance, un jour accompli, comme créé pour graver un motif important dans le sentiment de l'enfant. Le soleil brille, il y a une douceur dans la voix de la mère, elle prend l'enfant par la main, passe devant le kiosque à côté de la plage et elle achète un magazine. Et ils s'assoient sur le sable, les hautes herbes sur la plage bougent dans le vent, le pré du bord de l'eau paraît infini au petit. La mère savoure la chaleur, feuillette distraitement son journal et regarde son fils qui creuse des rigoles dans le sable et les remplit d'eau.

« Elle est assoupie quand le garçon revient près d'elle, il voit le journal ouvert. Il y a un reportage sur la Mésopotamie. Il ne sait pas lire, mais les images l'ensorcellent, les lions et leurs têtes humaines, les canaux, les temples et les tours qui surplombent la mer d'herbe. L'enfant regarde surtout l'image du dieu-roi au curieux chapeau rond, et la douceur de ses traits correspond à la paix de cette journée. Le garçon est si petit que sa mémoire est encore vierge de souvenirs, tout part directement dans son subconscient, imprégné de la beauté du jour, de l'amour de sa mère et de la chaude lumière sur le fleuve.

Simon ne put s'empêcher de rire.

— Écris-le, toi. Toi qui es si sûr de toi.

— Mais je ne suis pas poète.

— Si, tu viens de le démontrer, renchérit Ruben, et ils éclatèrent de rire ensemble.

Mais Simon sut qu'il n'écrirait jamais la nouvelle, bien que l'idée fût bonne et l'explication convaincante, voire raisonnable.

Mon ami, le chauffeur routier Andersson, ne serait pas d'accord.

30

Le professeur était un petit homme aux yeux curieux. Son sourire naissait et disparaissait rapidement sur un visage serein. L'Institut d'histoire de Göteborg était réputé pour son dynamisme. On disait que les étudiants y devenaient plus doués qu'ils ne l'étaient naturellement. Peut-être y avait-il du vrai là-dedans. En tout cas, il fallait allier intelligence et imagination, et la plupart des étudiants étaient à la hauteur des attentes de l'Institut. Les fanfarons disparaissaient au bout d'un trimestre en langues nordiques, où les occasions de se faire remarquer ne manquaient pas.

Simon eut un court entretien avec le professeur ; après sa licence il voudrait se spécialiser dans la recherche sur les écritures cunéiformes. Le sourire mobile réapparut :

— C'est amusant, la plupart de mes étudiants sont omnubilés par les Ases et les Vikings.

Puis le sourire disparut.

— La Suède n'est pas un bon terrain pour les assyriologues. Un de ces jours, vous serez amené à partir à Londres.

Dans les rêves de Simon, Apollon dansait sur les pentes élyséennes.

Il avait un lit chez Ruben, dans l'ancienne chambre d'Isak, ce qui avait provoqué des conflits à la maison, tout comme la question de l'argent.

— Papa, je vais faire un emprunt étudiant.

— Au diable. Mon fils n'empruntera pas d'argent tant que je pourrai l'entretenir.

La température montait entre les deux protagonistes, il ne s'agissait pas que d'argent.

— Ce sera beaucoup plus cher que le lycée.

Mais Erik avait oublié depuis longtemps la dispute autour du lycée.

— Être reconnaissant, comme toujours, dit Simon à Karin quand ils furent seuls.

— C'est bête de s'endetter pour rien.

Simon, qui remarqua de la tristesse dans ses yeux, se tut. Il avait peu de place pour s'exprimer, particulièrement depuis que Ruben s'était mêlé de la conversation et s'était rangé du côté d'Erik.

— On peut affirmer son indépendance autrement qu'avec de l'argent, avait déclaré Ruben, pensant à l'aide de sa famille pour monter sa boutique à Göteborg. Et il se rendit compte que c'était un héritage juif, et que c'était évident comme l'air.

Simon s'affirma finalement en disant qu'il comptait quitter la maison.

Erik se fâcha violemment. Il avait prévu que rien ne changerait puisque le garçon était à nouveau sur les bancs de l'école. Simon, qui se rappelait très bien qu'on pouvait manger le pain d'Erik mais qu'il ne manquait jamais de vous le rappeler, campa sur ses positions. Il reçut un soutien inattendu de la part de Karin.

— Tu sembles avoir oublié comment c'était d'être adulte et d'habiter chez maman, insinua-t-elle.

— Il y a mère et mère. En plus je gagnais ma vie et je l'aidais avec mon salaire, dont elle avait sacrément besoin.

— Voilà où tu voulais en venir, renchérit Simon.

Mais Karin dit que maintenant ça suffisait, et ils virent au même moment qu'elle était au bord des larmes. Erik, piteux, disparut tandis que Simon resta à la consoler, et rien ne fut fondamentalement réglé.

La vie continua comme par le passé.

Le fait est qu'il n'y avait pas d'appartements à Göteborg. Les chambres qu'on pouvait obtenir par l'intermédiaire de la Haute École étaient réservées aux étudiants dont les parents n'habitaient pas en ville. Ruben proposa donc de louer une chambre chez lui à Simon et, quand la colère commença à rougir les joues d'Erik, il objecta avec force :

— Ce n'est que justice, vous avez pris Isak chez vous pendant des années.

Pour une fois, Erik ne sut que répondre.

Ruben, qui avait été conquis par la décoration chez Mona, fit entièrement rénover son appartement. Tous les murs devinrent blancs, velours et tissus furent bannis et devant les fenêtres on installa les mêmes nuages blancs que chez Mona.

Le vieux salon et ses gros fauteuils de cuir firent un voyage avilissant pour la décharge où ils surprirent un éboueur et donnèrent des palpitations de bonheur à son épouse.

Sur des pieds délicats, les canapés bleu pâle de Carl Malmsten pénétrèrent dans l'appartement de Ruben, ainsi que des tables blanches assorties à des chaises gracieuses.

— On dirait une ferme de maître dans le Värmland, commenta Karin qui était allée à Mårbacka dans son enfance.

Les tapis chinois s'en tirèrent, ils brillaient comme des joyaux sur le plancher poncé à neuf. Quant aux vieilles bibliothèques vitrées, elles ne s'étaient jamais retrouvées dans la zone à risques.

— On verra enfin tes magnifiques tableaux, dit Simon, quand Ruben et Mona accrochèrent les tableaux colorés sur les murs blancs après d'interminables discussions.

Simon raconta qu'enfant il restait devant ces toiles absconses pour essayer de les comprendre avec le cœur. Dorénavant il y parvenait, du moins parfois.

Quand son radio-tourne-disque arriva et qu'on l'installa

contre le mur blanc dans la grande chambre qui donnait sur la cour, Mona dit que c'était un meuble épouvantable.

— Je n'avais jamais remarqué à quel point il était laid.

Simon éclata de rire.

— Je le lui pardonne bien volontiers.

Secrètement, il se réjouissait d'habiter chez Ruben.

Lors d'un cours sur la méthodologie scientifique, une queue de cheval rouge doré se balança devant ses yeux. Le soleil brillait et la faisait étinceler. Simon ne croyait pas avoir remarqué ces cheveux auparavant, il attendit donc avec intérêt que la jeune fille tournât la tête. Mais il fut déçu. Elle avait un long cou, un front bien trop haut dans un visage mince, pâle et couvert de taches de rousseur. Il lui adressa cependant un léger sourire, quand ils se levèrent à la fin du cours. Il s'aperçut qu'elle était quasiment aussi grande que lui, qu'elle avait une bouche généreuse et de grands yeux gris-vert.

Klara Alm avait remarqué Simon dès le premier jour, elle avait vu qu'il était beau garçon et qu'il avait un petit quelque chose en plus, une inquiétude qui n'était toutefois pas de la nervosité. On aurait plutôt dit qu'il était constamment préoccupé par l'énigme de la vie et qu'il s'attendait à recevoir à n'importe quel moment une réponse fantastique.

Comme de coutume, elle avait eu deux pensées simultanées.

Voilà le Don Juan de la classe.

Il ne me regardera jamais.

Pour ce qui était de la première réflexion, elle se trompait. Certes, il y avait eu un attroupement de filles autour de Simon au début, et il était gentil avec elles, mais à peine plus. Il n'a pas eu l'idée de se laisser tenter ne serait-ce qu'une fois, avait-elle pensé.

Pour le reste, c'était vrai, il ne la voyait pas.

À présent il lui souriait. Mon Dieu, il a une de ces présences ! Et elle craignit de commencer à transpirer, d'avoir des auréoles humides sous les bras, et une mauvaise odeur.

Quelques jours après, Simon posa deux ou trois questions sur Klara à une des filles. Il apprit qu'elle voulait être médecin.

— Elle a pratiquement achevé ses études de médecine. Alors elle suit en dilettante un cours de sciences humaines avant de continuer.

Simon fut surpris, Klara était plus âgée qu'elle ne paraissait. La jeune fille poursuivait :

— Elle est extrêmement douée, elle a passé le bac en candidat libre à seize ans. Le genre intelligent et glacial, tu vois.

Mais Simon pensa qu'elle avait tort, Klara Alm n'était pas froide. De quoi avait-elle peur ?

Il l'oublia jusqu'au jours où il la retrouva à la table rouge du café, où cette grande gueule, le fils du directeur Nordberg, entouré de sa cour habituelle, parlait de la nécessité d'une vision historique marxiste, déjà en germe chez les Grecs.

Soudain, à l'étonnement général, Klara devint rouge sang. Elle fulminait et se leva si vite que les tasses de café se renversèrent.

— C'est trop facile ! À mon avis, tu devrais établir la distinction entre révolution privée et révolution politique, pour arriver à régler tes problèmes de puberté attardée avec ton papa.

Sur ce, elle partit. Beaucoup de jeunes éclatèrent de rire, Nordberg, furieux, la traita de sale guenon, mais Simon se leva et la suivit.

Quand il l'eut rattrapée dans le hall, il dit :

— Tu n'as pas froid aux yeux.

— Non. Mais je suis stupide. Maintenant ils vont me coller une étiquette de droite.

— Et tu ne l'es pas ?

— Non, en gros je suis d'accord avec lui. Mais il est tellement manichéen et emprunté, si tu vois ce que je veux dire. Il récite Marx comme un perroquet et le charge de son agressivité puérile.

— Les nouveaux révolutionnaires cueillent les fruits de la bourgeoisie sur l'arbre de la connaissance et paient avec l'argent plus ou moins honnête de leurs capitalistes de pères, ajouta Simon en riant.

— Mais... c'est que tu es vraiment intelligent.

— Et pourquoi je ne le serais pas ?

— Tu sais. Les beaux garçons en général...

— Tu as tort. Ce sont les belles filles qui ont la tête creuse.

— Mais oui, bien sûr, j'avais oublié. Comme tu l'as deviné, je suis très intelligente.

— C'est un avertissement ?

— Peut-être.

— Ce n'est pas la peine.

Klara en était sûre, sa méchanceté ne faisait qu'amuser Simon.

— Tu comprends, je suis un génie, donc tu ne me fais pas peur.

Elle fut stupidement contente. Un rire se serait imposé, et il ne s'en aperçut pas.

Tandis qu'ils se dirigeaient vers le garage à vélos, Simon parla de son père.

— Il était chauffeur de camion et il avait une vision politique clairvoyante. Sur tout, sauf sur l'Union Soviétique. Maintenant qu'il est impossible de fermer les yeux sur le fait que le paradis des travailleurs est un État policier, il se désintéresse de la politique.

— Alors, tu es issu de la classe ouvrière.

Klara était sidérée.

— Oui. Enfin, les choses ont pas mal changé, expliqua Simon, en voyant la curiosité sur son visage. Mon père s'est retrouvé au chômage comme beaucoup d'autres à la fin de la guerre. Alors il a commencé à construire des bateaux, des bateaux à voile. Maintenant il a un chantier, et une flopée d'ennuis et d'employés.

— De communiste devenir capitaliste, ça peut provoquer un vide politique, dit Klara.

— Mmmm. C'est quelqu'un de bien.

— On s'en serait douté. Je veux dire, on se serait douté que son papa est quelqu'un de bien.

— Comment ça ?

— Oui, tu es un gars plutôt inhabituel, qui n'éprouve pas le besoin de se mettre en valeur et d'en faire des tonnes.

Simon fut extrêmement surpris.

— Si je suis assurément un génie, je ne suis pas rompu au jargon psychologique. J'ai du mal à te suivre. Si on prenait une bière, tu pourrais m'expliquer ?

Quand ils descendirent à vélo l'Allée puis le canal de Rosenlund et enfin vers Fiskekyrkan où il y avait une taverne, elle se dit qu'elle devait mettre toute son énergie à être gentille et à être elle-même.

— Parle-moi de toi, dit-il quand ils eurent chacun une bière et qu'ils furent assis l'un en face de l'autre.

Et elle l'entendit : qui es-tu ?

— Papa a une scierie dans le Värmland, répondit-elle en mentionnant un nom de lieu. Maman est partie avec un autre type quand j'avais onze ans, et ça me fait encore mal. Mais je la comprends, parce que, oui, il est pas facile, mon père, il boit.

Simon tentait de capter son attention, mais elle détourna les yeux comme si son regard se trouvait à l'intérieur des iris gris-verts.

Simon s'efforçait de comprendre ce qu'on pouvait ressentir quand on avait une mère qui vous abandonnait et qu'on était petite. Il pensa à Karin et à sa colère contre elle quand elle était en train d'agoniser et de le quitter. Il se ravisa, il n'était jamais possible de comparer.

Au bout d'un moment, Klara évoqua ses études. Son regard émergeant de sa solitude rencontra de nouveau le sien, et elle oublia d'avoir peur.

Mon Dieu, mais elle est belle !

— J'ai songé à devenir psychiatre. Et j'ai été complètement conquise par la fonction des mythes, par l'idée qu'ils étaient autre chose. Qu'ils avaient une fonction psychologique, voire thérapeutique, tu me suis ?

— Oui, dit Simon, et elle vit qu'il était captivé, comme s'il se trouvait justement devant une des réponses fantastiques qu'il recherchait.

— J'ai beaucoup pensé aux contes populaires, qui abordent les tas de sentiments difficiles qu'éprouvent les enfants, sans qu'ils se sentent le droit de les avoir ni de les extérioriser. Une imagination cruelle, de la violence, etc.

Le cœur de Simon battait la chamade, la jeune fille livrait une parcelle de la vérité qui allait le libérer, mais elle l'ignorait.

— Je pensais me concentrer sur le Parnasse grec pour essayer de trouver la relation entre les dieux et les interdits de l'individu.

Simon resta immobile sur son siège. C'est la fille qu'il me faut, pensa-t-il, et, l'espace d'un instant, il crut entendre l'écho du rire d'Andersson contre les murs carrelés de la taverne.

Ensuite Klara lui expliqua que beaucoup de gens avaient exploré cette piste avant elle.

— Des poètes ?

— Oui, et des scientifiques. Puis elle parla de Carl Gustav Jung, de l'inconscient collectif, et des archétypes, le héros, le vieillard sage, la Grande Mère, l'enfant sacré.

— Il a fait des recherches sur les mythes et a trouvé des similitudes fondamentales entre les cultures. Si on veut apprendre quelque chose sur l'être humain, il faut regarder ses mythes, disait-il.

Ça, je l'ai toujours su, pensa Simon.

— Je peux te prêter des livres, dit-elle.

Curieusement, les deux bières durèrent une heure entière, ils en commandèrent deux autres et quatre sandwichs. Quand ils finirent par se séparer, Simon conclut qu'il était étrange que des pères détestables aient conçu des filles merveilleuses.

— J'en connais une autre, elle est mariée avec mon meilleur ami.

Klara se dit qu'elle allait s'évanouir.

Ils se séparèrent dans l'Allée. Il faisait déjà nuit quand ils partirent chacun de leur côté, avec l'impression de partager un secret.

Ruben était en voyage, et Simon s'en réjouit. Il avait besoin de réfléchir.

Et les pensées vinrent, les unes après les autres, claires, limpides. Ce n'était pas de l'amour, c'était à cent lieues de ce qu'il avait vu se produire entre Isak et Mona. Il n'y avait pas de lumière autour de Klara et il n'y en aurait jamais.

Elle avait un fond de méchanceté, elle l'avait dit elle-même, et il l'avait vu et entendu. Fade, poisseuse, voilà ce qu'elle était quand elle rentrait son regard. Et laide. Grande et plate comme une planche à pain, et puis ces taches de rousseur dégoûtantes sur le visage et sur les bras, même sur les mains, qui, elles, étaient belles, mystérieuses avec leurs longs doigts et les douces dunes de leurs paumes, avec les profonds fossés des lignes de vie.

Et quand elle souriait...

Non, il ne fallait plus y penser, c'était simple car il n'y avait rien à oublier.

Et, pourtant, il se sentait lui-même avec elle. Ce fut sa dernière pensée avant de s'endormir.

Il rêva qu'il longeait le rivage et que la Vie venait à sa rencontre. Elle avait des cheveux d'un roux doré et une pomme à la main, sa main avait de longs doigts couverts de taches de rousseur.

Le lendemain, Simon s'assit à côté d'elle dans la salle de cours.

— Tu dois aimer la musique ?

— Oui.

— J'ai deux billets pour le concert de samedi soir. C'est *La Symphonie de la mer* de Nystroem.

Il n'avait pas de billets mais il aurait le temps d'en acheter.

— Tu veux m'accompagner ?

— Oui, volontiers, dit Klara en fermant les yeux pour qu'il ne vît pas sa joie.

— Je l'ai entendue le jour de la première. J'en ai été si bouleversé que j'ai écrit un long poème.

Elle ouvrit de grands yeux et le regarda d'un air étonné, il ne put résister à la tentation.

— Il va être publié aux Éditions Bonnier.

Puis le cours débuta.

Dans son studio de Haga, la jeune fille passa en revue tous ses vêtements pour s'apercevoir finalement qu'aucun ne convenait. Mais on n'était que samedi matin, elle aurait le temps de descendre jusqu'à Linnégatan où il y avait une boutique qui la faisait souvent rêver d'une autre Klara, une Klara plus belle.

Elle acheta des bas nylon fins, parce qu'elle avait de jolies jambes. Et ses premières chaussures à talon, parce qu'il était malgré tout légèrement plus grand qu'elle. Puis elle se souvint d'un garçon au cours d'anatomie qui lui avait dit qu'elle avait un joli postérieur, et elle essaya donc une jupe qui lui moulait les fesses.

— Elle semble faite pour vous, dit la vendeuse en allant chercher un corsage de soie vert, avec des manches amples et un col qui ressemblait à une écharpe nouée autour du cou.

— Mais je n'ai pas de poitrine, se désola Klara, car la soie épousait son corps et dévoilait ses formes. Et elle détesta la femme qui l'obligeait à mentionner ce détail désagréable.

La vendeuse se contenta de sourire. On allait arranger ça facilement et, avant que Klara n'ait eu le temps de souffler, elle lui avait fait acheter un soutien-gorge rembourré de mousse.

Je suis complètement folle.

Après s'être lavé les cheveux et les avoir enroulés autour de sa serviette pour avoir une coiffure volumineuse et gonflante, elle pensa à la transpiration sous les bras. Elle avait du chlorure d'aluminium, mais c'était inefficace contre l'angoisse.

— Klara Alm, se dit-elle à haute voix. Tu n'auras pas peur ce soir.

Avant de s'habiller, elle refit le lit avec des draps propres. Pour finir, elle se maquilla les cils. C'était bien, ils étaient longs. À six heures et demie, comme convenu, Simon arriva et son visage s'éclaira de plaisir.

— Mais tu es vraiment mignonne.

Elle pensa qu'elle aimerait mourir immédiatement, avant que tout ne fût abîmé.

Mais elle sourit.

— Tu sais ce que les gens disaient chez moi, que le laideron, la fille du propriétaire de la scierie, avait la plus belle langue de vipère de tout le village.

— Désormais, elle n'est plus moche du tout. Alors peut-être que sa langue est plus gentille.

— C'est justement ça la question. Klara semblait sur le point de pleurer.

Il l'embrassa.

Ils arrivèrent à temps pour le concert, et la musique les enferma dans son cercle enchanté. Elle se tut, Dieu merci, elle ne dit rien non plus après.

Ils marchèrent en ville. Simon lui parla des Indiennes qui lavaient leurs enfants à la source du fleuve et de la vague qui traversait l'Atlantique pour se briser sur les rochers du Bohuslän.

— Quand j'ai entendu la symphonie pour la première fois, j'ai pensé que la vague ne pouvait pas mourir, parce qu'elle n'a jamais sa propre personnalité. Tu comprends ?

— Oui. Je crois qu'avoir une personnalité c'est surtout une défense. C'est pour ça que j'ai un caractère fort et particulier.

Alors il l'embrassa de nouveau, en plein sur la bouche et en plein dans Östra Hamngatan.

Simon n'aurait jamais cru qu'une fille pourrait s'abandonner à lui avec une telle confiance. Elle s'offrit entièrement, sans rien cacher, comme un enfant. Sa volonté et son innocence lui donnèrent envie de pleurer, mais il sut lui apporter du plaisir et de la satisfaction.

Elle saigna un peu, il comprit et sentit que cela aussi c'était un présent.

À deux heures du matin, elle sortit dans la cuisine pour se laver au robinet d'eau froide et, quand elle revint vêtue d'une robe de chambre bleue, elle dit :

— En fait, j'aimerais mourir maintenant. Mais, avant, je vais te jouer quelque chose.

Elle sortit une flûte et Simon voulut crier non, ne fais pas ça, ma petite Klara, arrête.

Elle s'assit au pied du lit et joua le solo de flûte de Carl Nielsen, racontant la brume qui se levait, hésitant un peu au début, comme si elle manquait de pratique, puis avec de plus en plus d'assurance, de générosité et de chaleur.

Simon était resté immobile sur le lit. Aussi ne put-elle s'empêcher de demander :

— Tu ne t'es pas endormi ?

— Ça ne va pas la tête. Puis :

— Tu ne fais pas de la musique en amateur ?

— J'ai reçu le meilleur enseignement de flûte qu'on puisse avoir dans le Värmland.

Elle avait appris à jouer avec un flûtiste juif de Karlstad, qui avait fui l'Orchestre philharmonique de Berlin, et gagnait sa vie comme professeur de musique.

— Il était merveilleux. C'est grâce à lui que j'ai survécu quand maman est partie.

L'idée d'un monde souterrain de relations secrètes vint à Simon.

— J'ai toujours ma mère. C'est peut-être pour ça que je n'ai pas appris à jouer du violon.

— Tu en avais envie ?

— Klara, c'est une très longue histoire, et je crois que je n'ai pas encore tout compris.

Mais il pensa à Simon Haberman, qui avait été violoniste à l'Orchestre philharmonique de Berlin.

— Il est encore en vie, ton professeur de Karlstad ?

— Oui.

— Un jour, on ira le voir, dit Simon, et ils s'endormirent.

Ils se réveillèrent à midi, ils avaient très faim et trouvèrent un petit restaurant sur le port qui était ouvert le dimanche : hareng et poitrine de bœuf. Simon commanda deux verres d'aquavit et, quand ils trinquèrent avec le liquide brûlant, Klara pensa qu'elle n'avait jamais rien goûté d'aussi bon de toute sa vie.

Ils furent attentifs l'un à l'autre deux semaines durant, et se sentirent au paradis. Simon raconta sa famille, Ruben et Isak. Il fallait absolument qu'elle rencontrât Karin.

Il vit que ce projet l'angoissait, il ignorait tout des démons qui s'étaient libérés dans le cœur de Klara et qui progressaient irrésistiblement vers sa tête, où ils prirent bientôt le pouvoir.

Mais, quand il partit en disant qu'il viendrait la chercher samedi et que sa mère les inviterait à dîner, il sentit un mur entre eux.

31

Simon devait absolument appeler Karin pour lui parler de son amie. Cependant, il hésitait à téléphoner mettant ses atermoiements sur le compte de Klara et de son inquiétude. Le vendredi matin, entre deux cours, il surmonta son hésitation et composa le numéro familier. La voix de Karin, chaleureuse et heureuse, résonna.

— Ça fait longtemps, Simon. Où étais-tu ?

— Écoute, maman, j'ai rencontré une fille.

— Ah bon. Sa voix lui sembla très éloignée et il voulut expliquer. Tu sais, maman, c'est une fille bizarre, fragile et forte, laide et belle, et je crois que je suis amoureux d'elle. Je ne sais pas ce que cela veut dire, mais elle a peur de toi.

Bien entendu il se tut et se contenta de dire :

— Je pensais passer vous voir avec elle demain. Comme ça vous la connaîtrez.

— Vous êtes les bienvenus, mon garçon.

Ce n'était pas non plus ce que Karin voulait dire, mais elle était heureuse d'avoir réussi à le dire, d'une voix quasi normale.

— Elle est médecin. Je veux dire, elle sera bientôt médecin.

— Eh bien, dis donc.

Il y eut un nouveau silence et elle trouva enfin les mots simples et bénis :

— Nous déjeunerons comme tous les samedis. Je vais acheter du turbot et préparer un bon repas.

— Alors on vient. À bientôt.

— À bientôt.

Elle voulut ajouter quelque chose mais ne trouva pas. Simon ne put que lui dire :

— Salue papa.

— Je le ferai, Simon.

Mal à l'aise et en colère contre lui-même, Simon retourna en cours. Karin raccrocha, s'appuya au mur de l'entrée. Son cœur.

Mais il battait tranquillement et régulièrement.

D'un rythme décidé.

Elle savait bien que ça arriverait. Un jour ou l'autre Simon rencontrerait une fille, comme Isak. Elle tenta de se consoler. Et si c'était une fille comme Mona ?

Alors, Karin dut aller s'asseoir sur la banquette de la cuisine et semoncer son cœur.

— Allez, on se calme, on bat convenablement, lentement et sûrement.

Son cœur obéit, et Karin évacua cette pensée qui la contrariait tellement. Car, si Mona avait été l'amie de Simon, Karin l'aurait assurément détestée.

Elle balaya du regard la cuisine confortable et une autre cuisine apparut. Elle était petite et délabrée, et une odeur de pauvreté suintait des murs. En effet, on urinait dans l'évier parce que les toilettes étaient trois étages plus bas dans la cour de l'immeuble à loyer modéré. Il y avait une femme, qui portait la main à son cœur comme si elle voulait l'empêcher de se briser. Erik était devant elle, le bras posé sur l'épaule d'une jeune fille.

C'était une jolie fille, avec un nez droit pointé vers le ciel et des yeux bruns qui lançaient des éclairs.

— C'est la vie, les vieux doivent mourir pour céder la place aux jeunes.

Tout se paye, pensa Karin, mais le souvenir de sa belle-mère l'aida. Elle avait sa fierté, elle ne deviendrait jamais comme la maudite mère d'Erik. Ah ça non, elle serait la meilleure des belles-mères, comme elle avait été la meilleure des mères, et personne ne devinerait jamais ce qu'il lui en coûtait.

Son cœur battait, froid, il y avait de la glace dans sa poitrine maintenant. Quand Lisa arriva, elle avait mis le café en route.

— Tu sais, Simon a une petite amie.

— Mais c'est une excellente nouvelle. Les yeux fouineurs de Lisa, toujours en quête de poussière et de secrets, étincelaient.

— Qui est-ce ?

— Elle est médecin. Quand Karin l'eut dit, elle put se délecter de la stupéfaction de Lisa et de sa pointe de méchanceté.

— Mazette. Mais il a toujours été un peu sélect.

La rengaine sur la grande bourgeoisie ferait de nouveau le tour des chaumières, se douta Karin, la sempiternelle rengaine sur les Larsson et leurs riches amis juifs, leur chantier, leur garçon qui avait passé le baccalauréat et qui allait à la Haute École suivre des cours d'histoire antique. Les Sumériens, elle imaginait aisément les ricanements et n'était pas loin de partager leur opinion, Simon était gâté et il prenait la vie pour un terrain de jeux.

— Comment s'appelle la fille ?

— Mon Dieu, mais j'ai oublié de le lui demander. Tu comprends, j'ai été soufflée.

— Eh oui, tu t'imaginais sans doute que tu le garderais pour toi éternellement, dit Lisa en souriant pour atténuer la méchanceté de sa pique.

Karin, irritée, rougit et se leva pour sortir, elle ne voulait pas donner à Lisa la satisfaction de voir sa colère. Elle alla au chantier. Erik était au bureau et elle lui annonça rapidement, comme pour l'évacuer en vitesse :

— Simon a rencontré une fille. Elle est médecin. Ils viennent demain.

Erik en perdit son crayon et son compas, il enleva ses lunettes.

— Voilà une nouvelle réjouissante, mon Dieu, Karin, comme ça fait plaisir.

Elle voyait que sa joie était sincère.

— Il est amoureux ?

— Je suppose, dit Karin, avec un large sourire, presque naturel.

Erik raccompagna Karin pour prendre le café. Il fallait fêter ça. Et il parla sans interruption de la joie de vivre quand on était jeune et amoureux et combien il avait souhaité à Simon de tomber amoureux.

Ensuite il partit d'un grand rire. Il avait toujours rêvé d'avoir un médecin dans la famille. Bordel, Erik Larsson arrive toujours à ses fins. Quand il ne devient pas docteur lui-même, il s'en procure un. Super.

Karin rit avec lui. Des anges glacés passèrent. Lorsqu'elle vit la gaieté d'Erik, elle pensa à la fille qu'il avait aimée autrefois, celle que sa mère avait fait fuir. Son chagrin d'amour l'avait mené au sanatorium avec la tuberculose.

Karin avait pris la décision d'être une bonne belle-mère, elle y pensa avec tant d'intensité que son visage se ferma et se durcit.

— Ben dis donc, qu'est-ce que t'es sérieuse ! Tu n'es pas jalouse, quand même ?

— Non mais enfin !

Ses yeux lançaient des éclairs, et il battit rapidement en retraite.

— Je plaisantais, évidemment, dit-il, et elle sourit, de son faux sourire inexpérimenté.

Jalouse, c'était un mot très laid, qui ne convenait pas à sa tristesse, et qui lui rappelait une autre tristesse qu'elle avait éprouvée après une autre perte, autrefois.

Petter, pensa-t-elle, avait eu la sagesse de mourir tandis que Simon la trahissait. Et pourtant elle ne le haïssait pas pour autant. Juste la fille. Non, pas même la fille.

De toute façon elle avait toujours détesté les médecins, ces surhommes qui avaient pouvoir de vie et de mort.

Elle acheta chez le poissonnier de Tranered son turbot et une livre de crevettes, puis elle mit les petits plats dans les grands. Le repas de bienvenue en l'honneur de la fille serait princier. Karin serait irréprochable.

En rentrant, elle évita les chênes, elle n'avait pas envie d'entendre de vérités ce jour-là. Mais elle fit le détour par l'ancien jardin, devenu sauvage, où elle avait joué avec Simon quand il était petit. Jamais personne ne pourrait l'aimer comme elle.

Au café du soir, ce fut au tour d'Erik d'être nerveux. D'après elle, est-ce que la fille était une bourgeoise ? Et si elle était prétentieuse ? Est-ce qu'ils allaient être obligés de fréquenter une stupide famille de négociants en gros ?

— Je l'ignore. Mais Simon a généralement un bon jugement.

— Le jugement n'a rien à voir avec le fait de tomber amoureux, bordel.

Erik criait presque, et comme il ne supportait jamais de ne pas savoir, il appela Simon. Il n'était pas là. Ruben répondit. Il en savait un peu plus, même s'il n'avait pas rencontré la fille.

Quand Erik revint, il était plus calme.

— Elle s'appelle Klara Alm, c'est la fille d'un employé de scierie qui a épousé un bon parti et qui a repris l'affaire là-haut dans le Värmland.

— Ça a l'air d'aller.

— Mouais. En fait, le père boit. Il y a eu un divorce. Pour ce qui est de la tête, Klara est très forte. Mais elle n'a pas eu une vie facile.

La fille se rapprochait. Ce n'était pas du goût de Karin. Ruben avait avoué à Erik que Simon était à peine passé à la maison en quinze jours, qu'il était amoureux fou.

Erik rit de satisfaction, il était tout à sa fierté, aussi ne vit-il pas que Karin se raidissait, que cette sacrée froideur lui revenait.

Klara avait lutté toute la nuit avec ses vieux démons. Et elle avait perdu, elle le sut quand Simon vint la chercher emplissant le minuscule appartement de sa présence intense. Elle était tombée d'accord avec ses démons, avec celui qui trouvait ridicule qu'elle fût avec un type pareil, avec l'autre aussi, qui lui chuchotait à l'oreille que Simon aurait honte d'elle.

Klara avait choisi un pull noir, qui accentuait sa pâleur. Ses taches de rousseur luisaient sur son visage blanc, et sous les yeux elle avait des cercles assortis à son pull. Simon avait visiblement envie de lui demander de mettre quelque chose de plus seyant, et elle lui fut reconnaissante de ne pas le faire. Avec son pull noir, la transpiration sous les bras ne se verrait pas.

Ils allèrent à Järntorget et prirent le grand tramway jusqu'à Långedrag. Il s'évertua à lui montrer l'école et les choses intéressantes devant lesquelles ils passaient. Il avait parcouru ce trajet pendant tant d'années. Mais Klara ne l'écoutait pas, elle ressassait comme la nuit précédente ce qu'il lui avait raconté sur sa famille et sur cette maman merveilleuse, qu'elle détestait déjà. Il finit par s'énerver, elle donnait l'impression qu'il la menait à l'abattoir. Elle ne répondit pas. Ça ne faisait que commencer et elle le blessait déjà, comme elle devait le faire plus tard.

Quand ils descendirent vers le fleuve, il fit une nouvelle tentative, il lui raconta l'histoire d'Äppelgren qui le sauvait quand il se perdait. Elle l'écouta, puis lui demanda :

— Mais pourquoi fuyais-tu ?

— Fuyais ? C'est exagéré, je m'étais perdu, simplement, comme cela arrive aux enfants curieux.

À l'intonation de sa voix, elle comprit qu'il ne s'était jamais posé la question, qu'elle venait de faire voler le premier éclat de son image d'enfance fabuleuse, et qu'elle ferait mieux de tourner les talons avant de tout détruire.

La rencontre se déroula aussi mal que l'avait prévu Klara, elle resta plantée comme un manche à balai, à la porte de la cuisine, tandis que Simon embrassait Karin. Le lien entre la mère et le fils était tellement étroit qu'il aurait dû les étouffer tous les deux. À son grand désespoir, Karin n'était pas seulement bonne, elle était pire.

Belle, elle était belle et intelligente, pensa-t-elle quand les yeux sages la regardèrent, la sondèrent et rejetèrent l'ensemble.

— Bienvenue, dit Karin, mais cette histoire lui parut absurde, cette jeune fille rousse et laide avec sa main froide de sueur, Simon et son air paniqué.

Ce n'est pas possible, mon garçon et cette...

Mais Erik fit irruption avec ses plans roulés sous le bras et son naturel coutumier.

— Que voilà une grande et belle fille. Il la regardait joyeusement.

Klara se dégela, sourit et devint vraiment mignonne. Simon embrassa son papa, rit de soulagement et fanfaronna.

— Elle va bientôt avoir son diplôme de médecin.

— Eh ben dis donc, ma jeune demoiselle, dit Erik et le sourire de Klara s'épanouit.

La situation aurait pu tourner à son avantage si ses démons turpides ne lui avaient soufflé que Simon avait honte d'elle et qu'il fallait bien qu'il l'excusât par ses études. Puis arriva Isak, qui fut épouvanté par Klara, il la détesta ouvertement.

Il s'éclipsa en direction du chantier avec les schémas d'Erik.

— Je commence, Erik. Rejoins-moi quand tu as le temps, cria-t-il par-dessus son épaule.

Ils devaient faire le point sur les derniers travaux avant de déménager le chantier.

Erik parut étonné, mais il le rejoignit bientôt. Simon et les deux femmes se retrouvèrent dans la cuisine où Karin avait dressé la table avec une nappe fraîchement repassée et sa plus belle vaisselle.

Le gratin de turbot et de crevettes était délicieux, comme toujours. Klara avait du mal à avaler, elle mâchait comme si ç'avait été du bois et sentait la sueur qui coulait sur son corps.

De retour chez lui, Isak confia à Mona que la fille que Simon avait amenée était bizarre. Elle était haute comme une grue, laide, raide et prétentieuse comme le diable. Mona ne put s'empêcher d'aller emprunter du sucre, elle était remarquablement belle et piriforme, on aurait pu la croire sortie d'un tableau de la Renaissance. Marie attendant l'enfant.

Sa douce maternité et son amabilité naturelle attisèrent la haine de Klara. Mais Mona rentra et dit que Klara n'était pas prétentieuse.

— Elle a juste peur, ça saute aux yeux.

Non, ça ne sautait pas aux yeux d'Isak, et d'ailleurs c'était idiot, il n'y avait vraiment pas de quoi avoir peur.

— Je serais morte de trouille si j'étais l'amie de Simon et que je devais rencontrer Karin pour la première fois.

Après le déjeuner, Klara visita le chantier avec Erik, ce qui la soulagea un peu. On pouvait respirer, il y avait des courants d'air, et la sueur sécha. Elle admirait sincèrement les deux beaux cotres qui seraient bientôt prêts et qu'on mettrait à l'eau à l'automne. Erik était fier de son chantier.

À la maison, Simon se tourna avec désespoir vers sa mère.

— Elle a peur, maman, tu ne le vois pas ?

— Oui, je le vois bien, mais que veux-tu que j'y fasse ?

— Emmène-la là-haut sur la montagne, maman, montre-lui la vue et parle, en général tu arrives toujours à...

Aussi, quand Klara arriva, Karin dit d'un ton décidé :

— Viens avec moi un moment, Klara.

La jeune femme opina de la tête et suivit Karin comme si elle se rendait devant un tribunal en reconnaissant d'avance ses crimes et acceptant tous les châtiments.

Elles étaient assises au sommet de la montagne, Karin désignait les fortifications, parlait de la mer, et des avantages d'habiter la côte. Et Klara finit par ne plus se contenir.

— Pourquoi continues-tu comme ça ? Pourquoi ne dis-tu pas tout de suite que tu me trouves détestable et que je devrais aller au diable ?

— Mais c'est incroyable !

— Je serais d'accord avec toi, je trouve que je ne suis pas digne de lui et je sais que je vais l'abîmer.

Karin jubilait, elle dut le cacher.

— Je ne peux pas avoir une mauvaise opinion sur quelqu'un que je n'ai jamais vu avant.

— C'est bien dit, mais tu en as certainement assez vu.

Klara s'abandonnait à ses démons sans retenue.

— Ma petite Klara, peut-être que tu devrais commencer par parler un peu de toi.

— Je suis le laideron du scieur, celle qui a la plus belle langue de vipère de tout le Värmland.

— Et comment l'es-tu devenue ?

— Quand maman a disparu avec un type, peut-être. J'étais petite. Mais je ne sais pas, je dois être méchante de nature.

— Elle ne t'a jamais donné de nouvelles ?

La question de Karin était automatique, elle avait du mal à dissimuler sa satisfaction intérieure. Elle n'y parvenait pas, elles le sentaient, Klara eut un rire ironique mais répondit quand même :

— Non, elle ne devait pas m'aimer, parce que je n'ai jamais eu le moindre signe de vie de sa part.

— Mais alors tu devrais la rechercher maintenant que tu es adulte, dit Karin comme si c'était simple.

Et la jeune fille pensa au numéro de téléphone dans son carnet, ce numéro qu'elle appelait en vain depuis trois ans.

— C'est un bon conseil.

— Tu ne dois pas vraiment beaucoup t'aimer pour détester ainsi les autres.

— Bien sûr. En termes techniques, ça s'appelle de la projection.

— Tu essaies de m'impressionner ?

— Non, je sais que ça ne marcherait pas.

— J'ai du mal avec les gens qui ne s'aiment pas. Ils le font payer cher aux autres.

— Bien sûr. Je comprends que tu souhaites à Simon un meilleur destin. Nous sommes d'accord sur ce point. Fais-moi confiance, Karin, Grande Mère. Elle est bientôt finie, la courte histoire d'amour.

Elle se pétrifia, regardant la mer au loin, sans la voir. C'était sa manière de retenir ses larmes et Karin, qui le comprit, eut mauvaise conscience et se révolta :

— Tu essaies de me rendre responsable de ça ?

— Non. Une bonne mère est toujours innocente. Il le faut pour qu'elle survive.

La réflexion toucha, meurtrit et blessa comme un coup de couteau, mais Karin garda une voix assurée.

— Je crois que tu es la personne la plus méchante que j'aie jamais rencontrée.

— C'est ce que je te disais, dit la jeune fille.

Mais, quand elle regarda Karin qui était livide comme un fantôme, la main serrée contre son cœur, elle parut effrayée.

Simon lui avait parlé de l'infarctus.

Elles descendirent de la montagne et Klara sut qu'il était impératif qu'elle partît rapidement de cette maison, avant de briser trop de choses. Dès qu'elles pénétrèrent dans la cuisine, qui s'était remplie, elle fit le tour de l'assemblée et dit au revoir, remercia pour le déjeuner et s'excusa de devoir rentrer réviser ses examens. Elle murmura à Karin :

— Fais-moi confiance.

Ruben Lentov était là, elle lui tendit une main molle et moite.

Simon l'accompagna jusqu'au tramway, ils n'échangèrent pas un mot pendant le trajet. Mais quand le tram arriva, il dit :

— Je viens manger chez toi demain vers cinq heures. On se sera peut-être calmés.

Le dimanche, Klara passa sa journée à arpenter son petit studio sombre de Haga. Elle pensait à sa promesse à Karin, et elle était horriblement triste. À quatre heures et demie, elle ouvrit une boîte de soupe aux champignons, fit quelques sandwichs au fromage et à cinq heures précises Simon arriva.

Il s'efforça de lui sourire, de la prendre dans ses bras, mais elle le repoussa.

— C'était si terrible que ça ?

— Non, bien sûr que non. Ils étaient tels que tu les avais décrits. Erik est adorable, Isak sympa, et Mona très mignonne. Sans parler de ta maman qui est fantastique. La Grande Mère qui se laisse adorer dans son temple transformé en cuisine.

— Ferme ta gueule !

Mais Klara ne pouvait plus s'arrêter.

— Il y avait même le riche, prêt à embrasser le sol sur lequel marche la Grande Mère.

— De qui parles-tu ?

— De Ruben Lentov, cet archétype de la classe possédante capitaliste juive cultivée.

Simon restait assis très calmement sur sa chaise. Mais ses yeux brûlaient.

— Je n'ai jamais compris comment quelqu'un de ton acabit pouvait devenir psychiatre. Tu n'as pas la moindre once de bon sens en ce qui concerne les gens. Et je ne savais pas que tu étais antisémite.

Quelque chose dans le visage de Klara implorait le pardon, mais il était trop tard.

— Prenons les choses dans l'ordre, dit Simon. Karin n'est pas la Grande Mère, parce qu'elle n'a jamais pu avoir d'enfant. C'est en partie le drame de sa vie.

Il poursuivit très lentement :

— Quant à moi, j'ai été adopté. Un enfant juif. Mon père était un archétype de la classe juive qui a été gazée à Auschwitz. Là-bas, tu aurais pu trouver ta place, parmi les bourreaux, cria-t-il.

Et il partit en claquant la porte et ce fut miraculeux que le vieil immeuble ne s'écroulât pas.

Elle prit quatre somnifères, puis s'arrêta.

32

Klara se réveilla le lendemain avec une migraine lancinante. C'était bien mieux que l'angoisse.

Elle téléphona à l'Institut d'histoire pour dire qu'elle abandonnait. On la semonça. Elle ne récupérerait pas ses frais d'inscription du trimestre.

Puis elle fit le numéro du responsable des cours à l'Institut Sahlgren pour demander si elle pouvait commencer immédiatement son internat.

— Mademoiselle a un mois à rattraper, répondit-il sèchement.

Mais, comme il l'appréciait pour son intelligence rapide, il ajouta que ça devrait aller.

— C'est une bonne nouvelle d'apprendre que Mademoiselle s'est sorti ses fantaisies psychologiques de la tête.

Elle passa le lundi à écrire une lettre.

« Simon. Je suis une femme épouvantable, et tu dois te réjouir que ce soit fini entre nous. Mais je ne suis pas antisémite, et je ne pense pas être comme les bourreaux d'Auschwitz, où ton père est mort.

« Je veux dire, j'espère que je ne le suis pas. Car qui peut vraiment savoir... »

Après, elle s'embrouilla, mais c'était égal. Elle n'envoya jamais la lettre. Le mardi matin, elle suivait la grande visite du service de médecine interne. Elle se tenait en retrait. Ses yeux étaient plus vagues que jamais.

Elle écoutait cependant. En effet, elle avait cette particularité que, plus elle fermait son cœur, plus son esprit devenait clair. Ses démons étaient satisfaits pour un moment. Ils se taisaient.

Simon n'aurait jamais cru qu'une séparation pût être aussi douloureuse. Il souffrait aussi physiquement, dans la poitrine. L'air était limpide et le soleil clair de septembre inondait généreusement la ville, mais son monde était gris. Cela, il pouvait l'accepter.

Mais, le mal là où la culpabilité l'avait taraudé pendant son enfance était insupportable.

Cette fois, ce n'est pas que de la culpabilité. Il ne regrettait pas un mot de ce qu'il avait dit, au contraire. La seule chose qui l'apaisait, c'était de trouver des choses pires, des mots plus méchants à lui dire. Salope de fasciste.

Parfois il se demandait ce qui n'allait pas chez lui, dans sa relation avec les femmes. Il y avait d'abord eu Iza, puis maintenant cette mégère, qui était encore plus mauvaise.

Il se souvenait de sa rêverie sur le mal, qui allait rendre sa vie réelle. Le mal était dorénavant dans sa poitrine, et son existence ne lui avait jamais paru aussi irréelle. Ruben essaya d'en discuter avec lui, mais Simon n'arrivait pas à se concentrer. De même, cette maudite douleur dans la poitrine l'empêchait d'écouter les cours.

Il s'évertuait à longueur de temps à ne pas penser à Karin.

Ruben appela Erik. Il était inquiet pour Simon.

— On n'en meurt pas. Mais on peut tomber malade.

Ruben se souvint qu'Erik lui avait dit une fois qu'il avait attrapé la tuberculose après un chagrin d'amour dans sa jeunesse.

— Nous devons faire quelque chose, Erik.

— Personne ne peut faire quoi que ce soit. Mais c'est vraiment dommage, c'était une fille bien, quelqu'un de particulier.

— Que s'est-il passé, Erik ?

— Oui, qu'est-ce qui a bien pu se passer ?

Au bout d'une quinzaine de jours, Simon eut la fièvre. On ne pouvait pas le cacher à Karin. Elle arriva en même temps que le médecin appelé par Ruben qui diagnostiqua une inflammation pulmonaire.

— De nos jours ce n'est plus dangereux.

Le docteur fit à Simon une injection d'antibiotiques. Par sécurité, il voulut quand même l'hospitaliser.

Karin accompagna son fils dans l'ambulance.

Ainsi se retrouva-t-il à l'Institut Sahlgren. Il rêva de nouveau qu'il courait dans un océan d'herbe après une fille mince aux longues jambes. Elle était moqueuse comme le rayon du soleil. Il la rattrapa. Il savait que c'était Klara mais, quand elle se retourna, c'était Iza qui se moquait de lui. Alors il entendit le son d'une flûte et vit que le brouillard se dissipait, mais il ne voulait pas y aller, il ne voulait pas voir Iza s'amuser et lui rire au visage.

Karin veilla toute la nuit à son chevet. Elle pria pour la première fois de sa vie pour obtenir le pardon de Dieu. Mais quand la lumière du jour pointa et qu'il respira plus calmement, elle s'appliqua à se persuader que ce qui était arrivé était ce qui pouvait arriver de mieux.

Et qu'elle, Karin, était innocente.

Les médecins examinèrent Simon lors de la visite et lui assurèrent qu'il guérirait. Tout allait bien. Ils avaient entièrement confiance en un nouveau médicament, et c'était sans doute plus fiable que la prière de la nuit au Dieu inconnu auquel elle ne croyait pas.

Karin prit un café. Cette fille était folle, elle aurait détruit la vie de Simon, et c'était mieux que cette histoire soit terminée.

Elle-même s'était efforcée d'être aimable.

Mais Simon cria dans son sommeil, Karin eut le sentiment qu'il avait cessé de respirer. Elle paniqua, et seul Dieu qu'on doit honorer était là. Elle entendit la voix rauque de sa mère ressassant le péché, le péché. Elle se vit jeune dans la cuisine de sa belle-mère : les vieux devaient mourir pour laisser la place aux jeunes. Alors elle comprit qu'elle avait conclu un pacte avec le diable, et qu'il était venu réclamer son dû.

Il ne s'est pas déplacé. Il a envoyé une fille, une sorcière, qui a brisé ma confiance en moi, celle qui a fait vivre mon garçon. Aussi doit-il mourir.

Maintenant Karin était profondément désespérée et elle criait. Erik était là avec Ruben. Ils dirent qu'elle devait se ménager. Ruben appela son vieux cardiologue. Il examina Simon et constata qu'il se rétablirait bientôt, les sulfamides avaient agi, et la fièvre baissé. Il fit une piqûre à Karin. Elle ne saurait jamais comment elle était rentrée, mais elle se réveilla quatorze heures plus tard dans sa propre chambre. Erik lui apporta du thé et lui annonça que Simon avait passé une bonne nuit et qu'il n'avait plus de fièvre.

Toute la matinée, elle somnola, pensant à Dieu, auquel elle ne croyait pas, et à l'étonnante étendue de son pouvoir. Quant au diable, elle comprenait qu'elle l'avait rencontré dans son propre cœur. Il était chez elle comme chez tout le monde, mais il y était simplement nié et dissimulé.

Allongée sur son lit, elle se souvint de la paix qui l'avait rendue malade, et du mal qui s'était révélé pendant ce terrible printemps, quatre ans auparavant.

Et elle se remémora les rêves qu'elle avait faits à la clinique de cardiologie. Elle s'arrêta longuement sur le souvenir de Petter, et à cette nuit où il lui était apparu dans son sommeil. Il avait voulu lui transmettre un message, mais elle était trop fatiguée pour l'écouter.

Je ne voulais pas.

Petter lui avait dit que le mal se trouvait en chaque homme, on ne pouvait le comprendre et le combattre que si on le savait.

Elle se leva de son lit, chercha Klara Alm dans l'annuaire, et l'appela.

La voix de la jeune fille monta au plafond d'étonnement, et d'autre chose.

De joie, pensa Karin.

— Je sais que c'est fini entre vous mais j'ai bien réfléchi à ce que tu m'as dit sur les bonnes mères. Tu as raison sur certains points. Simon est vraiment très malade, et je me suis dit que toi qui es médecin, tu pouvais peut-être... Karin était confuse, incohérente.

— Simon est malade ? Sa voix tremblait de peur.

— Il est à l'Institut Sahlgren. Karin débita le nom du service et le numéro de chambre.

— J'y vais tout de suite. Et je te rappelle.

Klara prit un taxi. Elle le regretta, elle serait allée plus vite à bicyclette. Elle finit par arriver à destination. Blouse blanche, allons-y avec un air décidé. L'infirmière de l'étage était aimable mais elle garda ses distances jusqu'à ce que Klara avoue qu'elle voulait des renseignements sur l'état de santé de Simon Larsson pour des raisons privées, et qu'elle parut sur le point de pleurer.

La petite étudiante est amoureuse, constata l'infirmière, sans méchanceté, et elle sortit le registre.

Pneumonie lobaire. Les antibiotiques ont agi, on lui a fait une radio, une fois la fièvre diminuée. Pas de taches résiduelles sur le poumon.

— Vous voulez le voir ?

Klara eut le courage d'entrer dans la chambre quand l'infirmière ajouta qu'il dormait certainement, mademoiselle comprendrait qu'il ne fallait pas le réveiller.

Il était seul dans une chambre. Par bonheur, il dormait, comme l'infirmière l'avait dit. Mon Dieu, qu'il était beau.

Klara resta longtemps à le regarder, et ce fut comme s'il avait senti sa présence car il ouvrit brusquement les yeux.

— Va au diable, sale fasciste !

Quand elle se retourna pour s'enfuir, elle se heurta à

Ruben Lentov, qui devait être là depuis un moment. Il avait vu et avait sûrement entendu, tout entendu.

Elle se tint absolument immobile mais, contrairement à d'habitude, cela ne lui fut d'aucun secours, ses yeux libérèrent des torrents de larmes qui lui inondèrent le visage. Si elle sentit à peine le grand mouchoir que Ruben sortit, elle perçut très nettement sa chaleur quand il lui sécha le visage en essayant de la consoler.

— Allons, allons, ma petite Klara.

Elle reprit ses esprits, tenta de s'expliquer, à plusieurs reprises, puis parvint à articuler.

— Pourriez-vous répéter à Simon que la seule personne que j'ai aimée après la disparition de ma mère, la seule personne qui s'est souciée de moi, était un Juif, qui jouait de la flûte ?

— Je m'en souviendrai.

Mais Ruben était en colère après le jeune homme, Klara le vit en partant.

Elle rentra chez elle, s'efforça de recouvrer son calme et téléphona à Karin :

— J'y suis allée. J'ai lu son bulletin de santé. Il n'y a pas de danger, il sortira dans quelques jours.

— Merci. Merci, tu es gentille.

— Je suis vraiment désolée, dit Klara.

Sa voix vacillait, mais elle résista. Je te prie de m'excuser... pour ce que j'ai dit... sur les bonnes mères et qui t'a peinée.

— Tu n'as pas à revenir là-dessus. J'y ai réfléchi, il y a une part de vérité là-dedans. Et pourtant, les mères sont nécessaires, non ?

— Karin, je vais téléphoner à ma mère.

— Oui, appelle-la ta mère, et appelle-moi si tu as besoin d'en parler.

— Mais Simon...

— Ça ne le concerne pas.

Et rapidement, comme si elle craignait de regretter ses mots, elle ajouta :

— Simon est quelqu'un de difficile à comprendre, il l'a toujours été. Ce n'est pas son genre, une fille mignonne et gentille, l'idéal de toutes les belles-mères.

— Alors je pourrais faire l'affaire ?

— Je crois. Je me rends compte que tu lui conviendrais parfaitement.

Sa voix tremblait de ressentiment, Klara l'entendit.

— Ce n'est pas facile pour toi, Karin.

— Non, la vie est parfois difficile à comprendre. Klara, il faut que tu saches, à propos de Simon, qu'il n'abandonne jamais.

— Pour moi, en tout cas, il a dû abandonner. J'ai été complètement folle, tu sais.

Karin raccrocha. Elle détestait toujours cette fille, et pourtant il y avait quelque chose de grand en elle. C'est la seule personne que j'ai rencontrée qui a démasqué mon diable et que je n'abuserai jamais.

Klara ne s'accorda pas un instant, ni pour réfléchir ni pour retirer son manteau. Elle demanda une communication avec Oslo.

Une chaude voix norvégienne. Klara la reconnut instantanément et son cœur battit la chamade comme un oiseau en cage.

— Pourrais-je parler à madame Kersti Sörensen ?

— C'est moi.

— Bonjour, c'est Klara.

Silence, comme si la terre s'était arrêtée de tourner. Pas une voiture qui fasse du vacarme, de Oslo à Göteborg. Dieu a arrêté le temps, pensa Klara. Puis elle entendit que sa mère pleurait.

— J'espérais que tu m'appellerais, j'en ai rêvé toutes ces années.

— Mais pourquoi tu ne m'as pas appelée, toi ?

La terre restait immobile.

— Je n'osais pas. Mais je sais que tu fais des études de médecine à Göteborg, je suis très fière.

— Maman, pourquoi tu n'as jamais donné de signe de vie quand j'étais petite et que j'aurais eu besoin...

— Je t'ai écrit, Klara, j'ai des piles de lettres pas ouvertes, que ton papa me renvoyait. J'ai multiplié les démarches pour obtenir ta garde, j'ai dépensé l'héritage de ma mère en avocats. Mais à l'époque, c'était difficile, je n'avais aucune chance, j'étais une femme infidèle.

— Maman ! C'était un cri.

— On en est même arrivé au point où on a obligé ton père à transférer mes parts dans la scierie, de l'argent, sur ta tête contre la promesse de ne jamais donner de nouvelles.

— Maman ! Klara pleurait.

— Tu étais intelligente, Klara, je voulais assurer tes études et je savais comme il était radin.

— Mais j'ai dû mendié jusqu'au moindre öre, et j'ai fait un emprunt pour financer mes études.

— Appelle l'avocat Bertilsson, à Karlstad, appelle-le, Klara. Et, donne-moi tes coordonnées, je t'enverrai ces vieilles lettres.

— Tu les as gardées ?

— Oui, je me suis dit que... qu'elles reflétaient ma vie, mon état, tu comprends.

Cinq unités, dit la standardiste.

Klara donna son adresse.

— On va se voir, maman, je viendrai pour Noël.

— C'est merveilleux.

Sa colère et son immense rage furent bénéfiques pour Klara Alm. Elle joignit l'avocat à son domicile de Karlstad, et il confirma qu'il y avait un compte à son nom, qu'il existait depuis le divorce.

— Combien ?

— Autour de vingt-cinq mille. Cette somme a augmenté avec les intérêts, on ne doit pas être loin des trente mille à présent.

Elle appela le propriétaire de la scierie. À sa voix, elle entendit qu'il était déjà ivre.

— Tu es un sacré salopard, dit-elle avant de raccrocher.

Ensuite, elle oublia l'argent et pensa à sa mère. Elle avait reconnu sa voix jusque dans la plus petite intonation, empreinte de tant de douleur et d'amour.

J'ai une mère. Moi aussi, Simon, j'ai une maman pour qui je compte.

Deux jours plus tard, les lettres arrivèrent d'Oslo. Klara téléphona pour dire qu'elle était malade. Un rhume d'automne, précisa-t-elle.

Puis elle lut ses lettres et pleura. Et elle lut encore.

Jusqu'à ce qu'elle les connût toutes par cœur. Alors elle appela Karin et lui raconta.

— C'est merveilleux.

Klara entendit que sa voix avait repris son ancienne vigueur.

Comme si on lui avait aussi rendu justice.

33

Simon était étendu dans un fauteuil chez Ruben. Le pire était passé, la pneumonie avait guéri son amour. Il ne pourrait plus être réellement heureux. La joie n'existe que pour les innocents, se disait-il.

Un soir, Ruben lui avoua qu'il avait entendu ce qu'il avait dit à Klara à l'hôpital.

— C'était un rêve.

— Malheureusement, non.

Ruben était furieux.

— Je délirais.

— Tu l'as traitée de fasciste. Après tout ce qui s'est passé, c'est impardonnable de balancer des mots à tort et à travers. C'est une question d'honnêteté, Simon, de respect pour les morts.

Simon reprit difficilement son souffle en voyant la colère dans le regard de Ruben.

— Mais enfin, tu ne sais même pas ce qu'elle a dit.

— Je sais ce qu'elle m'a dit, quand tu t'es rendormi, et ça me suffit. Elle m'a demandé de te le rapporter, et je l'ai noté, mot pour mot parce que c'est extrêmement important.

Il sortit son portefeuille, trouva le papier et lut :

« La seule personne que j'ai aimée après la disparition de ma mère, qui s'est souciée de moi était un Juif qui jouait de la flûte. »

Simon pensa que tout allait recommencer.

Il y eut un long silence.

— Cet homme connaissait mon père.

— Simon Haberman ?

— Oui.

En fait, Simon n'avait qu'une chose en tête : la douleur dans sa poitrine était malgré tout de la culpabilité.

— Je vais lui écrire pour lui demander de me pardonner.

— Fais-le, dit Ruben.

Il passa deux jours à rédiger la lettre, et remplit une corbeille entière de différentes versions.

« Klara. Je te prie de m'excuser pour les choses terribles que je t'ai dites. Je sais, bien sûr, que tu n'es pas fasciste. Simon. »

Il reçut une réponse.

« Simon. Merci pour ta lettre. Je comprends parfaitement ta réaction, j'ai vraiment été épouvantable. Klara. »

C'était bien, mais ça n'apaisait pas sa souffrance. Le sentiment de culpabilité le rongeait, et parfois il lui semblait deviner qu'il était lié à une autre personne que Klara. Mais il chassa cette idée.

Ils s'activèrent chacun de leur côté pendant tout l'automne, ils étaient concentrés et actifs comme ils l'avaient toujours été. Simon commença à s'intéresser à la politique, aux débats interminables sur le jeune État d'Israël qui agitaient le cercle d'amis de Ruben.

Je pars là-bas, se disait-il parfois.

Mais, officiellement, il n'était pas juif et il avait une expérience professionnelle ridicule qui ne serait d'aucune utilité dans un pays qui luttait pour sa survie.

Mona accoucha d'une petite fille aux alentours de Noël. Pour la première fois depuis des années, Simon éprouva une sensation de joie. Il alla voir Mona à la clinique. Il se plongea dans les yeux de la nouveau-née selon les conseils d'Andersson. Mais le regard de l'enfant était aussi incompréhensible que la pensée qui lui vint : J'ai une sœur maintenant.

L'avant-veille de Noël, Klara s'envola pour Oslo. Elle avait remplit sa valise de cadeaux, pour sa mère, et pour ses petits frères et sœurs qu'elle n'avait jamais vus.

Ce ne fut pas un Noël comme les autres, Kersti vint la chercher à Fornebu, les mots leur manquaient pour ce qu'elles voulaient se dire. Elles passèrent plusieurs jours à les chercher en tâtonnant, mais elles ne dépassèrent guère le sujet de l'Occupation. C'était mieux maintenant, malgré tout, pour la nourriture et le reste.

Ses petits frères et sœurs racontèrent en pur norvégien qu'on leur avait toujours dit qu'elle était merveilleuse.

Évidemment, elle ne répondait pas à leur attente.

Bien qu'il fût plus gentil et moins destructeur que le propriétaire de la scierie, le nouveau mari était alcoolique lui aussi. Sa mère n'allait pas bien, et Klara le voyait.

Entre les fêtes, Kersti lui conseilla de s'occuper de ses beaux cheveux. Elles entrèrent dans un salon de coiffure élégant du centre-ville en pouffant de rire. On lui coupa les cheveux, on les permanenta, et on lui fit la frange qu'elle aurait toujours dû avoir.

— Tu es méconnaissable, dit Kersti, pendant que Klara regardait avec étonnement son reflet dans les vitrines et dans tout ce qui pouvait lui renvoyer son image.

Elles rencontrèrent des amies de Kersti.

— Ma fille. Elle étudie la médecine à Göteborg.

Elle était fière et cela fit du bien à la jeune fille.

La veille du Nouvel An, elle reprit l'avion. Elle réalisa qu'elle n'avait pratiquement pas pensé à Simon de toute la semaine. Le Jour de l'an, elle était de permanence à l'Institut Sahlgren, c'était plutôt bien.

Mais son retour fut difficile. Dieu qu'elle détestait cet appartement de location. Il était sale, glacial, confiné, sombre.

Un trou à rat.

Un paquet l'attendait, elle reconnut immédiatement l'écriture sur l'emballage : « Docteur Klara Alm. »

Il se moque de moi.

Elle l'ouvrit, c'était le livre de Simon et, sur la première page, il était écrit : *À mon aimée.*

Elle jura, un long chapelet de mots orduriers.

Mais la colère ne fonctionnait pas, c'était comme si elle l'avait laissée à Oslo. Klara resta assise sur le lit, le livre dans les bras. Elle avait toujours su qu'il n'y avait pas d'issue, et qu'elle était partie en Norvège à cause de Simon.

Pour ne pas le détruire.

Au bout d'un moment, elle se mit à grelotter, elle alluma le poêle pour repousser le froid humide de l'appartement.

Elle défit ses bagages, descendit à la boutique du coin acheter du pain, du beurre et du café. Elle évita le poisson qui la regardait avec des yeux morts depuis bien trop longtemps et acheta quatre côtes de porc pour le week-end du Nouvel An.

En réalité, elle détestait les côtes de porc.

Elle pensait à la dédicace, il n'aurait pas dû utiliser ce mot. C'était faux, ils n'avaient jamais parlé d'amour. Maintenant le mot était dit, il était là comme une maison, bien présent, qui rendait réelle la souffrance. Exigeant.

Dorénavant, ils devaient entrer dans cette maison, y vivre et y habiter.

Il lui fallut deux heures pour chauffer l'appartement. Elle put enfin se glisser dans son lit. Mais elle dut enfiler des gants sous ses couvertures, et elle commença à lire le poème sur la mer.

Elle finit par comprendre que la vérité ne se trouve que dans ce qui n'est pas dit.

C'est tout à fait ça, Simon Larsson, tu aurais dû y penser avant d'écrire ta dédicace. Les mots achèvent tout. La réalité est quelque chose d'autre, un perpétuel mouvement, impossible à emprisonner.

Elle lut et relut le poème. Avant de s'endormir, elle se dit qu'elle aurait pu l'écrire.

Si elle avait su écrire.

Et ainsi, les mots se posèrent sur une évidence qui n'avait pu grandir librement que dans son inconscient jusqu'à présent : Simon et elle se ressemblaient.

Elle dormit toute la nuit. Quand elle alluma le poêle le lendemain matin, elle admit que ce qu'elle ressentait était du bonheur, et seulement du bonheur.

Elle avait dépassé la dualité.

C'est peut-être ce que les gens appellent la paix, se dit-elle, en se souvenant de la suspicion qu'elle avait toujours eue à l'égard de ce mot. Elle ne l'avait jamais compris. En revanche, elle reconnut la sensation. C'était ainsi avant, quand elle était enfant, avant que sa mère ne disparût. Ainsi que dans la musique, dans la vie à l'intérieur des notes, quand elle s'abandonnait, et que la flûte jouait d'elle-même.

Quand elle se décida à téléphoner, elle était calme. Ce fut Ruben Lentov qui répondit. Elle se présenta et demanda à parler à Simon. Elle perçut sa joie et l'accepta sans objection.

Mais Simon était chez ses parents, où ils préparaient la fête du Nouvel An.

— Ah bon.

Klara était dépitée, elle n'avait pas envie d'appeler là-bas.

— Aimerais-tu déjeuner avec moi ? Il y a un moment que j'ai envie de discuter avec toi.

Curieusement, Ruben paraissait timide.

— Je veux bien, répondit-elle tout en pensant qu'elle n'avait plus grand-chose à dire.

— Je peux venir te chercher ?

— Non, pour l'amour de Dieu.

Elle faillit s'évanouir à l'idée de Lentov dans l'appartement de Haga.

— Je viens, dit-elle.

— Prends un taxi, on trouvera bien un restaurant ouvert.

— En ce qui me concerne, l'important n'est pas de manger.

— Pour moi non plus. Alors on se contentera des sandwichs dans mon réfrigérateur.

Elle brossa sa nouvelle chevelure bouclée jusqu'à la rendre brillante, chercha la jupe qu'elle portait le soir du concert avec Simon. Elle trouva le corsage de soie verte, le repassa. Quand elle se teignit les cils, elle se dit qu'aujourd'hui elle ne ferait pas la tête. Ce n'est que dans le taxi qu'elle se rappela le chlorure d'aluminium. Bof, ça ne faisait rien. Aujourd'hui, elle ne transpirerait pas.

Ruben en personne ouvrit la porte. Elle le regarda dans les yeux et elle se souvint de sa gentillesse à l'hôpital. Elle réussit à le remercier pour le mouchoir. Il sourit. Il avait été très remonté contre Simon et lui avait transmis son message.

— Je l'ai compris quand j'ai reçu sa lettre.

Puis un silence raide s'installa entre eux jusqu'à ce que Klara dise :

— J'ai lu le poème sur la mer. Et je viens de comprendre que nous nous ressemblons, Simon et moi.

Il acquiesça, et elle devina enfin cette qualité particulière qui le caractérisait.

La présence, pensa-t-elle.

— Je voulais en discuter avec toi. Ainsi bien sûr que de cette chose étrange qu'on appelle l'amour et qui est si complexe.

— C'est un mot qui m'effraie.

— Ne t'occupe pas du mot. Parlons de la bizarrerie de ce qu'on appelle l'amour, que la plupart des gens confonde avec des besoins insatisfaits.

— Pas moi, objecta Klara, et quand elle vit que les commissures de ses lèvres bougeaient, elle poursuivit énergiquement. Je veux dire, si j'avais la capacité de troquer mon insatisfaction contre de l'amour, je serais amoureuse en permanence.

Ils rirent ensemble et Ruben se dit que c'était une fille singulière, exactement comme Erik l'avait dit. Klara pensa que Ruben était un homme merveilleux, et qu'elle aimerait oser le lui dire.

— Vous êtes quelqu'un de merveilleux, monsieur Lentov.

Il rougit comme un écolier. Mademoiselle Alm devrait l'appeler Ruben, pour qu'il pût continuer à dire Klara.

Il lui proposa du sherry, et partit dans la cuisine chercher les sandwichs.

— J'avais envie de te confier quelque chose que je n'ai jamais raconté.

Il était déterminé. Au début, il chercha les mots pour décrire Rebecca, cette jeune fille qu'il avait aimée, dont il avait épousé la sœur.

— Nous étions faits l'un pour l'autre, Rebecca et moi. Je rends peut-être les choses romantiques. Non, nous étions destinés l'un à l'autre. Mais elle voulait se sortir du judaïsme, et moi, face à son désir de liberté, je n'ai pu que la laisser partir avec un officier allemand, un aristocrate, qui lui garantirait une place au royaume des aryens.

Klara posa son sandwich.

— Je me suis trompé sur toute la ligne. Le beau nom allemand ne lui a été d'aucun secours quand la Gestapo est arrivée. Elle a disparu dans un camp de concentration avec deux de ses enfants.

Klara n'aurait pas dû se maquiller les yeux mais, dans le fond, ce n'était pas grave d'avoir des marques noires sur le visage.

Il raconta leur rencontre secrète dans un restaurant, à Paris, la ville qu'il aimait.

— J'avais des pensées tellement louables !

Il poursuivit avec une chaleur soudaine :

— Mon Dieu, que de mal en est sorti ! De cette décision stupide de renoncer à Rebecca, d'aller contre la volonté de Dieu et de la nature. Pour elle, pour sa sœur que j'ai emmenée ici, et qui est devenue folle de terreur et de manque d'amour.

— Et pour toi, chuchota Klara.

— Oui.

Elle dut aller dans la salle de bains se rincer le visage à l'eau froide. À son retour, Ruben était plus calme.

— Je ne veux pas que tu le racontes, pas même à Simon.

— Je te le promets, dit-elle.

Puis ils burent un dernier verre de sherry.

— Je dois être chez les Larsson vers cinq heures. Tu crois que tu oserais venir avec moi ?

— Oui. J'ose.

Pendant le trajet, il lui annonça qu'il était devenu grand-père, il parla de la nouveau-née, qui lui ressemblait disait-on.

— Me voici, dit Ruben. Et j'amène une surprise.

Karin fixa Klara, comme si elle n'osait en croire ses yeux. Et la joie suivit, puis le désespoir, la colère et la joie à nouveau. Klara voyait ces sentiments passer sur son visage comme des vagues et elle dit avec inquiétude :

— Nous ne devrions peut-être pas te faire subir des chocs pareils.

— Le plaisir ne peut pas être dangereux, dit Erik en embrassant la jeune fille à lui faire mal.

Elle pensa qu'il fallait qu'elle trouvât ce qui n'allait pas dans le cœur de Karin.

Simon était sorti s'exercer à conduire la voiture de son père, avec Isak. Mona était dans la cuisine, elle préparait le repas, mettait la table et surveillait la dinde qui sentait bon dans le four.

— Prends ma fille et sors d'ici, qu'on range ce désordre.

Et Klara se retrouva avec le bébé dans les bras. Elle observa le petit visage puis celui de Ruben :

— C'est vrai, elle te ressemble.

— Maintenant on a la confirmation d'un médecin.

Karin et Klara allèrent avec la petite dans le salon, qui n'avait pas échappé aux murs blancs et aux nuages devant les fenêtres. Les vieux meubles en chêne semblaient penauds dans tout ce blanc.

Klara raconta sa rencontre avec sa mère et son beau-père qui était alcoolique comme le propriétaire de la scierie.

— Tu saisis pourquoi la vie est tellement compliquée ? dit Karin.

— Non, et elles regardèrent ensemble l'enfant qui était simple et bon.

Elles entendirent une voiture, et Karin devint nerveuse.

— Klara, dit-elle. Il pourrait avoir un choc. Monte dans la chambre, qu'on le prépare un peu.

Klara tendit le bébé à Karin, son cœur battait à tout rompre, mais il n'y avait pas de démons dans sa peur quand elle gravit les escaliers en courant.

— La porte à droite, cria Karin.

La jeune femme entra dans la chambre de Simon. Tout était imprégné de lui, ses genoux se mirent à trembler et elle dut s'asseoir sur le lit.

Quand Simon entra dans la cuisine, Karin se tut, elle regarda simplement le visage maigre, les yeux dans lesquels la souffrance brûlait. Mon Dieu, qu'est-ce qu'on doit dire ?

Mais Erik, qui était joyeux comme un violoneux, trouva les mots justes.

— Figure-toi, Simon que Ruben Lentov, le fantastique, est revenu avec un cadeau de Noël pour toi, qui t'attend là-haut. Prépare-toi au pire, car il vaut tous les tourne-disques.

Le jeune homme éclata de rire, puis il conseilla à Ruben d'arrêter avec ses cadeaux de Noël, d'ailleurs il en avait déjà reçu un. Il se dirigea vers l'escalier, mais Karin l'arrêta.

— Tu devrais boire un coup, mon garçon. Ça calme.

Ruben ne savait plus s'il devait rire ou pleurer, Mona choisit le rire.

— Tu es vraiment malade, maman.

Et il disparut. La maison retint son souffle mais, malgré le silence, ils n'entendirent pas un bruit.

Juste une porte qui se fermait.

— Maintenant on les oublie, jusqu'à ce que le dîner soit prêt, lança Mona en se remettant au travail et en faisant du vacarme avec les casseroles.

Simon resta sur le seuil et regarda la jeune fille sur le lit. Puis il referma doucement la porte, et commença à la déshabiller sans un mot, le beau corsage, la robe étroite, les bas nylon, le soutien-gorge et le reste. Quand il eut fini, il se coucha près d'elle sur le lit et lui fit l'amour avec force et gravité, comme il l'avait rêvé un millier de fois pendant le dernier semestre.

— Oh, merci.

Mais il posa un doigt sur sa bouche et demanda :

— Tu as apporté ta flûte ?

— Non.

— Demain, tu joueras pour moi.

— Oui.

Il leur sembla qu'il ne s'était écoulé qu'un court instant quand Mona frappa à la porte. On ne peut pas vivre seulement d'amour et d'eau fraîche, ça faisait deux heures qu'ils attendaient pour manger.

Simon éclata de rire.

J'avais oublié son grand rire, pensa-t-elle en s'habillant.

Ils descendirent l'escalier main dans la main, et restèrent silencieux toute la soirée. Il était difficile de les regarder ; ils étaient nus, déshabillés jusqu'à l'âme. Seule Karin s'aventura à observer Simon, et elle eut la confirmation de ce qu'elle savait déjà. Elle l'avait perdu, et il était heureux.

Quand les douze coups sonnèrent, ils trinquèrent à leur santé.

— À votre amour, dit Erik. Et prenez-en soin, bordel.

34

Le lendemain, à six heures du matin, Klara sema la panique dans la maisonnée.

— Mon Dieu, Simon, je suis de garde, je dois être à l'Institut Sahlgren avant sept heures et je n'ai pas de chaussures. Est-ce qu'il y a des tramways ?

— Tu devais me jouer de la flûte, dit Simon, mais il saisit la gravité de la situation. Il alla réveiller Erik, qui enfila son pantalon par-dessus son pyjama en grognant, et sortit pour aller chercher la voiture.

Karin lui trouva une paire de mocassins confortables.

— C'est une chance qu'on fasse la même pointure.

— Karin, dis les choses franchement, que tu es en colère, et que tu trouves que je suis une inconsciente, d'oublier comme ça l'hôpital, mon travail et tout, ajouta Klara qui avait honte de tout ce remue-ménage.

— Combien de temps encore décideras-tu de ce que pensent les autres ? À la rigueur je te trouve stupide de ne pas admettre que n'importe qui perdrait la tête après une soirée comme celle d'hier.

— Je ne suis pas sûre d'avoir retrouvé toute la mienne.

— Ça va être impeccable pour les malades, se moqua Erik qui avait amené la voiture.

La semaine qui suivit, Klara quitta son petit appartement pour emménager chez Ruben dans la chambre de Simon. Ils parlèrent ensemble, ils avaient déjà tant parlé avant la nuit des Rois que ça pouvait suffire pour une vie entière.

Comme disait Simon.

Pendant les vacances de Pâques, il accompagna Klara à Oslo pour rencontrer sa mère. Pas la moindre trace d'angoisse, pensa Klara, certaine qu'il séduirait Kersti tout de suite.

Ce qu'il fit, d'ailleurs.

Au début du printemps, ils rendirent une brève visite au propriétaire de la scierie. Klara voulait surtout se montrer avec Simon dans la grande rue. Il se prêta volontiers au jeu et l'embrassa près des fenêtres.

Son père était pire que Simon ne l'avait imaginé. Il était grossier en paroles et haineux en regards. Il anéantissait toute ébauche de communication, comme s'il était poussé par un démon.

Simon eut peur, il reconnaissait cette impression.

Le jeune homme avait passé son permis, ils rentrèrent avec la voiture d'Erik qu'ils avaient empruntée. Sur la route de Karlstad, il demanda à Klara :

— Ne serait-ce pas le jeu de ton père que tu joues quand tes démons te prennent ?

Ils allèrent voir Joachim Goldberg, le vieux professeur de flûte de Klara. Ils avaient préparé leur visite en lui écrivant pour lui demander s'il connaissait Simon Haberman.

— Maintenant c'est moi qui suis nerveux, confia Simon dans l'escalier de l'immeuble.

Madame Goldberg les attendait avec du café et des gâteaux. Le vieil homme reçut chaleureusement son élève et annonça à Simon :

— Je crains de te décevoir.

Il y avait plus de trente musiciens juifs dans l'Orchestre

philharmonique de Berlin, Goldberg n'avait qu'un vague souvenir d'un violoniste timide nommé Haberman.

— Il faisait partie des optimistes, qui sont restés et qui refusaient de croire que les événements autour de nous pouvaient nous atteindre, expliqua Goldberg.

En rentrant, ils allèrent à Trolhättan, et s'arrêtèrent pour regarder les chutes gelées. Ils se disputèrent sur tout et sur rien. Puis ils descendirent la vallée d'Älvdalen sans se parler.

Ils se marièrent à la Saint-Jean 1949, à Oslo, où Kersti organisa un mariage plus somptueux et plus imposant que ce qu'ils désiraient l'un et l'autre. La famille de Simon s'était déplacée, Karin aima la mère de Klara à la première minute.

Elle resta quelques jours à Oslo pour rendre visite à des cousins à qui elle avait envoyé des colis alimentaires pendant la guerre. Elle se rendit à l'évidence : ils la détestaient, la bourgeoise du pays voisin protégé.

— Il n'y a pas eu moyen d'entamer de conversation sans qu'ils ne m'enfoncent les trains allemands dans la gorge, dit-elle à Mona en rentrant.

35

Karin était dans la cuisine, sa marmite à la main, qui avait été un excellent ustensile, et voilà qu'elle était cabossée et une des poignées s'était détachée après des années d'utilisation.

Surprise, elle la regarda et se souvint de sa joie quand elle l'avait achetée. Alors qu'elle était dans la boutique de Övre Husargatan, elle avait rêvé des bonnes soupes qu'elle préparerait.

Apparemment, c'est ce qu'elle avait fait mais quand les rêves se réalisent, on y prête rarement attention, pensa Karin. Et elle dit :

— Alors adieu.

Puis elle la fourra dans le grand sac poubelle devant elle.

C'était un après-midi brûlant de la fin d'été 1955, il faisait chaud et il était impossible de rester dehors. La cuisine était plus fraîche que l'ombre des arbres, à condition d'arriver à y faire un léger courant d'air. Mais ce n'était pas facile non plus, car l'air était immobile, Karin respirait mal.

Elles avaient décidé, Lisa et elle, qu'elles utiliseraient les chauds après-midi à faire le tri dans les placards et à jeter tout ce qui était hors d'usage.

Karin n'avait jamais aimé jeter. Maintenant, elle y trouvait presque du plaisir, les vieux couverts noircis, les louches en zinc qu'elle n'avait jamais aimés, le service à café fleuri ridicule, cadeau de mariage de son frère, tout prit le même chemin, celui du sac qu'elles avaient posé dans la cuisine.

Lisa soupirait souvent, geignait parfois. Quand le service à café et son crémier descendirent dans le sac, elle se lamenta.

— S'il te plaît, prends-le, dit Karin en interrompant son geste.

Et elles soupirèrent ensemble, car elles savaient que les placards de Lisa étaient pleins.

Elles étaient frappées par cette nouvelle abondance, et ignoraient comment s'y adapter.

Le jeudi après-midi, le ciel eut vent de la souffrance de la terre et compatit. Les nuages d'orage s'amoncelèrent, les éclairs les découpèrent, dans le vacarme et le tonnerre, l'eau dévala sur la mer et sur la terre. La terre but gloutonnement.

Sans aucune reconnaissance.

Comme toujours avec la terre, pensa en boudant le ciel, qui devint froid et gris et ne donna plus d'eau, bien que le sol fût loin d'avoir apaisé sa soif.

Après le déluge, Karin n'avait pas envie d'aller se coucher, elle resta dans le jardin. Elle aspirait de l'air frais, expirant de l'air chaud jusqu'à qu'elle se sentît suffisamment rafraîchie pour dormir correctement.

Le jour suivant, le ciel était bougon, mais elle se réjouit. Elle pourrait flâner dans les parages selon son habitude. Avec un léger sentiment de culpabilité, elle se faufila dans le sentier derrière la maison, elle craignait que les enfants ne la voient et ne veuillent l'accompagner.

Elle désirait être seule avec les montagnes et la mer, le fleuve et les prés jaunes. Elle se dirigea vers l'endroit où ils se baignaient et s'assit sur les rochers. Il n'y avait pas si longtemps que Simon avait appris à plonger ici.

Le temps nous coule entre les doigts, et s'accélère à mesure que nous vieillissons.

Maintenant plus personne ne pouvait se baigner là, l'eau de l'estuaire puait, elle était brune et grasse. Karin regarda les maisons récentes, ces boîtes installées avec prétention sur la montagne détruisaient en quelques années les lignes du paysage que la mer, le fleuve et les montagnes avaient mis des millénaires à construire.

Jamais Karin n'aurait imaginé que le monde deviendrait aussi laid. Pourtant elle en avait rêvé, de ce futur, de l'avènement du foyer des travailleurs, des hommes qui échapperaient à l'oppression qui accompagne la pauvreté. Maintenant c'était chose faite, on vivait mieux, c'était bien, c'était merveilleux. Le souci de la survie n'entachait plus la vie et, quant à l'angoisse qui règne toujours au fond des êtres, on avait trouvé des moyens de l'endormir. Des milliers de nouvelles exigences, que personne n'avait soupçonnées, étaient apparues d'un coup, on pouvait tous les satisfaire dans cette nouvelle et laide abondance.

Je pense comme une vieille réactionnaire, se houspilla Karin. Dans ces boîtes moches qui ont bousillé le paysage, il y a des gens dans des appartements confortables. Des gens libres qui ne s'angoissent ni ne s'abaissent pour vivre, qui ont l'eau courante et le tout-à-l'égout. Lequel se jette dans la mer où il se mêle aux déchets des grandes industries qui bordent le fleuve.

Elle tourna le dos au rivage, prit le sentier qui traversait les champs où on ferait bientôt des repérages pour d'autres projets immobiliers, et elle pensa que, au moins, elle n'aurait pas à les voir, ces futures boîtes. Elle ne savait pas exactement ce qu'elle entendait par là mais, quand elle arriva aux pieds des chênes et qu'elle se fut reposée, elle sentit un brusque besoin de parler du faitout.

— Vous comprenez, c'était une si vieille marmite, elle avait fait largement son temps. Elle consommait beaucoup de courant, car elle ne tenait plus sur la cuisinière.

Les chênes l'écoutaient et la comprenaient.

Mais, quand Karin poursuivit en expliquant combien cette cocotte était laide, cabossée et de guingois avec son oreille cassée, ils la désapprouvèrent. Elle avait la beauté d'une chose ancienne et fidèle, considéraient-ils. Ils n'avaient pas tout à fait tort.

Ensuite Karin aborda l'éternel sujet : Simon et les autres enfants. Tout marchait pour eux, elle devait en être reconnaissante.

Simon étudiait pour la quatrième année consécutive à l'université de Londres. C'était sûrement important puisqu'il recevait de l'argent de l'État. Année après année, la bourse qui lui permettait de se consacrer aux signes étranges des vieilles tablettes d'argile de la Mésopotamie tombait.

Karin ne comprenait pas en quoi ces tablettes étaient précieuses, ni pourquoi on faisait tant d'efforts pour comprendre une langue que personne n'avait parlée depuis des milliers d'années.

C'était une énigme, au même titre que la prospérité et la laideur.

Je dois commencer à me faire vieille, dit-elle aux chênes qui se moquèrent d'elle. Et elle dut reconnaître que ce n'était pas vrai non plus, elle avait eu cinquante ans l'année dernière et ce n'était pas un âge canonique.

Elle devrait penser à des choses qu'elle comprenait, lui soufflaient les arbres. Elle se réjouit alors du bonheur de Simon avec Klara, qui était en Suisse et qui aurait bientôt fini ses longues études.

Ils n'étaient pas souvent ensemble, mais c'était sans doute bon pour leur amour.

Karin s'attarda sur Klara, la fille la plus clairvoyante à son sujet, mais qui ne lui serait jamais proche. Du respect, un respect réciproque, voilà ce qu'il y avait entre elles.

Elle avait cessé d'avoir honte de leur première rencontre. Quand Karin était partie seule dans la montagne et qu'elle s'était dit qu'elle n'était pas tellement différente de sa belle-mère, ça avait été un rude moment.

Dans son existence, ce qui importait, plus que Simon encore, c'était sa perception d'elle-même, de femme bonne et intelligente. La Grande Mère, comme disait Klara. Karin en souriait à présent, et pensait que ce n'était finalement pas si mal, elle était supérieure à l'image que les femmes se créent habituellement par sentiment d'insuffisance.

Quoi qu'il en soit, on s'efforce de donner corps à l'image qu'on a de soi, et la bonne et intelligente Karin avait été irréprochable avec les enfants. Pour elle-même, c'était discutable et, avec le temps, elle était devenue pas mal cabossée et usée.

Comme la marmite qu'elle avait jetée.

Klara avait un métier, elle possédait l'autonomie dont Karin avait toujours eu envie, elle ne dépendait pas d'un homme.

Et pourtant elle était plus dépendante de Simon que Karin ne l'avait jamais été d'Erik.

Le mariage avait tant d'exigences ! Pour Mona et Isak, pareil. Ils devaient tout partager et se comprendre mutuellement.

Cela menait à des déceptions. Elle le voyait chez eux. Car on se blesse inévitablement. Leur désespoir grandissait, ils prenaient alors de nouveaux points d'appui et se querellaient encore pour se rapprocher au lieu de laisser faire, se disait Karin, qui n'avait jamais admis qu'un homme et une femme puissent se comprendre profondément.

Elle avait essayé de l'expliquer à Mona.

— Nous venons de mondes séparés.

Mais Mona ne l'écoutait pas, même si elle réduisait parfois ses exigences quand on lui rappelait la fragilité du sol sur lequel Isak se tenait.

Sur le chemin qui descendait à la maison, Malin accourut en la voyant. Enfant bénie. Elle le pensait chaque fois qu'elle voyait cette enfant sérieuse et joyeuse.

Simon l'appelait petite sœur, pourtant, ils ne se ressemblaient pas. Il était tout feu tout flamme, elle était calme comme les arbres ; il explosait de questions, elle était riche de savoir.

Karin s'assit pour prendre la petite fille dans ses bras, et elle la salua presque solennellement.

— Malin, six ans et joie du cœur.

Comme toujours, elle caressa l'épaisse chevelure brune de la fillette et sentit le creux de son cou. Elle avait une odeur forte, particulière.

— Tu sens comme si tu descendais du ciel.

— Je t'ai vue partir, je voulais te courir après, dit Malin. Mais après, j'ai compris que tu voulais être seule.

— C'est bien. Maintenant je n'ai plus envie de solitude, je veux être avec toi.

— Tu pensais à quoi ?

Oui, à quoi ? Karin réfléchit un instant, et sa réponse l'étonna.

— À une vieille cocotte que j'ai jetée hier. Je trouvais qu'il fallait que j'y réfléchisse.

Malin ne trouva pas cela étrange, elle partageait le sentiment de perte de Karin.

— Tu aurais pu me la donner. J'aurais joué avec dans le tas de sable.

— Mais tu as de jolis seaux.

— Mais j'aime beaucoup les vieilles marmites.

Karin dut se retenir pour ne pas pouffer de rire. Elles descendirent main dans la main, et arrivèrent dans le nouveau jardin.

Un grand jardin, oui. Il s'étendait devant leurs yeux, splendide et foisonnant malgré la grisaille. Le cerisier grave, le parterre de fraisiers, où tout avait été ramassé pour cette année, la pelouse tendre qui se déroulait si bien jusqu'aux arbres, les frênes vers la montagne en bas, près du fleuve, et la haie de sapins, dégarnie, mais qui protégerait bien du vent de nord-ouest d'ici quelques années.

Karin s'installa dans l'ancien siège de bateau, sur le ponton à côté de l'étang, et contempla les lis martagon, hauts comme un homme, qui avaient enroulé leurs calices violets dans tous les sens et pointaient audacieusement leurs fleurs couleur de feu. Ils étaient sur le point de monter en graine, et continueraient à la réjouir avec leurs semences élégantes, qu'on sécherait et mettrait dans des vases.

Malin à ses pieds donnait des pucerons à manger à des coccinelles.

— Je n'aime pas les animaux emprisonnés. Mets-les sur les rosiers, s'il te plaît.

— Tout à l'heure, répondit Malin.

En penchant la tête en arrière, Karin pouvait voir les vieux pommiers qui bordaient le premier jardin. Erik et elle les avaient plantés à leur arrivée, et ces vieillards noueux donneraient une bonne récolte de pommes Åkerö.

Cette année, je ne m'en occuperai pas. Mona prendra ce qu'elle voudra, le reste sera pour les oiseaux.

Malin était silencieuse, comme si elle pensait que Karin avait à nouveau besoin d'être seule avec ses pensées, qui étaient joyeuses à présent. Elles tournaient autour du jardin et des bonheurs qu'il lui avait apportés.

Au début, quand le chantier avait déménagé, et que Mona et elle avaient eu l'idée de ce jardin, elle avait éprouvé une joie secrète. Malin était alors toute petite, et passait de bras en bras, ou s'endormait sur un coussin de la banquette de la cuisine. Elles avaient rêvé et fait des plans. Mona voulait un pré sauvage avec des marguerites, des ancolies, des bleuets et des coquelicots. Karin avait envie d'un grand espace pour des fraises, que des framboisiers délimiteraient. Elles recouvriraient les rochers de mousse rampante et de primevères pour le printemps, de gentiane bleue pour l'automne.

— Et de la joubarbe, avait demandé Karin.

— Tu sais qu'il y a vingt anémones des bois différentes ?

des violettes, des jaunes. Et des blanches aussi, mais doubles, comme des petites roses.

Non, Karin ne savait pas, et elle s'était fait la réflexion que les anémones devaient être blanches. Ce qui était normal pendant la courte vie qui était la leur.

Elles avaient quémandé auprès de Ruben des livres de jardinage. Ils avaient donné à leurs rêves un nouvel élan qui avait grandi sans entraves.

Ensuite il avait fallu convaincre Erik. Ce n'avait pas été le plus facile.

— Tu vas te tuer au travail, c'est tout ce que tu vas gagner, avait-il dit. En plus, je voudrais tirer un profit du terrain.

Karin s'était fâchée.

— Tu parles comme le dernier des capitalistes, comme un vampire, avait-elle crié. Elle était hors d'elle et elle avait perdu le mot qu'elle voulait employer : exploiteur.

Erik s'était mis aussi dans une colère noire. Mais depuis qu'elle était malade, leurs disputes n'atteignaient jamais leur paroxysme, et il était parti se calmer au chantier.

Seul Isak les avait toujours soutenues. Ce serait magnifique d'avoir un jardin qui descendrait jusqu'au fleuve. Ruben avait secoué la tête et s'était rangé aux côtés d'Erik. Comment Mona et elle auraient-elles la force d'entretenir un tel jardin ? Et les problèmes de propriété ? Isak et Mona n'étaient que locataires chez les Gustafsson !

Personne ne sait ce qui serait arrivé si les Gustafsson ne s'étaient avisés de mourir. Le père Gustafsson d'abord, puis, seulement quelques mois après, sa femme, qui l'avait harcelé pendant soixante ans et qui n'avait pu vivre sans lui. Leurs héritiers n'avaient pas voulu de la grande maison, avec ses recoins malcommodes et ses réduits, ses cages et ses fenêtres à petits carreaux. Ça aurait coûté une fortune pour la moderniser.

Ils se réjouirent donc quand Isak leur fit une offre confortable. Mona jubila à voix haute, et Karin dans son cœur.

Le premier été, elles n'avaient pas beaucoup avancé dans leur projet, elles avaient fait venir des gens et des machines qui avaient aplani et terrassé l'ancien chantier. Ensuite, il y avait eu une succession de chargements de terreau avant le gel. Les arbres et les buissons furent en terre avant l'hiver, qui fut consacré à la rénovation de la maison des Gustafsson. Les huit pièces et les deux cuisines, n'en formaient désormais plus que six, car Mona n'était pas du genre à craindre d'abattre les cloisons pour créer de l'espace et de la lumière.

L'ancienne cuisine à l'étage avait été transformée en atelier de tissage, Mona avait suivi des cours et avait appris à tisser pendant que Karin s'occupait de Malin.

Quand il avait fallu planter, Mona était à nouveau enceinte. Elle avait un ventre trop rond pour manier la pelle. Erik avait donc embauché un vieux jardinier qui continuait à venir une fois par semaine pour les gros travaux.

L'hiver suivant, les jumeaux étaient arrivés, deux garçons radicalement différents. Le premier était noir comme la nuit, juif, introverti et pensif, tandis que son frère était blond, joyeux et simple.

— Comme le poissonnier, avait dit Mona.

— Non mais tais-toi, avait crié Karin avec terreur. Mona avait ri, embrassé son blondinet. Malgré tout, elle aimait son père, le poissonnier, il avait mal grandi et ce n'était pas héréditaire.

— Tu sais, ma grand-mère était une vraie peau de vache.

— Comme ma belle-mère. Je me demande comment elles ont pu devenir comme ça.

Des années dorées, de miel, aussi évidentes que quand Simon était petit, se disait Karin.

Karin emmena Malin chez elle, Lisa avait fini sa journée, et elles décidèrent de faire un gâteau pour le dîner. Elles mélangèrent les œufs et le sucre, renversèrent de la farine par terre, battirent la crème et elles s'amusèrent.

Elles oublièrent le gâteau au four, et il fut un peu brûlé, mais elles tombèrent d'accord : ce n'était pas grave, on n'avait qu'à découper les bords.

— J'aimerais que tu balaies. Je suis un peu fatiguée, tu comprends.

Et Malin balaya, elle le fit bien car c'était sa nature.

En partant, elle demanda à Karin si elle était encore triste pour la marmite ; Karin répondit que non.

La mauvaise humeur du ciel l'avait quitté à point, il avait balayé les nuages et il laissait le soleil jouer librement avec les arbres et les hommes. Comme chaque dimanche, Ruben dînait chez Isak et Mona. Ils étaient assis dans le jardin et bavardaient, Karin reparla de la cocotte qu'elle avait jetée, mais qu'elle n'arrivait pas à se sortir de la tête.

— C'est quand même bizarre. Je ne l'avais pas vue depuis des années, cette marmite, donc elle ne devrait pas me manquer.

Ruben connaissait un rabbin qui prétendait qu'il fallait vivre chaque jour comme si on prenait congé de ce qu'on possédait et de ceux qu'on aimait. Si on y parvenait, la vie devenait réelle, selon lui.

Touchée par ces paroles, Karin regarda longuement Ruben. Et une ombre passa en lui, il regretta ses mots, sans trop savoir pourquoi.

Au moment de s'endormir, ce soir-là, Karin se dit qu'elle était en train d'apprendre à se libérer des hommes et des objets.

La marmite avait été le point de départ, c'est pourquoi elle ne quittait pas ses pensées.

Était-ce ainsi, la vie était-elle devenue plus réelle après le déluge ? Quelque chose de nouveau avait poussé en elle ? Non, pas de nouveau, ç'avait toujours été là, caché derrière l'inquiétude pour les enfants, et l'imprévisible qui peut toujours arriver.

La nuit, elle dormait comme un enfant d'un sommeil meilleur et plus profond que ces dernières années. Et ses promenades dans la montagne étaient devenues plus libres, elle était moins nostalgique et prenait plus de plaisir à l'observation.

— Je crois que j'arrête de penser, avait-elle confié un jour à Malin.

— C'est bien, lui avait répondu la petite fille. En général, les pensées embrouillent.

— Oui, tu as raison, dit Karin, en regardant ce petit être qui commençait à penser au lieu d'être.

Karin était restée longtemps sous les chênes. Elle regrettait d'être toujours allée de l'avant, d'avoir passé sa vie à terminer ce qu'elle faisait. Qu'avait-elle fait après, de ce temps qu'elle avait mis de côté ?

Elle n'en avait pas de souvenir.

Comme d'habitude les chênes l'avait consolée, ils savaient comme elle que c'était stupide de regretter ce qui ne pouvait être refait. Quand elle était rentrée, elle était particulièrement libre.

— Tu ne dis rien, dit Erik. Tu es malade ?

— Oh, non, je ne me suis jamais sentie en meilleure santé. La seule chose, vois-tu, c'est que j'ai cessé de me faire du souci.

— Tu veux dire qu'il n'y a rien dont on puisse parler ?

— Oui, et peu de choses auxquelles penser aussi.

— On peut dire qu'il était temps que tu cesses de te ronger les sangs. Il y avait du soupçon dans son regard et elle le vit.

Mais cela aussi lui était égal.

Il le prendra comme il voudra.

Erik et Isak devaient partir pour l'Amérique fin novembre pour étudier les chantiers de petits bateaux. Ils appréhendaient ce voyage, surtout Erik qui ne parlait pas anglais et qui ne supportait pas d'être en position d'infériorité. Mais il ne pouvait pas l'avouer, pas même à lui.

Il aurait voulu emmener Karin, mais elle avait franchement refusé. Elle ne se sentait pas la force à supporter ce long voyage. Tu ne peux pas rester accroché à mes jupes toute ta vie, Erik Larsson. Il est temps de tenir debout tout seul.

En septembre, il plut. Avec les premiers jours d'octobre vint l'été indien, doux et doré. Karin avait trouvé un endroit sur le rivage où les roseaux étaient si hauts qu'ils ne laissaient entrevoir que le ciel et le fleuve. Elle pouvait y rester des heures à observer.

Jamais elle n'avait été aussi clairvoyante que depuis qu'elle s'était affranchie de ses idées sur ce que la vie devait être.

Maintenant, elle savait.

Ce jour-là, un mardi, elle remarqua un vol de jaseurs boréaux qui partaient vers le sud. Ils se posèrent autour d'elle. Elle regarda les raies jaune soleil de leurs ailes, et leurs drôles de têtes avec leurs plumets rebelles. Et elle entendit leur curieux chant entre joie et tristesse.

Elle comprit ce à quoi la préparaient tous les signes et cette grande liberté. Elle en fut néanmoins surprise.

Silencieusement, pour ne pas déranger les oiseaux, elle s'allongea confortablement par terre. Elle était calme, observant avec attention son cœur qui ralentissait pour cesser de battre.

36

Mona jeta le thé, qui était froid et trop infusé.

— C'est ridicule de s'inquiéter, dit-elle, à voix haute cette fois-ci.

Mais Malin pleurait. Ça faisait des centaines de fois qu'elle montait dans la montagne pour chercher Karin.

— Pourquoi elle ne vient pas, maman ?

Alors Mona décida de prendre au sérieux son angoisse. Elle appela Lisa et lui demanda de garder les enfants une petite heure.

Puis elle partit, elle connaissait en gros les itinéraires de Karin. Elle marchait calmement, d'un pas décidé. Elle a dû s'asseoir quelque part, elle se sera endormie, il ne faut pas que je l'inquiète en arrivant en courant.

Mais plus tard, la raison céda et elle se mit à courir sous les chênes, dans la montagne et dans les prés, le long du fleuve. Une heure, deux heures, pas de trace.

Elle décida de rentrer, elle avait encore un petit espoir que Karin fût comme d'habitude dans le jardin avec Malin. Mais, en son for intérieur, elle savait.

Isak était à la maison, Dieu merci. Erik était encore au chantier, c'était une bonne chose. Elle demanda à Lisa de rester et, avec Isak, ils longèrent le fleuve en courant dans les roseaux.

— J'ai cherché partout, elle est peut-être tombée dans l'eau.

Les yeux d'Isak étaient assombris par la peur. Et soudain, elle fut là. Étendue, calme, comme si elle dormait.

— Karin, appela Isak, d'une voix soulagée. Mais comme elle ne répondait pas, il regarda Mona et comprit. Il ne voulait pas l'accepter, il lui agrippa l'épaule, la secoua et dit :

— Mona, dis que ce n'est pas vrai.

Mais ça l'était. Ils restèrent immobiles en se tenant la main comme des enfants. Ni l'un ni l'autre n'avaient de larmes. Quand Mona se dégagea pour ramasser quelques dernières fleurs de l'été et les poser sur les mains de Karin, et qu'ils virent que son corps était déjà raidi, Isak hurla sa terreur. Mais ce n'était pas encore le désespoir, et il n'imaginait pas l'immense tristesse qui viendrait.

Mona était blanche comme la neige jusque sur les lèvres, mais elle dit à Isak qu'il fallait être calme, que l'un d'entre eux allait rester à la surveiller, tandis que l'autre rentrerait et appellerait un docteur.

— Je reste, décida Isak. Sa terreur s'était exprimée et il avait envie d'être seul avec Karin. Il voulait parler avec elle comme il l'avait fait au cours de ces années quand il était en proie à ses difficultés.

— Mon Dieu, dit Mona, quand est-ce qu'Erik rentre ?

— Il était sur un plan, il voulait le terminer.

Elle courut jusqu'à la maison, où elle demanda à Lisa de rester pour coucher les enfants.

Malin la regarda avec de grands yeux.

— Elle est partie, maman ? Elle est partie ?

— Oui, Malin chérie, il faut que tu sois une grande fille maintenant.

— Oui.

Elle se dirigea vers la maison des Larsson et à sa grande désolation, elle vit la voiture d'Erik monter la côte.

— Je commençais à me demander pourquoi Karin ne répondait pas au téléphone, dit-il, mais il n'avait pas l'air inquiet, il était heureux comme d'habitude.

Mais qu'est-ce que je dis, qu'est-ce que je dis ? Aide-moi, oh mon Dieu, pensa Mona.

— Karin est... malade. Il faut appeler le médecin.

Et elle appela le vieux docteur qui avait toujours suivi Karin. Elle prit fermement la main d'Erik quand elle pria le docteur de venir sur-le-champ, ils l'attendraient au bord de la route devant la maison et l'emmèneraient à l'endroit où gisait Karin.

— Mais lâche-moi, Mona !

Erik criait de colère, mais elle ne lâcha pas prise, l'assit sur la banquette de la cuisine et tomba à genoux devant lui.

— Elle est morte, Erik.

Il ne la croyait pas.

Peu de temps après le docteur fut là et tout alla vite. Erik se jeta dans la voiture et cria de préparer la piqûre. Quand ils arrivèrent près des roseaux, Mona courut devant. Le médecin sut au premier coup d'œil qu'il était trop tard. Mais Erik ne le vit pas, il se jeta sur le corps. Il était hors de lui. Il la secoua en criant :

— Mais réveille-toi !

Ce fut terrible, Isak dut utiliser toute sa force pour arracher Erik à la morte et l'entraîner dans la voiture. Le docteur prépara une seringue et la plongea dans le bas d'Erik dont la colère s'effaça dans l'obscurité.

— On l'emmène, dit Mona. On veillera le corps chez eux, au moins jusqu'à ce que Simon rentre d'Angleterre.

Et il en fut ainsi. Elle prépara de ses mains tremblantes le lit de Karin, avec ses plus beaux draps. Isak veilla sur Erik mais aussi sur le téléphone.

Ruben d'abord. Isak l'entendit s'effondrer à l'autre bout de la ligne et disparaître.

— Papa. Papa, il ne faut pas abandonner maintenant. Il faut que tu joignes Simon. Et Klara.

La voix de nulle part revint, elle était faible.

— Je m'occupe de ça et j'arrive.

Et Ruben prit le temps de la réflexion. Simon ne devait pas apprendre cette nouvelle par téléphone. Il demanda la communication avec Zürich et entendit Klara.

Elle s'efforça de retenir sa tristesse, ce qui rendit sa voix calme glaciale. Elle répondit qu'elle arriverait certainement à trouver une place dans l'avion du soir pour Londres. Simon et elle prendraient le premier vol pour Torslanda le lendemain.

— Prends bien soin de Simon, dit Ruben.

— Mais comment je vais faire ? cria-t-elle. La glace avait disparue, brisée par la peur.

Elle télégraphia à Simon de l'aéroport de Zürich : Arrive ce soir à Heathrow, rdv 23 h. Ta Klara.

Simon reçut le télégramme par téléphone. Il fut content, et n'eut pas le loisir de réfléchir. Pas avant d'être assis dans le bus de l'aéroport, où l'idée le frappa. Cela ne ressemblait pas à Klara, quelque chose avait dû arriver.

Il le sut dès qu'il la vit dans le hall de l'aéroport, elle avait rentré son regard, comme toujours en cas de situation pénible. Mais sa voix était calme, quand elle lui dit :

— Tu récupères ma valise, la valise rouge, tu sais. Il faut que je m'occupe des billets pour demain.

— Tu repars dès demain ?

Elle ne répondit pas et se blottit contre lui dans la voiture qui les emmenait à Londres. Simon comprit que quelque chose d'énorme, d'incompréhensible, de désespéré allait arriver.

Il s'affola.

— Klara, tu ne peux rien dire ?

— Simon, pas ici.

Elle l'annonça quand ils furent dans sa chambre. Reporter à plus tard c'était impossible, c'étaient des précautions dérisoires.

— Karin est morte cet après-midi.

Elle vit qu'il mourait aussi, il resta droit devant elle, se raidit davantage à chaque minute. Puis il eut froid, elle le coucha dans le lit et s'allongea contre lui. Il ne dit pas un mot. Dans la nuit, elle sentit qu'il pleurait, et sa tension se relâcha légèrement.

Le lendemain matin, il s'habilla avec des gestes mécaniques et la suivit comme un automate jusqu'au taxi et à l'aéroport. Quand ils mirent leurs ceintures de sécurité, il ouvrit la bouche pour la première fois depuis la veille.

— Je voudrais que l'avion s'écrase.

— Je crois qu'on s'en sortira. Il le faut, pour Erik.

La pensée de son père le sortit un moment de sa prostration.

L'avion se posa avec douceur et élégance sur la piste de Torslanda. Un des employés de Ruben les attendait au volant de sa voiture.

Göteborg était scandaleusement fidèle à elle-même.

Erik avait marché comme un possédé dans le grand jardin. Sa révolte était d'une violence à déplacer les arbres et effacer les montagnes.

C'était insupportable, aucun être humain n'avait le droit de le traiter ainsi.

Isak avait marché à ses côtés toute la nuit, et l'avait soutenu aux pires moments. À l'aube, le docteur était arrivé avec des médicaments.

Ruben et Mona avaient veillé chez Karin. Malin était arrivée aux alentours de trois heures du matin, dans sa chemise de nuit blanche. Elle s'était simplement assise à côté d'eux et avait regardé la défunte.

C'était elle qui avait annoncé ce que tout le monde avait présumé sans se l'avouer, que Karin était en train de partir depuis la grande pluie et l'histoire de la marmite.

— Elle voulait être seule, dit l'enfant.

Lisa prépara le petit déjeuner. Il fallait quand même manger, dit-elle. Et Mona mâcha une tartine, mais l'avala avec peine, tandis que Ruben, buvant du café noir, tasse sur tasse, pour se tenir artificiellement éveillé, ne faisait qu'accroître sa douleur.

Mona s'absenta brièvement pour voir ses enfants. Ils resteraient avec Lisa aujourd'hui. Sa voix était très grave. Aussi les petits ne songèrent-ils pas à protester.

À son retour, Erik dormait encore. Quand il se réveillerait, il se pourrait qu'il comprît et se ressaisît, d'après le médecin.

Il ne s'en remettra pas, augura Mona. Pas vraiment, en tout cas.

Et puis Simon arriva. Ainsi que Klara. Enfin une personne adulte, pensa Mona quand elle l'embrassa et qu'elles pleurèrent de conserve. Elle lui chuchota à l'oreille que tout le monde était devenu fou. Le pire, c'était Erik, il avait perdu la raison.

Simon entra directement dans la chambre de sa mère, et demeura là tandis que les bougies brûlaient. Ce qu'il pensa ou ce qu'il lui dit, personne ne le sut.

À son réveil, Erik était plus calme. Mais en voyant son fils, il retomba momentanément dans sa folie. À nouveau, il répéta que c'était injuste, que personne n'avait le droit de le traiter de la sorte.

Et Simon cria comme lui, qu'il avait foutrement raison, Klara soupira, soulagée.

Vers l'heure du déjeuner, l'entreprise de pompes funèbres vint chercher le corps de Karin. Le cortège suivit une route bordée de voisines en larmes et d'enfants silencieux. Ruben refusa de regarder quand on l'emporta, il resta comme une statue dans le jardin. Elle était morte, la seconde femme qu'il avait aimée, et il n'avait pas droit au deuil.

Puis il décida de se réfugier chez lui, où il pourrait crier comme Erik.

Klara le vit se diriger vers sa voiture et pressentit quelque chose d'anormal. Elle hésita un court instant, et appela Olof Hirtz à l'Institut Sahlgren.

La mort de Karin l'émut aussi. Il irait voir Ruben dès la fin de son service, car il était inquiet pour lui.

— Les Juifs se suicident rarement, dit-il. Mais, s'il avait cru consoler Klara, c'était manqué. Elle raccrocha et resta un moment sur place, retenant le cri qui lui remontait du ventre.

Petit à petit, il arriva ce qui advient généralement, l'activité autour de l'enterrement les occupa une semaine entière. Ils organisèrent une cérémonie somptueuse dont Karin aurait rougi, pensa Klara dans l'église, en entendant les terribles paroles chrétiennes.

De poussière tu es venu, à la poussière tu retournes.

Simon, muré dans sa folie, se refusait à les entendre. C'est vraiment un mensonge abominable, car une vie ne se résume pas en quelques pelletées de terre.

Inga était présente, parmi les proches endeuillés. Et Klara eut une illumination, elle la prit à part et lui demanda :

— Te serait-il possible de rester chez Erik, jusqu'à ce qu'il ait dépassé la période difficile ?

Inga le pouvait.

Mona insista pour qu'Isak et Erik partissent en Amérique comme prévu. À leur retour, Inga avait emménagé dans la maison au bord du fleuve et fermé la cabane près du lac. Erik et elle étaient cousins, et s'étaient toujours appréciés. Elle devint sa cuisinière et sa femme de ménage, elle tenait bien la maison, et l'éloignait de l'eau-de-vie.

Elle était plus gentille que Karin, plus serviable. Grâce à elle, Erik retrouva lentement le sentiment de contrôler sa vie.

Mais il ne fut plus jamais joyeux. Cette joie immature, qui avait été le don des dieux à Erik, s'était perdue un mardi d'octobre au bord du fleuve.

37

Du ciel ils virent la Norvège dessiner ses côtes contre le bleu de l'océan, et Simon dit :

— C'est étrange mais, même en plein chaos, on a toujours une force.

Klara, qui venait juste de s'avouer sa fatigue, s'appliqua à se concentrer encore.

— Cela t'étonne ?

— Oui, tu comprends, j'ai toujours cru que si elle n'existait plus, je n'existerais pas. Cru n'est pas le bon mot...

Il se tut.

— Si Karin mourait, Simon mourrait aussi ?

— Quelque chose comme ça. Je ne l'ai pas pensé, c'était évident, comme la terre ou la nuit.

— Mais ça n'a pas été le cas ?

— Au début, ça l'a été, quand tu es arrivée et que tu me l'as annoncé. Mais plus maintenant.

Klara séjourna une semaine dans la pension d'étudiants de Queen Boswell, pour rester aux côtés de Simon, en silence, quand il reprit sa thèse. Elle était près de lui dans la salle immense de lecture de la British Library, et elle songeait à Karl Marx. Qu'avait-il ressenti en s'asseyant là jour après jour pour étudier ? Pensait-il à autre chose qu'à son œuvre ?

Oubliait-il sa situation financière catastrophique, sa femme qu'il trompait et ses pauvres enfants ?

Klara regarda Simon, et fut jalouse des hommes, de leur capacité à s'investir dans une tâche et à s'y plonger corps et âme.

Un soir qu'ils dînaient dans un des petits restaurants indiens du quartier étudiant, il revint sur la mort de Karin.

— C'est comme de naître une seconde fois, dit-il. Dans de grandes souffrances.

Klara soupira et but de l'eau. Les épices du poulet la faisaient aussi larmoyer.

— Je sais à présent que ta présence rend les choses différentes. Je ne serai pas abandonné cette fois.

Klara avait les yeux dans le vague. Il le vit et s'esclaffa.

— Eh, coucou. Sors de ta pierre.

Elle obéit.

— J'ai eu une idée. Mais j'ai un peu peur de t'en parler.

— Essaie, dit Simon.

Elle avait remarqué une petite Volkswagen, une décapotable rouge. Elle était allée la voir pendant qu'il assistait à ses cours l'après-midi.

— Elle est d'occasion et pas trop chère. Et on a de l'argent.

Elle avait appréhendé une discussion sur la consolation facile et d'autres sujets compliqués. Elle avait oublié que Simon était parfois étonnamment pragmatique.

— Je n'oserai jamais conduire à Londres.

— Mais si, on essaie demain.

Le lendemain, ils firent un essai avec la Coccinelle rouge, Simon dut aiguiser tous ses sens pour se frayer un passage dans la jungle de la ville. C'était passionnant.

— Alors ? demanda Klara, quand ils se garèrent devant chez le concessionnaire et qu'il essuya la sueur de son front.

— D'accord, et elle vit qu'il était heureux.

— Tu en as besoin, tu es loin de tout ici.

— Je pense surtout que j'irai à la campagne de temps en temps. Tu sais, les arbres des parcs, ce n'est pas vraiment pareil.

La voiture donna une touche d'éclat aux jours qui leur restaient avant le départ de Klara pour Zürich. Ce n'est pas raisonnable, dit Simon, en fait je devrais avoir honte de m'amuser ainsi. Ce n'était pas la voiture qui lui libérait l'esprit, mais la conduite avec son exigence d'attention totale. Pour Klara c'était évident, mais elle garda pour elle son impression.

Puis Klara partit, Simon ne s'était pas préparé à la solitude et à la Culpabilité, qui l'attendait dans sa chambre d'étudiant : elle avait tout simplement patienté jusqu'au départ de Klara.

Elle s'immisça doucement pour ne pas lui faire trop peur.

Pourquoi n'étais-je pas à la maison ce jour-là ? Je l'aurais accompagnée le long du fleuve, je l'aurais sauvée. La dernière fois, elle avait voulu rester en vie, pour moi.

Au début, il se raisonna. Selon le docteur quand le cœur est usé, il n'y a rien à faire.

— D'ailleurs, dit-il à voix haute à la Culpabilité, c'est faux. Je n'ai pas réussi à la rendre heureuse de vivre. Pas souvent. La plupart du temps, elle faisait semblant, et tu le sais parfaitement.

Il se dévoilait et Elle put atteindre directement son cœur d'enfant.

C'est ma faute si elle n'a jamais été heureuse.

Et elles s'acharnèrent sur lui, les vieilles pensées, sur ce qui était mauvais en lui, et sur la sempiternelle tristesse de sa maman. Quand elles se furent exprimées, le silence se fit, et le gouffre s'ouvrit. Il était terrorisé, en nage, la bouche sèche et le cœur déchaîné.

Il restait une demi-bouteille de vin sur l'étagère, il la but. Il eut ainsi suffisamment de distance avec la terreur pour être capable d'analyser à nouveau son angoisse. Il se rappela que Klara avait laissé une boîte de somnifères dans le tiroir du bureau.

Seulement si ta souffrance est insupportable, avait-elle dit.

C'était le cas, il prit deux cachets et s'endormit aussi rapidement que si on l'avait assommé. Il se réveilla le matin, sa poitrine où nichait la Culpabilité était silencieuse, et c'était autrement plus important que son mal de tête.

C'était le cours de J.-P. Armstrong, il salua Simon d'un geste de la tête.

— Je suis désolé.

C'était une reconnaissance typiquement anglaise du deuil de Simon, et cela suffisait amplement. Simon sourit presque en répondant :

— Merci, Sir.

Le soir, Klara l'appela et reconnut son état.

— Tu ne dois pas prendre de cachets tous les soirs, Simon, tu m'entends ?

— Tu ne te rends pas compte de ce que c'est.

— J'arrive.

— Non, cria Simon en raccrochant brutalement.

Il la détestait, comme il détestait Karin, ces femmes qui se succédaient, qui vous donnaient des conseils et vous abandonnaient.

Pris de remords, il demanda un numéro et dit :

— Excuse-moi, mais je dois traverser cette épreuve seul.

— Tu as raison. Mais promets-moi de me téléphoner avant de prendre d'autres cachets.

— Ça va faire cher le traitement, dit Simon, et ils rirent de la plaisanterie.

En remontant dans sa chambre il s'adressa à sa Culpabilité :

— Ça, tu ne le récupéreras pas, je ne me suis pas mal comporté avec Klara.

Il s'étendit sur le lit, et s'effara de sa haine soudaine pour Karin et Klara. Il y avait toujours eu une haine noire en lui.

Karin l'avait-elle vue ?

Bien sûr qu'elle l'avait vue, insinua la Culpabilité en retournant le couteau dans la plaie béante de son cœur.

Il ne dormit pas cette nuit-là, mais la raison se rebiffa et prit en partie le dessus sur la panique.

Le matin, il s'assit à son bureau et sortit ses notes.

Hiéroglyphes des Sumériens, un langage disparu qui devait être reconnu. C'était idiot, incroyablement idiot. Qu'une personne adulte consacrât son temps à une absurdité pareille, c'était dément.

Il rit, continua jusqu'à en pleurer, et il se recoucha. Quand la Culpabilité le tortura encore, il avoua tout.

Maman, tu aurais été heureuse si j'avais fait quelque chose de sensé de mon existence. J'aurais pu être médecin. Mon Dieu que tu aurais été fière de moi si j'avais été chirurgien à l'Institut Sahlgren, j'aurais sauvé des vies. Et la tienne aurait pris de la valeur.

Peut-être alors aurais-tu voulu continuer à vivre ?

Ses réflexions n'étaient pas faciles, mais Simon retenait qu'il valait mieux être taraudé par elles plutôt que par une culpabilité sans mots, ce gouffre qui vous avale tout entier. Cette découverte l'intéressa, au point qu'il s'assit sur son lit et se concentra pour méditer, la Culpabilité lui accorda un répit.

Jusqu'à présent, le carcan des mots l'avait souvent préoccupé, or il en avait maintenant besoin pour survivre. Donne un nom au troll, et il éclate en mille morceaux, c'est ça, comprit Simon. Peut-être les mots devaient-ils exister à cause du troll.

Il s'entretint avec Klara, il lui confia ses impressions et elle éclata de rire :

— À ton avis, c'est quoi, la psychothérapie ? Mon travail est une recherche constante des mots qui peuvent libérer un individu.

— Je suis stupide, dit Simon.

— Non. Mais tu es d'une seule pièce.

Il ne la comprit pas, mais il lui assura qu'il allait mieux.

Après cette conversation, il retourna à ses tablettes d'argile sur son bureau, des fragments qui montreraient les emprunts de Babylone à la grande épopée de Gilgamesh à l'époque sumérienne. C'était complexe, mais il arriva à les décrypter morceau après morceau et fut ravi par l'arbre huluppi, sur les rives de l'Euphrate, qui fut sauvé de la noyade par la déesse Innana. Elle avait emporté le plant dans son jardin et l'avait soigné avec tendresse, car elle espérait se faire un lit de son bois quand il aurait grandi.

Mais, quand l'arbre huluppi atteignit sa taille adulte, personne ne put l'abattre. À son pied, le serpent, que nul ne pouvait séduire, nichait. Il portait une couronne qui abritait Lilith, le démon, qui incarne la femme du mal dans les légendes des Juifs aussi.

Il traduisit les larmes amères d'Innana sur le triste sort de son arbre huluppi. Mais bientôt elle reçut l'aide de Gilgamesh, qui tua le serpent et mit en fuite Lilith. Alors, Innana ne fit pas de lit avec l'arbre huluppi, mais un tambour.

Cette légende était étrange, et apportait à Simon une grande consolation.

Le nom du troll, cette pensée l'obsédait. Il pensa à Samuel Noah Kramer, l'Américain qui était venu donner des cours à Londres.

Simon sortit ses notes.

Les écrits primitifs sumériens consistaient en des listes, de longues répétitions d'oiseaux et d'animaux, de plantes et d'arbres, d'espèces de pierres, d'étoiles, caractérisées par leurs propriétés visibles. Il y avait de l'ordre dans l'univers des Sumériens, les dieux également étaient rendus visibles par l'art, et ils avaient des tâches spécifiques.

Les qualités transcendantales manquaient, avait expliqué

Kramer. C'était une culture orientée vers l'objet, tout en étant la plus religieuse que le monde ait connue.

Le peuple ancien, qui se donnait le nom de Têtes noires, avait pensé que, pour maîtriser le monde et ses forces incompréhensibles, il fallait nommer ce qui en faisait partie.

Au commencement était le verbe, il créa le monde et triompha de la peur.

Alors naquit la magie. Et petit à petit la science, qui avait en gros la même fonction.

Ce soir-là, Simon écrivit une longue lettre à Klara, rapportant les réflexions de sa Culpabilité, sa trahison, son incapacité à rendre Karin heureuse. Il écrivit comme un enfant, ne se préoccupa pas ni de son style ni d'une éventuelle réponse. Aussi son cœur battit-il plus fort quand une lettre de Klara arriva.

Simon, je t'ai dit au téléphone, que tu es d'une seule pièce pour tout, particulièrement quand il s'agit de Karin. Pourtant tu as une intelligence adulte et tu ne vois pas que ta relation avec elle est puérile et égocentrique. Un freudien parlerait de conflit œdipien non résolu.

Tu n'admets pas que tu n'étais pas tout dans sa vie, et sans doute pas le plus important. Quant à sa tristesse, elle existait bien avant ta naissance...

Il n'en lut pas davantage.

Pour une fois, la colère fut subite, elle monta dans son corps comme le fer chauffé à blanc et explosa dans sa tête en une fureur incontrôlée.

Il n'avait pas demandé de diagnostic. Il y avait longtemps qu'il se méfiait de la psychologie, même si les interprétations et la faculté de poser des mots sur ce que personne ne savait le fascinaient.

Comment Klara pouvait-elle émettre un avis, ressentir, analyser la relation qu'il avait eue avec Karin ! Elle était comme les autres devant l'incompréhensible, elle trouvait des phrases pour se distancier.

« Tôt et inconsciemment, tu as endossé la culpabilité de sa tristesse », bien sûr. De façon consciente, je sais depuis longtemps que sa tristesse existait avant moi. Mais ce constat ne change rien fondamentalement.

Que Klara percevait-elle de ce réseau subtil aux mailles emmêlées de tristesse et de culpabilité, d'intériorité et de fusion qui avait toujours existé entre sa mère et lui ?

Toujours, se répéta Simon. Tout cela était ancien, il fallait remonter jusqu'aux origines, le destin en avait décidé, les millénaires avaient enchevêtré les fils.

Karin n'était pas aussi loquace, elle savait qu'il était impossible de bavasser sur l'essentiel dans la vie.

Il jeta la lettre sur le bureau, avec la sensation d'avoir des étincelles autour de la main. Le téléphone sonna dans le hall. Si c'était elle qui appelait, Dieu que je la déteste !

Mais la communication n'était pas pour lui, cela lui donna le temps de respirer. Il fallait qu'il sortît avant qu'elle n'appelât, la psychanalyste chic, merdique et obtuse.

Il courut vers New Oxford Street, vers Tottenham Court Road. Il vit un bus et s'installa près d'une fenêtre du niveau supérieur, il regarda les gens s'agiter et le crépuscule tomber sur la ville.

Il voyait sans voir.

Quand il descendit du bus, il se pénétra de la foule en s'immergeant dans son flot incessant. Mille destins en route vers leur accomplissement, mille chemins, mille vies vécues et achevées pour une raison inconnue, qu'on pouvait juste deviner.

Devant chez Harrods, sur Brompton Road, se tenait un grand Indien dans une veste grise, que surplombait un visage brun aux yeux sombres rivés sur une vitrine : un aménagement intérieur de cuisine avec des casseroles, des planches à découper, des couteaux et des grille-pain. L'homme était concentré et paraissait éberlué. On aurait dit qu'il pensait que les objets de la vitrine avaient un langage secret, détenaient la connaissance de l'âme de l'homme occidental.

Simon avait envie de le secouer. Il n'y avait rien à comprendre, ce n'était qu'un vernis.

D'ailleurs, tu as entendu parler des conflits œdipiens non résolus ? eut-il envie de demander. Sans comprendre ? Oui. Alors je peux te dire qu'il n'y a rien à comprendre, c'est comme les ustensiles de cuisine.

Une bande de jeunes Noirs faisaient la queue devant un cinéma, Simon se joignit à eux comme s'il voulait tirer de l'énergie de ces gens qui se croyaient porteurs du grand destin.

Le rire des Noirs en savait plus sur la vie que n'importe quel satané psychologue, se dit Simon. Il fit brusquement demi-tour devant la caisse du cinéma et disparut dans la ville. Il ne devait pas rester tranquillement assis à chasser sa fureur en se divertissant.

Il était réel.

Comme Karin l'avait été. C'est la tristesse qui l'a rendue réelle, le fait qu'elle ait eu le courage de ne pas chercher les mots qui la libéreraient. Pour elle, la vie ne pouvait pas être expliquée, elle devait seulement être vécue. Supportée.

Et cela avait un prix.

Il marcha vers une prostituée, s'arrêta, regarda son visage blanc, sa bouche rouge, maquillée en une blessure de désespoir. Il s'évertua à se frayer un chemin dans ses yeux, dans la perception de l'accomplissement de son destin, qui la menait vers les abîmes où la honte de la grande ville ne la détruirait pas.

— *What a nice boy*, dit-elle. Il ne se méprit pas sur son étonnement, mais il était décidé. Ce soir, il se noierait avec elle.

Il fit abstraction de la chambre minable, de la graisse molle de son corps prématurément vieilli, de l'absurdité de la situation. Seulement la surface. Il voulait toucher son désespoir, se laisser brûler par lui.

Bien sûr, il n'y parvint pas. Elle sourit, il sourit, ils couchèrent ensemble, presque cliniquement. Il paya, partit, voulut se laver mais en chassa l'idée. Il voulut descendre dans les bas-fonds, il devait toucher la réalité.

Ensuite, il entra dans le premier pub et se saoula. Quand il se réveilla dans son propre lit sans savoir comment il était rentré, le lendemain, il trouva deux mots. Zürich avait appelé à 19 heures et à 21 h 35.

Elle est certainement inquiète, c'est bien fait pour elle.

À l'université, il se sentit mal à l'aise et appela Klara à la fin du premier cours.

— Merci pour ta lettre. Elle n'avait ni sensibilité ni sens.

— Simon, sois raisonnable. Tu dois…

— Je ne dois rien, cria-t-il et, avant de lui raccrocher au nez, il dit : je t'écris.

Il était toujours sous l'emprise de la colère quand il lui écrivit.

Je regrette de m'être ouvert à toi. Si tu veux mon avis, prends tes belles paroles sur Œdipe et jette-les à la poubelle. Tu n'as rien compris ni à moi ni au mythe d'Œdipe…

C'était cruel, mais amusant. Et il expédia la lettre, ce qui accrut son mal-être. Il l'appela en lui demandant de la déchirer sans la lire.

Elle ne le ferait certainement pas, dit-elle, mais ils réussirent à discuter de tout et de rien sur un ton qui les rassura. Tout allait bien entre eux.

Cette nuit-là, il se vit en rêve dans son lit, il perdait toute pesanteur, il s'envolait vers le plafond et le traversait. Puis, il franchissait la brume gris sale de Londres, et il montait vers le bleu du ciel.

À l'université, le jour, il était absorbé par l'origine des Sumériens, cette énigme qu'on ne résoudrait qu'en déchiffrant leur langue. Mais leur langue n'était proche d'aucune autre, que ce fût des langues indo-européennes ou sémites. Les écrits des Hittites, les premiers Indo-Européens du Moyen-Orient exerçaient une vraie fascination sur Simon. Et les tablettes d'argile prenaient une sonorité familière, bien que les mots fussent longs et incompréhensibles. Mais il y avait là quelque chose, un rythme, une mélodie devinée qui lui était proche.

Au début de décembre, Ruben vint à Londres pour un salon du livre. Il resta un week-end. Ils partirent à la campagne dans la Coccinelle rouge, passèrent la nuit dans une auberge chaleureuse. Le dimanche ils se promenèrent dans les champs et dans les sous-bois dépourvus de feuilles. Il y avait du brouillard.

— J'aimerais te parler de Karin, d'elle au cours des derniers mois, dit Ruben.

Ce fut pénible, mais Simon éprouvait l'impérieux besoin de connaître ce qu'elle avait ressenti.

Ruben lui rapporta la conversation au sujet de la vieille marmite. Pour la première fois, il avait perçu un changement décisif dans l'esprit de Karin.

— J'ai cité un vieux rabbin, qui disait dans ses sermons qu'il fallait vivre chaque jour comme si on prenait congé de tout, des gens et des choses. J'ai vu que cette histoire lui avait fait une grosse impression.

Simon regarda Ruben d'un air étonné.

— Après, Mona nous a prévenus que ses promenades devenaient de plus en plus longues. Cela m'a un peu inquiété. Alors je lui ai demandé à quoi elle pensait quand elle marchait. Elle m'a répondu qu'elle avait cessé de réfléchir, qu'elle se sentait libérée des pensées comme des sentiments.

Simon s'arrêta sur le sentier, pour mesurer réellement les propos de Ruben.

— Il y avait quelque chose d'étrange en elle, de nouveau. Quand je suis rentré chez moi, j'ai essayé de comprendre, d'interpréter l'expression de ses yeux.

— Oui ?

— Je suis arrivé à la conclusion que Karin était heureuse. Ce qui était nouveau, c'était un bonheur inédit depuis que je la connaissais. Elle n'était plus triste. Tu sais qu'il y avait en elle une grande tristesse ?

— Oh oui, je le sais parfaitement.

— Je l'ai bien vu.

— Elle sentait qu'elle allait mourir, c'était pour ça ?

— Je l'ignore. Si elle le savait, ce n'était pas avec la tête, en tout cas. Je ne crois pas qu'elle y pensait.

Simon se mit à pleurer, mais ça n'avait pas d'importance dans la brume, et Ruben poursuivit :

— J'y ai beaucoup réfléchi, au fait qu'il y a un sens plus profond à la mort que le simple anéantissement du corps. Psychologiquement aussi, on s'achemine vers la fin. Tout ce que j'ai vécu, mes connaissances, mes joies et mes souffrances, mes souvenirs et mes efforts vont aboutir à une fin. Tout ce que tu connais, famille, enfants, foyer, idées, idéaux, tout ce à quoi tu t'es identifié, tu dois le quitter.

Simon revit la vague qui était venue mourir contre les rochers du Bohuslän, et qui avait apporté toute son expérience à la mer immense avant de renaître.

— Ce doit être ça, la mort, dit Ruben, ce renoncement. Et c'est fondamentalement ça qui cause la peur de la mort, pas vrai ?

— Je suppose.

— Je voulais que tu saches, Karin est morte libre, elle a tout quitté et elle était heureuse avant de partir.

Après le départ de Ruben, la Tristesse délogea la Culpabilité chez Simon. Elle était vaste et douloureuse.

Simon se demanda s'il avait hérité de la tristesse de Karin.

38

Klara et Simon rentrèrent pour Noël, ils se retrouvèrent à Kastrup et prirent le train pour Göteborg.

Les fêtes furent pénibles. Les journées se traînaient, lourdes comme des maisons, longues comme Karl-Johansgatan. Mais les gens s'y frayaient un chemin, ils faisaient un effort pour les enfants, comme ils le disaient.

Klara et Simon dormaient dans la chambre de garçon de Simon. Erik avait cessé de se révolter contre le destin, il s'était rétréci et adouci. Pour Simon, c'était terrible. Son papa devait être grand et en colère.

Il planait sur Isak et Mona un grand calme.

Klara avait terminé ses études et elle obtint un poste à la clinique psychiatrique de l'Institut Sahlgren, où elle n'eut pas l'occasion d'appliquer ce qu'elle avait appris chez les jungiens de Zürich. Simon avait encore deux examens à passer à Londres, il serait de retour dès le mois de mars pour finir sa thèse. Ils étaient en liste d'attente pour un logement, mais Ruben lorgnait une veuve, qui venait d'avoir quatre-vingt-dix ans et qui possédait un trois pièces dans son immeuble à Majorna.

Par une journée pluvieuse de la fin du mois de février, J.-P. Armstrong demanda à s'entretenir avec Simon. On lui offrit même de s'asseoir dans la belle pièce où le professeur collectionnait les livres et des moulages de lions assyriens. Il avait participé dans sa jeunesse aux célèbres fouilles des tombes royales de Our, sous la direction de Sir Leonard Wooley, mais il était spécialiste des Assyriens.

— L'université de Pennsylvanie est en train de faire des fouilles de détail à Girsu. Au temple d'Eninnu.

Il sourit en voyant l'intérêt du jeune homme.

— Leur expert en écriture est tombé malade. Ils se sont tournés vers nous pour obtenir rapidement un remplaçant. Ça vous intéresserait ?

Même si le dieu solaire sumérien était descendu du ciel pour lui parler, Simon n'aurait pas été plus surpris. Et il n'aurait pas été plus heureux si Innana en personne l'avait invité dans son fief d'amour.

— Vous avez pratiquement terminé ici, je vous félicite d'ailleurs pour vos résultats. Il serait amusant pour vous de voir tout ça plus concrètement, dit le professeur.

Amusant, pensa Simon. Il s'agissait du temple des cinquante dieux de Goudéa devant Lagash, « amusant » était un mot très anglais pour définir la joie qui l'envahissait.

— Je vous suis vraiment très reconnaissant. Pour l'Angleterre, c'était une expression un peu forte, mais le professeur sourit.

Visa, argent, billets, les préparatifs furent rapides. Simon eut le temps d'emballer sa thèse et de l'envoyer en Suède. Il put laisser la voiture à l'endroit où elle était garée, dans la cour de la pension.

Il téléphona. Ruben fut sincèrement content de la nouvelle, Erik comprit qu'on ne pouvait pas refuser une telle aventure, et Klara fut triste.

— Ça ne durera que quelques mois, ils arrêtent quand la chaleur arrive, dit Simon.

— Prends soin de toi.

Et Simon pensa avec colère qu'elle ressemblait de plus en plus à Karin : elle culpabilisait les gens.

— Tu dois bien comprendre que je ne peux pas rater une occasion pareille.

— Bien sûr, je comprends.

Si elle dit « mon garçon », je deviens fou. Et il sut qu'il avait toujours détesté cette sempiternelle compréhension teintée d'auto-sacrifice. Mais la voix de Klara revint, en colère :

— J'ai le droit d'être déçue !

C'était fini, et ils rirent ensemble. Mais pour sa dernière phrase au téléphone, elle cria encore ce foutu :

— Prends bien soin de toi.

Il s'envola pour Basra. Il y avait treize heures de vol en comptant les escales. Il dormait debout quand il s'inscrivit sur le registre de l'hôtel colonial anglais, semblable à un décor de théâtre, derrière l'aéroport. Il y avait un parc de l'autre côté du bâtiment, Simon réalisa que le bruit qu'il entendait devant sa fenêtre était le vent qui soufflait dans les palmiers. Il était fourbu et n'eut pas l'énergie d'éprouver d'autres impressions.

À huit heures le lendemain, David Moore ouvrit sa porte avec fracas :

— Maintenant, *my boy*, la vraie vie commence. Elle t'attend sous les traits d'une vieille Jeep.

Il était si américain qu'il aurait pu sortir d'un western.

— J'ai le temps de prendre une douche ?

Simon perçut immédiatement le côté typiquement anglais de sa question, et il vit les yeux de David se rétrécir de dégoût pour dire que Dieu seul savait comment les plombiers de Sa Majesté Victoria avaient pu faire leur boulot dans ce mausolée, mais on devait peut-être parvenir à faire sortir une douche d'un tuyau rouillé.

Simon éclata de rire, sortit du lit et lui tendit la main.

— Larsson. Simon Larsson. Je suis suédois. Et ne t'avise pas de me taquiner avec des histoires d'impérialisme, d'hôtel colonial, de gentleman ou autres britanités. Je suis innocent, tu comprends ?

David Moore rit tant qu'il se jeta sur un vieux fauteuil en osier qui hurla d'horreur.

— Un Suédois. De l'université de Londres. Ils n'avaient personne d'autre ?

L'idée le réjouissait.

Ils prirent un petit déjeuner anglais copieux, puis Simon fut entassé avec armes et bagages dans la Jeep. David referma consciencieusement la capote, et alla jusqu'à scotcher une fente sur la portière de Simon.

— Il fait froid ?

— Tu vas bientôt comprendre.

Moins d'une demi-heure plus tard, ils sortaient de la ville et suivaient la route du nord. Simon se remémora les mots de Grimberg : « La Mésopotamie est le pays de la mort et du grand silence, la main vengeresse du Seigneur repose pesamment sur elle. »

Le désert s'étalait à perte de vue. Ici et là, la route disparaissait sous des nuages de sable qui volaient, la Jeep tournait en rond et finissait toujours par retrouver le chemin.

— Pas très différent des tempêtes de neige. Tu dois avoir l'habitude ?

Simon éclata de rire et sa bouche se remplit de sable. Le vent brûlant soufflait le sable dans la voiture. Il pénétrait dans les yeux et la bouche, à l'intérieur de la chemise, dans le dos et sur le ventre, où il se mêlait à la sueur et démangeait.

Ils firent une pause dans un café sur le quai de la ville des marais, Al Shubaish, se dessablèrent le visage avec de l'eau sale.

— N'espère pas trouver de bière, expliqua David. Ici, le prophète Mohammed règne sur les boissons, mais ne te rince pas la bouche avec de l'eau, bordel. Prends un Coca-Cola.

C'était un café misérable, de roseaux prêts à rendre l'âme. Mais le Coca-Cola était arrivé jusqu'au désert. La boisson le rafraîchit et réussit à emporter une bonne part de ce qui crissait sous ses dents.

— J'amène souvent de jeunes innocents ici, poursuivit David Moore. C'est l'endroit idéal pour les fous romantiques. On y voit un peuple qui vit comme à l'époque des Sumériens.

D'un geste de la main, il montra les quais, et Simon vit les barques des habitants des marais, des barques en pointe, identiques à la célèbre barque d'argent de la tombe de Meskalamdug à Our. Mais, dans les embarcations, il observait surtout les enfants décharnés et les hommes qui les faisaient avancer à la perche. Ils avaient les yeux couverts de mouches.

— Il y a tout ici. Paludisme, lèpre, tuberculose, bilharziose. Il n'y a qu'à choisir. À cela, tu ajoutes l'oppression violente qui s'exerce sur la femme, les sévices de toutes sortes, les vengeances, les bains de sang, et cette coutume invraisemblable, l'excision du clitoris des petites filles.

Simon rencontrait la misère pour la première fois et il n'était pas préparé à la honte qu'il ressentait, le sentiment brûlant de sa grande taille, de sa bonne nourriture, de sa blancheur et de son éducation.

— Pas si loin d'ici, il y a le jardin d'Éden, continua David Moore. Rien ne m'étonne plus que la faculté de l'homme à mentir.

Simon détourna les yeux de la femme qui passait devant eux sur le quai. Elle était farouche comme une bête sauvage et tellement maigre que son ventre de parturiente semblait grotesque.

— Tu es chrétien ?

— En principe, je suis protestant, dit Simon. Mais la Scandinavie est plutôt déchristianisée.

— Et ça va améliorer les choses ?

— Je ne sais pas, peut-être aurons-nous davantage de capacité d'action.

— Les Anglais sont restés ici des années et des années. Et tu crois qu'ils auraient fait autre chose que mélanger de la quinine à leur thé et surveiller le transport du pétrole jusqu'à la mer ?

Ils louèrent une barque. Simon éprouva de la confusion en voyant le billet vert d'un dollar changer de main, et quand il comprit que c'était un grand événement dans la vie de l'Arabe, qui eut un sourire curieusement doux.

— À propos de quinine, dit David, il y a ici un certain nombre de ravissants petits anophèles.

— Qu'est-ce que c'est ?

— Les moustiques du paludisme.

Ils se frayaient un chemin dans un monde étrange, construit par les hommes des milliers d'années auparavant avec l'argile du Delta. Ici et là, Simon voyait des maisons pareilles à celles des vieux bas-reliefs sumériens, des roseaux courbés en voûtes rondes.

— On devrait envoyer des bulldozers, tout reboucher, balancer du DDT, expédier les enfants à l'école, construire des hôpitaux et retirer leur voile aux femmes, dit Moore. Là, on servirait à quelque chose, au lieu de farfouiller les ruines dans le désert.

— Pourquoi es-tu devenu archéologue ?

— Parce que j'étais cinglé comme toi.

Quand ils se rassirent dans la voiture, et qu'ils ne purent plus parler à cause du sable, Simon essaya de chasser les images des enfants. La question abrupte de sa religion se présenta à lui. Moore avait-il deviné le Juif ?

— Et toi, quelle est ta religion ?

— Moi, répondit David Moore, je suis juif, et profondément croyant.

Quand ils croisèrent la route principale et l'Euphrate et poursuivirent au nord vers Tello, David expliqua à Simon :

— Le vieux t'attend, il est plein d'espoir. Il s'appelle Philip Peterson, c'est notre petit professeur de Pennsylvanie. Il croit dur comme fer que tous ces putains de débris d'argile qu'on a trouvés vont révéler de grands secrets.

— Quoi ? dit Simon avec terreur.

— Oui, par exemple, le site d'Akkad, Agade la disparue qu'on chante tant. Ce qui est possible, notre ami Goudéa a bien dû participer à l'expansion.

— Peu de chances, remarqua Simon. Ici, ce sont les gens des montagnes, les Goutis.

— Quand il s'agit de la Mésopotamie, on n'a jamais de certitude. Il suffit que quelqu'un donne un coup de pelle dans le désert pour que le cours de l'Histoire change.

— Oui.

Simon pensa aux images de la Grande Guerre qui lui étaient apparues la première fois qu'il avait écouté la symphonie de Berlioz.

Ils arrivèrent enfin et Moore fit les présentations.

— Pour éviter tout malentendu, voici Simon Larsson, un Viking de Suède. Il n'a honoré Londres de sa présence que quelques années.

Ils éclatèrent tous de rire, Peterson fut visiblement soulagé. Il avait la cinquantaine, paraissait équilibré. Il plut à Simon au premier coup d'œil.

Ils étaient en train de dégager le quartier des écrivains, et on avait l'impression qu'un géant dément avait éparpillé des morceaux de murs sur la lune. Une grande tente avait été dressée pour trier les fragments d'argile de la journée.

— J'espère que vous ne serez pas déçu, Sir, dit Simon.

— Pour l'amour de Dieu, je m'appelle Philip, rétorqua le professeur. Qu'est-ce que tu veux dire, tu es bien sumérologue, expert en écriture ?

— Oui.

On lui offrit une tasse de soupe, épaisse, une conserve américaine. Et il n'eut qu'à pénétrer dans la tente où les fragments avaient été triés en belles rangées.

Ils savaient déjà que la plupart étaient des inventaires. Mais qui sait ? Peterson sourit et dit :

— Vas-y, fiston.

Simon eut juste le temps de jeter un regard sur le temple d'Eninnu et il s'installa dans la tente sous une chaleur qu'il estima digne de l'enfer.

Ils ne s'arrêtèrent que quand le ciel s'obscurcit rapidement, comme si on avait éteint une lampe. Peterson regarda Simon avec espoir, il secoua négativement la tête :

— Je n'ai vu que les trucs habituels.

Un homme, absent au déjeuner, vint saluer Simon.

— Thackeray. Anglais, petit-fils de l'écrivain. Je suis médecin dans ce camp de cow-boys. J'espère que tu n'as pas laissé ce sacré Moore t'entraîner dans les marais ?

— Est-ce que j'avais le choix ?

Thackeray soupira.

— Alors, j'espère que tu es chanceux. Sinon, tu as à peu près dix jours de répit.

— De quoi parles-tu ?

— Du paludisme.

Une boîte de médicaments sur la table, de la quinine.

— Tu dissous quatre cachets dans de l'eau bouillie matin et soir, conseilla le docteur en partant.

— Ce n'est pas une maladie bien dangereuse, le rassura son voisin de table, qui venait de New York. Il avait une mèche blonde comme les blés et un rayonnement rassurant, on l'appelait Blondie. Jusqu'ici, cinq personnes l'ont attrapée, et on les a rapatriés en avion, avec une forte fièvre.

— C'est insensé, s'exclama Simon.

L'homme en face de lui éclata de rire. C'était bien ici, cet endroit cité par un guerrier célèbre, où les survivants envieraient les morts.

Au bout de quelques jours dans la chaleur et le sable, Simon comprit ce qu'il sous-entendait.

Qu'il fût contraint jour après jour de décevoir Peterson n'arrangea guère les choses. La tension montait dans le groupe. Un jour, Simon reçut un nouveau lot de fragments, et il constata aussitôt que c'était quelque chose d'autre, de plus intéressant. Il traduisit, le cœur battant. Philip Peterson était accroché à son épaule :

Il coupa les mèches des fouets et des verges et y mit des morceaux de laine de brebis. La mère ne blâma point son enfant, l'enfant ne se leva pas contre sa mère, personne ne s'opposa à Goudéa, le bon pasteur, qui construisit Eninnu.

Ils le reconnurent quasi simultanément. C'était le texte des célèbres cylindres de Goudéa conservé au Louvre. Ils venaient de découvrir soit une copie, soit le texte original.

Peterson était inconsolable.

Simon monta par deux fois sur les murailles du temple, ces énormes vestiges morts. Muets, inertes, sans le moindre chuchotement perceptible de Goudéa.

Simon ignorait ce qu'il espérait, mais sa déception fut aussi grande que celle de Peterson.

Le dixième jour, il était tard, Simon se retrouva seul dans sa tente, il sentit les premiers frissons. Il ne lui restait qu'une heure avant que la fièvre ne le dominât entièrement, il courut vers les ruines, escalada la muraille, jusqu'au sommet.

C'était la lune montante.

— Goudéa, dit-il. Pour l'amour du Dieu miséricordieux.

Il frissonnait à en claquer des dents, mais il eut ce qu'il désirait. Un homme l'attendait sur la muraille.

39

Le sourire énigmatique ne pouvait guère que se deviner, c'était plutôt une ébauche, qui venait renforcer la douce sagesse des yeux en demi-lune.

Quand Simon posa la question qui le tourmentait depuis l'enfance, que fais-tu dans ma vie ? le sourire s'épanouit en un éclat de rire, qui se répercuta sur les murs et fut multiplié par l'écho. Simon sentait la fièvre s'emparer de son corps. Il voulut hurler sa colère et son désespoir, car il était proche, si proche de l'énigme qu'il n'atteindrait pas à cause de cette foutue malaria, à laquelle il ne pouvait plus résister, et qui effacerait bientôt sa conscience.

Il se sentit basculer. Il se blessa en tombant à l'extérieur de la muraille où il atterrit sur un petit terre-plein. Le vent du désert rafraîchit sa fièvre et porta la douleur de sa jambe à son paroxysme.

L'instant d'après, Goudéa lui tendit la main, Simon la prit. Elle était petite, étrangement ferme. Son corps était léger comme le duvet, la main le porta par-dessus la muraille. Et le temple se reconstitua sous ses yeux. Les taureaux dorés ornaient les murs entre les piliers près de la grande place. La ziggourat se dressait vers le ciel, lourde et légère à la fois, gigantesque témoignage de l'union de l'homme avec Dieu.

Il faisait clair, le soleil inondait le temple aussi vaste qu'une ville, il illuminait cette grandeur, faisait étinceler de mille reflets les lapis-lazulis bleus, la diorite noire, l'albâtre blanc et surtout l'or chaud, resplendissant qui revêtait les toits et les murs.

Simon était vaguement conscient de très loin, que, en dehors des murailles, la nuit et le désert continuaient de régner. Que Steven Thackeray, le petit-fils de l'écrivain, découvrait son corps, appelait une civière et des gens, allongeait la jambe cassée et faisait le nécessaire. Mais il oublia l'obscurité et la réalité et préféra la vision vertigineuse de la ville temple, et l'homme, qui avait hanté ses rêves. Cet homme dont la bonté mystérieuse emplissait dorénavant son esprit.

— Comment sonnait cette langue, que tu as ressuscitée ? demanda Simon.

Goudéa sourit de son sourire à peine perceptible, et le jeune homme eut un soupçon ; la tristesse marquait son sourire.

— Ce n'est pas ce que tu crois. Il ne s'agissait pas de la langue de Sumer, non. Mais de quelque chose de plus grand. Le sumérien existait dans les écrits et dans les prières, et mes rêves visaient son origine. Le plus ancien langage de l'homme, celui qu'on parlait avec les animaux, les arbres, le ciel et l'eau.

Goudéa soupira et le doute fut dissipé. Il y avait de la tristesse dans son sourire. Il poursuivit :

— Il subsistait dans le sumérien parlé des vestiges du langage ancien, la langue du peuple. Je croyais en détenir la clé, pouvoir ouvrir et rétablir l'union. Mais il était trop tard, le chemin de la grande vérité était fermé, et nos chants étaient incapables de l'ouvrir. Le sumérien avait perdu son pouvoir. Il devait emprunter à Akkad des mots et des expressions qui n'avaient pas d'utilité dans les temps anciens, quand tout était encore entier et simple. Il ajouta :

— C'était peut-être la dernière tentative sur terre pour faire participer l'homme à la vérité.

Il rit.

— Cependant, le grand Dieu fait un effort pour chaque enfant qui naît, une tentative pour rétablir l'unité. Pendant leurs premières années de vie, les hommes communiquent encore avec tout ce qui est vivant, les fleuves et le ciel. Ils perdent ensuite, la plus grande partie de cette faculté.

Goudéa ouvrit les bras. Des chênes poussaient sur la place, les chênes de Simon, ceux de son pays d'enfance. Un petit garçon aux yeux brillants de fureur se tenait devant eux. Il criait sa séparation d'avec l'enfance, les mesurait, les jugeait et les nommait.

Simon hurla de douleur. On lui enfonça une aiguille dans le bras, et la souffrance aiguë ploya.

— Tu commences enfin à comprendre, dit Goudéa. Celui qui juge perd la réalité, chaque fois que tombe un jugement, l'union se perd.

Puis il prit Simon par la main.

— Commençons notre promenade en allant saluer le Dieu, celui qui habite notre cœur et qui ne s'épuise jamais à multiplier les efforts pour rétablir l'union.

La tristesse avait quitté le visage de Goudéa et ses yeux en demi-lune étaient emplis de confiance.

Ils entrèrent dans le temple, au pied de la tour. Simon fut saisi par les proportions et la solennité de la salle. Mais quand il tourna le regard vers le Dieu qui les attendait tout au fond de la salle, Goudéa l'arrêta.

— Personne ne peut le voir sans être détruit. Lui, tu ne peux le contempler que dans ton propre cœur, dans ce temple qui ne connaît pas de limites, où il t'attend toujours.

Puis ils s'agenouillèrent, côte à côte. Le monde disparut, le grand désert autour des ruines et le temple doré sous le soleil. Simon resta immobile jusqu'à ce que Goudéa posât sa main sur son épaule, d'une pression légère, et tendre, que Simon reconnut.

— Maintenant, viens saluer la fille de Our-Babu, Ninalla, la grande prêtresse du Dieu lune, ma femme.

Simon suivit Goudéa, qui était plus petit d'une tête que lui, dans le large escalier de la ziggourat, jusqu'au premier étage. De là, il voyait la ville, temple étincelante, et l'obscurité au-delà des murailles.

Mais Goudéa le mena plus haut. Ils gravirent encore cent marches, et atteignirent le temple du Dieu lune. Il surplombait le sol, comme s'il flottait.

— La prêtresse dort, il ne faut pas la réveiller jusqu'à la nouvelle lune, dit Goudéa. Elle a besoin de toutes ses forces pour conduire le vaisseau d'argent sur le ciel.

Simon s'inclina devant la dormeuse, aux cheveux roux tressés autour de son front haut, qu'il connaissait bien.

Tandis qu'ils redescendaient, ils entendirent un violon, une mélodie belle et sauvage.

— Oui, tu dois écouter notre violoniste, celui que tu poursuis comme le vent, sans jamais le rencontrer.

Simon sut que c'était Haberman qui jouait, il courut après la musique, mais elle se joua de lui et disparut parmi les piliers du grand palais. Il entrevit une seule fois le dos du violoniste. Il était absolument conforme à son rêve, timide et fuyant.

Maintenant je suis perdu, pensa Simon. Je ne sortirai jamais de ce palais sans début ni fin. Il hurla sa frayeur et le grand Aron Äppelgren se pencha sur lui, le souleva pour le mettre sur sa bicyclette. Ils allèrent comme par le passé à travers les prés et à la maison Äppelgren. Aron imitait les cris de tous les oiseaux, et Simon riait comme quand il était enfant, manquant de faire pipi sous lui.

Simon se rappela où il était.

— Goudéa.

— Mais je suis toujours là, répondit la voix près de lui, il sut que c'était vrai et qu'il n'avait rien à craindre.

Ils arrivèrent sous une tente de bédouins, la toile noire dévorait la lumière. Il lui fallut un moment pour que ses yeux s'habituent suffisamment à l'obscurité et qu'il distinguât la femme, qui s'inclinait devant eux.

— J'étais sans enfant, dit-elle. C'est un destin pire que la mort dans notre peuple. Alors imagine ma joie quand Ke-Ba, la prêtresse, est venue une nuit me demander de prendre soin du garçon qu'elle avait enfanté en secret.

« Tu sais, reprit-elle, que la prêtresse de Gatumdus ne peut être enceinte. Son ventre est ouvert à de nombreux hommes et apporte une grande joie aux élus, mais la semence appartient à la déesse et ne peut pousser dans le ventre de la prêtresse.

« Pour cette raison, quand Ke-Ba fut enceinte, elle sut que ce petit était le propre enfant du Dieu, et elle n'osa jamais en parler aux prêtres d'Akkad. Ils auraient tué l'enfant sacré.

Simon hocha la tête.

— Ainsi, Goudéa a grandi ici, chez moi, il a donné un sens à ma vie et il est devenu la bénédiction de tout son peuple.

Simon regarda attentivement la femme, il reconnaissait chez elle quelque chose. Mais ce ne fut qu'au moment de lui dire adieu, quand il vit les parois de la tente se transformer en une grande forêt nordique, qu'il comprit. C'était Inga qui lui avait parlé et le grand lac était là, bleu et frais, dans le désert infini.

Ils étaient déjà de retour dans la ville temple et Goudéa lui dit :

— Je veux que tu rencontres ma mère, la grande Ke-Ba.

Il conduisit Simon vers une nouvelle salle aux murs couverts d'or et au plafond d'un bleu étincelant.

Une femme attendait au centre de la pièce.

— Je vous laisse seuls, fit Goudéa.

Et Ke-Ba, celle qui avait enfanté, mais qui n'avait pu garder l'enfant, se retourna lentement. Des yeux bruns et chaleureux rencontrèrent ceux de Simon.

— Maman, Karin, ma chère maman.

Elle sourit de son large sourire. Dieu, mon Dieu, j'avais oublié à quel point elle était belle. Il reconnut chaque intonation dans sa voix ferme.

— Simon, mon garçon.

Ils restèrent là en se tenant la main. Leur joie était si grande qu'elle fit exploser les murs de la pièce. Alors, avec sa force de conviction coutumière, elle dit :

— Je n'aime pas cette culpabilité qui te torture. Tu apportais un bonheur quotidien dans la maison, à côté du fleuve. Rien de ce que tu as fait, tu m'entends, n'aurait dû être autrement.

— Maman, pourquoi es-tu morte ?

— J'ai choisi de partir quand j'ai eu le sentiment d'avoir accompli ma part, Simon. C'était une bonne vie, mais je ne voulais pas rouiller et vieillir.

Il ouvrit la bouche pour protester, elle le vit et éclata de rire.

— Je plaisante, Simon. Il y a quelque chose que tu ne sais pas.

Elle lui raconta Petter, les jaseurs boréaux. Et il la trouva enfin, la source de la tristesse dans son cœur.

— La vie est grande, Simon, bien plus grande que nous ne l'imaginons.

Il jeta un regard autour de lui : l'étendue infinie de la terre rencontrait celle de la mer. Derrière Karin se trouvaient les forêts profondes, que surplombait le ciel sans fin.

Puis une inquiétude passa dans ses yeux, et elle dit comme elle l'avait fait si souvent :

— Simon, nous nous laissons aller, il faut que tu te dépêches.

« Cours.

Elle accrocha le sac à dos avec les livres d'école sur ses épaules.

Il hocha la tête, il était confiant, elle s'occupait de lui comme elle l'avait toujours fait. Il arriverait à temps.

Mais il se retourna sur le seuil de la porte de la cuisine, elle était là, normalement, à côté du poêle, et elle riait :

— Presse-toi, mon garçon.

40

Il arriva à temps, et ouvrit les yeux dans une chambre d'hôpital grise par un après-midi suédois classique. Il entendait des voix derrière la porte, des voix suédoises bienvenues.

Je suis à la maison. Il n'était pas particulièrement surpris car il avait toujours été conscient des piqûres et des civières, des avions et des blouses blanches, du visage de Klara penché sur lui, des mains fraîches qui avaient tourné l'oreiller et essuyé son front, de Ruben et de ses yeux inquiets, d'Erik et de sa peur.

Il était triste, il ne voulait pas revenir à cette réalité qui pour la plupart des hommes est la seule qui existe.

Karin m'a roulé.

Mais il sut aussitôt qu'elle avait accompli son devoir.

Il finit par réaliser que les voix derrière la porte parlaient de lui.

— On ne peut pas le laisser dans cet état. Il est en proie à des troubles mentaux qui n'ont aucun rapport avec la malaria, dit une voix jeune.

— Commotion cérébrale et fièvre, ça suffit comme explication.

La voix plus âgée poursuivait :

— Ses parents assurent qu'il est psychiquement équilibré, pas de type névrotique. Et sa femme, qui est psychiatre, n'est pas inquiète.

— Mais il délire depuis quinze jours, même en dehors des accès de fièvre, alors qu'il devrait être calme.

C'était la voix jeune, et Simon la détesta.

Il ne s'effraya pas, mais perçut un danger. Il eut le temps de réfléchir car les voix s'éloignaient. Je dois résister aux visions, ne plus m'y abandonner.

Partir du bon pied.

L'instant d'après, il prit conscience qu'il avait une jambe plâtrée, et il se souvint vaguement se l'être cassée dans la chute de la muraille.

Il essaya de dormir. Les images l'envahirent mais il les chassa et se réveilla avant d'être emporté. Il y avait une sonnette au chevet de son lit, il sonna, l'infirmière de garde entra.

— Pourriez-vous me donner un somnifère ? J'ai du mal à dormir.

Il vit son étonnement. Un interne stressé vint prendre son pouls, ordonna d'enlever la perfusion et d'apporter au patient une tasse de bouillon.

— Bienvenue à la réalité, dit le docteur en disparaissant. Simon sourit.

Il but le bouillon et avala le cachet. Il eut une nuit sans rêves, une nuit de grand repos noir.

Le lendemain matin, le médecin à la voix jeune était à son chevet. Simon découvrit qu'ils se connaissaient, ils étaient camarades d'études.

— Salut, comment tu vas ?

— Pas mal, merci, juste fatigué.

Per Andersson regarda la courbe de température qui était redescendue, prit son pouls, écouta son cœur. Simon comprit que ces gestes n'avaient pour but que de cacher sa curiosité.

Il parla de la malaria, de la guérison qui serait rapide et de la bonne évolution de la fracture de sa jambe.

— Il faudra que tu te lèves pour commencer la rééducation au plus vite, de préférence aujourd'hui.

Andersson s'en alla, mais il se retourna sur le seuil de la porte, ne pouvant plus faire taire sa soif de savoir :

— Qui est Goudéa ?

— Un roi sumérien, un des derniers.

— Qu'a-t-il fait de particulier ?

— Eh bien, il a construit un grand temple et a essayé de ressusciter la langue sumérienne qui avait été oubliée. Son nom signifie l'Appelé. Mais pourquoi tu t'intéresses à lui, toi ?

— Ça fait quinze jours que tu délires sur lui.

— Ah bon ? dit Simon. Ce n'est pas si bizarre que ça. Je suis en train d'écrire une thèse à son sujet, et j'ai eu une forte fièvre.

— On a trouvé que c'était étrange, les hallucinations prolongées ne font pas partie du tableau de la maladie.

— Ah bon ? répéta Simon.

— Un moment, j'ai cru que tu étais possédé, dit Per Andersson.

— Possédé ? Simon était sincèrement étonné. La science croit à ce genre de choses ?

— Il existe beaucoup de mystères entre le ciel et la terre, répondit le docteur en disparaissant. Il paraissait déçu.

Simon resta allongé sur son lit. Il s'en était sorti, il s'en sortirait par la suite aussi. Mais il ne ressentait aucune satisfaction de cette victoire, il y avait peu de joie en lui.

Klara lui rendit visite. Oui, il fut heureux de la voir.

— Pour faire peur, tu t'y connais, Simon ! dit-elle doucement

— Ce n'était pas mon intention.

— Tu l'as rencontré, Goudéa ?

— Oui, au moins dans mes rêves, dit Simon, non sans peur qu'elle ne se mît à parler d'archétypes jungiens ou d'autres idées fatigantes, contre lesquelles il n'aurait pas la force de se défendre.

Le troisième jour, elle ne put s'empêcher de demander :

— Il ne t'a pas enlevé la volonté de vivre, Simon ?

Alors Klara vit qu'il pleurait, mais il ne pouvait pas lui raconter que ce n'était pas à cause de Goudéa, mais de Karin, parce qu'elle l'avait fait sortir de la cuisine en courant.

Erik fit une visite rapide quand il vit que Simon était fatigué et n'avait pas la force de parler. Il resta surtout assis en silence, les yeux brillants.

— J'ai été tellement inquiet.

— Ce n'était pas la peine, papa. Tu m'as appris à me battre.

Ils eurent le courage de rire un peu.

Ruben lui apporta des fleurs et des livres, il avait emmené la petite Malin, et la présence de l'enfant réjouit Simon.

Dans le couloir, ils parlèrent de lui administrer des antidépresseurs. Klara s'y opposa.

— Il s'en sortira, il a juste besoin de temps.

Mais Simon savait qu'elle était inquiète.

Un ou deux jours plus tard, Per Andersson, le médecin du service l'appela :

— On va faire venir un Anglais, un lord quelque chose, spécialiste de la malaria.

Le lendemain, ils étaient plus nombreux que de coutume pour la visite, il y avait des blouses blanches partout. Aux côtés du médecin chef, se trouvait un petit homme qui parlait la langue de Sa Majesté.

Per Andersson résuma dans un anglais hésitant le cas de Simon.

— Nous avons eu des inquiétudes pour ce patient, il a eu des hallucinations ininterrompues pendant plusieurs jours.

— Cela arrive, dit le lord. *Excuse me*. Il souleva la paupière du malade d'un geste naturel, éclaira la pupille avec une lampe.

— Pas de traces de lésions persistantes. Puis il observa la feuille de soins. Il y a eu un choc aussi, une commotion cérébrale probablement combinée à la fièvre.

Simon ressentit comme une décharge. Il se tendit quand il reconnut la main, le contact. Il fixa les yeux sur les doigts courts, s'aventura à lever les yeux vers le visage. Il reconnut le regard et le sourire énigmatique.

Je suis fou.

Une sonnette d'alarme retentit, attention, fais attention, bordel.

Mais au moment où la file de blouses blanches s'apprêtait à partir, la curiosité impérieuse prit le pas sur la peur et il demanda :

— Excusez-moi, mais ne nous serions-nous pas déjà rencontrés, Sir ?

Son anglais était aussi nasal que celui du lord, il n'avait pas passé quatre ans à l'université de Londres pour rien. Et il savait que sa voix ne tremblait pas.

L'Anglais revint vers le lit, le regarda, lut son nom, et dit d'un ton à la fois surpris et enjoué :

— Simon Larsson, bien sûr. Je me souviens très bien de ce matin sur Omberg.

Oooommmbeuri, prononçait-il. Il était peu probable que les gens présents situent ce nom mais ils parurent éberlués. Le monde était petit, dit le médecin chef selon la formule consacrée.

Simon sentit un accès de rire monter en lui.

— Vous croyez toujours que les géants lavent leurs sous-vêtements dans le lac Vättern, Sir ?

— *Of course.*

Le lord avait les yeux brillants. Le rire fusa du corps de Simon pour exploser dans toute la pièce. Il était énorme, et devait résonner dans le château de la reine Omma elle-même.

Ils cédèrent à l'hilarité générale bien que la plupart fussent perplexes. Cet humour typiquement anglais et si hermétique était un peu particulier.

Alors le lord se tourna vers ses confrères et s'excusa :

— J'ai passé une journée entière avec ce jeune archéologue pour lui expliquer sur tous les tons dans quel endroit du monde il fallait qu'il cherche la salle du roi des montagnes. Mais croyez-vous qu'il m'a écouté ? Non, il a fallu qu'il aille tout droit vers les étangs paludéens de l'Irak et les monceaux de ruines de Lagash.

Tous hochèrent la tête, personne ne comprit, les sourires devinrent de plus en plus crispés, mais Simon s'obstina :

— Comment se portent vos enfants, Sir ?

— J'ai eu des soucis avec un de mes fils, mais ça s'arrange. Et puis je suis grand-père à présent.

— Mes félicitations.

— Merci.

Le lord posa sa main courte sur l'épaule du jeune homme, elle rayonnait d'énergie.

— À bientôt, Simon Larsson.

Et il partit, laissant dans la chambre d'hôpital sa joie et une grande confiance qui s'enracina dans le cœur de Simon, au beau milieu de la salle du roi de la montagne.

Il guérit à une vitesse incroyable, mangea comme un ogre, et dormit du sommeil du juste, avec des rêves doux et agréables.

Klara vint le chercher le jour de sa sortie.

— J'ai une surprise pour toi dans la rue.

Sa voiture, la Coccinelle rouge, était là, on l'avait fait venir de Londres.

— Je peux conduire si tu as mal à la jambe, proposa-t-elle.

— Oui, fais-le.

C'était agréable de retrouver le monde, plein de sensations, de réalités à savourer. Il était attendu dans la maison au bord du fleuve. Il prit Malin dans ses bras et lui murmura à l'oreille :

— Je te salue de la part de Karin.

Elle acquiesça et ne s'en étonna pas.

La table était dressée chez Mona et Isak. Simon traversa en clopinant le grand jardin. Le printemps avait commencé son œuvre. Ce n'était qu'un début, les hépatiques avaient éclos et rivalisaient de bleu avec les campanules, sous les frênes.

Quand ils se furent assis à table et qu'ils levèrent leurs verres, il dit :

— Buvons à Karin, à sa mémoire.

Ils trinquèrent, et Simon sentit qu'ils avaient tous maintenant dépassé la souffrance du deuil.

Au crépuscule, Simon monta sur la montagne, traversa le pré vers les chênes du pays de son enfance — pour rétablir l'union.

Composition Express-Compo
Le Neubourg 27110

Impression réalisée sur CAMERON par

BRODARD & TAUPIN

GROUPE CPI

La Flèche

pour le compte des Éditions Ramsay
en octobre 2000

Imprimé en France
Dépôt légal : novembre 2000
N° d'impression : 4697
ISBN : 2-84114-502-6